U0115298

文學研究叢書・辭章修辭叢刊

章法論叢

第八輯

中華章法學會　主編

目次

序

二〇一三年十月二十六日，假臺灣師範大學所舉辦之「第二屆語文教育暨第八屆辭章章法學學術研討會」終於圓滿落幕。本屆研討會共發表二十六篇論文，有來自國內各大專校院專兼任教師、中學教師及研究生的論文，今年第二度融入了語文教育的主題，在論文的品質與語文教學實用性方面，更超越了前七屆的水準。為了讓研討會的成果發揮更廣泛的影響力，我們仍循往例出版《章法論叢》第八輯，而基於提升論叢水準的考量，凡有意願納入本論文集的學者，均須參照特約討論人之意見加以修改，並同意將修改好的論文送予匿名學者審查，以送審意見作為刊登與否的標準。

經審查彙整，《章法論叢》第八輯共收論文十五篇，依論文的性質約可分為五種類型：

一是有關辭章學理論的探討，包括：陳滿銘教授〈大陸學界對臺灣章法學體系建構的評價——以發表於學報或研討會者為範圍〉、胡其德教授〈意象的疊印與並置——中西意象詩的一個比較研究〉、陳佳君教授〈意象對應的辭章表現——以情理景事意象四題為例〉、戴維揚教授〈現當代三音節新詞語的新典範〉、吳瑾瑋教授〈從語用學觀點分析小說溝通衝突的張力呈現——以〈兒子的大玩偶〉為例〉等五篇，涉及了章法學、意象學、詞彙學和語用學等範疇。

二為作家及文學作品的研究，包括：張春榮教授〈西洋電影的口語藝術〉、黃靖棻老師〈以海洋書寫原住民災難——王家祥《倒風內海》中的海洋戰事〉、黃麗容教授〈李白詩平面空間景象探析〉、蔡宗陽教授〈《詩經》倒裝的三觀〉、顏智英教授〈論蘇軾景物詞的寫景與抒懷——以黃州作為例〉、林淑雲教授〈漢恩自淺胡自深，人生樂在相知心——王安石〈明妃曲〉（二首）與歐陽脩〈明妃曲和王介甫作〉、〈再和明妃曲〉之互文性分析〉等六篇，其作品研究包含古今中外，類型多元。

三為跨領域的比較研究，有仇小屏教授〈論科技論文寫作常見的幾種結構模式——由篇章邏輯切入〉一篇，其對於理工研究的論文撰寫，具有高度的實用價值。

四為國語文教學的研究，包括：林煜真老師〈探索生命符碼——名字在國文教學中的實證應用〉、蒲基維教授〈跨領域學習的作文教學〉等兩篇，無論在實用性、廣泛性上，對於國語文教學皆有高度的參考價值。

五為華語文教學研究，有竺靜華教授的〈不可能的任務？——淺談以中文教華語的詞彙教學設計〉一篇，其細膩而多元的舉例、實用而不空泛的論述，提供了華語文教學深刻的思維。

本屆計有十一篇論文未參與審查，或未通過審查者，包括：謝奇懿教授〈大學中文應用科系閱讀能力之檢定與結果分析：以文藻外語大學應用華語文系為考察對象〉、黃淑貞教授〈《全宋詞》垂簾「隔中有透」視覺意象探析〉、劉楚荊老師〈張孝祥清曠詞修辭美學〉、謝玉玲教授的〈元代前期記遊散文探析——以王惲作品為考察重心〉、黃俊翔老師的〈由《文心雕龍》六觀淺析蘇轍〈六國論〉〉、林怡岑教授的〈談「功能原則」在國語文教學中的應用〉、張苡珊老師的〈以篇章結構探討康雍乾時期〈安平晚渡〉詩——並作為寫作或閱讀寫景文章參考〉、劉崇義老師的〈試說審美意象的張力在國中範文裏的運用〉、謝明輝教授的〈論字典取名學與章法學之供應關係〉、魏伶容老師的〈《文心雕龍》文術論在閱讀教學的運用〉、楊曉菁老師的〈古典文學教學的新視野——以「寫作手法」進行閱讀教學〉，乃因作者另有考量，擬投刊於其他專書或學報，故未列入，就本論叢而言，雖無不缺憾，仍賀喜其鉅作另有發表空間。整體而言，《章法論叢》第八輯的論文審查通過率約為百分之五十七，其通過刊登的比例偏低，而此一數據卻代表著論文集品質的穩定與提升。

本屆論文研討會能圓滿成功，首先要感謝臺灣師範大學國文系鍾宗憲主任在場地租借及庶務推動上的鼎力相助，讓研討會的流程得以順利進行。其次，要感謝孫劍秋教授所領導的「符合 15 歲國際評量規範之閱讀素養學習與評量計畫」團隊，提供了論文及經費上的挹注，使研討會的會務運作無後顧之憂。更要感謝許多學者長期以來的支持，如蔡宗陽教授、張春榮教授、戴維揚教授、胡其德教授等，各以實際的論文發表，讓研討會的討論增色不少。而長期以來在每一屆研討會中擔任主持人的資深教授，如賴明德教授、王偉勇教授、莊雅州教授及邱燮友教授等，以及擔任特約討論的傅武光教授、許學仁教授、黃文吉教授、季旭昇教授、余崇生教授、林礽乾教授、陳弘治教授等，其情義相挺的熱忱，更令人銘感在心。謹代表章法學會理、監事及工作團隊，致上最深的敬意。

本論叢得以順利付梓，仍須感謝萬卷樓梁錦興總經理、張晏瑞副總編輯的籌畫和主編吳家嘉小姐、邱詩倫小姐的排版。為使論文更為精緻無誤，本論叢已幾經繁瑣的校對，惟時間倉促，疏漏難免，期望各界不吝指正。

中華民國章法學會 理事長 許錟輝 秘書長 蒲基維 謹序於理事長室

二〇一四年十月六日

大陸學界對臺灣章法學體系建構的評價
——以發表於學報或研討會者為範圍

陳滿銘

中華民國章法學會理事長

摘要

章法學是探討宇宙萬事萬物「層次邏輯」關係的一門學問。自四十多年前，個人用科學方法帶動團隊落於辭章章法上加以研究，由「二元（陰陽）對待」，而「移位」（秩序）、「轉位」（變化）、「包孕」（聯貫），而「統一」於「多二一（0）」螺旋系統，可說具備了「基礎性」、「概括性」、「多元性」、「系統性」與「藝術性」，已有其完整體系。就在此建構過程中，以大陸學界而言，主要由王希杰所創始的「三一語言學」與鄭頤壽所領導的「辭章學」兩大團隊，持續不斷地從不同層面提出評價，激勵臺灣章法學界由此更向前推進，使章法學體系之建構，能日趨完整。為此，特以此文謹向　他（她）們致上最誠摯之謝忱與敬意。

關鍵詞：大陸、三一語言學、辭章學、建構臺灣章法學體系、評價

一　前言

海峽兩岸對學術的研究，有很長一段時間，是各自發展的；到十幾年前才開始彼此接觸，拓展了交流的無限空間。單以「辭章學」（含「章法學」）而言，就透過交流，舉辦了多次學術研討會，使兩岸的眾多學者有了切磋觀摩的機會。其中和臺灣「章法學」團隊[1]交流得最密切的是南京大學教授王希杰所創始的「三一語言學」與福建師大教授鄭頤壽所領導的「辭章學」兩大學術團隊，他們先後有多篇論文對臺灣章法學的研究頻予肯定、重視。在此，限於篇幅，特以發表於學報與研討會者為範圍，凸顯其主要論述，以見大陸學界對臺灣章法學體系建構之評價於一斑。

二　章法學體系建構的方法與成果

在此，先簡單說明建構的基本方法，再概略呈現建構的主要成果：

1　此一團隊，以蔡宗陽（臺灣師大兼任教授）、張春榮（國立臺北教育大學教授）、孫劍秋（國立臺北教育大學教授）、戴維揚（中原大學講座教授）、胡其德（健行科技大學教授）、余崇生（市立臺北教育大學副教授）……等為顧問，而以李青筠（臺灣師大副教授）、仇小屏（成功大學副教授）、陳佳君（國立臺育教育大學副教授）、蒲基維（中原大學兼任助理教授）、謝奇懿（文藻外語大學應華系主任）、顏智英（海洋大學副教授）、黃淑貞（慈濟大學副教授）、林淑雲（臺灣師大副教授）、李靜雯（高中教師）與謝奇峰（高中教師）……等為核心，除《陳滿銘教授七秩榮退誌慶論文集》、《陳滿銘與辭章章法學──陳滿銘辭章章法學術思想論集》外，又負責撰稿或編纂《一綱多本國文教材點線面系列》、《章法叢書》、《章法論叢》、《大學國文選》、《文揚題庫寫作測驗系列》、《新式寫作教學導論》等，見陳滿銘〈章法學研究團隊近幾年來之編書服務〉上、下，《國文天地》第22卷11期、12期（2007年4、5月），頁87-94、77-82。又見陳滿銘〈章法學研究團隊之成立〉，《章法論叢》第二輯（臺北市：萬卷樓圖書公司，2008年3月），頁1-35。

(一) 建構的基本方法

章法學之研究，源自一九七○年前，為了講授「國文教材教法」這門課程之需要，不得不從「基礎」層去接觸「章法」或「章法結構」；而由於「章法」或「章法結構」所研討的乃「篇章內容材料的邏輯關係」，必然涉及由「章」而「篇」的完整結構系統，因此對後來四大規律與家族、切入角度與比較[2]作「概括」、「多元」層的認定，並進一步以雙螺旋及「多二一（0）」螺旋結構作「系統」與「藝術」層的建構，就有直接關連。這種建構，以科學最基本方法而言，它們形成「歸納⟷演繹⟷歸納」的螺旋關係，可以如下簡圖來表示：

---

2 王希杰：「滿銘教授已經初步建立了一個比較完整的章法學體系。他的章法學，包含了『章法哲學』和『章法美學』。其實他和弟子們已經接近了章法心理學。滿銘教授還研究了『比較章法』。的確章法比較也是一個大有可為的領域。」見王希杰：〈陳滿銘教授和章法學〉，《畢節學院學報》總 96 期（2008 年 2 月），頁 4。又孟建安：「比較法是認知事物本質的有效方法之一，通過異類或同類事物不同側面的比較更能夠凸顯事物的本質屬性。比較法雖然是科學研究的常見方法之一，但陳滿銘先生卻十分看重這種常規方法的恰切運用。陳先生在研究的過程和不同的論著中，都巧妙地運用了這種方法，給予這種方法以適宜的位置。尤其是在專著《章法學綜論》一書中，更是列出專門的章節『比較章法』，以 60 頁的篇幅運用比較的方法來進行章法研究，由此可見陳先生對比較法的重視程度。陳先生高瞻遠矚，從客觀物理世界的自然法則起筆，運用比較的方法來闡釋章法的異同。陳先生認為，天下的學問不外是在探究萬事萬物之『異』、『同』而已，而『異』、『同』本身又形成『二元對待』的螺旋關係。也就是說，『求異』多少，既可以徹上『求同』多少；同理，『求同』多少，既可以徹下『求異』多少。這樣循環不已，就拓展了學問的領域和成果。陳先生把這種道理運用到章法的研究上，認為『求同』與『求異』看似不同，實際上是兩相對應而成為一體的。」見孟建安：〈陳滿銘與漢語辭章章法學研究〉，《陳滿銘與辭章章法學──陳滿銘辭章章法學術思想論集》（臺北市：文津出版社，2007 年 12 月），頁 121-122。

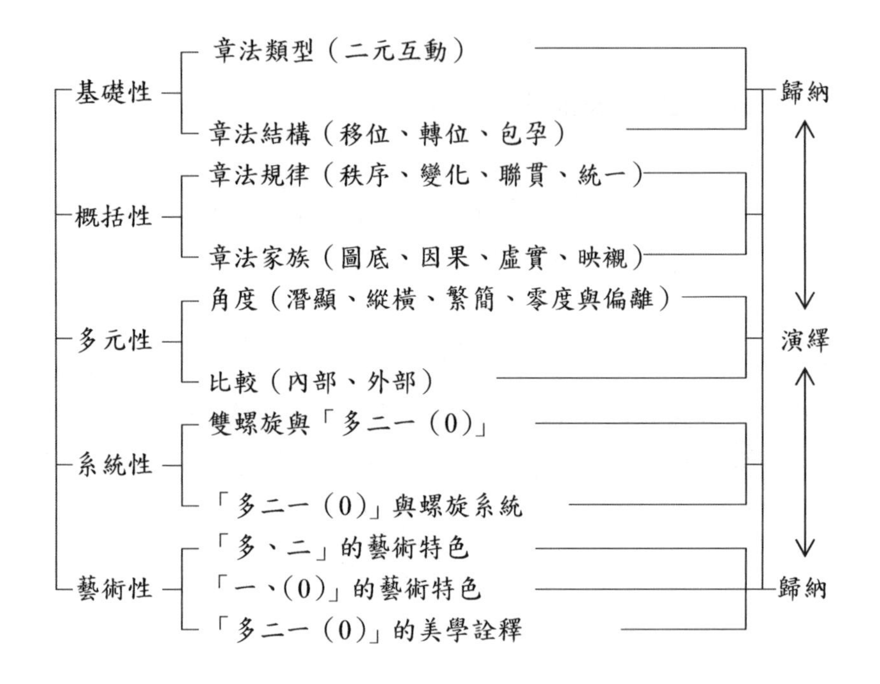

其中「章法規律」、「多元角度」與「章法結構」，「章法家族」、「多元比較」與「章法類型」互相照應，而「雙螺旋」、「多二一（0）」螺旋結構又與「章法結構」、「章法規律」、「章法藝術」……等互相照應；彼此環環相扣，形成一個完整的體系，建立一門新學科。對此，鄭頤壽指出：「臺灣建立了『辭章章法學』的新學科，成果豐碩，……臺灣的辭章章法學體系完整、科學，已經具備成『學』的資格。它研究成果豐碩，已經『集樹而成林了』。」[3] 黎運漢也認為臺灣章法學之研究：「有了較為清醒、自覺的理論意識，……在學科構建中頗為重視理論建設，……有較高的理論品格，綜合呈現出一個較為『科學的理論體系』，……運用了比較『科學的研究方法』，使漢語

3 鄭頤壽：〈中華文化沃土，辭章學圃奇葩——讀陳滿銘《章法學新裁》及其相關著作〉，《海峽兩岸中華傳統文化與現代化研討會文集》（蘇州市：海峽兩岸中華傳統文化與現代化研討會，2002 年 5 月），頁 131-139。

章法學基本具備了成為一門新學科的資格。」[4] 而孟建安更指出臺灣章法學之研究：「對漢語辭章章法學研究做出了巨大的貢獻。這種貢獻突出地表現在五個方面：（一）培育了具有強大戰鬥力的『科研團隊』，取得了極為豐碩的研究成果；（二）提出並闡釋了眾多的新概念和新觀點，解決了許多較為重大的理論問題；（三）引入並堅持了「科學的方法論原則」；（四）提供了章法分析與章法教學的『科學範例』；（五）構建了『科學』而完備的漢語辭章章法學體系。……已經形成了自己獨具特色的研究路子，其所創建的漢語辭章章法學已經成熟並豐滿，達到了前所未有的高度，具有很高的理論價值和實用價值，具有很強的生命力和感召力。」[5]可見科學化章法學的誕生是晚近之事。所以如此，是開始採用科學方法研究以建立科學的辭章章法學體系的緣故。

而就辭章章法學之方法論而言，是因涉及的層面之高低與角度之不同而各有所重的，如鄭頤壽認為：以「名、實」、「辭、意」、「分、合」、「內、外」與「順、逆」的辯證法建構了科學的篇章辭章學理論體系[6]；又如黎運漢認為：以「樸素辯正法」、「多角度切入法」與「圖表展示法」建構了較為完備的辭章章法學方法論體系[7]；再如孟建安認為：以「運用了鮮明的系統論研究方法」、「以中國傳統哲學的

---

4 黎運漢：〈陳滿銘對辭章法學的貢獻〉，《陳滿銘與辭章章法學——陳滿銘辭章章法學術思想論集》（臺北市：文津出版社，2007年12月），頁52-70。

5 孟建安：〈陳滿銘與漢語辭章章法學研究．摘要〉，《陳滿銘與辭章章法學——陳滿銘辭章章法學術思想論集》（臺北市：文津出版社，2007年12月），頁80。

6 鄭頤壽：〈從「章法辭章學」登上「篇章辭章學」的寶座〉，《陳滿銘與辭章章法學——陳滿銘辭章章法學術思想論集》（臺北市：文津出版社，2007年12月），頁292-305。

7 黎運漢：〈陳滿銘對辭章章法學的貢獻〉，《陳滿銘與辭章章法學——陳滿銘辭章章法學術思想論集》（臺北市：文津出版社，2007年12月）。

『二元對待』範疇為基本出發點和理論基礎」、「現象描寫和理論闡釋的有機統一性」與「比較方法的巧妙運用」引入並堅持了科學的方法論原則[8]。而王希杰則在論「章法學的方法論原則」時，提出最根本的方法為「歸納」與「演繹」[9]。

而所謂「歸納」與「演繹」，基本上涉及「因果邏輯」，「歸納」屬「先果後因」、「演繹」屬「先因後果」。這種「因果邏輯」在哲學上，雖只看成是範疇之一，卻與「諸範疇」息息相關。張立文在《中國哲學邏輯結構論》中說：

> 就彼此相聯繫的範疇而言，中國佛教哲學中的「因」這個範疇，它自身包含著兩個事物或現象的聯繫，這種特定的聯繫，各以對方的存在為自己存在的前提或條件。其內在衝突的伸展，使「因」作為一方與「果」作為另一方構成相對相關的聯繫。範疇這種衝突性格，使自身或與諸範疇都處於相互聯繫、相互轉化之中，並在這種普遍的有機聯繫中，再現客觀世界的衝突及其發展的全進程。[10]

既然「因果」這一範疇能產生「普遍的有機聯繫」，其重要性就可想而知。也就難怪在邏輯學中，會那樣受到普遍的重視，而視之為「律」了。

從另一角度看，「因果律」涉及的是「求同面」之假設性「演

8 孟建安：〈陳滿銘與漢語辭章章法學研究〉，《陳滿銘與辭章章法學——陳滿銘辭章章法學術思想論集》（臺北市：文津出版社，2007年12月），頁115-123。

9 王希杰：〈陳滿銘教授和章法學〉（臺北市：文津出版社，2007年12月），頁4-5。

10 張立文：《中國哲學邏輯結構論》（北京市：中國社會科學出版社，2002年1月），頁11。

繹」與「求異面」之科學性「歸納」，而假設性之「演繹」所形成的是「先因後果」的邏輯層次；與科學性之「歸納」所形成的是「先果後因」的邏輯關係，正好可以對應地發揮證明或檢驗的功能。陳波在其《邏輯學是什麼》一書中說：

> 因果聯繫是世界萬物之間普遍聯繫的一個方面，也許是其中最重要的方面。一個（或一些）現象的產生會引起或影響到另一個（或一些）現象的產生。前者是後者的原因，後者就是前者的結果。科學的一個重要任務就是要把握事物之間的因果聯繫，以便掌握事物發生、發展的規律。[11]

可見「因果邏輯」對「世界萬物之間普遍聯繫」的重要。而用科學的方法使「世間萬物」作「普遍聯繫」，可說就是研究章法學的基本方法，是離不開「演繹」與「歸納」之螺旋互動的。

（二）建構的主要成果

臺灣辭章章法學體系之建構成果，以整個團隊來說，相關學位論文有七十篇以上，而發表於期刊（含臺灣、大陸學報）雜誌的也有六百篇以上[12]。此外，以已出版的相關專著而言，即有五六十種，而正

---

11 陳波：《邏輯學是什麼》（北京市：北京大學出版社，2002 年 1 月），頁 167。

12 成果以論文形式概介者的，主要見陳滿銘：〈論章法結構之方法論系統——歸本於《周易》與《老子》作考察〉，臺灣師大《國文學報》第 46 期（2009 年 12 月），頁 61-94。又見陳滿銘：〈章法學「三觀」體系的建構過程〉，《第一屆語文教育暨第七屆辭章章法學學術研討會會議論文集》（臺北市：臺灣師範大學，2012 年 12 月），頁 1-14。以專著形式論述者，最早見於陳滿銘《章法學綜論》（臺北市：萬卷樓圖書公司，2003 年 6 月），頁 1-506。

在出版或完稿的也有三種，即《辭章章法學導讀》、《章法學新論》、《《四書》義理螺旋結構析論》。大致看來，其中有多種專著（含正出版或完稿的三種），是可以呈現辭章章法學體系之重要內涵，而且是兼顧理論與應用的。以下就是其中較重要的專著：

偏於「基礎性」者，有：

陳滿銘《國文教學論叢》（萬卷樓，1991 年）
仇小屏《文章章法論》（萬卷樓，1998 年）
陳滿銘《國文教學論叢續編》（萬卷樓，1998 年）
陳滿銘《文章結構分析：以中學國文課文為例》（萬卷樓，1999 年）
陳滿銘《詞林散步：唐宋詞結構分析》（萬卷樓，2000 年）
夏薇薇《賓主章法析論》（文津，2002 年）
陳佳君《虛實章法析論》（文津，2002 年）
陳滿銘《章法學綜論》第二章第一節（萬卷樓，2003 年）
陳滿銘《辭章章法學導讀》第三章（萬卷樓，付印中）
陳滿銘《章法學新論》第一、二、三章（已完稿）
陳滿銘《《四書》義理螺旋結構析論》（完稿中）

偏於「概括性」者，有：

仇小屏《篇章結構類型論》（萬卷樓，2000 年）
陳滿銘《章法學論粹》（萬卷樓，2002 年）
陳滿銘《章法學綜論》第二章第二節（萬卷樓，2003 年）
陳滿銘《篇章結構學》（萬卷樓，2005 年）
黃淑貞《篇章對比與調和結構論》（萬卷樓，2005）

黃淑貞《辭章章法四大律研究》（文津，2007年）
陳滿銘《辭章章法學導讀》第四章（萬卷樓，付印中）
陳滿銘《章法學新論》第一、二、三章（已完稿）

偏於「多元性」者，有：

陳滿銘《章法學新裁》（萬卷樓，2001年）
仇小屏《深入課文的一把鑰匙：章法教學》（萬卷樓，2001年）
江錦玨《詩詞義旨透視鏡》（萬卷樓，2001年）
劉寶珠《習作新視窗：作文運材教學設計之研究》（萬卷樓，2002年）
陳滿銘《章法學綜論》第四、七章（萬卷樓，2003年）
仇小屏、黃淑貞《國中國文章法教學》（萬卷樓，2004年）
陳佳君《國中國文義旨教學》（萬卷樓，2004年）
陳滿銘《篇章辭章學》（福州：晨風，2005年）
蒲基維《辭章風格教學新論》（萬卷樓，2005年）
陳滿銘《辭章學十論》（里仁，2006年）
陳滿銘《章法結構原理與教學》（萬卷樓，2007年）
陳佳君《篇章縱橫向結構論》（萬卷樓，2008年）
仇小屏《呂祖謙「古文關鍵」文章論研究》（萬卷樓，2010年）
陳滿銘《唐宋詞拾玉：以篇章結構分析為軸心》（萬卷樓，2010年）
陳滿銘《當代辭章創作及研究評析：以成惕軒、羅門與王希杰、鄭頤壽、曾祥芹、趙山林等大師為對象》（萬卷樓，2011年）
陳滿銘《比較章法學》（萬卷樓，2012年）

陳滿銘《辭章章法學導讀》第五章（付印中）

陳滿銘《章法學新論》第五、六章（已完稿）

偏於「系統性」者，有：

陳滿銘《章法學綜論》第三、五章（萬卷樓，2003年）

陳滿銘《多二一（0）螺旋結構論：以哲學、文學、美學為研究範圍》（文津，2007年）

謝奇懿《辭章學的螺旋結構及其在寫作評分規準的應用》（秀威，2010年）

陳滿銘《篇章意象學》（萬卷樓，2011年）

陳滿銘《章法結構論》（萬卷樓，2012年）

陳滿銘《辭章章法學導讀》第六章（付印中）

陳滿銘《章法學新論》第七章（已完稿）

偏於「藝術性」者，有：

仇小屏《古典詩詞時空設計美學》（文津，2002年）

陳滿銘《章法學綜論》第六章（萬卷樓，2003年）

蒲基維《東坡詞章法風格析論》（萬卷樓，2005年）

蒲基維《章法風格析論》（花木蘭，2007年）

黃淑貞《建築美學：合院「多二一（0）」結構研究》（文史哲，2012年）

陳滿銘《辭章章法學導讀》第七章（付印中）

陳滿銘《章法學新論》第七章（已完稿）

很可惜的是，在「基礎」層面，有代表作是幾本碩論：涂碧霞的《凡目章法析論》、高敏馨的《平側章法析論》、李靜雯的《點染章法析論》與潘伯瑩《圖底章法析論》；而在「概括」層面，則有一本代表作是顏智英的博論《辭章章法變化律研究——以古典詩詞為考察對象》；至今都還沒有出版，希望能早日和大家見面。另外，值得一提的是，這一章法學「基礎性」、「概括性」、「多元性」、「系統性」與「藝術性」體系之建立，早在二〇〇三年六月就由《章法學綜論》一書初步完成，這對後來研究的拓廣與加深，產生了相當大的影響，就是即將推出的《辭章章法學導論》與《章法學新論》也和它作了不同角度之呼應，因此在此特別分章加以呈現，以傳達這種訊息。

這些個人與團隊研究的主要成果，從一九九九年起就受到大陸學界之重視，而陸續提出評價，使臺灣章法學團隊受到極大的鼓勵。

在此，必須附帶一提的是，為了整體而有系統地展現個人研究的成果，以促進學術發展與交流，已擬定計畫，出版一種套書十冊，即《辭章章法學體系建構叢書》，將於二〇一四年三月推出，所收依序是：

《章法學綜論》（整體照應基礎性、概括性、多元性、系統性與藝術性，2003 年）

《篇章結構學》（從不同深廣度，整體照應基礎性、概括性、多元性、系統性與藝術性，2005 年）

《多二一（0）螺旋結構論：以哲學、文學、美學為研究範圍》（以多元性、系統性與藝術性為主，2007 年）

《章法結構原理與教學》（從不同深廣度，整體照應基礎性、概括性、多元性、系統性與藝術性，2007 年）

《唐宋詞拾玉：以篇章結構分析為軸心》（以基礎性、多元性

為主，2010 年）

《篇章意象學》（以多元性、系統性與藝術性為主，2011 年）

《章法結構論》（以多元性、系統性與藝術性為主，2012 年）

《比較章法學》（以多元性為主，2012 年）

《章法學新論》（從不同深廣度，整體照應基礎性、概括性、多元性、系統性與藝術性，附印中）

《《四書》義理螺旋結構析論》（以基礎性、多元性與系統性為主，完稿中）

必須要說明的是，其中全面以實例解析辭章的章法結構為重心，直接為其他各冊之理論與舉例作進一步的驗證的，本來已準備收入《文章結構分析》與《唐宋詞拾玉》兩冊，希望藉此兼顧理論與實際，能呈現個人研究章法學之進程與結果。不過，因另有一新著《《四書》義理螺旋結構析論》，正完稿中，所以考慮結果，決定以它取代《文章結構分析》，列入這套書內，將章法分析的實例由文學性提升到哲學性，使其涵蓋面能更為擴大。此外，附帶要一提的是，《辭章章法學導讀》雖未納入此十冊內，卻將附於這套書前，用作「導引」，以發揮「以簡馭繁」的功效。

此一系列，除「通貫」之外，也準備編印另一套「分類」專著十冊，即「辭章章法學體系研究叢書」，將於近兩三年內一併推廣出去，書目暫定如下：

屬於「基礎性」類者：

仇小屏《文章章法論》（萬卷樓，1998 年）

陳佳君《虛實章法析論》（文津，2002 年）

屬於「概括性」類者：

仇小屏《篇章結構類型論》（萬卷樓，2000 年）
黃淑貞《辭章章法四大律研究》（文津，2007 年）

屬於「多元性」類者：

陳佳君《篇章縱橫向結構論》（萬卷樓，2008 年）
仇小屏《呂祖謙「古文關鍵」文章論研究》（萬卷樓，2010 年）

屬於「系統性」類者：

謝奇懿《辭章學的螺旋結構及其在寫作評分規準的應用》（秀威，2010 年）

屬於「藝術性」類者：

仇小屏《古典詩詞時空設計美學》（文津，2002 年）
蒲基維《東坡詞章法風格析論》（萬卷樓，2005 年）
黃淑貞《建築美學：合院「多二一（0）」結構研究》（文史哲，2012 年）

這樣做，希望兩岸學界能有更多的學者專家能重視這些成果，而有助於更進一步之學術推展與交流。

三　王希杰「三一語言學」團隊的評價

南京大學教授王希杰，為語言學界巨擘，於近年開創「三一語言學」一派，組成非常強大的團隊。和王希杰相識，是起於一九九九年六月在臺灣師大所主辦的「第一屆中國修辭學學術研討會」，他在會中對我的博士導生仇小屏（現為成大中文系副教授）之〈平提側注法的理論及應用〉一文特別讚賞，就以此為橋樑，使我們在日後有了密切的交往。也從此，他對臺灣辭章章法學之研究，不僅在一般信函或電子郵件裡時予鼓勵、肯定，更形諸文字加以支援：

他首先在〈讀仇博士的《文章章法論》〉中說：

> 如果說，陳教授提出了四大規律，那麼應當說，仇博士把這四大律具體化，……這一著作的出現，可以說是中國章法學科學化的一個標誌。[13]

其次發表〈章法學門外閒談〉，認為：

> 章法學作為一門學問，不是有關部門章法的個別的知識，而是章法知識的總和，是一種概念的系統。章法學是一門實用性很強的學問，也有極高的學術價值。它同文章學、修辭學、語用學、文藝學、美學、邏輯學等都具有密切關係。章法學已經初步形成了一門科學。陳滿銘教授初步建立了科學的章法學體系。

13　王希杰：〈讀仇博士的《文章章法論》〉，《修辭學習》2001 年 1 期，頁 39。

又說：

> 像陳教授這樣一來以四大規律來建立章法學理論大廈，這還是第一次。如果說唐鉞、王易、陳望道等人轉變了中國修辭學，建立了學科的中國現代修辭學，我們也可以說，陳滿銘及其弟子轉變了中國章法學的研究大方向，建立了科學的章法學，把漢語章法學的研究轉向科學的道路。[14]

接著發表〈章法三論〉，於「摘要」中直接指出：

> 臺灣學者陳滿銘教授推進了章法學科學化現代化! 文章通過對章法學「零度與偏離」、「顯性與潛性」以及「章法與辭格等關係」的分析論述，為章法學的科學化、現代化提出了新視點，作出了新貢獻![15]

然後發表〈陳滿銘教授和章法學〉一文，認為：

> 上個世紀最後的幾十年裡，張志公學生提倡「辭章學」，也在北京大學講授過辭章學，造成了一定的影響。影響更大的是鄭頤壽教授，他在理論體系的建構方面做了不少工作，取得了可喜的成功。但是，在我看來，真正初步建立了許多章法學的是陳滿銘教授，他把章法變成一門科學——可以把握，有規律規則可以遵循的學問。這是一個了不起的貢獻。

14 王希杰：〈章法學門外閒談〉，《平頂山師專學報》2003 年 2 期，頁 53-57。

15 王希杰：〈章法三論〉，《南通紡織職業技術學院學報》（綜合版）2005 年 1 期，頁 20-25。

又說：

> 陳滿銘教授對中國傳統文化是很有研究的，是四書學家。他的研究不是照搬洋教條，而是傳統文化的繼承和發展。從這點上說，他是把四書學和章法學很成功地結合起來了。二十世紀裡，中國人文科學總的趨勢是販賣洋學問，運用洋教條來套中國的事情。我不滿這種做法，也就更喜歡陳滿銘教授的治學道路了。在方法論原則上，他和弟子們繼承了《周易》的二元互補和轉化的傳統。這也是對中國古代章法研究傳統的繼承。例如劉熙載在《藝概》〈詞曲概〉中說：「詞之章法，不外相摩相蕩，如奇正、空實、開合、工易、寬緊之類是也。」滿銘教授和弟子們的章法體系基本上是建立在二元對立、互補、轉化之上的。[16]

這些肯定與鼓勵，是讓人欽佩與感動的。

其次以南京曉庄學院教授鐘玖英而言，師事王希杰已久，是南京團隊的核心成員。因八、九年前曾來過臺灣，所以很早就和臺灣章法學團隊有所接觸，尤其是電子郵件來往十分密切。最令人感謝的是，從二〇〇三年開始到現在，我在大陸各大學學報發表的六十二篇論文，大部分就是由她和王希杰所推介的。不僅如此，又特別撰寫了〈臺灣章法學研究對大陸修辭學研究的啟示〉一文，認為臺灣章法學研究值得大陸借鑒的有：「行知相成的研究模式」、「在繼承基礎上的創新之舉」、「對學術的執著與努力打造學術後備軍的遠見」，並且強

16 王希杰：〈陳滿銘教授和章法學〉，《畢節學院學報》總 96 期（2008 年 2 月），頁 1-6。

調說：

> 「章法學是研究章法（含篇法）理論與實際的一門學問。」以國立臺灣師大博導陳滿銘教授為核心，以仇小屏博士等學者為主力陣容所建構的漢語辭章章法學，在短短三十多年的時間裡，取得了可喜的成就，其學術價值和實際指導價值日漸受到海峽兩岸學者的重視與肯定。作為修辭學研究者，我們以為臺灣的辭章章法學研究給大陸的修辭學研究提供了有益的啟示。[17]

這種肯定雖使人感到受之有愧，卻起了很大的鼓勵作用。

然後是肇慶學院教授孟建安，和鍾玖英一樣，也師事王希杰，是南京團隊的一員健將。他也很早就以電子郵件和臺灣章法學團隊有所交流，直到二○○九年十二月於鄭頤壽教授在福州所招開的「海峽兩岸辭章學研討會」才正式見面，並於二○一○年五月受邀到他服務的肇慶學院作一場專題演講。接著於二○一一年十月又來臺參加「第六屆辭章章法學學術研討會」，發表〈章法學體系建構的系統性原則〉一文，就兩點加以論述：一是「看章法學體系在辭章學理論體系內所處的位置」；一是「看章法學體系自身的系統性」。他先就第一點說：

> 陳滿銘則通過幾十年的辛勤耕耘對章法學體系在辭章學理論體系中的分佈進行了邏輯運演，得出了如下系統圖：

17 鍾玖英：〈臺灣章法學研究對大陸修辭學研究的啟示〉，《渤海大學學報》（哲學社會科學版）2005 年 6 期，頁 8-10。

辭章學內涵

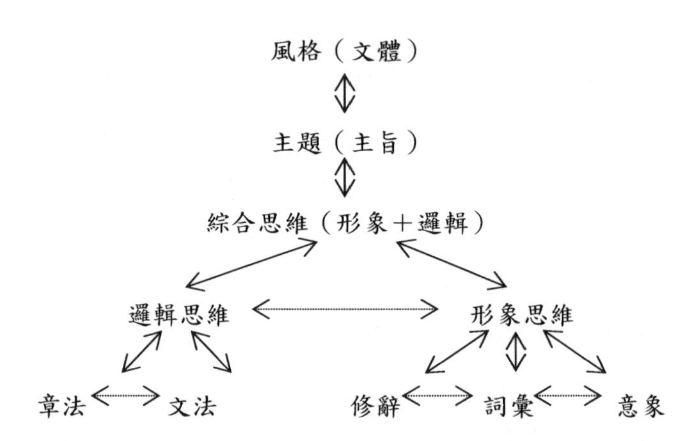

就陳滿銘所建構的辭章學系統來看，章法與文法、修辭、辭彙、意象都處在辭章學大系統的第五層，只不過章法與文法屬於邏輯思維子系統，而修辭、辭彙和意象則屬於形象思維子系統。據此推知，章法與文法的關係更密切，而與修辭、辭彙和意象的關係較疏遠，但它們都在第三層（即綜合思維）統一於一，聚焦於綜合思維，並繼續提煉而歸於主題（主旨），最後而達於風格（文體），共同來支撐陳先生所建構的辭章學理論大廈。

再就第二點說：

為了簡潔和明晰起見，現根據陳滿銘及其弟子的研究成果對章法學體系作四個層級的圖例說明：

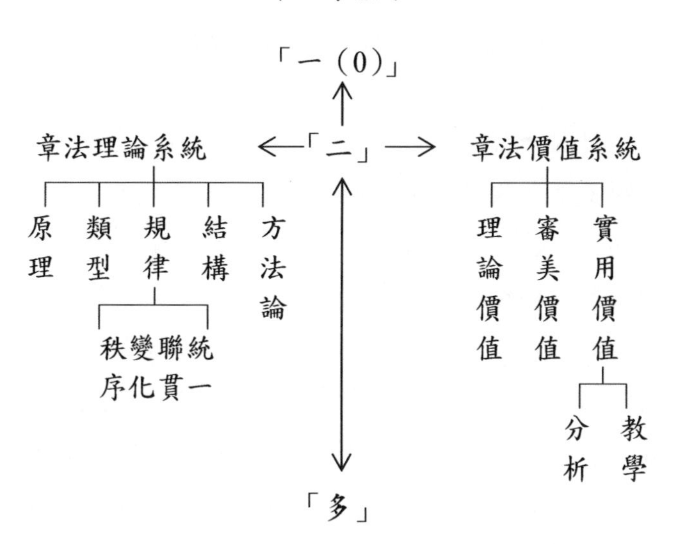

> 這個章法學體系當然是舉例性的，但同樣能夠告訴我們，章法學體系是一個邏輯嚴密的多層級的理論體系。每一層都有不同的構成要素，而且這些構成要素之間又相互聯繫相互制約，最終統一於一級層次，即章法學體系。而按照陳滿銘的辭章章法理論，正合了「多、二、一（0）」和「（0）一、二、多」的螺旋邏輯結構。三、四層及其之後的每個層級上的要素都為「多」，第二層級上的要素為「二」，最後統一於第一層級，即達到「一（0）」。……這樣建立起來的章法學體系才是更趨於科學、更合乎漢語辭章章法實際的理論體系。[18]

這樣從方法論原則、系統來看待章法學體系，用「多二一（0）」作螺旋統合，確實更能呈現辭章章法學的完整架構。

18 孟建安：〈章法學體系建構的系統性原則〉，見中華章法學會主編：《章法論叢》第六輯（臺北市：萬卷樓圖書公司，2012 年 11 月），頁 71-81。

四　鄭頤壽「辭章學」團隊的評價

福建師大教授鄭頤壽，很久以來就帶領有辭章學研究的強大團隊，南京大學王希杰教授說：「『福建鄭』兵強馬壯，人多勢眾，成果多多。可以同『福建鄭』相提並論的是『臺灣陳』。『臺灣陳』指臺灣師範大學國文系陳滿銘教授。陳教授是臺灣著名章法學家，他建立了現代章法學，他創建了章法學學派，他建設了一個章法學團隊。這已經是海峽兩岸學界的共識。……陳滿銘教授得到了福建辭章學研究團隊的最高等級的承認，這是很不容易的，這是一個大成功！」[19]

鄭頤壽是海峽兩岸知名的漢語辭章學家。能有幸認識他，是緣結於二○○○年在高雄師大舉行的「第二屆中國修辭學國際學術研討會」結束之後。記得剛回到臺北不久，就接到黃麗貞教授的電話，說鄭頤壽對我的研究所導生仇小屏在會中所發表的論文〈試談字句與篇章修飾的分野〉很感興趣，希望在離台前，能和我與小屏見一面談談，於是在修辭學會理事長蔡宗陽教授的安排下，於臺北為兩岸學者所舉辦的一次餐宴裡，我們見面了。

這次歡聚後，鄭頤壽和我們之間，就經常以書信或電話交換研究心得。他這種對辭章學研究的熱忱與執著和對臺灣辭章章法學研究的肯定與鼓勵，使人感佩不已。他曾先於二○○二年在蘇州大學所舉辦之學術研討會上，以「中華文化沃土，辭章學圃奇葩——讀陳滿銘的《章法學新裁》相關著作」為題，替臺灣辭章章法學之研究打氣，他一開篇就提到：

---

19 王希杰：〈序言〉，《陳滿銘與辭章章法學——陳滿銘辭章章法學術思想論集》（臺北市：文津出版社，2007 年 12 月），頁 1-2。

> 陳教授的「章法」不僅限於辭章學內容之一「章法」，而是從多科融合的「辭章學」角度來闡析的；它也不僅限於「辭章學」、「章法」這一點，而是以點帶面，闡析了「辭章學」的諸多理論問題。因此，他們又把這門學科稱為「辭章章法學」。其最突出的成就是繼承、發揚中華民族辯證法的優良傳統，運用科學的方法，建構辭章章法的學科理論體系。一門新學科的建立，必須有自己的理論體系，這個「理論」必須是高屋建瓴的能夠統帥、籠罩學科的所有內容，正如網有之綱，綱舉而目張。這就是辭章章法的辯證法，是一種居高臨下的哲學思辨。陳教授為中心的辭章學隊伍的作品，這一特點十分突出。

接著分「內容與形式的辯證法」、「章法技巧的辯證法」、「讀與寫的辯證法」與「分、合的辯政法」四層進行評論，就在最後一層，他特別強調：

> 中國思維在「合」中也有「分」。老子在論述「道生於一」之後又說：「一生二，二生三，三生萬物」（《老子》四十二章）就是「分」。陳教授對「融合」無縫的文章的整體，能夠根據整體與局部、局部與局部之間的辯證關係進行分析，分得十分到家、十分細致，做到對成功的文章「無所不分」的地步，用極其簡單的圖表展示出來。這是辭章章法學的一大特色，它貫穿於陳教授及其高足的所有論著之中。現舉陳教授對賈誼〈過秦論〉一段「結構分析表」於下，以見一斑：

秦強之漸：

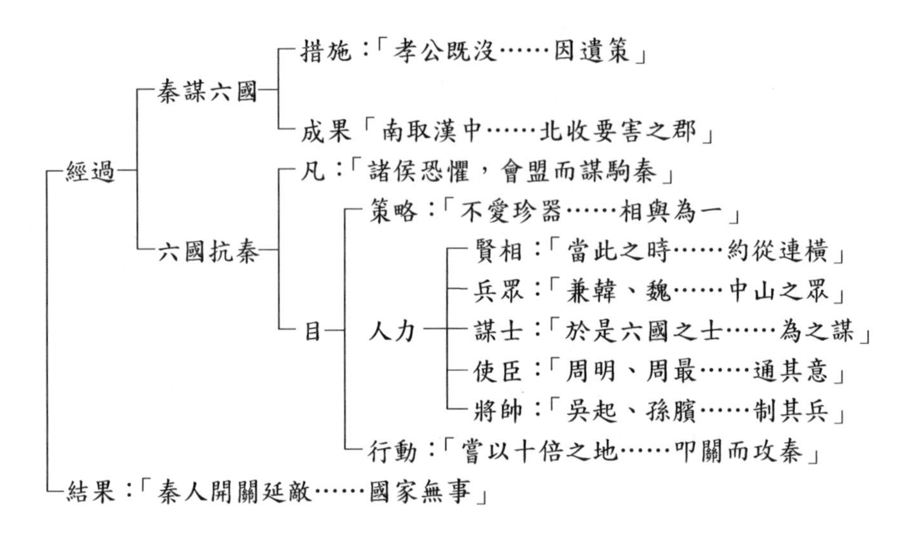

這是文中「孝公既沒……國家無事」部分的辭章結構分析，把整體與局部、局與局部的關係揭示出來，富於直觀性、示範性。合中能分，以分示合，是章法研究中最能揭示辭章的一體性，最具體也最具橋梁性、實效性的工作，是陳教授研究中一大特點和優點。[20]

這樣著眼於「求同」（宏觀）與「求異」（微觀）來評論，給臺灣的章法學研究團隊予莫大的肯定與鼓勵。

就在同一年，再透過學報論文指出臺灣章法學研究的成果說：

「『章法學』是研究章法（含篇法）理論與實際的一門學問。」它涉及文章學、修辭學、語體學、邏輯學以及美學等諸

20 鄭頤壽：〈中華文化沃土，辭章學圃奇葩——讀陳滿銘的《章法學新裁》相關著作〉，《海峽兩岸中華傳統文化與現代化研討會論文集》（蘇州市：蘇州大學，2002年5月），頁131-139。

> 多方面。綜合研究這諸多方面的章法現象及其理論體系的學問，可稱之為辭章章法學，也可簡稱章法學，臺灣學者陳滿銘教授，在研究這一方面具有突出的成就，雖非絕後，實屬空前。

並指出其特色在有「哲學思辨」、「多科融合」、「雙向兼顧」、「體系完整」、「重點突出」、「行知相成」等，且說：

> 辭章章法的理論逐步「由樹而成林」，建構了辭章章法理論的系統。因此，這門新學科，既有較濃的理論色彩，又具有重要的實用品格。尤其可貴的是，他們還要進一步結合心理基礎與美感效果來研究章法，求的正是「真、善、美」。因為探討心理基礎，就是求「真」；探討章法結構，就是求其規律化，亦即求「善」；而探討美感效果，則是求「美」。[21]

這種學術襟懷與情誼，是極其珍貴的。

到了二〇〇八年，鄭頤壽更進一步地指出臺灣章法學的研究成果受到學術界的高度評價：

> 張慧貞先生指出：辭章章法學植根於中華文化沃土之中，以先秦以來辯證法的思想和歷代總結的「章法」理論的基礎，再結合語文教學實踐進行總結、歸納、昇華、建構了章法哲學基礎，總結其規律、方法。陳滿銘教授及其高足仇小屏等博士在這方面作出了開拓性的貢獻。他們從《易經》、《老子》等相關

---

21 鄭頤壽：〈臺灣辭章學研究述評及其與大陸的異同比較〉，《福建省社會主義學院學報》2002 年 2 期，頁 29-32。

> 理論中吸取哲學營養，用於辭章學的研究。他們認為文章的寫作沿著「(0)一、二、多」的結構發展，而文章的解讀卻是沿著「多、二、一(0)」的結構發展。這兩個方面體現了哲學思辨，是由結構到組合與由組合到結構的雙向發展並把結構與組合結合起來，這在哲學上對寫說與讀聽作了指導。(《大學辭章學》第十九章，369 頁)王德春教授認為「陳滿銘在研究辭章章法學時能適應現代語言學的發展趨勢」，「表現在以下五個方面」：「一、詞句與話語結合」，「二、語言與言語結合」，「三、形式與內容結合」，「四、感性與理性結合」，「五、理論與應用結合」。此外，孟建安、林大礎、鄭娟榕、鄭韶風、黎運漢等專家、學者，都對陳滿銘教授辭章章法學的論著給予很高的評價。[22]

而且總結起來評價說：

> 臺灣師範大學……陳滿銘教授是位蜚聲海內外的言語藝術國學——漢語辭章學的專家，同時又是儒學(含易學、四書學)、道學、詩學、詞學、語文(含國語、國文)教學的專家。他首創篇章辭章學，並以之解讀《易經》、四書和詩詞，指導語文教學；反過來，又用儒學、道學指導人生，提高自身的修養，用易學，道學的理論為綱，作為篇章辭章學的理論框架；用歷代精美的詩詞、散文為語料，闡釋篇章辭章學的規律

---

22 鄭頤壽：〈辭章架彩橋——兩岸合作創建辭章學新學科瑣議〉，《南華工商學院學報》2008 年 3 期，頁 52-57。而張慧貞、王德春、孟建安、林大础、鄭娟榕、鄭韶風、黎運漢等專家、學者對臺灣辭章學的評論，均收入《陳滿銘與辭章章法學——陳滿銘辭章章法學術思想論集》(臺北市：文津出版社，2007 年 12 月)。

> 和方法。……三十多年來，陳教授「朝於斯、夕於斯」，堅持不懈地進行研究，反覆試驗，終於逐步「集樹成林」，創建了科學的，有嚴密理論體系、又富「民族味」、「中國風」的篇章辭章學（又稱「辭章章學法」）。[23]

這種評價令人產生繼續研究的無限信心。

鄭頤壽之外，必須一提的是福建團隊中的一員健將福建師大教授祝敏青。和她相識是由二○○二年十二月參加廈門集美大學所舉辦之「閩臺辭章學學術研討會」開始，會中聽她在會中作專題報告，焦點集中，條理清晰，留下深刻印象。到二○○九年十二月在福州所招開的「海峽兩岸辭章學研討會」上，又再次見面，接觸次數越多，越佩服她作學術的堅持與認真。就在最近，從網路上看到她發表於《肇慶學院學報》的一篇文章：〈海峽兩岸辭章學學術交流述評〉[24]，對兩岸學者的研究成果進行評價，單就「臺灣章法學」而言，主要集中在福建團隊的鄭頤壽、鄭韶風與林大礎、鄭娟榕等四位中堅成員身上：

以鄭頤壽來說，共舉了〈臺灣辭章學研究述評及其與大陸的異同比較〉、〈臺灣辭章學研究述評〉、〈中華文化沃土，辭章學圃奇葩——讀陳滿銘的《辭章學新裁》及其相關著作〉、〈辭章學研究的回顧與前瞻〉、〈播種詩心茁紅紫——仇小屏新詩辭章理論與實踐述評〉、〈含「篇法」的「辭章章法學」的發展〉、〈研究篇章藝術的國學——讀陳滿銘《篇章辭章學》、《辭章學十論》〉、〈陳滿銘創建篇章辭章學——《陳滿銘與辭章章法學——陳滿銘辭章章法學術思想論集》代序〉、〈從「章法辭章學」登上「篇章辭章學」的寶座——讀陳滿銘教授的

23 鄭頤壽：〈陳滿銘與漢語辭章學〉，《福建文史》2008 年 1 期，頁 23-26。

24 祝敏青：〈海峽兩岸辭章學學術交流述評〉，《肇慶學院學報》2011 年 1 期，頁 26-31。

《篇章辭章學》〉、〈辭章架彩橋——兩岸合作創建辭章學新學科瑣議〉、〈親歷海峽兩岸辭章學研究交流〉等十一篇大作，以第八篇為例，祝敏青說：

> 文章首先概述了陳滿銘的學術成就，他是儒學、道學、詩學、詞學、語文教學的專家，概述了他的十多部代表作。接著，根據鄭氏的理解，認為陳氏的篇章辭章學可抽象出「三觀」理論，即宏觀的「(0)一、二、多」，中觀的「四大規律」和微觀的三四十種章法。篇章辭章學的「三觀」理論建構了科學的、體系嚴密的學科理論大廈，是「篇章辭章」藝術之所以能夠成「學」的最主要依據。鄭氏認為，這種「三觀理論」在漢語辭章學學科建設中至關重要，他認為普通辭章學也是如此，即在中國古代哲學思想「中華密碼」和現當代馬克思主義哲學思想的指導下，建構宏觀的「四六結構」、中觀的「八條規律」、微觀的「三九變化」。這些理論總結、昇華，揭示了兩岸辭章學研究的「大同」與「小異」。

以鄭韶風而言，先後發表了〈漢語辭章學研究四十年述評〉與〈試談陳滿銘教授「讀寫雙向互動」的辭章觀〉兩文。以後一篇為例，祝敏青認為作者指出：

> 「雙向互動」，是辭章學的普遍（「面」）的規律，就是張志公等先生所講的「聽說讀寫」——「讀寫」從書面語論，「聽讀」從口語論，都是「雙向互動」的，……它顯示了辭章學的「橋樑性」。

以林大礎、鄭娟榕兩人來說：先後發表了四篇文章，即〈開闢漢語辭章學的新領域——陳滿銘教授創建辭章章法學評介〉、〈當代漢語辭章學的三個時期及其主要標誌（上、下）〉、〈臺灣辭章學苑的燦爛新花——仇小屏《文章章法論》評介〉與〈臺灣辭章學研究的又一新秀新作——陳佳君《虛實章法析論》評介〉。舉第一篇為例，祝敏青認為此文：

> 指出陳滿銘教授以辭章學理論為「體」，構建辭章章法學的學科體系；以哲學理論為「用」，探尋辭章章法學規律；以美學理論為「輔」，增強「章法風格」的科學性；以「定量分析」為「法」，驗證「章法風格」的客觀性；以「比較法」為手段，劃分「章法類型」；以「結構分析表」為橋梁，落實「致用」與實踐檢驗的原則；以團隊的力量，繼續開創辭章章法學的新境界。

福建團隊這樣從各個角度所作的肯定與鼓勵，是讓人感動不已的。王希杰就說：「誰說『同行是冤家』，也莫道『文人相輕，古今無二』，福建辭章學研究者，一致肯定陳氏辭章學。……我為以鄭頤壽為首的福建辭章學團隊高興。好，很好，非常好。很不簡單呢！……這才是學者，這樣學術才能繁榮發達。」[25]其實，豈止是福建團隊這樣，就是「三一語言學」團隊也是如此。

---

25 王希杰：〈序言〉，《陳滿銘與辭章章法學——陳滿銘辭章章法學術思想論集》（臺北市：文津出版社，2007 年 12 月），頁 3。

五　結語

綜上所述，南京與福建兩大團隊對臺灣章法學研究，兼顧宏觀與微觀、理論與應用，用論文發表在各大學報與學術研討會上加以肯定與重視，作出評價，是非常珍貴，而令臺灣章法學研究團隊深深感佩的。

對這一體系，也可用「三觀」看待：先是「微觀」，即「基礎性」；次為「中觀」，含「概括性」與「多元性」；然後是「宏觀」，指「系統性」與「藝術性」。對此三觀，鄭頤壽提出其重點說：「（臺灣）篇章辭章學的『三觀』理論建構了科學的、體系嚴密的學科理論大廈，是『篇章辭章學』藝術之所以能夠成『學』的最主要依據。分清這『三觀』、『大廈』的建構就有了層次性、邏輯性；抓住這『三觀』，就抓住了學科體系的『綱』和『目』。我們用『三觀』理論所作的概括、評價，應該基本上描寫了篇章辭章學的理論體系。……是從具體的『方法』到概括的『規律』，……從一個個的『章法』入手，一個、兩個、十個、三十幾個、四十幾個……『集樹成林』（微觀）之後，又由博返約，把它們分別類聚於秩序律、變化律、聯貫律、統一律之中，有總有分，形成四個章法的『族系』（中觀）。這就把章法條理化、系統化了。……（又）從分別的『章法』、『規律』到統領『全軍』的理論框架『（0）一、二、多（「多、二、一（0）」）』（宏觀）。這是認識的又一個飛躍、昇華，它加強了學科的哲學性、科學性。」[26] 這段話清晰地概括了章法學體系建構的先後過程。

---

26 鄭頤壽：〈陳滿銘創建篇章辭章學——代序〉，《陳滿銘與辭章章法學——陳滿銘辭章章法學術思想論集》（臺北市：文津出版社，2007年12月），頁7-12。

海峽兩岸的學術，如此經過十餘年之交流，成果自然豐碩。就在這樣的過程中，由大陸學術團隊對臺灣章法學研究大力作出評價，加以肯定與鼓勵的同時，臺灣的章法學研究團隊，也參加多次大陸所舉辦的辭章學或修辭學學術研討會，推薦大陸學者在臺灣出書並寫序，甚至為大陸出版的辭章學或語言學專書撰寫專題論文，且評述大陸學者的學術成果發表於兩岸期刊或學報，呈現「互動、循環而提升」螺旋效果[27]。這樣，就像祝敏青所說的「辭章學研究的前景廣闊，海峽兩岸學者的攜手研究，必將推進辭章學學科的長足發展。」[28]希望大家能繼續共同攜手，開創辭章學更燦爛的明天！

（二〇一三年九月二十三日修正）

27 陳滿銘〈兩岸辭章學交流——側記臺灣章法學團隊所作的回應〉，將於二〇一三年十月刊登於《國文天地》第二十九卷五期。

28 祝敏青：〈海峽兩岸辭章學學術交流述評〉，《肇慶學院學報》2011 年 1 期，頁 31。

參考文獻

王希杰　〈讀仇博士的《文章章法論》〉　《修辭學習》2001 年 1 期　頁 39

王希杰　〈章法學門外閒談〉　《平頂山師專學報》2003 年 2 期　頁 53-57

王希杰　〈章法三論〉　《南通紡織職業技術學院學報》（綜合版）　2005 年 1 期　頁 20-25

王希杰　〈序言〉　《陳滿銘與辭章章法學——陳滿銘辭章章法學術思想論集》　臺北市　文津出版社　2007 年 12 月

王希杰　〈陳滿銘教授和章法學〉　《畢節學院學報》總 96 期　2008 年 2 月　頁 1-5

孟建安　〈陳滿銘與漢語辭章章法學研究〉　《陳滿銘與辭章章法學——陳滿銘辭章章法學術思想論集》　臺北市　文津出版社　2007 年 12 月　頁 80-123

孟建安　〈章法學體系建構的系統性原則〉　中華章法學會主編《章法論叢》第六輯　臺北市　萬卷樓圖書公司　2012 年 11 月　頁 71-81

祝敏青　〈海峽兩岸辭章學學術交流述評〉　《肇慶學院學報》2011 年 1 期　頁 26-31

張立文　《中國哲學邏輯結構論》　北京市　中國社會科學出版社　2002 年 1 月

陳　波　《邏輯學是什麼》　北京市　北京大學出版社　2002 年 1 月

陳滿銘　《章法學綜論》　臺北市　萬卷樓圖書公司　2003 年 6 月

陳滿銘　〈章法學研究團隊近幾年來之編書服務〉上、下　《國文天地》22 卷 11 期、12 期　2007 年 4、5 月　頁 87-94、77-82

陳滿銘　〈章法學研究團隊之成立〉　《章法論叢》第二輯　臺北市　萬卷樓圖書公司　2008 年 3 月　頁 1-35

陳滿銘　〈論章法結構之方法論系統——歸本於《周易》與《老子》作考察〉　臺灣師大《國文學報》第 46 期　2009 年 6 月　頁 61-94

陳滿銘　〈章法學「三觀」體系的建構過程〉　《第一屆語文教育暨第七屆辭章章法學學術研討會會議論文集》　臺北市　臺灣師範大學　2012 年 12 月　頁 1-14

陳滿銘　〈兩岸辭章學交流——側記臺灣章法學團隊所作的回應〉　《國文天地》第 29 卷 5 期　2013 年 10 月

黎運漢　〈陳滿銘對辭章法學的貢獻〉　《陳滿銘與辭章章法學——陳滿銘辭章章法學術思想論集》　臺北市　文津出版社，2007 年 12 月　頁 52-70

鄭頤壽　〈臺灣辭章學研究述評及其與大陸的異同比較〉　《福建省社會主義學院學報》2002 年 2 期　頁 29-32

鄭頤壽　〈中華文化沃土　辭章學圃奇葩——讀陳滿銘《章法學新裁》及其相關著作〉　《海峽兩岸中華傳統文化與現代化研討會文集》　蘇州市　蘇州大學　2002 年 5 月　頁 131-139

鄭頤壽　〈從「章法辭章學」登上「篇章辭章學」的寶座〉　《陳滿銘與辭章章法學——陳滿銘辭章章法學術思想論集》　臺北市　文津出版社，2007 年 12 月　頁 292-305

鄭頤壽　〈陳滿銘與漢語辭章學〉　《福建文史》2008 年 1 期　頁 23-26

鄭頤壽　〈辭章架彩橋——兩岸合作創建辭章學新學科瑣議〉　《南

華工商學院學報》2008年3期　頁52-57
鐘玖英　〈臺灣章法學研究對大陸修辭學研究的啟示〉　《渤海大學學報》（哲學社會科學版）2005年6期　頁8-10

論科技論文寫作常見的幾種結構模式——由篇章邏輯切入

仇小屏
成功大學中文系副教授

摘要

科技論文最重要的要求是：精確傳達科技研究成果，而欲達成精確傳達的目標，則論文本身的邏輯必須要非常清晰通達。本論文鎖定「篇章」為範圍，以處理「篇章邏輯」的「章法」切入，分析科技論文的寫作邏輯，並進而得出其結構，且將常見的結構歸納出來，稱之為「結構模式」。根據研究所得，科技論文共形成十三種常見的結構模式：「由因及果」、「由果溯因」、「由本而末」、「由淺而深」、「先凡後目」、「先全後偏」、「並列」、「先優後缺」、「先底後圖」、「先正後補」、「先敘後論」、「先進後退」、「先昔後今」。而本論文探究這些「結構模式」的目的有二：首先，這些「結構模式」清晰且便於應用，若加以熟習，相信可大有裨益於科技論文的寫作與閱讀；其次，希望可進一步探究出隱藏於其後的邏輯思維、寫作思維，如此一來，不僅可擴充科技論文寫作理論的內涵，還能擴充章法學的內涵。

關鍵詞：科技論文、章法、結構、模式、篇章邏輯

一　前言

「科技論文」是「科技實用文」[1]中的一類[2]。科技論文最重要的要求是：精確傳達科技研究成果[3]，而且，「科技研究成果」是寫作前就已完成的，「精確傳達」才是寫作時努力的目標。而欲達成精確傳達的目標，則論文本身的邏輯必須要非常清晰通達。要達致論文邏輯的清晰通達，其實是有法可循的。就語文來說，「文法」與「章法」就是處理文章組織邏輯的學問，「文法」探究的是「組詞成句」的邏輯，「章法」探究的是「組句成章（篇）」的邏輯。因此，掌握此兩種學門，再進行寫作，就可有效地促成論文邏輯的清晰通達。

因為有鑑於此課題在學術拓深以及實際應用上的重要性，本人在九十六至九十八年度，與許長謨教授合作，於國立成功大學執行「標竿創新暨新進學者計畫——成大學生實用文『寫作邏輯』指導策略發展方案」，本人擔任總主持人暨子計畫（二）主持人。而為求理論與

1　實用文又稱「應用文」、「告語文」、「傳息文」、「認知文」，是與人們的日常生活、工作聯繫密切的具有信息傳遞功能的文章，以說明、議論為主要表達方式，一般具有固定的程式，文字簡明通俗，有特定的事由、明確的讀者對象、較強的時間規定等特點。而從專業、職業的角度來分類，實用文可分為「行政實用文」（公文）、「司法實用文」、「商業實用文」、「科技實用文」、「軍事實用文」、「外交實用文」、「醫學實用文」等，參見馬正平編著：《中學寫作教學新思維》（北京市：中國人民大學出版社，2003 年 1 月一版一刷）頁 197-198。

2　常見的科技實用文包括了「科技論文」、「實驗報告」、「海報」、「多媒體的文字部分」、「專利」……等。

3　科技論文的性質是學術論文，劉玉學主編：《寫作學教程》（北京市：中國政法大學出版社，1999 年 8 月一版一刷）針對「學術論文」進行了如下的說明：「學術論文，也叫科學論文，簡稱論文。它是對自然或社會現象等科學領域的問題，進行系統研究、專門探討之後，為表述有關科學研究成果而寫的議論文。它既是科學研究的手段，又是記錄研究成果、進行學術交流的工具。」頁 170-171。

實務的結合，並於通識中心開設「科技論文寫作邏輯概論」課程。在執行期間，發表數篇論文[4]，最後並將上課講義、心得集結成書[5]。

而本論文之所以賡續努力，以「篇章」的「結構模式」為主題再進行探究，那是因為雖然文法和章法都處理文章的組織邏輯，但是，因為此兩種學門的內涵都浩瀚精深，所以，在本論文中，只鎖定「組句成章（篇）」的邏輯，也就是「章法」，作為探討的標的。而且，之所以特別標舉出「模式」，那是因為篇章邏輯應用於寫作，就會形成「結構」，有些結構常常見於科技論文中，值得標舉出來，以便於應用，而這些常見結構，本論文即稱之為「模式」。因此，本論文致力於從對科技論文篇章寫作邏輯的探究、掌握中，歸結出一些可用的「結構模式」。而本論文探究這些「結構模式」的目的有二：首先，這些「結構模式」清晰且便於應用，若加以熟習，相信可大有裨益於寫作與閱讀；其次，希望可進一步探究出隱藏於其後的邏輯思維、寫作思維，如此一來，不僅可擴充科技論文寫作理論的內涵，還能擴充章法學的內涵。

因為本論文是以「篇章邏輯」切入，來探究寫作模式，因此，其下先立一章，探究篇章寫作邏輯與模式，接著用兩章的篇幅，分別呈現「單一結構模式」和「複合結構模式」，最後根據這兩章的分析所得作綜合探討，並得出結論。

---

4 筆者之前針對此課題發表了三篇論文：〈論科技論文「摘要」之篇章寫作邏輯〉，《章法論叢》（臺北市：萬卷樓圖書公司，2009 年 7 月初版），第 3 輯，頁 458-499。〈論科技論文「綱目」的架構邏輯——兼探其寫作思維〉，《章法論叢》（臺北市：萬卷樓圖書公司，2010 年 8 月初版），第 4 輯，頁 427-459。〈論科技論文摘要「標點符號」之運用〉，《章法論叢》（臺北市：萬卷樓圖書公司，2011 年 10 月初版），第 5 輯，頁 369-385。

5 仇小屏、許長謨、王季香：《科技論文寫作》（臺北市：里仁書局，2012 年 2 月），頁 253。

二　篇章寫作邏輯與結構模式

(一) 篇章寫作邏輯

林玉體《邏輯》指出：「推理固為人的基本能力，也是作學問所應具備的基本條件，但推論要能成立或有效（valid），必須推論的過程合乎法則。探討推論法則正是邏輯學的主要課題。」[6]而單繩武《邏輯新論》直接下一定義：「邏輯是研究推論規律的科學。」[7]落實到語文上來說，則此推論過程的法則主要表現為文法、章法，也就是說，前者所處理的是「組詞成句」的邏輯，後者處理的是「組句成篇」的邏輯[8]。

本論文鎖定的是「組句成篇」的邏輯，也就是章法。關於章法學的性質，陳滿銘《篇章結構學》指出：「章法處理的是篇章中內容材料的邏輯關係。」[9]而且陳滿銘〈論章法的哲學基礎〉又說明：這種邏輯組織或條理，對應於宇宙人生規律，完全根源於人心之理，是人人與生俱有的。所以大多數的人，包括作者本身，對它的存在雖大都不自覺，卻會自然地反映在他們的思考或作品之上[10]。目前所歸納出來的章法約有四十種，這些章法是今昔、久暫、遠近、內外、左右、高低、大小、視角轉換、知覺轉換、時空交錯、狀態變化、本末、淺

6　見林玉體：《邏輯》（臺北市：三民書局，1984 年），頁 1。

7　見單繩武：《邏輯新論》（臺北市：三民書局，1994 年 4 月），頁 4。

8　陳滿銘：《篇章結構學》（臺北市：萬卷樓圖書公司，2005 年 5 月初版）說道：「『邏輯思維』涉及了『運材』、『佈局』與『構詞』等問題，而主要以此為研究對象的，就字句言，即文法學；就篇章言，就是章法學。」頁 12。

9　見陳滿銘：《篇章結構學》，頁 115。

10　見陳滿銘：〈論章法的哲學基礎〉，《國文學報》第 32 期（2002 年），頁 87-88。

深（輕重）、因果、眾寡、並列、情景、論敘、泛具、虛實（時間、空間、假設與事實、虛構與真實）、凡目、詳略、賓主、正反、立破、抑揚、問答、平側、縱收、張弛、插補、偏全、點染、天（自然）人（人事）、圖底、敲擊等[11]，它們用在「篇」或「章」（節、段），都可以擔負起組織材料、形成層次之作用。

（二）結構模式

章法與結構是一而二、二而一的。章法一旦落實到作品的篇章中，就會形成「結構」。章法重在「法」，是從整體辭章中所抽繹出來的，具有通貫、抽象之性質，屬「虛」，而結構則是落實在個別作品中，指由章法所形成之組織方式，具有個別、具體之性質，屬「實」，譬如因反正映襯而形成條理，是正反章法，而由此條理落實在作品中，會形成「先正後反」、「先反後正」、「正、反、正」、「反、正、反」等四種組織方式中的一種，此種則屬結構[12]。而正如劉雪春《實用漢語邏輯》說道：「思維的邏輯形式是思維內容各個組成部分之間的組織結構方式。」[13]劉玉學主編《寫作學教程》也說：「結構就是文章或作品的內部組織和構造。」[14]所以，結構就反映了文章內部的組織。而且，因為結構是一種落實的組織方式，所以可以根據分析

11 詳見陳滿銘：《篇章結構學》，頁 190-222，及仇小屏：《篇章結構類型論》（臺北市：萬卷樓圖書公司，2000 年），頁 17-446。

12 參見陳滿銘：〈自序〉，《文章結構分析》（臺北市：萬卷樓圖書公司，1999 年 5 月初版），頁 1。

13 見劉雪春：《實用漢語邏輯》（合肥市：安徽教育出版社，2003 年 9 月一版一刷），頁 6。

14 見劉玉學主編：《寫作學教程》（北京市：中國政法大學出版社，1999 年 8 月修訂版一刷），頁 46。

所得繪出結構分析表，以便於更清晰地看出邏輯思維的運用所形成的條理，進一步可幫助瞭解。

而常常運用在科技論文中的結構，本論文稱之為「模式」。教育部重編國語辭典對「模式」的解釋為：「標準形式。」[15]百度百科認為：「模式（Pattern）其實就是解決某一類問題的方法論。把解決某類問題的方法總結歸納到理論高度，那就是模式。模式是一種指導，在一個良好的指導下，有助於你完成任務，有助於你作出一個優良的設計方案，達到事半功倍的效果。而且會得到解決問題的最佳辦法。」[16]前引兩說指出了「模式」的幾個重點：一是標準形式；二是可具體解決問題、完成任務；三是具有理論的高度。本論文所舉出的「結構模式」，即具有上述的三種特色。

而前人也對此論文「模式」的探求作出貢獻。譬如任鷹《文科論文寫作概要》針對「正文」部分，指出：「可以把學術論文本論部分的結構形式劃分為並列式、遞進式和混合式等三種類型。」[17]與此呼應的是，本論文也探究了「並列」、「由本而末」、「由淺而深」結構模式（接近於任氏所說的「並列式」和「遞進式」），而本論文的「複合

15 見教育部重編國語辭典 http://dict.revised.moe.edu.tw/cgi-bin/newDict/dict.sh?cond=%BC%D2%A6%A1&pieceLen=50&fld=1&cat=&ukey=-1419935482&serial=1&recNo=1&op=f&imgFont=1。

16 見百度百科 http://baike.baidu.com/view/37878.htm。

17 見任鷹：《文科論文寫作概要》（北京市：北京大學出版社，1991年），頁237。任鷹《文科論文寫作概要》對於這三式的說明如下：「所謂的並列式結構……是指各個小的觀點相提並論，各個層次平行排列，分別從不同的角度、不同的側面展開論述，討論問題，使文章的本論部分呈現出一種齊頭並進式的格局。所謂遞進式結構……是指由淺入深，一層深於一層地安排內容的結構方式，層次之間呈現出一種層層展開、步步深入的邏輯關係，後一個層次的內容是對前一個層次的內容的發展，後一個論點是前一個論點的深化。所謂的混合式是一種並列式同遞進式混合起來的結構形式。由其內容的複雜性所決定，學術論文的內部結構形式極少是單一的。」（頁237-238）。

結構模式」也接近於任氏的「混合式」的概念。不過，本論文在此基礎之上，還探求出更多的「結構模式」，力求將科技論文中常見的結構類型都歸納、分析出來，並期望這些成果可裨益於科技論文的閱讀與寫作。

三　單一結構模式

科技論文中常見的寫作邏輯有八類：「因果邏輯類」（含因果、本末、淺深邏輯）、「凡目邏輯類」（含凡目、偏全邏輯）、「並列邏輯類」（含並列、優缺邏輯）、「底圖邏輯類」、「正補邏輯類」、「敘論邏輯類」、「進退邏輯類」、「今昔邏輯類」，共形成十三種模式：「由因及果」、「由果溯因」、「由本而末」、「由淺而深」、「先凡後目」、「先全後偏」、「並列」、「先優後缺」、「先底後圖」、「先正後補」、「先敘後論」、「先進後退」、「先昔後今」。

而本論文在每一模式下舉兩個科技論文的例證。在分析時，會依據分析所得繪出結構分析表，並且繪製時特別注意章法結構和內容結構的對應（內容結構以括號的方式表出），而且為了幫助閱讀，還搭配結構分析表，將摘要分為數個「結構段」[18]，以【1】、【2】……等方式標誌出來。而且，在文字分析的部分，除了指出此篇章結構的優點外，還以「糾謬」的方式，說明此篇章結構的缺失，以及改進的方式。

---

18 劉玉學主編《寫作學教程》談到寫作的「層次」時，說道：「層次是就寫作的思想內容而說的，所以也稱為『意義段』、『結構段』或『邏輯段』。」（頁47）。

(一) 因果邏輯類

因果邏輯是一個大類[19]，在本論文中，「因果邏輯」類除了因果邏輯之外，還包括本末、淺深邏輯。這類邏輯在科技論文中的運用極為廣泛，不只是正文，摘要、綱目架構都常可見到此類邏輯的應用。[20]這是因為此類邏輯相當適合用來說明事件或進行推論，以達成層次井然、清晰有序的寫作效果，因此，非常合乎科技論文明白、精確的寫作要求。

---

19 陳滿銘：《章法學綜論》(臺北市：萬卷樓圖書公司，2003 年 6 月初版) 說道：「可見『因果』章法的確帶有其母性，能相當普遍地替代其他的章法。這樣，章法似乎只要『因果』一法即可。但是，以『因果』這一邏輯，就想要牢籠所有宇宙人生、事事物物，形成『二元對待』既精且細之層次關係，實在是不可能的。更何況還有一些章法，如『左右』、『大小』、『並列』、『知覺轉換』等，是很不容易找出其『因果』關係來的。因此『因果』章法只能用以『兼法』(如同修辭之『兼格』) 之方式，輔助其他章法，而其他章法的開發與研究，以尋出其心理基礎與美感效果，仍然有其迫切之需要，而且也希望能由此而充實層次邏輯的內容。」(頁 403-404)。

20 科技論文的「摘要」和「綱目架構」也都常運用因果類邏輯。拙作〈論科技論文「摘要」之篇章寫作邏輯〉指出：「『因果』法和『本末』法也是關連非常密切的章法，因此可以聯繫在一起考察。在第一、二層結構中運用此兩種章法時，大體上不是說明構想，就是依序說明論文內容，所以可以這麼說：運用『先因後果』、『先本後末』結構，可以井然有序、清清楚楚地說明事理，非常合乎科技論文明白、精確的寫作要求，所以這兩種結構的頻繁出現，也就是理所當然的了。」見《章法論叢》(臺北市：萬卷樓圖書公司，2009 年 7 月初版)，第 3 輯，頁 493。而拙作〈論科技論文「綱目」的架構邏輯——兼探其寫作思維〉則指出：「關於本末法、凡目法、因果法的運用：這三種是最常用到的章法，共出現 44 次，約佔總數七成，而這三種章法都是適用於說明、議論的。本論文在前言中就提到，科技論文最重要的要求是：精確傳達科技研究成果，而研究成果多是以說明和議論的方式來呈現的，因此科技論文的綱目架構，就必須合乎說明和議論的邏輯性。所以也可以這麼說：經常被運用在科技論文綱目架構中的邏輯，就是適用於進行說明、議論的邏輯，而這三種章法的搭配運用，讓說明、議論的層次得以展開。」見《章法論叢》(臺北市：萬卷樓圖書公司，2010 年 8 月初版)，第 4 輯，頁 456。

而因果邏輯可能形成的結構有「由因及果」、「由果溯因」、「因果因」、「果因果」四種，其他本末、淺深邏輯可據此類推，不再贅述。然而，在科技論文中，前述的這些結構卻不會全部用到，常用在科技論文中的結構模式只有「由因及果」、「由果溯因」、「由本而末」、「由淺而深」四種。

1「由因及果」模式

「由因及果」是相當常見的模式，在一般文章中就屢見不鮮，在科技論文中更是極為普遍。而「由因及果」模式的優點在於：可以非常有效地呈現、敘述事件的因果始末。

例證一：

根據相關研究%報導，通過晶界特徵分布（GBCD）優化的辦法，在合金中大幅增加低 Σ 重位點降（CSL）晶界（亦稱特殊晶界）的比例，有可能顯著提高鉛-鈣-錫-鋁合金的抗晶界腐蝕能力，從而成倍延長鉛酸蓄電池的使用壽命。【1】因而作者選用鉛酸蓄電池使用較多的 Pb-0.05% Ca-1.5% Sn-0.026% Al 合金作為研究對象。【2】[21]

其結構分析表如下：

┌因（延長使用）：「根據……使用壽命」 ……………………………【1】
└果（選取研究）：「因而……研究對象」 ……………………………【2】

此段科技論文中出現的連接詞「因而」，連結起「前因」【1】、「後果」【2】，而且在「因而」之前用句號隔開「因」【1】與「果」【2】，讓

21 摘自姜英、王衛國、郭紅、張欣：〈鉛-鈣-錫-鋁合金基於時效脫溶機制的二次硬化行為〉，《機械工程材料》第 31 卷第 10 期（2007 年 10 月），頁 4。

文章適當地斷開，也讓「前因」【1】、「後果」【2】的差別更為凸顯。

例證二：

由於完整蛋白很容易被分解，【1】故只能得知 50.3 kDa 蛋白質 N 端序列是 VEGA，而 50.3 kDa 蛋白質則相當於完整蛋白的 243～694 序列。【2】[22]

其結構分析表如下：

┌因（分解）：「經過……分解」 …………………………………………… 【1】
└果（序列）：「故……序列」 ……………………………………………… 【2】

此段科技論文用連接詞「由於」、「故」標誌出【1】和【2】之間，由「因」及「果」的關連。而且，因為此段文字篇幅較短，所以「因」【1】和「果」【2】之間用逗號連接，是相當好的。

2 「由果溯因」模式

在因果邏輯中，「由因及果」模式是順向的發展，「由果溯因」模式是逆向的發展。而在科技論文裡，運用逆向的邏輯形成寫作模式，是相當罕見的[23]，因此「由果溯因」模式的出現就相當值得注意了。推究其成因，大約是因為因果邏輯是最為常見、非常容易瞭解的邏輯，

---

22 摘自周博敏、林卓皞、鄭閔魁、簡靜香：〈產氣莢膜梭菌唾液酸酶 NanI 的催化功能結構之結晶以及 X 光原子繞射解析〉，《CHEMISTRY》（2007, Vol. 65, No.3），pp.249。

23 詳見拙作：〈論科技論文「摘要」之篇章寫作邏輯〉，《章法論叢》（臺北市：萬卷樓圖書公司，2009 年 7 月初版）：「結構趨於簡單明瞭：不管是第一層或第二層，所出現的結構幾乎均為順向、秩序的，其他逆向、變化的結構則甚為少見，可見得因為科技論文力求精確、明朗，所以反映在篇章寫作結構上，就不求變化，以簡單明瞭為重。」（第 3 輯，頁 487）。

當其被普遍運用時，一方面，有時會因為行文的需要有「求變」的表現，因為此種寫法很容易挑起讀者的「期待慾」；再方面，先敘述「實驗結果」，再探究可能的「原因」，也是科學研究中常常出現的思維。所以，「由果溯因」的寫作模式普遍的出現。

例證一：

由圖 3 與元素結合能標準值對比可知，鈣元素以 CaCO3、CaO、Ca 三種不同的形式存在；鈰以 Ce、CeO 兩種不同的形式存在。【1】這是因為在摩擦過程中，當溫度和壓力達到一定程度時，一部分 CaCO3 分解成 CaO 和 CO2，另外少量的納米 CaCO3 粒子部分電離出 Ca2+，鈣離子吸收兩個電子生成了金屬鈣。而游離的 Ce4+吸收電子生成單質鈰。【2】[24]

其結構分析表如下：

果（存在）：「由圖 3……形式存在」……………………………… 【1】
因（原因）：「這是因為……單質鈰」……………………………… 【2】

本段科技論文從「果」【1】轉「因」【2】之間，用「這是因為」連結，可以很明顯地看出此段科技論文形成了「由果溯因」結構，亦即先敘述實驗結果，再說明其成因。而且，「果」【1】、「因」【2】之間用句號隔開，也是相當理想的。

例證二：

隨著陽極處理時間的增長，二氧化鈦薄膜的顏色會由紫色→藍色→亮綠色→亮紅色等不同鮮明色澤的變化。【1】成色的原因

24 摘自顧彩香、李慶柱、李磊、顧卓明：〈納米粒子潤滑油的抗磨減摩機理〉，《機械工程材料》第 31 卷第 10 期（2007 年 10 月），頁 2-3。

是因為鈦基材經陽極處理後會在表面生成可穿透的氧化膜，因為反射、折射以及吸收各種現象主導的程度不同而造成顏色的變化。【2】[25]

其結構分析表如下：

┌果（色澤變化）：「隨著…變化」……………………………………【1】
└因（成色原因）：「成色…變化」……………………………………【2】

本段科技論文連繫與隔開「果」【1】、「因」【2】，用了兩種手段：一是運用聯語：「成色的原因」；二是運用句號。[26]

3 「由本而末」模式

本末邏輯與因果邏輯是頗為接近的兩種邏輯。若要細究其不同，大約可說是因果邏輯可以呈現出非常鮮明的因果關係，而本末邏輯則著重於呈現事件的始末，也因為如此，因果邏輯所形成的秩序結構大體上就是兩層（由「果」溯「因」，或由「因」及「果」），而本末邏輯的秩序結構則往往有三至多層。而且，一般構思時，若運用到本末邏輯，絕大多數都是著重在「由本而末」清楚地呈現事件始末，所以很少見到「由末而本」的逆推模式[27]，此種現象在科技論文中尤甚，所以科技論文可說是幾乎只見到「由本而末」模式。

---

25 摘自陳君怡、呂世源：〈鈦的陽極處理與應用〉，《CHEMISTRY》（2007, Vol. 65, No.3），pp.225。

26 此段科技論文中還用了不屬於標點符號的符號：「→」，至於此種寫法是否適當？是否需要轉換成標準的寫作，當另文討論。

27 目前所見「由末而本」的逆推模式，多是運用在順推、逆推並用時，目的在加強表達效果。可參見拙著：《篇章結構類型論（增修版）》（臺北市：萬卷樓圖書公司，2005 年 7 月再版），頁 188-192。

例證一：

作者綜合瞬間液相連接和钎料壓力焊的優點，【1】通過在瞬間液相連接中施加介於兩者之間的壓力（5～10MPa）進行了T91 鋼管焊接試驗，【2】研究了焊接溫度對接頭組織、成分及性能的影響。【3】[28]

其結構分析表如下：

┌本（綜合優點）：「作者……優點」 ……………………………… 【1】
├中（進行試驗）：「通過……試驗」 ……………………………… 【2】
└末（研究影響）：「研究……影像」 ……………………………… 【3】

文分三個層次，「由本而末」(【1】～【3】)緊密、完整地敘述的事情的始末，行文之間並未用到連接詞，但是其文句的連結依然相當緊密。

例證二：

本文首先對整車系統架構與各次系統作簡介，【1】之後介紹整車模擬器於軟體上的實施情形，有了虛擬載具後，便可發展控制策略法則包含能量與換檔最佳化、串並聯時機與操作模式；【2】之後在實體應用部分，實驗室平台與載具車架構及測試結果也會做詳細說明。【3】[29]

其結構分析表如下：

---

28 摘自王學剛、趙玉國、嚴黔、李辛庚：〈採用加壓瞬間液相連接技術焊接 T91 鋼管〉，《機械工程材料》第 31 卷第 10 期（2007 年 10 月），頁 12。

29 摘自洪翊軒：〈先進串並聯混合動力系統發展與控制策略設計〉摘要，《機械工業》第 296 期（2007 年 11 月），頁 40。

┌本（整車）:「本文……作簡介」 …………………………… 【1】
├中（模擬器）:「之後……操作模式」 …………………………… 【2】
└末（實體應用）:「之後……詳細說明」 …………………………… 【3】

此段科技論文形成了由本而末的三個層次，作者用「首先」、「之後」、「之後」三個連接詞來連結，但是「中」【2】與「末」【3】之間不宜用「之後」，宜改用「最後」。不過，在這三個層次間，「本」【1】與「中」【2】之間用逗號隔開，「中」【2】與「末」【3】之間則用分號隔開，這樣處理有兩個問題：一是造成層次間重要性的不對等，二是不合於分號的使用時機[30]，因此建議全部改為句號。

4「由淺而深」模式

淺深邏輯可以表現出文意的淺深[31]。對於科技論文來說，當敘述、推理的層次很有次序地被呈現出來時，自然而然地會形成「由淺而深」模式。也因為如此，在科技論文中，幾乎不曾見到「由深而淺」模式，因為這不合乎科技論文構思、表出的原則。

例證一：

> 由圖十五可知高溫鍛燒與參雜氮原子可以同時在一個步驟完成，【1】而且兩者對於光電流回應都有良好的成效。【2】[32]

其結構分析表如下：

┌淺（同時完成）:「由圖……完成」 …………………………… 【1】
└深（良好成效）:「而且……成效」 …………………………… 【2】

30 教育部《重訂標點符號手冊》:「分號：用於分開複句中平列的句子。」(http://www.edu.tw/files/site_content/M0001/hau/h4.htm)

31 可參見拙著:《篇章結構類型論（增修版）》，頁 195-196。

32 摘自陳君怡、呂世源:〈鈦的陽極處理與應用〉，《CHEMISTRY》(2007, Vol. 65, No.3)，pp.232。

本段科技論文用連接詞「而且」標誌出敘述層次遞進的邏輯（【1】～【2】），相當簡明清楚。

例證二：

（1）納米粒子加入到基礎油中，當磨損剛開始時，納米粒子對表面粗糙峰或微凸體實現「微拋光」作用，使摩擦表面接觸趨於平穩，從而降低了磨擦過程中的摩擦因數。【1】

（2）納米粒子呈圓球形可起到類似微型「球軸承」的作用，從而提高了磨擦副表面的潤滑性能。【2】

（3）納米粒子能填補磨損凹坑，起到了填充修復摩擦表面的作用。【3】

（4）兩種粒徑不同的奈米粒子必須在具有適合的配比與總質量分數情況下才能協同到抗磨減摩的作用。【4】

（5）摩擦表面通過較複雜的摩擦化學反應形成新的金屬元素的單質和氧化物反應產物起到了保護摩擦副表面的作用。【5】[33]

其結構分析表如下：

┌一（降低摩擦）：「納米粒子……摩擦因數」……………………… 【1】
├二（提高潤滑）：「納米粒子……潤滑性能」……………………… 【2】
├三（修復摩擦）：「納米粒子……作用」…………………………… 【3】
├四（協同抗摩）：「兩種粒徑……作用」…………………………… 【4】
└五（保護表面）：「摩擦表面……作用」…………………………… 【5】

33 摘自顧彩香、李慶柱、李磊、顧卓明：〈納米粒子潤滑油的抗磨減摩機理〉，《機械工程材料》第31卷第10期（2007年10月），頁3、6。

這段敘述是該科技論文的「結論」部分。此數點結論是用「由淺而深」邏輯連結起來的（【1】～【5】），而作者用「序數」標誌出五點結論，且用「分段」隔開，使得結論的表出相當簡明清楚。

（二）凡目邏輯類

凡目邏輯類中，除了凡目邏輯外，還包括了偏全邏輯。凡目與偏全邏輯的共通點在於都是處理「總」與「分」的對應，差別在於，在凡目邏輯中，「總」與「分」是一一對應的，但是在偏全邏輯中，「總」與「分」並未一一對應，而是凸顯一部分的「分」。因此，兩種邏輯就有不同的效果：凡目邏輯可以用來進行相當縝密的敘述，而偏全邏輯則可以用來凸顯重點。

凡目邏輯可形成「先凡後目」、「先目後凡」、「凡目凡」、「目凡目」四種結構，但是常出現在科技論文中、成為模式的，只有「先凡後目」結構。而偏全邏輯可形成「先偏後全」、「先全後偏」、「全偏全」、「偏全偏」四種結構，然而，成為模式的，也只有「先全後偏」結構。

1 「由凡而目」模式

「由凡而目」是演繹思維的呈現。值得探究的是：在科學思維中，歸納思維也非常重要，而歸納思維所形成的結構為「先目後凡」，但是卻沒有在科技論文中相對地表現出來。推究其原因，大約是因為科技論文以「論點」為中心，而非呈現研究構思、實踐、檢討的過程，因此會出現這種現象。

例證一：

文獻中提到為了提升二氧化鈦的應用性，可以致力於以下三點；【1】一是降低二氧化鈦的能隙，以利可見光的吸收，【2】二是提升與電解液的接觸面積以提升電子-電洞(e^--h^+ pair)的分離效率，【3】三是增加整體電極膜厚以提升太陽光的總體吸收率。【4】[34]

其結構分析表如下：

┌凡（應用性）：「文獻……三點」…………………………………… 【1】
└目┌一（光的吸收）：「一是…吸收」……………………………… 【2】
　　├二（分離效率）：「二是…效率」……………………………… 【3】
　　└三（總體吸收率）：「三是…吸收率」………………………… 【4】

此段科技論文呈現出相當標準的「由凡而目」模式。在「凡」【1】的部分就清楚提出共有三點，而「目」的部分一一回應，而且，用列點的方式處理分「目」(【2】～【4】)，是相當方便、有效率的，因為這樣就不用費心在「目」與「目」之間的連接、轉折上。總之，此段科技論文展現出相當典型的演繹思考模式。

例證二：

產氣莢膜梭菌的染色體經定序後顯示有三種唾液酸酶，【1】其中有兩個較早被發現：分子量約 43 kDa 的 nanH 基因產物，不能分泌的菌體外，另外 nanI 基因產物分子量約 77 kDa 則可以分泌出去（Roggentin *et al.*, 1995）。這兩種唾液酸酶都曾被廣泛地研究，並且顯示出具有不同的酵素動力學及生物化學的特性（Kruse *et al.*, 1996；Traving *et al.*, 1994）。【2】第三種唾液

34 摘自陳君怡、呂世源：〈鈦的陽極處理與應用〉，《CHEMISTRY》(2007, Vol. 65, No.3)，pp.233。

酸酶為 nanJ，預測它的分子量有 129 kDa。【3】[35]

其結構分析表如下：

```
┌凡（三種）:「產氣…唾液酸酶」 ……………………………… 【1】
└目┌一（兩種）:「其中…特性」 ……………………………… 【2】
   └二（一種）:「第三種…kDa」 ……………………………… 【3】
```

此段科技論文中，「凡」【1】就提出了三種唾液酸酶，但是其後依據發現時間的早晚，分成兩「目」【2、3】來加以敘述，也就是「目一」【2】敘述兩種較早發現的唾液酸酶（用連接詞「其中」提出），「目二」【3】敘述較晚發現的第三種唾液酸酶（用序號「第三種」標誌出來），其安排是較具變化的。

2 「由全而偏」模式

「由全而偏」模式所表出的思維是由「全體」再聚焦到「部分」。科技論文很重視「全體」與「部分」的呼應，因為不能掌握全體，會顯得資料不全或涵蓋面不足，但是一篇論文通常只能解決一兩個重要問題，所以又必須著重其中的一兩個部分；而且因為這一兩個部份是論文的重心，所以用這種與「全體」相對照的作法，也等於強調了這一兩個部份的重要性。因此，這樣的內部需求反映在結構上，就呈現了「先全後偏」結構頻繁出現的情況。

例證一：

二氧化鈦基於自身獨特的電性與電化學性質，一直以來二氧化

35 摘自周博敏、林卓皞、鄭閔魁、簡靜香：〈產氣莢膜梭菌唾液酸酶 NanI 的催化功能結構之結晶以及 X 光原子繞射解析〉，《CHEMISTRY》（2007, Vol. 65, No.3），pp.247。

> 鈦的應用受到許多專家學者的注目，【1】而陽極氧化鈦因為自身結構的規則性，可以提高反應面積之有效利用，在觸媒、氣體偵測、太陽能電池各個領域都有不少人學者投入研究，【2】[36]

其結構分析表如下：

┌全（二氧化鈦）：「二氧……注目」 …………………………………… 【1】
└偏（陽及氧化鈦）：「而陽極……研究」 ………………………… 【2】

本段科技論文先全面就「二氧化鈦」的應用來描述（「全」【1】），接著聚焦在其中的一種──「陽極氧化鈦」來著重敘述（「偏」【2】），其中轉折處用了連接詞「而」，讓轉折更為凸顯。此種敘寫方式顯得掌握全局、客觀性充分，而且襯顯出「偏」【2】的重要。

例證二：

> 唾液酸酶（sialidase）可以催化並移除醣蛋白、醣酯和寡糖末端的唾液酸（sialic acids）。它們存在於細菌、病毒和寄生生物裡，可以調節細胞表面的醣化作用（glycosylation）並與各種細胞催化物作用，因此與微生物的發病原理和營養系統，甚至在哺乳類細胞中都扮演著重要角色。【1】產氣莢膜梭（Clostridium perfringen）可以藉由空氣傳播，使人感染壞疽以及腹膜炎，它擁有三種唾液酸酶：NanH、NanI 和 NanJ，分子量分別為 42、77 和 129kDa，而在莢膜梭菌的感染及營養途徑中，它會分泌其中兩種比較大的酵素。【2】[37]

---

36 摘自陳君怡、呂世源：〈鈦的陽極處理與應用〉，《CHEMISTRY》（2007, Vol. 65, No.3），pp.230。

37 摘自周博敏、林卓皞、鄭閔魁、簡靜香：〈產氣莢膜梭菌唾液酸酶 NanI 的催化功能結構之結晶以及 X 光原子繞射解析〉摘要，《CHEMISTRY》（2007, Vol. 65, No.3），pp.247。

其結構分析表如下：

┌全（唾液酸酶）：「唾液酸酶……重要角色」【1】
└偏（產氣莢膜梭菌）：「產氣莢膜梭菌……酵素」【2】

此段科技論文形成了「先全後偏」結構。需要商榷者有如下數點：首先，「全」【1】與「偏」【2】之間宜加上「而」連接，而且「偏」【2】的敘寫方式宜改變，因為開始兩句主要講「產氣莢膜梭菌」，與「全」【1】之聯結不夠，顯得突兀，「唾液酸酶」一詞應提早出現，與「全」【1】之重點──「唾液酸酶」呼應。

（三）並列邏輯類

本論文中的「並列邏輯」類，共包括了並列、優缺兩種邏輯。這兩種邏輯的共同點在於列出的幾個結構項都是平等的，沒有輕重之別，差別在於優缺邏輯特別指優、缺點的並列。

並列也是一常見的邏輯，其並列結構成分都是圍繞著中心意念，從各個方面、角度來闡發中心意念，彼此之間未形成其他層次[38]，而且，因為並非特別指兩個結構單元的對應，因此其結構也就與其他章法結構不同，是比較不受限的。

此外，一般而言，優缺邏輯並非常見或重要的邏輯，因此，目前可見的章法專書中，並未有將優缺邏輯獨立出來處理的。但是，在科技論文中，優點與缺點並置的寫作方式，出現機率頗高，反映出科技論文寫作的某種特性，頗值得注意，因此，本論文特別將其獨立出來。其可能形成的結構有「先優後缺」、「先缺後優」、「優缺優」、「缺優缺」四種。

---

38 參見拙著：《篇章結構類型論》，頁 160。

1 並列

並列也是一常見的邏輯，但是在科技論文中，多只用在說明上，譬如說明幾個不同的研究成果、實驗的幾個不同的組成部分或測試項目等，運用此種模式的優點是可以省掉連接成分（如連接詞等），相當簡易。不過，其他進行推論的時候，就鮮少用到並列邏輯，這是因為科技論文進行推論時，非常講究每部分內容之間的本末或因果關聯，因此，如果只是將之並列起來，那麼關聯性可能不夠強，所以最好避免。[39]所以，運用並列法時，要特別地審慎，如果並列的幾個項目中有本末、淺深……等邏輯關係，就最好運用其他模式。

例證一：

> 工藝 1 接頭組織不同於母材，存在明顯的焊縫區；【1】工藝 2 接頭組織與母材組織相似，連接界面已變成平面狀；【2】工藝 3 接頭組織與母材組織相似，連接界面消失，但出現了小的孔洞；【3】工藝 4 接頭區晶粒變小，組織連接均勻生長，無孔洞和夾雜，真正實現了組織均勻性。【4】[40]

其結構分析表如下：

┌ 並列一（工藝 1）：「工藝 1……焊縫區」……………………………【1】
├ 並列二（工藝 2）：「工藝 2……平面狀」……………………………【2】
├ 並列三（工藝 3）：「工藝 3……孔洞」………………………………【3】
└ 並列四（工藝 4）：「工藝 4……均勻性」……………………………【4】

39 見拙作：〈論科技論文「綱目」的架構邏輯──兼探其寫作思維〉，《章法論叢》（臺北市：萬卷樓圖書公司，2010 年 8 月初版），第 4 輯，頁 452。

40 摘自王學剛、趙玉國、嚴黔、李辛庚：〈採用加壓瞬間液相連接技術焊接 T91 鋼管〉，《機械工程材料》第 31 卷第 10 期（2007 年 10 月），頁 12-13。

此為四種工藝的並列，作者選用分號連結此四個層次，是相當正確的。此種寫法不用費心於文章的轉折、連接詞的選用，最為省事。但揆諸上下文，應是最為著重於第四種工藝，可是這層意思只從這段文字中並不易見出。

例證二：

> Macak 利用 1M 硫酸與 0.15 wt%的氫氟酸在操作電壓為 20 V，製備陽極氧化鈦奈米孔洞材料，但是受限於 pH 質，管長只能 500 奈米。【1】Cai 等人使用 1M 磷酸與濃度為 0.3～0.7wt%的氫氟酸在操作電壓為 10V 下進行陽極處理，可得孔洞大小約為 50 奈米的氧化鈦奈米孔洞結構。【2】[41]

其結構分析表如下：

- 並列一（Macak）：「Macak……500 奈米」……………………【1】
- 並列二：「Cai……孔洞結構」……………………【2】

作者並列呈現兩位學者的實驗結果，並未多加說明，或費心於與前後文作連接。優點是簡單，缺點是因為作者並未多作說明，讀者要自行讀通上下文連結的邏輯，才能了解這樣呈現的意義。

2 「先優後缺」模式

在科技論文中，凡運用到優缺邏輯，即優點與缺點並置的寫作方式，幾乎都形成「先優後缺」模式。而探究其隱藏其中的寫作思維，大概有如下兩點：其一，優點與缺點並置可讓事件的呈現顯得更客觀；其二，「先優後缺」模式讓缺點最後出現，其作用是引導出其後

41 摘自陳君怡、呂世源：〈鈦的陽極處理與應用〉，《CHEMISTRY》（2007, Vol. 65, No.3），pp.227。

改善此缺點的研究。

例證一：

我們的研究發現，奈米鐵作為鐵電極之活性材料，與微米級鐵微粒之鐵電極做比較，奈米鐵電極的第一次放電容量明顯高出許多。由微結構分析得知，這是因為奈米鐵微粒具備較高的比表面積所致。【1】然而奈米鐵電極之放電容量會隨著充放電循環而快速減少，分析發現這是因為在充放電過程中，奈米鐵微粒有溶解與再結晶現象產生，導致奈米鐵粒子迅速長大而造成比表面績減少的影響。吾人需要繼續研究以延遲或避免此依程序之發生，以改善奈米鐵電極的在充放電中的表現。【2】[42]

其結構分析表如下：

┌優（放電容量高）：「我們……所致」……………………………………【1】
└缺（減少迅速）：「然而……表現」……………………………………【2】

「優」【1】和「缺」【2】之間有轉折連詞「然而」一詞聯結，並且用句號隔開，這都非常有助於邏輯清晰呈現。而缺點置於後面，可從行文中明顯看出，其目的在導出其後的研究。

例證二：

T91 鋼由於具有良好的熱強性和熱物理性能，相繼在電站鍋爐過熱器、再熱氣以及主蒸氣管道上得到應用。【1】但該鋼屬於空冷馬氏體鋼，淬硬傾向、冷裂紋敏感性大，同時由於含有促進熱裂的元素（碳、鈮等），因此具有一定的熱裂傾向，故焊

42 摘自黃國政、高振裕、周更生：〈奈米鐵微粒的合成與應用〉摘要，《CHEMISTRY》（2007, Vol. 65, No.3），pp.237。

接性較差。【2】[43]

其結構分析表如下：

┌優（良好性能）:「T91 鋼……應用」 ………………………………… 【1】
└缺（熱裂傾向）:「但……較差」 ……………………………………… 【2】

和前段科技論文一樣，本段科技論文的「優」【1】和「缺」【2】之間有轉折連詞連結，本論文是用「但」，亦有句號隔開。同樣的，揆諸後文，這種寫法的目的也是在於導出其後的研究。

（四）底圖邏輯類

底圖邏輯中的「底」是背景，「圖」是焦點，「底」對「圖」有烘托、映襯的作用[44]。而底圖邏輯可形成四種結構「先底後圖」、「先圖後底」、「底圖底」、「圖底圖」，但是在科技論文中幾乎只出現「先底後圖」結構。

此種「先底後圖」結構主要應用於「摘要」和「綱目架構」，以及正文的「前言」中，而且，通常「底」是說明研究的重要性，「圖」才說明研究的成果。而之所以如此，就如同楊晉龍〈摘要寫作析論〉指出的：科技論文有「撰寫者」（生產者）立場的「學術行銷」的需求[45]，楊氏並說：行銷就隱含了推銷與創造需求的要求，因

43 摘自王學剛、趙玉國、嚴黔、李辛庚：〈採用加壓瞬間液相連接技術銲接 T91 鋼管〉，《機械工程材料》第 31 卷第 10 期（2007 年 10 月），頁 11。

44 參見陳滿銘：〈論幾種特殊的章法〉，附錄於仇小屏：《篇章結構類型論》，頁 467-468。

45 參見楊晉龍：〈摘要寫作析論〉，《實用中文寫作學》（臺北市：里仁書局，2004 年 12 月初版），頁 284。此外仇小屏〈論科技論文「摘要」之篇章寫作邏輯〉（二〇〇八年十月十八日發表於「第三屆辭章章法學學術研討會」）亦從寫作邏輯的角度，

此除能夠更明確地表達論著創發性的內容之外，也比較重視如何引發讀者興趣、如何說服讀者接受等的推銷考慮[46]。這個「學術行銷」的角度，非常能夠闡述科技論文出現「先底後圖」結構的內在需求。

例證一：

近年來「個人行動車」在全球車輛產業嶄露頭角，尤其受到許多先進國家高度的重視，此種新興交通工具，提供了節能、環保、具道路效益且便利的運輸或個人移動的新選擇。【1】為同步於最新穎的技術潮流，工研院（ITRI）已投入相當的研發能量於個人行動車領域中，並在近年內發展出 iPM（intelligent personal mobility），一種小型智傾個人行動車。本文將介紹 iPM 之可傾機構之組成、驅動系統、鑽石型車輪配置、實車模型機之規格與相關實驗結果，包含定圓、Slalom 等操駕測試。測試結果顯示，iPM 之車身可傾角度最大值可達 32°，具有 0.5 g 之抗翻轉能力，透過菱形四輪配置，可輕易完成最小迴轉半徑 1.05m 之原地迴轉動作，在過彎穩定性與移動機動性上皆有相當優異的表現。[47]【2】

其結構分析表如下：

┌底（研究背景）：「近年來……新選擇」……………………………【1】
└圖（研究內容）：「為同步……表現」………………………………【2】

對此做了探討，發現摘要寫作的第一層邏輯結構多為「先底後圖」。而論文本文雖然不像摘要一樣，背負很大的學術行銷的責任，但是合理的學術行銷也是必要的考量。

46 參見楊晉龍：〈摘要寫作析論〉，《實用中文寫作學》，頁 284、286。

47 摘自彭毓瑩、李承和、高天和、簡金品、張智崇：〈ITRI iPM 智慧型個人行動車——高控制性個人移動平台〉摘要，《機械工業》第 296 期（2008 年 6 月），頁 76。

本科技論文摘要的結構是「先底後圖」，先闡述「個人行動車」的重要性，再聚焦於工研院的研發，並介紹其測試項目與結果。不過，為彰顯出此種布局，因此最好在「底」【1】和「圖」【2】之間，加上「有鑑於此」作聯結。

例證二：

近年來在國際間，因受到能源的吃緊，以及溫室效應日趨嚴重的影響，節約能源的使用，已成為各國間極欲推動的一項重點工作。而馬達動力應用設備的使用，由於耗用了極大部分的工業用電力，因此目前已成為國際間推動工業節能的一項重點項目。【1】本文除了針對目前馬達動力系統的能源使用環境進行說明之外，也針對主要幾個耗電量較大之馬達動力系統現況，以及目前在節能推動所面臨之問題與可帶來之相關效益進行相關之分析說明。【2】[48]

其結構分析表如下：

┌底（研究背景）：「近年來……項目」……………………………【1】
└圖（研究內容）：「本文……分析說明」…………………………【2】

本科技論文摘要先說明馬達動力應用在工業節能上的價值，此為「底」，作用是烘托，其後說明該科技論文的主要內容，即馬達動力系統的方方面面，此為「圖」，是該摘要的焦點。本摘要邏輯清晰，標點運用適切，顯得層次井然。

48 摘自賴清溪、郭欽弘、詹瑞麟：〈高效率馬達動力系統對產業之重要性〉摘要，《機械工業》第 296 期（2008 年 6 月），頁 122。

（五）正補邏輯類

一般說來，補敘法特別指在偏章之末，對前文作補充敘述的章法[49]。因此，與正文搭配起來，形成的是「先正後補」結構。此種結構會應用在科技論文處理參考文獻時，因為參考文獻是學術論文所必備的一個部份，但是又頗為繁冗，用補敘法置於最後，不至於干擾到論文內容，是相當合理的處理方式[50]。此外，正文中也會出現「先正後補」結構，通常是正文中先敘述一個重點，接著又補充敘述相關的另一個次要重點，這種作法具有讓內容、論點更完善的作用。

例證一：

> 化學還原法使用的還原劑有 N2H4．H2O 與 NaBH4，此兩種還原劑不同點在於 NaBH4 還原力較強，但不易得到結晶良好之奈米鐵微粒，而 N2H4．H2O 的還原力較弱，但所獲得之奈米鐵微粒結晶較明顯。【1】此外，我們本身的研究顯示了添加 PdCl2 作為成核劑，並以 PAA（polyacrylic acid）作為分散劑，可以製備出均勻分散且均一粒徑之 6nm 鐵微粒。【2】[51]

其結構分析表如下：

┌正（還原力）：「化學……較明顯」 …………………………………… 【1】
└補（添加）：「此外……鐵微粒」 ……………………………………… 【2】

---

49 參見拙著：《篇章結構類型論》，頁 432。至於將補充部分穿插在正文中者，稱之為「插敘」。

50 參見拙作：〈論科技論文「綱目」的架構邏輯──兼探其寫作思維〉，《章法論叢》（臺北市：萬卷樓圖書公司，2010 年 8 月初版），第 4 輯，頁 450。

51 摘自黃國政、高振裕、周更生：〈奈米鐵微粒的合成與應用〉摘要，《CHEMISTRY》（2007, Vol. 65, No.3），pp.237。

此篇摘要的篇章結構中，「正」【1】和「補」【2】之間有「此外」一詞聯結，而且用句號隔開，這兩種手段都非常有助於邏輯清晰呈現。

例證二：

Fe（OH）5 為有機金屬，並無法溶解在水溶液中，需要溶解在有機溶劑或以噴霧的方式分散在攜帶氣體中，以進行反應。這使得其在實際生產上，有環保問題之考量，【1】另外，更重要的是，由於在有機溶劑中合成，因此限制了其生化方面的相關應用。【2】[52]

其結構分析表如下：

┌正（環保）：「Fe(OH)5……考量」 ………………………………… 【1】
└補（限制）：「另外……應用」 ………………………………………… 【2】

本段科技論文有值得商榷之處：「正」【1】轉「補」【2】時可運用句號，而且，因為「先正後補」為涵蓋本段的最上層邏輯，其他的文句組織都在此邏輯的涵蓋下，而且篇幅不大，因此其他的句號宜改用逗號，以標誌出邏輯的層次性。

（六）敘論邏輯類

敘論邏輯就是將具體的事件和抽象的道理結合起來，使之相輔相成的一種邏輯[53]。在科技論文中，先敘述某個事實（通常是觀察到的現象，或實驗結果），接著提出可能的原因，以闡述這個事實，是非

52 摘自黃國政、高振裕、周更生：〈奈米鐵微粒的合成與應用〉，《CHEMISTRY》（2007, Vol. 65, No.3），pp.238。

53 參見拙著：《篇章結構類型論》，頁 214。

常理所當然的一種思維方式，而且幾乎是科學研究、科技論文成立的基礎，因此，敘論邏輯屢見不鮮，並且，所形成的幾乎都是「先敘後論」模式。

例證一：

> 由表 1、表 2 可見，在 40CD 潤滑油（其 P_B 值為 667N，D 為 0.54 nm，μ 為 0.120 2）中同時加入納米碳酸鈣和納米稀土和在 500SN 基礎油中（其 P_B 值為 392N，D 為 0.64 nm，μ 為 0.127 6）中同時加入納米碳酸鈣與納米銅均使摩擦學性能提高，【1】這說明納米粒子加入後在摩擦表面生成的油膜起到了良好的抗磨減摩作用；納米粒子添加劑的抗磨減摩作用與納米粒子相對比例及納米粒子總添加量有關。【2】[54]

其結構分析表如下：

┌敘（性能提高）：「由表 1……性能提高」…………………………【1】
└論（抗摩減摩）：「這說明……有關」……………………………【2】

此段科技論文先敘述實驗結果，接著用「這說明……」一語帶出闡述的部分，形成了「先敘後論」模式。不過，【1】、【2】之間的標點符號，宜由逗號改為句號，而「論」【2】之中的分號，其實並不適宜，因為此前後兩句並非並列的關係，宜改為逗號。

例證二：

> 由圖 1 可見，與钎料壓力焊相比，連接後管子無明顯的軸心偏移，焊後管子的同軸度較好。接頭變形小，無手工焊時的餘

---

54 摘自顧彩香、李慶柱、李磊、顧卓明：〈納米粒子潤滑油的抗磨減摩機理〉，《機械工程材料》第 31 卷第 10 期（2007 年 10 月），頁 2。

高，焊縫成型美觀。管接頭處有一層亮的保護線，而且沿管接頭周向分布均匀。【1】分析認為，在瞬間液相連接時施加壓力可將融化的中間層部分擠出到管子表面。由於液態中間層內涵有鉻元素，可形成一層保護膜阻止接頭氧化。因此，通過改進中間層合金成分和施加壓力可以實現管子在非真空下的瞬間液相連接。【2】[55]

其結構分析表如下：

┌敘（焊後）：「由圖 1……分布均匀」…………………………………【1】
└論（探究）：「分析……連接」………………………………………【2】

此段科技論文用「分析認為」此短語作為連語，連繫起「敘」【1】與「論」【2】，所以，在「敘」【1】與「論」【2】之間運用句號，是相當適宜的。而在「敘」【1】、「論」【2】之下都還有句號，可以保留，也可以改為逗號，因為如果考慮到「先敘後論」結構為最上層結構，其他標點符號可以改為逗號，可是，如果考慮到，也可以根據較下層的結構來標點，那麼，有些逗號可以改為句號，以區分出更為細緻的邏輯。

（七）進退邏輯類

進退邏輯在多個句子的篇章中，也是一較為少見的邏輯[56]，因

55 摘自王學剛、趙玉國、嚴黔、李辛庚：〈採用加壓瞬間液相連接技術焊接 T91 鋼管〉，《機械工程材料》第 31 卷第 10 期（2007 年 10 月），頁 12。

56 此種邏輯較常出現在「複句」中。譬如上海師範大學中文系漢語教研室著《語法初階》（臺北市：書林出版社，1999 年 5 月二刷）在複句中，即列有「讓步複句」，其定義為：「分句之間包含了退一步著想的意思，這就是讓步複句。」頁 130。不過，前一句「退」，表示後一句為「進」，因此此種複句可改稱為「進退複句」，詳

此，目前也未有章法專書將此種邏輯獨立為一種章法。然而，在科技論文中，此種寫法出現機率不低，這也是很值得注意的。

進退邏輯可形成四種結構：「先進後退」、「先退後進」、「進退進」、「退進退」，不過，在科技論文中，所形成的幾乎都是「先進後退」結構。之所以如此，多是因為「進」可展出目前研究的成果，但是，又「退」一步，乃是為日後的研究預留伏筆，因此就算是「退」，也是「以退為進」。

例證一：

> 近年來，國內外已有不少將納米粒子做為添加劑加入到潤滑油中以改善潤滑油摩擦學性能的報導。【1】但這些研究對其抗磨減摩機理的研究不夠系統和深入，仍需近一步驗證和完善，特別是納米粒子添加到潤滑劑後對摩擦副表面形貌與狀態的改變。【2】[57]

其結構分析表如下：

┌進（報導多）：「近年來……報導」 …………………………………… 【1】
└退（待驗證）：「但這些……改變」【2】

在本段科技論文中，「進」【1】與「退」【2】之間，用句號隔開，而且用「但」表出轉折，十分清楚。而推究「退」【2】一步的原因，乃在於為日後的研究留下伏筆，所以是「以退為進」。

見拙作：〈試論複句與章法〉，《澳門語言學刊》第 22、23 期（2003 年 10 月），頁 65-76。

57 摘自顧彩香、李慶柱、李磊、顧卓明，〈納米粒子潤滑油的抗磨減摩機理〉，《機械工程材料》第 31 卷第 10 期（2007 年 10 月），頁 1。

例證二：

傳統上使用微米等級的零價鐵用於地下水中含氯汙染物整治的實施方法為，於汙染區域地下水下游流過的斷面上向下挖掘一道很深的溝渠再填入鐵粉，以設置一道與水流垂直的零價鐵反應牆，當上游受汙染地下水流經此反應牆，就可以進含氯有機化合物的分解反應。【1】而實際作業上很少有超過 25 公尺深的零價鐵反應牆，乃因溝渠挖掘過深時很容易坍塌，無法在向下挖掘，尤其是在地質不穩的地區更是困難。【2】[58]

其結構分析表如下：

┌進（優點）：「傳統……分解反應」……………………………………【1】
└退（問題）：「而實際……困難」………………………………………【2】

本段科技論文先談微米等級的零價鐵用於含氯汙染物整治的做法，此為「進」【1】，接著用句號隔開，並用「而」連結，轉而談實際作業時，此種作法窒礙難行之處，此為「退」【2】。而此種作法的目的在引出其後的更進一步的研究。

（八）今昔邏輯類

今昔邏輯是相當基礎的邏輯，是將時間中的「今」與「昔」，依篇章需求作適當安排的邏輯[59]，這種邏輯可能形成的結構有「由昔而今」、「由今而昔」、「今昔今」、「昔今昔」。在一般文章中，「由昔而今」、「今昔今」都是很常見的結構，而在科技論文中，所形成的多是

58 摘自黃國政、高振裕、周更生：〈奈米鐵微粒的合成與應用〉，《CHEMISTRY》（2007, Vol. 65, No.3），pp.240。

59 參見拙著：《篇章結構類型論》，頁 84。

「由昔而今」結構，也就是順敘。這種敘述方式順著時間軸依次進行，可說是最容易寫作、也最容易閱讀的，因此有著簡便易操作、明白清晰的優點。

例證一：

首先利以 1M 硫酸銨與 0.5wt%氟化銨為電解液在電位為 20V，反應時間為 2 小時製備出直徑約 100 奈米，管長約為 2.5 微米的二氧化鈦奈米孔洞結構，【1】再利用 1M 硫酸與 0.15wt%氫氟酸在相同條件下製備出直徑約 100 奈米，管長較短的 500 奈米的二氧化鈦奈米孔洞結構；【2】再將陽極氧化鈦置於高溫爐於 450℃下鍛燒 3 小時使二氧化鈦的晶體結構轉變成對太陽能電池有益的 anatase 晶相結構，【3】再將樣品浸泡在溶於乙醇的商用染料 N3(cis-di(thiocyanato)-bis(2,2’ -bipyridy-4-4’ -dicarboxylate) ruthenium(II) dye)) 中約 12 小時，即可組裝作光電流反應測試，如圖十四。【4】[60]

其結構分析表如下：

- 一（第一種）：「首先……結構」…………【1】
- 二（第二種）：「再利用……結構」…………【2】
- 三（鍛燒）：「再將……結構」…………【3】
- 四（浸泡）：「再將……圖十四」…………【4】

本段科技論文按照時間順序描述實驗步驟，但是連接詞的運用單調、標誌性不足，可以改為「首先」、「其次」、「再次」、「最後」。而且，標點符號的運用也有誤，四個層次中，只有【2】轉【3】用了分號連

60 摘自陳君怡、呂世源：〈鈦的陽極處理與應用〉，《CHEMISTRY》（2007, Vol. 65, No.3），pp.230。

結，其他都用逗號，一方面標準不一，再方面分號是用來連結並列結構的，並不適合用在此處，所以宜改用句號。

例證二：

2001 年，Gong 等人以純度為 99.99%的鈦板（titanium foil）為起始材料，在 18℃以不同的操作電壓、不同濃度的氫氟酸、不同反應時間，首次製備出具有奈米多孔結構的二氧化鈦，如圖一所示。【1】隨即在 2003 年，Verghese 等人製備出孔洞大小為 100 奈米，長度為 400 奈米的二氧化鈦奈米管，並實際應用於氫氣的檢測，如圖二所示，隨著氫氣濃度的變化，二氧化鈦奈米管的電阻值會有明顯改變。【2】[61]

其結構分析表如下：

┌先（Gong）：「2001 年……所示」……【1】
└後（Verghese）：「隨即……改變」【2】

在本段科技論文中，很明顯地，作者用年份標誌出本段科技論文的敘述方式，是依照時間由昔而今地進行順敘。

四　複合結構模式

前述的八類十三種寫作結構模式，可以多樣地結合起來，成為更多層次的結構，以進行更長篇、更複雜的敘述。一般說來，運用某種結構模式，就可以吸納某種結構模式的效果，因此複合多種結構模式，就可以吸納多種結構模式的效果。而換個角度說，某種結構模式

61 摘自陳君怡、呂世源：〈鈦的陽極處理與應用〉，《CHEMISTRY》（2007, Vol. 65, No.3），pp.225。

可以滿足某種寫作需求，而多種結構模式的搭配，就表示滿足了多種的寫作需求。因此，結構模式的複合類型是非常值得進一步探究的。

不過，結構模式的複合方式可說是千變萬化。其下只略舉數例，以為例證。

（一）複合結構模式舉隅之一

例證：

由圖 3 可見，在試驗溫度範圍內，母材基體元素鐵沿焊縫區均勻分布，降低熔點元素硼以充分擴散至母材內，說明中間層和母材發生了充分的擴散。【1】力學試驗結果也表明，四種工藝下接頭拉伸時均斷在母材，說明接頭強度高於母材。【2】隨著焊接溫度的提高，鉻在焊縫區的含量逐漸提高，並逐步實現均勻化；鎳、硅在焊縫區的含量逐漸降低，但未能達到成分均勻化。這是由於母材中部含有鎳、硅，其擴散通道較少，因此擴散速度較慢，在短時間內難以達到成分均勻化。【3】工藝 4 的焊接接頭其成分線分布與工藝 1 接頭類似，說明短時高溫過程並不能促進元素的擴散，但有利於組織的均勻化。【4】[62]

其結構分析表如下：

- 全（四種）
  - 淺（擴散）：「由圖 3……擴散」……【1】
  - 中（強度）：「力學……母材」……【2】
  - 深（均勻）：「隨著……均勻化」……【3】
- 偏（工藝 4）：「工藝 4……均勻化」……【4】

62 摘自王學剛、趙玉國、嚴黔、李辛庚：〈採用加壓瞬間液相連接技術焊接 T91 鋼管〉，《機械工程材料》第 31 卷第 10 期（2007 年 10 月），頁 13。

本段科技論文全面地就四種工藝來說明（此為「全」【1】～【3】），而且，分為「淺」【1】、「中」【2】、「深」【3】三個層次，層遞地敘寫了四種工藝在「擴散」、「強度」、「均勻」三種方面的表現。最後，特就工藝 4 再加說明，成為「偏」【4】，因為此為本論文之特重處。不過，在「全」【1】～【3】）轉「偏」【4】之時，建議可加上連接詞「其中」，讓邏輯的表出更為清楚。

（二）複合結構模式舉隅之二

例證：

粉末冶金零件的力學性能通常與其密度密切相關，因此，對粉末冶金鐵基材料而言，通過單一壓制工藝或的高密度的零件一直是粉末冶金業界追求的目標。【1】近年來，出現了許多製備高密度冶金材料的工藝，如熔滲、復壓／復燒、高速壓制、溫壓、熱模壓制、粉末鍛造等。【2】而溫壓工藝由於既保持了傳統壓制工藝的基本特點，又能以較低的成本生產高密度和力學性能良好的零部件，因此被譽為“開創粉末冶金零部件應用新紀元並導致粉末冶金技術革命的新型成形技術”，是當前最有前途的經濟實用的粉末冶金工藝之一。【3】[63]

其結構分析表如下：

- 因（高密度）：「粉末……目標」…………【1】
- 果（製備）
  - 全（各種工藝）：「近年……鍛造等」…………【2】
  - 偏（溫壓工藝）：「而溫……之一」…………【3】

63 摘自葉途明、易健宏、彭元東、夏慶林：〈鐵粉溫壓工藝致密化過程研究〉，《機械工程材料》第 31 卷第 10 期（2007 年 10 月），頁 14-15。

本段是該科技論文的「引言」，很充分地說明了該研究的重要性、前瞻性。其所採用的書寫模式為先敘述學界對該材料「高密度」的追求，因此，自然就導入製備的工藝的改善，此時所運用的寫作模式是「先因後果」(【1】～【3】)。而在「果」【2-3】的部分，先全面陳述目前所見的幾種工藝（「全」【2】)，接著，特就「溫壓工藝」來論述(「偏」【3】)，以做為其後研究開展的張本，因此，形成了「先全後偏」結構。本段的句號運用得宜，有效地標誌出結構段，且【1】轉【2】、【2】轉【3】時分別運用了連接詞語、連詞：「近年來」、「而」，相當有效地發揮了銜接的功能。

（三）複合結構模式舉隅之三

例證：

根據表五的結果顯示多數化合物 **47** 的酯類衍生物在體外抗癌活性測試中均可有效毒殺癌細胞，【1】於是將化合物 **1**、**47**、**50** 及 **58-61** 利用空心纖維動物細胞實驗（hollow fiber animal assay）來進行體外抗癌的活性測試，結果列在表六；【2】其中 SC 和 IP 是分別表示將癌細胞移植到老鼠的皮下和腹膜內，【3】而結果說明化合物 **1** 在劑量 50 毫克／公斤和化合物 **47** 在劑量 300 毫克／公斤只表現出一般的抗癌活性，【4】但是化合物 **1** 在劑量 100 毫克／公斤下表現出好的抗癌活性，【5】然而化合物 **60** 是體內抗癌活性最好的。【6】[64]

其結構分析表如下：

64 摘自賴俊吉、傅淑玲、林照雄、梁峰賓、孫仲銘：〈穿心蓮內酯的化學分子修飾和其生物活性〉，《CHEMISTRY》(2007, Vol. 65, No.3)，pp.261。

```
┌敘(實驗)┌ 因(有效):「根據……細胞」 ……………………… 【1】
│        └ 果(測試)  全(結果):「於是……表六」 …… 【2】
│                    偏(兩種):「其中……內」 ……… 【3】
└論(闡述)┌ 淺(一般):「而……活性」 ………………………… 【4】
         ├ 中(好):「但是……活性」 ………………………… 【5】
         └ 深(最好):「然而……好的」 ……………………… 【6】
```

本段科技論文運用的是常見的模式:先敘述實驗結果,接著再加以闡述,形成的是「先敘後論」(【1】～【6】)結構。而在「敘」【1-3】的部分,又用「由因及果」的模式,敘述實驗的前「因」【1】後「果」【2-3】,並且,在「果」【2-3】的部分,運用「由全而偏」【2-3】模式,交代全面的情況(「全」【2】),並作出局部的強調(「偏」【3】)。至於「論」【4-6】的部分,則運用「先淺後深」模式,相當有層次地說明了「淺」【4】、「中」【5】、「深」【6】的情況。而且,本段連接詞使用靈活,「於是」、「其中」、「而」、「但是」、「然而」在結構段轉換之處,都起了銜接的功能。不過,本段科技論文仍有需要商榷之處:因為「先敘後論」(【1】～【6】)是最上層結構,所以,「敘」【1-3】和「論」【4-6】之間的逗號,宜改為句號。

(四)複合結構模式舉隅之四

例證:

鈦陽極處理的電解液使用主要分為五大類,【1】第一類為含氫氟酸的水溶液,【2】第二類為含有氟離子與不同種類的酸做為電解液,主要以硫酸、磷酸為主,【3】第三類為含氟離子的緩衝溶液,【4】第四類為含氟離子的有機溶劑作為電解液;【5】

第五類為添加黏稠性液體搭配氟離子為電解液。【6】以上五大類電解液的共通性是皆含有氟離子，這是由於鈦的材料特性，氟離子可與鈦基板表面的二氧化鈦層反應形成撮合物而溶解至電解液中。【7】[65]

其結構分析表如下：

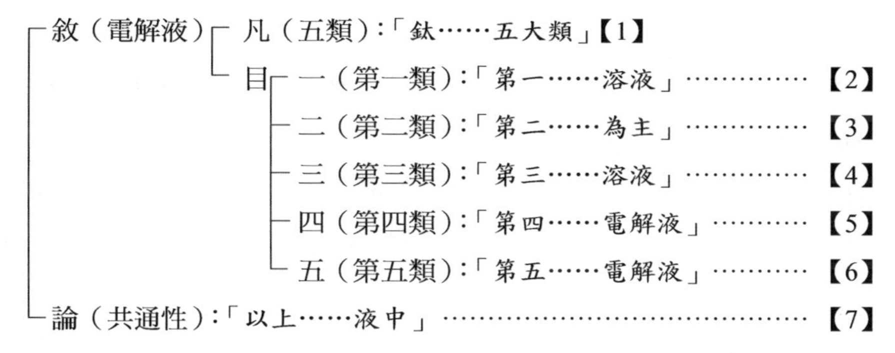

本段科技論文的最上層模式是「先敘後論」(【1】～【7】)。在「敘」【1-6】的部分，採用「先目後凡」(【1】～【6】) 模式（亦即「演繹」邏輯)，將五大類電解液敘述清楚，其中，用序數的方式（第一類、第二類……)，將五個「目」【2-6】很簡單清楚地交代出來。接著，用「以上……」作連語，承前「論」【7】此五大類電解液的共通性、原因，統收前面的敘述。此種複合模式相當簡單易懂，很容易操作，應用面也廣，是相當好用的模式。

(五) 複合結構模式舉隅之五

例證：

65 摘自陳君怡、呂世源：〈鈦的陽極處理與應用〉，《CHEMISTRY》(2007, Vol. 65, No.3)，pp.226-227。

在製備奈米孔洞結構的各種製程中，陽極處理是近十年來相當普及的一種製程。【1】陽極處理不但製程簡易，且價格低廉，所製備出的奈米孔洞結構，可藉由參數調整得到孔洞大小均勻，排列整齊的奈米多孔結構。【2】其中發展最為完善的是陽極氧化鋁的製備，無論是孔洞形成的機制與後續的各種廣泛的應用，都有許多學者投入研究。【3】其中最為廣泛的應用是做為奈米模版，填充各種材料，進行一維奈米材料的製備。【4】[66]

其結構分析表如下：

```
┌全（陽極處理）┌果（普及）：「在製備……製程」……………… 【1】
│             └因（優點）：「陽極……結構」………………… 【2】
├偏（陽極氧化鋁）：「其中……研究」…………………………… 【3】
└偏（奈米模版）：「其中……製備」……………………………… 【4】
```

本段科技論文中，在處理「全」【1-2】的部分，作者用「由果溯因」（【1】～【2】）的結構來鋪陳，使得「陽極處理」此製程重要性被陳述出來。而兩次轉至「偏」（由【2】轉【3】；由【3】轉【4】），則讓焦點越來越凝聚，而且，這兩次轉折都用連接詞「其中」來銜接，使得邏輯更確定。此外，標點符號的運用頗為準確，在結構段轉結構段的部分，都用句號隔開，有效地輔助了邏輯的表出。

五　綜合探討

其下分為兩節：「綜合探討之一：科技論文結構模式的章法特色」、「綜合探討之二：科技論文結構模式之效果」，以進行探究。

---

66 摘自陳君怡、呂世源：〈鈦的陽極處理與應用〉，《CHEMISTRY》（2007, Vol. 65, No.3），pp.225。

(一) 綜合探討之一：科技論文結構模式的章法特色

1 多形成順向、秩序之結構：所出現的結構幾乎均為順向、秩序的，其他逆向、變化的結構則甚為少見，就以本末法來說，都形成了「先本後末」結構，而不見「先末後本」、「本末本」、「末本末」結構。可見得因為科技論文力求精確、明朗，所以反映在寫作模式上，就不求變化，以簡單明瞭為重。

2 所用到的章法種類不多：目前所歸納而得的章法約有四十種，而本論文所歸納出的寫作模式共用到其中的十種，即「因果」法、「本末」法、「淺深」法、「凡目」法、「偏全」法、「並列」法、「底圖」法、「正補」法、「敘論」法、「今昔」法（目前尚未被章法專書列為章法的「優劣」法、「進退」法不計入其中），顯然所用到的章法種類不多。

3 所用到的章法種類有其趨向：前述的寫作模式中所用到的章法，都是常用於敘事、說明、議論的章法，至於其他常用於寫景的章法、向虛處發展的章法，以及映襯類的章法[67]，則未曾出現。

4 出現罕見章法：本論文所歸納出的寫作模式中，「先進後退」、「先優後缺」理當歸屬於「進退」法、「優缺」法，然而這兩種章法在其他詞章中並不常見，因此都尚未被章法專書獨立成為章法。而之所以出現罕見章法，應該是由於科技論文的特性或特別需求而導致的。

---

67 其他未用到的章法如下：久暫、遠近、內外、左右、高低、大小、視角轉換、知覺轉換、時空交錯、狀態變化、眾寡、情景、虛實（時間、空間、假設與事實、虛構與真實）、詳略、賓主、正反、立破、抑揚、問答、縱收、張弛、插補、點染、天（自然）人（人事）、敲擊。

(二) 綜合探討之二：科技論文結構模式之效果

本節綜合地討論本論文所歸納出的十三種寫作模式，是回應了何種寫作需求？並因此而造成何種效果？

1 清晰完整地敘事、說明、議論：「由因及果」、「由本而末」、「由淺而深」相當適合用來說明事件或進行推論，以達成層次井然、清晰有序的寫作效果。「由凡而目」是演繹思維的呈現。「並列」模式多是用來說明幾個不同的研究成果、實驗的幾個不同的組成部分或測試項目等。「先敘後論」模式表出的是先敘述某個事實，接著進行闡述的思維方式。「由昔而今」模式是最簡單的敘寫事件的結構。「先正後補」模式可讓內容更完整。

2 呈現客觀性：「由全而偏」模式中的「全」是掌握「全體」的部分，主要用來顯示資料週全、涵蓋面充分，以此顯出客觀性。「先優後缺」模式讓優點與缺點並置，可使得事件的呈現顯得更客觀。

3 凸顯焦點：「由全而偏」模式中「偏」的部分，和「先底後圖」中的「圖」的部分，皆有強調、凸顯特點的作用。

4 引導出其後的研究：「先優後缺」模式讓缺點最後出現，其作用是引導出其後改善此缺點的研究。「先進後退」模式之「進」可展出本研究的成果，而「退」一步，乃是為日後的研究預留伏筆，因此就算是「退」，也是「以退為進」。

5 特殊效果：「由果溯因」很容易挑起讀者的「期待慾」。「先底後圖」模式滿足「學術行銷」的需求。

至於其他值得參考的資料，都統整為「輔助結構模式的方法」、「可採取的調整方式」，分為附錄一、附錄二，置於本論文之末。

六　結語

任鷹《文科論文寫作概要》指出：「在長期的科學研究實踐中，學術論文寫作形成了一些慣用的格式，這些格式常常是先為少數人所用，由於它符合論文作者的思維規律，符合寫作的實際需要，便被固定下來，並逐漸得到推廣，成為相對定型化的文章結構程序。」[68]這段話可以說明本論文所提出之「寫作模式」，產生、定型的原因。而運用寫作模式至少有如下的優點：易操作、使邏輯清晰、輔助標點符號的使用、輔助連接詞的使用、輔助分段、複合邏輯可用於長篇複雜的敘述。因此，如能加以推廣，相信是可以有益於閱讀、寫作，並進一步可反饋至章法學。

可能是因為科技論文多用英文寫作[69]，因此探究中文科技論文寫作的論文不多[70]，而鎖定「邏輯」加以研究的，更是少見，因此，更是需要學者投入此領域進行研究。本論文是筆者一系列研究中的第四篇論文，期待日後能在此基礎上賡續努力，並將研究領域擴展到其他實用文中。

---

68 見任鷹：《文科論文寫作概要》，頁 231。

69 劉賢軒：〈談科技英文寫作教學〉，《中華民國第三屆英語文教學研討會論文集》（臺北市：文鶴出版社，1994 年 11 月）引用伍德（Wood，1967）、鮑爾督夫（Baldauf，1983）兩人的統計，認為：「英文是世界上最主要的科技語言，並且充分顯示英文越來越是科技研究不可缺少的工具。」（頁 87）。

70 目前可見者，多為理工科學者基於對理工專業的嫻熟，因此寫作相關論文，但是數量也不多，譬如楊玉華：〈科技論文標題、關鍵詞及摘要的撰寫與英文翻譯〉，《焦作大學學報》2009 年第 2 期（2009 年 4 月），作者即任教於河南煤業化工集團焦煤公司科研所。不只如此，中文學科學者以漢語、漢語教學專業切入此塊領域者，極為少見。反而是常見英文學科學者以英語、英語教學專業，探究英文科技論文寫作與教學等問題，譬如姚崇昆、劉賢軒、郭志華、周碩貴、張玉蓮、楊育芬諸位臺灣學者，對此領域有頗多探究。

附錄一：輔助結構模式的方法

善用連接詞、連語	連連接詞「因而」連結起「前因」【1】、「後果」【2】（「由因及果」模式：例證一）
	用連接詞「由於」、「故」標誌出【1】和【2】之間，由「因」及「果」的關連。（「由因及果」模式：例證二）
	在從「果」【1】轉「因」【2】之間，用「這是因為」連結，可以很明顯地看出此段科技論文形成了「由果溯因」結構。（「由果溯因」模式：例證一）
	連繫「果」【1】、「因」【2】，用了聯語：「成色的原因」。（「由果溯因」模式：例證二）
	用連接詞「而且」標誌出敘述層次遞進的邏輯（【1】～【2】），相當簡明清楚。（「由淺而深」模式：例證一）
	此段科技論文中，「凡」【1】就提出了三種唾液酸酶，但是其後依據發現時間的早晚，分成兩「目」【2、3】來加以敘述，也就是「目一」【2】敘述兩種較早發現的唾液酸酶，用連接詞「其中」提出。（「由凡而目」模式：例證二）
	由「全」【1】）聚焦到「偏」【2】，其中轉折處用了連接詞「而」，讓轉折更為凸顯。（「由全而偏」模式：例證一）
	「優」【1】和「缺」【2】之間有轉折連詞「然而」一詞聯結，這都非常有助於邏輯清晰呈現。（「先優後缺」模式：例證一）
	「優」【1】和「缺」【2】之間有轉折連詞「但」連結。（「先優後缺」模式：例證二）
	此篇摘要的篇章結構中，「正」【1】和「補」【2】之間有「此外」一詞聯結，非常有助於邏輯清晰呈現。（「先正後補」結構：例證一）

	此段科技論文先敘述實驗結果，接著用「這說明……」一語帶出闡述的部分，形成了「先敘後論」模式。(「先敘後論」模式：例證一)
	此段科技論文用「分析認為」此短語作為連語，連繫起「敘」【1】與「論」【2】。(「先敘後論」模式：例證二)
	在「進」【1】與「退」【2】之間，用「但」表出轉折，十分清楚。(「先進後退」模式：例證一)
	本段科技論文先「進」【1】，接著用「而」連結「退」【2】的部分。(「先進後退」模式：例證二)
	本段是該科技論文的「引言」，很充分地說明了該研究的重要性、前瞻性。其所採用的書寫模式為先敘述學界對該材料「高本段在【1】轉【2】、【2】轉【3】時分別運用了連接詞語、連詞：「近年來」、「而」，相當有效地發揮了銜接的功能。(複合結構模式舉隅之二)
	本段連接詞使用靈活，「於是」、「其中」、「而」、「但是」、「然而」在結構段轉換之處，都起了銜接的功能。(複合結構模式舉隅之三)
	本段科技論文的最上層模式是「先敘後論」(【1】～【7】)。在「敘」【1-6】的部分，採用「先目後凡」(【1】～【6】)模式（亦即「演繹」邏輯），接著，用「以上……」作連語，承前「論」【7】此五大類電解液的共通性、原因，統收前面的敘述。(複合結構模式舉隅之四)
	本段科技論文中，在處理「全」【1-2】兩次轉至「偏」(由【2】轉【3】；由【3】轉【4】)，讓焦點越來越凝聚，都用連接詞「其中」來銜接，使得邏輯更確定。(複合結構模式舉隅之五)
善用標點符號	在「因而」之前用句號隔開「因」【1】與「果」【2】，讓文章適當地斷開。(「由因及果」模式：例證一)
	因為此段文字篇幅較短，所以「因」【1】和「果」【2】

	之間用逗號連接，是相當好的。(「由因及果」模式：例證二)
	「果」【1】、「因」【2】之間用句號隔開，是相當理想的。(「由果溯因」模式：例證一)
	隔開「果」【1】、「因」【2】，用了句號。(「由果溯因」模式：例證二)
	「優」【1】和「缺」【2】之間用句號隔開，非常有助於邏輯清晰呈現。(「先優後缺」模式：例證一)
	「優」【1】和「缺」【2】之間亦有句號隔開。(「先優後缺」模式：例證二)
	此篇摘要的篇章結構中，「正」【1】和「補」【2】之間用句號隔開，非常有助於邏輯清晰呈現。(「先正後補」結構：例證一)
	在「敘」【1】與「論」【2】之間運用句號，是相當適宜的。(「先敘後論」模式：例證二)
	在「進」【1】與「退」【2】之間，用句號隔開，十分清楚。(「先進後退」模式：例證一)
	本段科技論文先「進」【1】，接著用句號隔開，轉而為「退」【2】。(「先進後退」模式：例證二)
	本段的句號運用得宜，有效地標誌出結構段。(複合結構模式舉隅之二)
	標點符號的運用頗為準確，在結構段轉結構段的部分，都用句號隔開，有效地輔助了邏輯的表出。(複合結構模式舉隅之五)
善用分段	此數點結論是用「由淺而深」邏輯連結起來的(【1】～【5】)，作者用「分段」隔開，使得結論的表出相當簡明清楚。(「由淺而深」模式：例證二)
善用序號	此數點結論是用「由淺而深」邏輯連結起來的(【1】～【5】)，作者用「序數」標誌出五點結論，使得結論的表出相當簡明清楚。(「由淺而深」模式：例證二)

	此段科技論文呈現出相當標準的「由凡而目」模式，「目」共有三項，作者用序號來標誌這三項「目」(【2】～【4】)，是相當方便、有效率的。(「由凡而目」模式：例證一)
	此段科技論文中，「凡」【1】就提出了三種唾液酸酶，但是其後依據發現時間的早晚，分成兩「目」【2、3】來加以敘述，「目二」【3】敘述較晚發現的第三種唾液酸酶，用序號「第三種」標誌出來。(「由凡而目」模式：例證二)
	在「敘」【1-6】的部分，採用「先目後凡」(【1】～【6】) 模式 (亦即「演繹」邏輯)，將五大類電解液敘述清楚，其中，用序數的方式 (第一類、第二類……)，將五個「目」【2-6】很簡單清楚地交代出來。(複合結構模式舉隅之四)

附錄二：可採取的調整方式

調整連接詞	此段科技論文形成了由本而末的三個層次，作者用「首先」、「之後」、「之後」三個連接詞來連結，但是「中」【2】與「末」【3】之間不宜用「之後」，宜改用「最後」。（「由本而末」模式：例證二）
	「全」【1】與「偏」【2】之間宜加上「而」連接。（「由全而偏」模式：例證二）
	本結構是「先底後圖」，為彰顯出此種布局，因此最好在「底」【1】和「圖」【2】之間，加上「有鑑於此」作聯結。（「先底後圖」模式：例證一）
	本段科技論文按照時間順序描述實驗步驟，但是連接詞的運用單調、標誌性不足，可以改為「首先」、「其次」、「再次」、「最後」。（「先昔後今」模式：例證一）
	本段科技論文全面地就四種工藝來說明（此為「全」【1】～【3】），最後，特就工藝 4 再加說明，成為「偏」【4】，因為此為本論文之特重處。不過，在「全」【1】～【3】）轉「偏」【4】之時，建議可加上連接詞「其中」，讓邏輯的表出更為清楚。（複合結構模式舉隅之一）
調整標點符號	此段科技論文形成了由本而末的三個層次，不過，在這三個層次間，「本」【1】與「中」【2】之間用逗號隔開，「中」【2】與「末」【3】之間則用分號隔開，這樣處理有兩個問題：一是造成層次間重要性的不對等，二是不合於分號的使用時機，因此建議全部改為句號。（「由本而末」模式：例證二）
	由「正」【1】轉「補」【2】時可運用句號，而且，因為「先正後補」為涵蓋本段的最上層邏輯，其他的文句組

	織都在此邏輯的涵蓋下，而且篇幅不大，因此其他的句號宜改用逗號，以標誌出邏輯的層次性。(「先正後補」結構：例證二)
	「先敘後論」模式中，【1】、【2】之間的標點符號，宜由逗號改為句號，而「論」【2】之中的分號，其實並不適宜，因為此前後兩句並非並列的關係，宜改為逗號。(「先敘後論」模式：例證一)
	在「敘」【1】與「論」【2】之間運用句號，是相當適宜的，而在「敘」【1】、「論」【2】之下都還有句號，可以保留，也可以改為逗號，因為如果考慮到「先敘後論」結構為最上層結構，其他標點符號可以改為逗號，可是，如果考慮到，也可以根據較下層的結構來標點，那麼，有些逗號可以改為句號，以區分出更為細緻的邏輯。(「先敘後論」模式：例證二)
	本段科技論文按照時間順序描述實驗步驟，但是四個層次中，只有【2】轉【3】用了分號連結，其他都用逗號，一方面標準不一，再方面分號是用來連結並列結構的，並不適合用在此處，所以宜改用句號。(「先昔後今」模式：例證一)
	因為「先敘後論」(【1】～【6】)是最上層結構，所以，「敘」【1-3】和「論」【4-6】之間的逗號，宜改為句號。(複合結構模式舉隅之三)
調整寫法	「偏」【2】的敘寫方式宜改變，因為開始兩句主要講「產氣莢膜梭菌」，與「全」【1】之聯結不夠，顯得突兀，「唾液酸酶」一詞應提早出現，與「全」【1】之重點──「唾液酸酶」呼應。(「由全而偏」模式：例證二)

不可能的任務？
——淺談以中文教華語的詞彙教學設計

竺靜華
臺灣大學華語學程助理教授

摘要

第二外語的諸多教學法中，直接教學法是對學習者最有益的。因此，以中文教華語是最適合學生需要的，但這也是教師最感困難的。本文將提出一系列以中文教華語的詞彙教學設計，使用語言為媒介或以非語言為媒介，由較容易理解的中、高級華語詞彙教學設計，至初級華語詞彙教學設計，以直接教學法和語境展現法交錯運用，最後討論零起點的華語教學是否亦可以採用中文教學。其實只要教師運用語言得當，加上動作、表情的輔助，可以完成這項幾乎是不可能的任務。

關鍵詞：華語教學、詞彙教學、直接教學法

一　前言

華語教學在世界各地已成為一項重要的第二外語教學了，大部份的人直覺認為華語教學應該是以英文進行教學的，英文不夠好的人，是無法從事華語教學的。在討論這個問題之前，先想想我們學英文的經驗吧。為什麼我們要特別去跟外籍老師學英文呢？我們是不是希望聽他說正確標準的英語呢？我們可曾期待外籍英文教師精通中文，能向我們用中文解說英語的語法？如果教外籍生的教師必須以學生的母語教學才能讓學生明白，依此類推，教日韓的學生時，教師必須會使用日語、韓語；教越南、印尼的學生，須用越語、印尼語。那麼我們到非洲國家教華語的時候，教師該怎麼辦呢？

其實正如我們學習英文時一樣，當母語為英語者從事教學時，我們會努力了解英語教師所說的英文句子，同樣地，教師以中文進行華語教學時，學習者也會盡可能地適應與學習。然而，為什麼大部份的人卻以為這件事那麼難呢？那跟我們已習慣了我們本地的中文教學、英文教學的模式有關。

二　由傳統的中文教學、英文教學到華語教學

就字面的意義來看，華語教學和中文教學這兩個詞是很難區分的，華語教學不就是教中文嗎？不過由於我們現在使用華語教學這個詞彙時，已經給予了特定的涵義，它指的是以中文為第二語言的教學，是針對母語非中文者的中文教學，所以，雖然都是中文教學，但因為對象不同，所採用的教材、教學法都有很大的不同。

很多人習慣用我們的學習階段來表示學習程度，以本國人來說，

學習處於哪一個階段，他的程度大致就在那個階段。可是對於中文為第二語言的外國學生來說，他學到哪個階段，由於和本國人的學習層次不同，與母語使用者是無法並論的。

從教材來說，本地小學生的中文程度是由幼兒學習開始累積了多年所達到程度，外籍生來到此地，中文是第二語言，他的語言程度可能不及小學生，可是他的思想是成人的，是超越小學生的，如果我們把第二語言學習者界定為幼兒的語文程度，是很不合適的，我們能給他國小課本或幼兒教材來學習中文嗎？

至於教學法，傳統的本地中文教學，由小學的國語教學到中學、大學的國文教學，主要都是採用解釋的方式，只要把難詞解釋清楚了，問題就解決了，例如：

> 暑假我們全家去旅行，滿載而歸。
> 一路上美麗的風景，盡收眼底。
> 乘著火車，欣賞沿途的風光，令人心曠神怡。
> 這趟旅行真是讓人大開眼界。

最常見的教學模式就是：教師只需要查好的字典上關於「滿載而歸」、「盡收眼底」、「心曠神怡」、「大開眼界」的解釋，寫在黑板上，學生再照樣抄在書上，就可以完成學習了。再難一點的句子，甚至到大學的文言文教學，都可以採用同一模式，總之，「解釋」便可以解決一切的問題。

許多國文老師在從事外籍生的華語教學時，可能是習以為常，也可能是由於缺乏正確的華語教學觀念，於是也採用同樣的模式教華語。可是對於第二語言學習者而言，學習只有解釋的句子，困難重重，「解釋」並不能「解惑」，這是我們難以想像的。

也就是說，外籍學生學中文的教材、教學法都與本地學生不同，換句話說，本地學生學習中文的教材與教學法用在華語教學上是不適用的。我們在了解外籍生的需求後，積極開發了許多外籍生專用的華語教材，如《實用視聽華語》[1]、《遠東生活華語》[2]等。但是，只有教材還不夠，我們應該採用什麼樣的教學法呢？

在國內，大多數的英文教學，是讓學習者藉由逐一翻譯單字而慢慢認識全句意義的。上課時教師得不斷地解說詞義，在句中挑選生字或詞組一一解釋，再找出語法加以分析。我們習慣於這樣的學習模式，因此很難想像除了翻譯，還有什麼其他的方法可以學會另一種語言。這樣的學習法，需要解說大量的文義，學習過程變成教師主述，學生也因此而需要依賴教師的本國語言能力來解說目的語，最後倒果為因，教師在教華語時，以為需要大量使用英文才能使英美的學生理解。

其實從學習的情況來看，這樣的方法未必真的容易學習。我們很容易回想我們初學英文的光景，那時老師總是一句句解說，甚至截取子句或片語加以分析，我們跟著教師的解說，背誦記憶句子的意義。這樣的學習是被動的，也是辛苦的。再由學習的效果來看，這樣的方法所獲得的語言認知是較固定而不能活用的，並不能達到有效率地學習。我們是否有其他的方法，可以達到更有效的學習？

我們學英語是第二語言的學習，外國人學華語也是第二語言的學

---

1 國立臺灣師範大學：《實用視聽華語 1》、《實用視聽華語 2》、《實用視聽華語 3》、《實用視聽華語 4》、《實用視聽華語 5》（臺北市：正中書局，2008 年 2 版），目前正在編寫新版中。

2 葉德明主編：《遠東生活華語 IA》（臺北市：遠東圖書公司，2008 年）、《遠東生活華語 IB》（2008 年）、《遠東生活華語 IIA》（2012 年）、《遠東生活華語 IIB》（2012 年）、《遠東生活華語 III》（2013 年修訂版）。

習，第二語言的習得與學習母語既有相同之處，也有不同之處。如果我們要學習的不只是閱讀理解，還要聽與說，是否有更合適的方法？

第二語言的教學有許多種方法，在進行第二語言教學時，可以採用什麼語言？針對這一點，在第二語言教學法上有兩派不同的主張：

（一）語法翻譯法[3]

語法翻譯法是以系統的語法知識教學為綱，依靠母語，通過翻譯手段，主要培養第二語言讀寫能力的教學法。這是第二語言教學史上最古老的教學法，在歐洲用於教古希臘語、拉丁語已有千百年的歷史。[4]

語法翻譯法的主要優點是：有助於學生牢固掌握系統的語法知識，閱讀和翻譯水平較高；採用母語教授，可減輕學生壓力，還可以節省課堂教學時間。缺點主要表現在：忽視口語教學和語音教學，缺乏聽說能力的訓練，過分地強調語法規則的教學，忽視語言技能的訓練，教學內容、教學過程比較枯燥；利用母語教學，過分地強調翻譯，不利於培養學生運用目的語進行思維和交際的能力；以教師為中心，教學方式單一，學生缺少實踐機會，課堂氣氛沉悶。[5]

---

3 討論語法翻譯法的著作有不少，如劉珣：《對外漢語教學引論》（北京市：北京語言大學出版社，2000 年 1 版，2010 年 15 刷）、劉珣：《漢語作為第二語言教學簡論》（北京市：北京語言大學出版社，2002 年 1 月 1 版，2007 年 4 刷）、陳昌來主編：《對外漢語教學概論》（上海市：復旦大學出版社，2008 年）、葉德明：《華語文教學規範與理論基礎》（臺北市：師大書苑，1999 年初版，2008 年）等。

4 本段見劉珣：《對外漢語教學引論》，頁 237。

5 本段見陳昌來主編：《對外漢語教學概論》，頁 54。

(二) 直接法

直接法是與語法翻譯法相對立的教學法，是主張以口語教學為基礎，按幼兒習得母語的自然過程，用目的語直接與客觀事物相連繫而不依賴母語、不用翻譯的一種第二語言教學法。[6]

直接法的主要優點是：重視口語和語音教學；強調直接運用目的語進行教和學；注重語言實踐，多說多練；充分利用直觀教具，加深學生的感知印象。缺點主要表現在：用第一語言教學的教授方法來教第二語言，忽視了第二語言教學的特殊性；排斥母語在外語教學中的作用；一系列的句型與模仿具有一定的局限性。[7]

這兩種方法各有其優缺點，值得我們在教學前深入思考。

三　為什麼要用中文進行華語教學？

現在我們就以華語教學來討論，華語教學應採用什麼語言進行才好？一是用母語翻譯教學，一是用中文直接教學。

(一) 用母語翻譯教學

採用這樣的方式教學，教師與學生在溝通、解釋方面應該都不會有困難，但是由於學生學的是翻譯理解，所以學習的只是詞彙和硬記的語法。由於學習以詞彙的翻譯和語言知識為主，最好的效果，充其

6　本段見劉珣：《對外漢語教學引論》，頁 238-239。

7　本段見陳昌來主編：《對外漢語教學概論》，頁 56。

量只是猶如一部電子字典而已，組句是片斷的、僵硬的，甚至不合語法，談不上應用。

（二）用中文直接教學

採用這樣的方式教學，教師與學生溝通可能有些困難，教師要做解釋也較不容易，但是學生所聽到的、看到的都是中文的文句，可以反覆加強刺激，印象自然又深刻，對他的學習是最有益的。

再進一步思考，如果學習時用母語翻譯目的語，學習者在使用時同樣也要由母語譯為目的語才行，然而使用母語是直接的，譯為另一種語言則是間接的表達，再配合文法修正，到能說出表意的句子時，已花了相當多的時間在轉譯上。用中文直接教學，學生習慣了使用目的語後，表達時不需要經過重重的翻譯轉換，在運用上效果佳，因此以中文直接教學肯定是有好處的。

其實教師以中文教華語，對學習者聽與說的能力都有很大的助益，這是不難想像的。所以最好的華語教學的課堂上，無疑應該不是用英語，而是用中文溝通的。就一個人的語言學習能力而言，記憶與歸納是必須具有的能力。教師使用母語翻譯教學，學習者的學習策略以強記居多；教師用中文直接教學，學習者便不能只依賴強記，而是必須將教師的語言輸入自己的腦中，經過整理歸納，學習者獲得了依自己的理解而產生的語言訊息。然後在學習者使用目的語時，其實教師與學習者雙方都嘗試不斷地檢測這樣得來的訊息是否正確，並且加以調整。

以中文教華語的學習，令人擔心的問題有兩點：一是學生是否真能聽懂教師使用目的語解說；一是能否完成教學，達到理想的教學效果。如果我們所憂慮的只是如何實行，以及是否會造成學習者的理解困難。只要我們可以克服這個困難，以中文教華語的教學效果顯然是優於以學生的第一語言教學的。其實教學者若擅於逐步引導學習者思考，透過精心的教學設計，學習者是可以很容易了解的。

我們希望可以施行於初、中、高各級的華語教學，甚至是盡可能用於零起點的華語教學。華語教材，一般而言至少都包括詞彙、語法、課文三個部份，限於篇幅，本文僅析論教材中的詞彙教學，至於語法與課文，有待另文說明。以下就進一步討論，如何克服困難徹底實施以中文教華語的教學。

四　如何化解以中文教華語的困難？

既然以中文進行華語教學有許多好處，那麼只要困難不存在，就可以實行，因此需要考慮的是如何克服困難。以中文教華語最大的困難是學習者應如何理解，以及教學者應如何進行教學。要消除彼此之間的障礙，最主要的是溝通，是以溝通促進思考。因此，對於學習者不明白的地方，教師應該盡量表達，讓學生理解。至於溝通與表達的工具有兩大類，一是語言，一是非語言：

（一）使用語言為媒介的教學

語言是我們最好的表達工具，如果教師要表達意思，最直接的辦法當然是用語言溝通。問題是用什麼樣的語言可以使教師的解說令人清楚了解而無惑？這個原則很簡單，只要不高於該詞彙難度的詞彙，基本上學習者的了解都是沒問題的。教學上，對於解釋難理解的事物，只要降低其難度，也就不難領會。所以，就原則而言，華語教學可以使用中文，只要不使用高學學習者能了解的難度的中文就可以了。

（二）使用非語言為媒介的教學

語言是我們最好的表達工具，但不是唯一的工具。學生聽不懂教師的語言，教師可以思考的是：如果語言不能解決這個問題，除了語言還有什麼可以讓人了解對方的意思？換句話說，可以表情達意的方法，除了語言還有什麼？其實運用身體語言來表達，是個很好的方法。身體語言包括動作、表情，甚至眼神。

1 動作與手勢

對於學生不能了解的詞彙，教師的動作可以幫助學生領會，教師猶如演員，講臺就是他的舞臺，演得生動，凸顯詞義，就是成功的教學。一些具體的動作，如拍手、抬頭等，經過教師的動作示範，當然很快就能體會。由基本動詞發展出來的引申義的動詞，也可以利用動作使學生明瞭，如：推動、挑選、打擊、挑戰等，這些與本義有直接關係的動詞，用動作就一目了然。除此以外，還有很多未必是動作詞，例如：方位詞，包括上、下、左、右、裡、外等，由於它們是相對的，教師只需要用手勢指出，學生很快就了解了。又如：緊張、壓力，這類形容詞或名詞，都是可以用動作使人立刻領會的。

2 表情與眼神

有些詞彙未必是一種動作，手勢也無法達意，但是人類的表情是共同的，例如：香與臭，只要一個簡單的表情，就可以傳達詞義。試想：教師的話語聲音，學生既然可以理解，同樣地，教師的表情，學生也一定能領會。再者，教師的眼神何嘗不是也可以傳達情感？因此如：羨慕、輕視，以至於吸引等詞，都可以表情與動作配合簡單的說明，其中還包括了眼神的配合，那是很重要的理解關鍵。

由以上可知，在教學時教師如何傳達詞義，是不限於一種形式的，不論是以語言為媒介，或以非語言為媒介，在教學時只要能達到讓學生理解的目的，由語言到動作與手勢，甚至是表情與眼神，都是可採用的方法。雖然我們知道以中文教華語是不容易的，可是只要困難可以解決，只要困難不存在，這樣的做法便是可行的。

以中文教華語的教學，並不是特別的教學法，只是需要費心設計。教學者若擅於逐步引導學習者思考、理解、歸納，學習者則可以很容易了解詞義，不但運用正確，還能熟記。以下針對初、中、高各級的華語教學，做些示範說明。

五　如何以中文進行初、中、高級華語教學？

以中文教華語，最重要的原則是：不論解釋什麼詞彙，使用的語言中絕不能有難度高於該詞的詞彙。因為我們教的是中文，學生本來就不太懂中文是可想而知的，如果用他們不太懂的語言來教，很容易產生溝通的障礙，因此教師在選擇詮釋的詞彙與方法上，應特別留意。

（一）高級的華語教材教學

高級的詞彙雖然意義較深，較難學，在解釋上卻是較有憑據且容易處理的，只需要採取中級或初級所學的詞彙說明即可，例如：惡化[8]

8　國立臺灣大學國際華語研習所：《思想與社會》（臺北市：南天書局，1987 年，1995 年），第 6 課〈中國人的地域觀念〉，生字 95，頁 94。

一詞，化是變化、改變，惡是壞的、不好的意思，惡化就是變壞了、變得不好了，生病的情況變得不好了，就是病情惡化；兩個國家的關係變壞了，就是關係惡化。

詮釋詞彙的方法很多，經常採用的方法大致可歸納如下：

1 增加詞彙詮釋

就字面上來看，該詞的每個字都有一個對應的詞彙，將這些詞彙串連成詞組，就是它的解釋了，例如：延續[9]一詞，延是延長、延伸，續是繼續、連續不斷，所以延續就是延長繼續。

例 1 祖先崇拜的儀式一直延續到今天，就是所謂的祭祖。[10]

例 2 中國人使用筷子的習慣，已經延續了幾千年了。

2 代換詞彙意義

有的詞彙意義等同於另一個較簡單的詞彙，可以直接代換，例如：汙染[11]一詞，就是弄髒，意思是把原本乾淨的地方弄髒了。

例 3 廢物不論堆在什麼地方，都會造成環境汙染。[12]

例 4 汽車排放廢氣，汙染了都市裡的空氣。

3 合單字義為一義

很多雙音節的詞彙，兩個字的意義是相同的，這樣的同義複詞只

9 《思想與社會》，第 3 課〈中國人的鬼神觀〉，生字 8，頁 39。

10 《思想與社會》，第 3 課，頁 35。

11 《思想與社會》，第 2 課〈現代人的健康問題〉，生字 94，頁 27。

12 《思想與社會》，第 2 課，頁 21。

需採用其中一義，就是整個詞彙的意思了，例如：單獨，單與獨都是一個的意思，所以單獨去做就是一個人去做，沒有別人。又如：思想，思就是想，想就是思，一個人的思想就是他的想法。再如：衡量[13]一詞，衡就是量重量，所以衡量就引申為考慮、思量它的重要性或價值。

例 5 如果拿新文學作家的標準來衡量，羅貫中、施耐庵都免不了有抄襲的嫌疑。[14]

例 6 人生面臨選擇的時刻，必須審慎地衡量得失。

至於少數的偏義複詞，則詮釋字義的時候，只取其中一部份的字義，例如：緩急，實為危急、緊急的意思。情況較少，暫不討論。

4 字面詞義引申

高級華語教學中，由於詞彙含義較深，往往是引申後的意義，經常需要由字面本義說明，再聯想其引申義，如：挑戰[15]一詞，原指戰爭中用各種方法，甚至可能是刺激的方式，引敵人出兵作戰。挑戰能夠成功，是一種成就，所以我們在生活中向各種事物挑戰，看自己是否有能力戰勝。

例 7 如何改善工作環境，並且創造更多適合女性的工作，就是一種重大的挑戰。[16]

例 8 明明知道學中文相當不容易，但是我樂於向困難挑戰。

13 《思想與社會》，第 5 課〈舊小說的社會價值〉生字 72，頁 78。

14 《思想與社會》，第 5 課，頁 72。

15 《思想與社會》，第 8 課〈人口結構與人口分布的變遷趨勢〉生字 56，頁 127。

16 《思想與社會》，第 8 課，頁 122。

（二）中級的華語教材教學

中級的詞彙的意義解說，與上述的高級詞彙解說方式相同，只是必須用較簡單的初級詞彙詮釋，以下各舉一例說明：

1 增加詞彙詮釋

執法[17]一詞，執是執行，法是法律，所以執法就是執行法律。

例 9 警察是執法人員，依法辦事，不能徇私。[18]

2 代換詞彙意義

萬分[19]一詞，萬分就是非常、十分，焦急萬分就是非常焦急。

例 10 這時她已無心聽音樂，內心焦急萬分。[20]

3 合單字義為一義

缺少[21]一詞為同義複詞，缺就是少，所以缺少的意思是少了一些東西。

---

17 國立臺灣師範大學：《迷你廣播劇》（臺北市：正中書局，2008 年初版），第 2 課〈一念之差〉生字 34，頁 19。

18 《迷你廣播劇》，第 2 課，頁 16。

19 國立臺灣師範大學：《實用視聽華語 5》（臺北市：正中書局，2008 年 2 版），第 4 課〈不經一事不長一智〉，生字 14，頁 47。

20 《實用視聽華語 5》，第 4 課，頁 43。

21 鄧守信、孫珞：《今日臺灣》（臺中縣：東海大學華語中心，2004 年 2 版），第 5 課〈我愛紅娘〉，生字 25，頁 87。

例11男女雙方往往在婚前缺少交往的機會，彼此了解不夠，造成了不少悲劇。[22]

4 字面詞義引申

講究[23]一詞，講是議論、討論，究是研究、了解清楚，字面上的意思是討論它、研究它，要把它了解清楚，其實就是要在這一方面特別注意，努力弄好它。

例12 懂得喝茶的不但重視泡茶的方式、時間、次數，而且對茶具也十分講究。[24]

（三）初級的華語教材教學

至於初級詞彙的教學，在解說時用詞的選擇上，因為受到不能高於該詞難度的限制，所以可用以解說的詞的範圍也就更窄些，這時的教學方式，雖也可以依照上述的方法，但是視實際教學情況，需要做些調整：

1 增加詞義詮釋

初級學生學過的詞彙不多，可用來解說的詞彙更是少之又少，只有如：書房[25]一詞，可以說明它就是看書的房間。

---

22 《今日臺灣》，第5課，頁85。
23 《今日臺灣》，第4課〈茶與中國人〉，生字6，頁66。
24 《今日臺灣》，第4課〈茶與中國人〉，頁65。
25 《實用視聽華語1》，第9課〈你們學校在哪裡〉，生字29，頁174。

例 13 我父親的書房在樓下。書房裡有很多書，有中文的，也有外文的。[26]

2 合單字義為一義

在初級教材中，這類詞彙也不多，而且在最初級的教材中也不宜討論單字的意義，只有如：幫助[27]一詞，是同義複詞，在意思上，幫和助的是相近的，幫助是幫忙的意思，也就是幫了它，對它是好的。由於這是《實用視聽華語 3》教材中的生字，學生可算稍有基礎，所以這樣簡單地分析字義，再合為一詞的意思，學生還可以理解。

例 14 有錢的人應該幫助沒錢的人。

例 15 運動對健康有很大的幫助。[28]

但是在《實用視聽華語 1》的喜歡[29]一詞，學生就不能這樣理解了，因為學生不能分辨喜是什麼，歡是什麼，他對這個詞的理解方式是整體的詞義，不是個別的字義。所以雖是同義詞，但是教師不宜採用這樣的方法說明。

3 字面詞義引申

由於是初級的詞彙，詞義大多與字本義有關，取其引申義的詞彙不多，少數如：有名[30]一詞，並不是有名字，而是大家都知道他的名字，所以他很有名。這類的字在初級教材中並不多見。

---

26 《實用視聽華語 1》，第 9 課，頁 166。

27 《實用視聽華語 3》，第 4 課〈談談地理吧〉生字 31，頁 102。

28 例 14、15 均見於《實用視聽華語 3》，第 4 課，頁 102。

29 《實用視聽華語 1》，第 3 課〈我喜歡看電影〉生字 1，頁 38。

30 《實用視聽華語 1》，第 6 課〈我想買一個新照像機〉生字 21，頁 105。

4 代換詞彙意義

這個方式在初級教學中也不容易實行，因為沒有更簡單、更淺近的詞彙可以代換了，除非代換成學習者的母語，否則很難理解，這也是為什麼那麼多人在教初級華語時總要使用母語的原因。但還是可以設法使用中文說明的，如：不錯[31]一詞，並不是沒有錯，教師索性直接告訴學生，不錯就是直指「很好」的意思，反而較容易教學。

例 16 王先生唱歌兒，唱得不錯。[32]

再如：經費[33]一詞，是政府或公司、學校裡辦事用的錢。如果要解釋為經營所用的錢，還得用更多的說明，並不妥當。

例 17 系裡的經費不夠，只能買兩部電腦。[34]

由以上的詞彙舉例可知，高級的詞彙教學，雖然詞義不易懂，教師總還能有各種方法可以解說，但是越初級就越不容易教了，因為沒有什麼簡單的詞彙可以用來說明了，那麼教學時要如何能讓人了解呢？若要教師都用中文解說，這簡直是不可能的任務。這時我們就要考慮，除了以語言為媒介進行教學外，還可以使用哪些非語言的媒介來輔助教學，以達成這項不可能的任務，上述所說的身體動作、手勢、表情、眼神都是可用的好方法，甚至我們運用語言中的聲音變

31 《實用視聽華語 1》，第 8 課〈這是我們新買的電視機〉生字 5，頁 146。

32 《實用視聽華語 1》，第 8 課，頁 146。

33 《實用視聽華語 3》，第 10 課〈你選誰〉生字 20，頁 269。

34 《實用視聽華語 3》，第 10 課，頁 269。

化，也可以幫助學生理解。以下我們討論，零起點的教材內容是否可以用中文教學。

六　零起點的中文教學法——不可能的任務？

在國內零起點的教材中，使用最普遍的應是《實用視聽華語1》，由於學習者完全不懂中文，教師要進行這樣的教學時，應有相當的心理準備，比方說學生很可能不懂我說的話，那麼我要用什麼方式幫助他了解？使用英文翻譯雖然是最快速直接的辦法，但是英文翻譯對學生來說適當與否？翻譯法要使用到什麼階段學生才能放下母語，使用目的語徹底學習？教師的母語翻譯是否更阻礙了學生的學習，而造成過度依賴？

原則上，教師應該使用中文，即使學生未必立刻聽懂，也要做實際的、具體的聽說訓練，教師要盡一切可能避免使用學習者的母語或英文。

以《實用視聽華語 1》第一課的教學為例，你、我、他[35]三詞的教學，就不需要母語或英文。教師可以用手指著自己、學生和旁邊的另一個學生，同時慢慢說出我、你、他三個字來，讓學生由教師的動作中分辨三詞的意義，再由教師的語言中習得如何說出這三個詞。教師還可以由牆上的世界地圖中指出臺灣，再指著自己說出「臺灣人」[36]一詞；同樣地指著美國，再指班上的美國同學說出「美國人」[37]一詞，學生可以由教師的動作加上適宜的教學流程安排，體會詞義。

練習第二課的生字「熱」[38]，教師以手搧風，再以拭汗的動作和

---

35 《實用視聽華語 1》，第 1 課〈您貴姓〉生字 6、14、20，頁 8-10。

36 《實用視聽華語 1》，第 1 課生字 10、19，頁 6-7。

37 同上註。

38 《實用視聽華語 1》，第 2 課〈早，您好〉生字 13，頁 26。

較誇張的表情表示很熱，同樣地，也不需要說英文，學生自可分辨，身體動作可說是最自然的世界共同語言了。

第三課的「電影」和「電視」[39]，教師可以放一段影片，展示一張電視的圖片，同時一面說出「電影」和「電視」這兩個詞彙來。教「書」和「報」[40]兩個生詞，教師可以書報的實物呈現在學生的面前，較清楚易懂；「汽車」[41]則又得靠圖片展示了。

除了名詞可以用實物或圖片外，還有一些動詞是可以實地演練讓學生明白的，例如：第四課的課文是買筆的情形，屬於生詞的動詞有「給」和「找錢」[42]。教師拿起筆給一位學生，然後說「你買筆，我給你一枝筆。」再問學生，買東西要給什麼？請同學表演拿出錢來，並說出「我給你錢」這個句子。這樣的說法熟練後，教師讓學生練習說一枝筆二十塊錢，然後開始讓學生練習「找錢」，由動作中讓學生明白找錢一詞的意思，也要練習說出「一枝筆二十塊錢，你給我五十塊，找三十塊錢」這樣的句子。

至於第五課的相片[43]一詞，以及爸爸、媽媽、哥哥、姊姊、弟弟、妹妹的關係，教師只要帶幾張能凸顯家人關係的照片，就可以解決這個問題了。凡是已學過的字，一定要說中文，前一課學過的生字，教師要隨時適時地運用於課堂中，讓學生反覆聽辨。比方說第三課課文內容是買筆、買漢堡的對話，這課教了數字與數數，所以從第三課起，教師用中文說書上的第幾頁的時候，學生都應可以了解，並迅速翻到該頁進行練習。以筆者的經驗，至多教到第七課完畢，已經

---

39 《實用視聽華語 1》，第 3 課〈我喜歡看電影〉生字 3、4，頁 38。

40 《實用視聽華語 1》，第 3 課生字 15、19，頁 41。

41 《實用視聽華語 1》，第 3 課生字 10，頁 40。

42 《實用視聽華語 1》，第 4 課〈這枝筆多少錢〉生字 21、23，頁 61。

43 《實用視聽華語 1》，第 5 課〈我家有五個人〉生字 5，頁 83。

可以完全使用中文教學了。

動詞可以用動作展示，名詞可用實物或圖片呈現，那麼形容詞呢？例如第九課的方便[44]一詞，書上的句子是：

例 18 我家附近有很多書店，所以買書很方便。

教師可以增加練習的是：

例 19 我家附近沒有書店，所以買書不方便。
例 20 臺北有很多公車，可以去很多地方，很方便。
例 21 在臺北，坐公車很方便。（因為車很多，車很快就來了）
例 22 在臺北，吃飯很方便。（因為飯館多、吃的東西多、不貴）
例 23 在圖書館，看書很方便。（因為有很多書）

不但要讓學生會說做這些事很方便，還要請他們說出為什麼說這樣很方便，原因是什麼，讓他徹底了解所謂「很方便」的情況。初級的教材中有很多類似這樣的詞彙，其實都可以用這個原則進行教學。如果教師可以想盡方法避免使用學生的母語或英文，那就是完成了不了解華語教學的外行人所謂的「不可能的任務」了。

七　結語

由以上針對如何採用中文進行初、中、高級華語教學的討論可以得知，以中文教華語，不是「每下愈況」，反倒是「每下愈難」。不過

44 《實用視聽華語 1》，第 9 課〈你們學校在哪裡〉生字 14，頁 171。

既然我們可以在初級的華語教學中，採用中文教學，那麼中、高級的華語教學就更毫無疑問可以實行了。如果詞彙的教學可以採用中文教學，那麼以之施於語法與課文的教學亦可行，這都是可以類推的。換言之，我們可以用中文教華語的，我們也應該用中文教華語。

以中文教華語是最有益的，這樣的教學能否成功，教師的引導與設計是重要的關鍵。教師秉持盡可能使用中文教學的觀念，精心安排教學流程，絕不輕言放棄，一定能想出巧妙而自然的方式教學。以中文教華語，說穿了，並不是新興的教學方式。在中、高級的華語教學而言，只要謹守一個原則，就是不使用比該詞彙難度高的詞彙做解說，是很容易達到的。至於以中文教初級的華語，則必須留意教學過程中的引導技巧與設計，換言之，它不是深奧的理論，更不是不可能的，它是運用人類最自然的共同認知進行教學而已。

在教學技巧上，教師應有精益求精的教學精神，若僅是老套的翻譯與模擬，教學只是流於在技術層面變換而已。高明的教學必須是將學習理念與目標灌注其中，將之發揮為成功的學習藝術。

參考文獻（以作者姓氏筆畫順序排列）

陳昌來主編　《對外漢語教學概論》　上海市　復旦大學出版社　2008年

鄧守信、孫　珞　《今日臺灣》　臺北市　東海大學華語中心　2004年2版

劉　珣　《對外漢語教學引論》　北京市　北京語言大學出版社　2000年1版2010年15刷

劉　珣　《漢語作為第二語言教學簡論》　北京市　北京語言大學出版社　2002年1版2007年4刷

國立臺灣大學國際華語研習所　《思想與社會》　臺北市　南天書局　1987年，1995年

國立臺灣師範大學　《迷你廣播劇》　臺北市　正中書局　2008年初版

國立臺灣師範大學　《實用視聽華語 1》　臺北市　正中書局　2008年2版

國立臺灣師範大學　《實用視聽華語 2》　臺北市　正中書局　2008年2版

國立臺灣師範大學　《實用視聽華語 3》　臺北市　正中書局　2008年2版

國立臺灣師範大學　《實用視聽華語 4》　臺北市　正中書局　2008年2版

國立臺灣師範大學　《實用視聽華語 5》　臺北市　正中書局　2008年2版

葉德明　《華語文教學規範與理論基礎》　臺北市　師大書苑　1999 年初版，2008 年

葉德明主編　《遠東生活華語 IA》　臺北市　遠東圖書公司　2008 年

葉德明主編　《遠東生活華語 IB》　臺北市　遠東圖書公司　2008 年

葉德明主編　《遠東生活華語 IIA》　臺北市　遠東圖書公司　2012 年

葉德明主編　《遠東生活華語 IIB》　臺北市　遠東圖書公司　2012 年

葉德明主編　《遠東生活華語 III》　臺北市　遠東圖書公司　2013 年修訂版

從語用學觀點分析小說溝通衝突的張力呈現——以〈兒子的大玩偶〉為例

吳瑾瑋

臺灣師範大學國文系副教授*

摘要

本文試圖從語用學觀點分析〈兒子的大玩偶〉中對話衝突形成及張力效果。語用學觀點係指根據語境選擇合適語言手段以有效顯出話語之意圖，其原則包括合作原則與禮貌原則。在小說中常有刻意違反原則的對話，如此就形成不同類型的衝突，一方面增加故事曲折起伏的張力，另一方面埋下伏筆。二者，小說中常用反語語句形式，表面上語句意義符合合作原則，更重要顯出說話者的真正態度及性格特質；三者，小說中對話有關聯性的訊息為其共同前提，因此雖然分散卻可繼續進行，這關聯性訊息銜接即為故事之主軸。在現代小說的書寫中，具有衝突的對話所形成的張力是小說的生命力，本文以經典小說為分析案例，從上述原則釐析溝通衝突形成的張力效果。

* 感謝主辦單位給予會議上口頭發表的機會，並感謝與會人士的指正與鼓勵。爾後，又感謝審查者精闢意見，筆者仔細思量，盡力修改，然才疏學淺，故文中未能盡善之文責悉由筆者自負。

關鍵詞：語用學（pragmatics）、**溝通關聯性**（communication of Relevance）、**合作原則**（cooperative principles）、**禮貌原則**（politeness principles）、**反語語句**（ironical utterance）

一　引言

本文試圖從語用學（pragmatics）的觀點分析現代小說對話溝通的衝突呈現及張力效果。語用學觀點係指特定語境中選擇合適語言手段以達有效實現話語意圖的原則，這些原則包括合作原則（cooperative principles）與禮貌原則（politeness principles）[1]，各有不同的面向，交談時遵守這些原則，就能產生有效的溝通。反之，有意無意違反前述原則的某些面向，溝通過程中就會出現敷衍、謊言、模糊焦點、離題等現象，甚至產生誤解、攻擊與衝突，以致溝通失敗，關係也遭破壞。日常生活對話中，出現衝突或障礙的言談很多，多是因為聽說雙方有意無意不遵守交談原則，語用學觀察整理這些違反原則的交談現象，為要進一步釐清說話者的真正動機或訴求，並要了解聽話者如何從所聽到的訊息作適切的解讀，爾後再決定要如何回應。

1　鍾榮富：《當代語言學概論》（臺北市：五南圖書出版公司，2006 年），頁 235-240。
謝國平：《語言學概論》（臺北市：三民書局，2012 年），頁 281-283。
彭增安：《語用、修辭、文化》（上海市：學林出版社，1998 年），頁 25-29；
何自然：《語用學概論》（長沙市：湖南教育出版社，1988 年），頁 70-78。
李捷、何自然、霍永壽：《語用學十二講》（上海市：華東師範大學出版社，2010 年），頁 87-97。
Grice, H. Paul. (1975). Logic and conversation. In Cole, Peter & Jerry L. Morgan (eds.) *Syntax and semantics 3: Speech Acts*, pp.41-58. New York: Academic Press.
Grice, H. Paul. (1978). Further Notes on Logic and Conversation. In Cole, Peter (ed.) *Syntax and semantics 9: pragmatics*, pp. 113-128. New York: Academic Press.
Leech, Geoffery.(1983). *Principles of pragmatics*. London: Longman Press.
Searle, John. 1975. Indirect speech acts. In Cole, Peter & Jerry L. Morgan (eds.) *Syntax and semantics 3: speech Acts*, pp.59-82.

對話是小說的靈魂，透過人物的對話表現其思維情感、性格特點、人際網絡互動，這些對話牽動著全篇故事的發展與進行。溝通障礙及衝突是製造小說張力的絕佳養料，具有張力的衝突對話溝通常是小說凸顯生命力之重要手法。說話者說話不真實或是刻意隱瞞，可能會破壞信任的關係，在〈兒子的大玩偶〉中主角坤樹企圖隱瞞新工作的訊息，吞吞吐吐的回應引起妻子的不解與懷疑。又者，如果說話者不願意繼續該話題而岔開話題或沉默不言，以致溝通中斷，在〈兒子的大玩偶〉中的阿珠，不願對所服用的藥物功能多作解釋而避開不答。或者，聽說雙方沒有足夠的認知前提或共識，也會引發誤解和錯誤的推測，在〈兒子的大玩偶〉中，坤樹和大伯對於該工作沒有共識而引發衝突和攻擊。又者，溝通對談時如果不注意對象、場合和情境，也可能會引發衝突，破壞關係，如前述坤樹因為自身怒氣，不能以正確態度回應大伯，引發大伯更激烈的指責，以致叔姪關係破裂。另外，使用間接語言行為（indirect speech act）中的反語語句（ironical utterance）溝通是一種冒險的策略。檢視其字面意義（literary meanings）可能並不違反合作原則或禮貌原則，但是說話者真正的態度才是影響語義的關鍵所在。本文僅擇〈兒子的大玩偶〉[2]作為分析案例，從合作、禮貌原則、反語語句、主軸關聯性等語用學觀點分析該故事中的對話，從其中析釐出違反的面向、違反的動機，以致形成不同類型的衝突，而這些衝突又如何影響全篇故事情節之發展。

本文分三大部分，首先是引言，說明研究主題，次說明語用學針對溝通對話如包括預設、言談合作原則及關聯理論、反語語句等分析概念與重點，再以小說對話加以分析，探討違反語用原則形成之衝突所造成的張力，最後是結語。

---

2 本文所引用故事版本以右列書中之單篇〈兒子的大玩偶〉。黃春明：《兒子的大玩偶》，《黃春明典藏作品集》第二冊（臺北市：皇冠出版社，2000 年），頁 10-39。

二　語用學分析觀點概述

有效溝通的先決條件是聽說雙方要有前提預設（presupposition），這是在溝通之前已經有的立場或概念。再者，就語用學觀點來看，對話中的語句並非獨立的，必須有上下文或語境（context），始能令聽話者正確掌握意義，在聽與說循環交替過程進行言談或溝通[3]。除此之外，語境甚至還有助於掌握字面意義外的含意[4]。而在交談進行過程中，聽說雙方要按照交談原則進行對話，彼此也假定對方會按照交談原則進行。以下先行簡要說明合作原則與禮貌原則。

（一）合作原則（cooperative principles）

Grice（1975，1978）提出交談合作原則，有四個重要向度：分別是質性向度（quality maxim），對話時要提供真實確實的訊息，不欺騙、不誇張也不隱瞞；第二是量性向度（quantity maxim），對話時要提供適量資訊，不要太多也不能太少；第三是相關向度（relevance maxim），對話時要提供與正在進行的焦點相關的資訊，不要離題或答非所問；第四是方式向度（manner maxim），對話使用的字詞要精確避免語意含糊，語句要簡潔避免冗長，並要合邏輯順序，以免語無倫次造成理解障礙。在溝通中，違反上述任一向度，就可能使聽話者得不到足夠的訊息，或是收到無關、不真實的訊息，甚或因為邏輯錯

3　鍾榮富：《當代語言學概論》（臺北市：五南圖書出版公司，2006 年），頁 233-235。

4　何自然：《語用學概論》（長沙市：湖南教育出版社，1988 年），頁 111-119。
李捷、何自然、霍永壽：《語用學十二講》（上海市：華東師範大學出版社，2010），頁 63-70。

誤的語句，造成誤解。在真實的對話中，有時候會偏重方式向度，以清楚為主，不在乎訊息是否真實；或者有意說謊，或使用歧義句的方式，讓聽話者不能明白說話者的真正意圖；還有故意違反質的原則，運用反語、隱喻、比喻等手法，讓聽話者推導出說話者真正的用意[5]。

（二）禮貌原則（politeness principles）

日常溝通中違反合作原則的情況不少，故意違反合作原則通常是另有考量。Leech（1983）提出違反合作原則的動機常常是為了符合禮貌原則[6]。禮貌原則包括六個向度，分別說明如下：

一、得體向度（tact maxim）：減少表達有損他人的觀點，盡量少讓對方吃虧，多讓對方得利

二、慷慨向度（generosity maxim）：減少表達利己的觀點，盡量少讓自己得利，寧願自己多吃虧

三、讚譽向度（approbation maxim）：盡量減少貶損對方，盡量少貶低對方，而應該多讚譽對方

四、謙遜向度（modesty maxim）：盡量減少讚揚讚譽自己而多貶低自己

五、一致向度（agreement maxim）：盡量減少與對方觀點不一致，

---

5. 何自然：《語用學概論》（長沙市：湖南教育出版社，1988 年），頁 70-78。
李捷、何自然、霍永壽：《語用學十二講》（上海市：華東師範大學出版社，2010 年），頁 87-97。

6 李櫻：〈漢語研究中的語用面向〉，《漢學研究》第 18 卷特刊（2000 年 12 月），頁 323-356。
李櫻：〈語意與語用的互動〉，《臺灣語文研究》第 1 卷第 1 期（2003 年 1 月），頁 169-183。
李櫻：《語用研究與華語教學》（臺北市：正中書局，2012 年），頁 87-100。
何自然：《語用學概論》（長沙市：湖南教育出版社，1988），頁 70-78。

盡量減少雙方分歧而增加一致

六、同情向度（sympathy maxim）：盡量減少情感對立，盡量減少反感情緒而增加同理感覺。

Leech 認為禮貌原則可以解釋違反合作原則的動機，如委婉表達或說話模糊不清等因為禮貌原則以致違反合作原則；或為了合於禮貌原則的一致向度而岔開主題，這是違反合作原則的相關向度，但卻能避免意見或情感衝突。因此，最直接的表達方式，可能符合合作原則，卻可能是最不禮貌的表達。要合乎禮貌原則要注重語境，要按對象及場合的不同來調整。聽說雙方會在禮貌原則和合作原則之間做選擇，也會使用某些線索，讓聽話者推論出言外之意[7]。例如就我所知、我不太確定、若我沒記錯的話、總而言之、長話短說等等都是可能違反合作原則但又顧及禮貌原則而使用線索，讓聽話者根據這些詞語推導說話者的態度。

（三）反語語句（ironical utterance）

Searle（1975）提出的間接語言行為是語用學研究重要的概念之一，對建立人際關係及人際溝通是否流暢有重大的影響。比喻（figurative）、隱喻（metaphor）和反語（irony）是常常使用的語言表達形式。簡單說來，「反語」是指字面意義的相反意義，例如「好棒的天氣啊!」，但說話者真正的用意是說「可怕的天氣啊!」。反語語句並不是錯誤或是不適當，Sperber & Wilson 認為是以言外之意替代（substitute）字面意義。聽話者除了掌握字面意義、字面意義相反的意涵、相關語境知識，還必須能夠掌握說話者的信念，始能適切理解

7 李櫻：《語用研究與華語教學》（臺北市：正中書局，2012 年），頁 71-83。

說話者的言外之意。就「好棒的天氣啊!」與「可怕的天氣啊!」兩句而言，其一般語句是表達出對天氣的評論或態度，反語語句則是針對語句內容的態度（attitude）。因此重要的是掌握聽說雙方在此對話中的態度或意圖，這類態度或意圖通常多是反對、不贊成的相反態度[8]，也因此可能會引起人際溝通時的誤會、衝突，形成緊繃的張力。衝突的情節是小說創作者喜愛的題材，比喻、隱喻及反語語句的言外之意、弦外之音是文學語言常用的策略，二者結合使小說更能引人入勝。

綜合上述，分別就語用學中合作原則、禮貌原則、反語語句解析等重要觀點做簡要說明，會發現在溝通對話過程中，前提、語境在對話進行過程是相當重要的，而是否遵守合作原則與禮貌原則其實是反應出聽說雙方內在之意圖或動機。本篇就小說中的對話材料為範圍，觀察合作與禮貌原則的違反情形，解析聽說雙方的內在意圖，爬梳小說創作者透過這樣的對話來闡發人性的思維。另外，小說中的對話看似分散，實則有其關聯性，故事主軸是重要的前提，每組對話的前提或語境將成為其他組對話的前提，彼此相關串聯全篇故事的結構。

三　語用學分析〈兒子的大玩偶〉

在黃春明〈兒子的大玩偶〉[9]中，故事主軸就是兒子的大玩

8　李櫻：《語用研究與華語教學》（臺北市：正中書局，2012年），頁83-86。
Sperber, Dan. & Deirdre Wilson. 1981. Irony and the Use. In Cole, Peter (ed.) *Radical Pragmatics*, pp. 295-318. New York: Academic Press.
Sperber, Dan & Deirdre Wilson. 1986. *Relevance: Communication and Cognition*. Oxford: Basil Blackwell. pp.237-243.

9　本文所引用故事版本以右列書中之單篇〈兒子的大玩偶〉。黃春明：《兒子的大玩偶》，《黃春明典藏作品集》第二冊（臺北市：皇冠出版社，2000），頁10-39。

偶──作父親坤樹。故事主線是從男主角坤樹如何成為一個活動廣告者到兒子的大玩偶之心路歷程。為了孩子，從「百般無奈」不得已的選擇之心情到「心甘情願」心路歷程可分為幾個階段，藉由對話展現出來，其中或違反合作原則，或違反禮貌原則，或運用反語語句而形成不同程度的衝突，浮現出故事人物的多樣心情。

（一）第一階段：無奈接受

（1）[10]所節錄的是坤樹與其大伯的一極具張力的對話，又在一個劍拔弩張的衝突中結束對話。（1a）到（1e）中，大伯仔明顯違反禮貌原則中得體、慷慨面向，他身為坤樹的長輩，原本在地位已經佔上風，毫不留情面地使用污辱的字眼如「鬼樣子；人不像人，鬼不像鬼！」來羞辱坤樹（見（1a)。（1b-1d）大伯仔一再打斷坤樹，不讓坤樹說話；也違反同情面向，極不留情責備坤樹，表達對坤樹的工作極端厭惡，在（1e）和（1i）的中話語中明顯違反同情面向；在（1e,1g,1k）中也明顯違反讚譽、謙遜面向，貶低坤樹的能力和思維，而顯示出自己的優越，表揚自己的能力。大伯仔污辱貶低的詞彙、打斷剝奪對方說話的機會、羞辱否定的情緒等等，一波一波地激怒了坤樹。

（1a）「坤樹！你看你！你這像什麼鬼樣子；人不像人，鬼不像鬼，你！你怎麼會變成這個模樣來呢?！」

（1b）「大伯仔──」

（1c）「你這樣的打扮誰是你的大伯仔?！」

---

10 本文所引用故事版本以右列書中之單篇〈兒子的大玩偶〉。黃春明：《兒子的大玩偶》，《黃春明典藏作品集》第二冊（臺北市：皇冠出版社，2000），頁 12-13。

（1d）「大伯仔聽我說——」

（1e）「還有什麼可說的！難道沒有別的活兒幹啦?我就不相信，敢做牛還怕沒有犁拖?我話給你說在前頭，你要現世給我滾到別地方去！不要在這裡污穢人家的地頭。你不聽話到時候不要說這一個大伯仔反臉不認人！」

（1f）「我一直到處找工作——」

（1g）「怎麼?到處找就找到這沒出息的鳥活幹了?！」

（1h）「實在沒有辦法，向你借米也借不到——」

（1i）「怎麼?那是我應該的?我應該的?我，我也沒有多餘的米，我的米都是零星買的，怎麼?這和你的何干?你少廢話！你！」

（1j）「那你就不要管?不要管不要管不要管——。」

（1k）「畜生！好好！你這個畜生！你竟敢忤逆我，你敢忤逆我。從今以後不是你坤樹的大伯！切斷！」

（1l）「切斷就切斷。我有你這樣的大伯仔反而會餓死。」

而就坤樹這方而言，在這場衝突裡，（1b,1d,1f,1h）坤樹的回應一直居於劣勢，雖然坤樹說不清楚並不是有心故意違反合作原則量的面向，然這個壓制過程累積內心的怒氣，以致他連續說出（1j）「不要管不要管不要管不要管——」表現出憤怒的情緒；又說（1l）「切斷就切斷」的話，明顯地違反得體、謙遜及同情面向。憤怒羞慚的坤樹再也顧不得大伯的輩分，顧不得關心關懷的本意，顧不得大伯心中為他覺得無顏面羞愧的同理感受，坤樹不僅不顧一切切斷關係，甚而指控大伯是無同情心的人。這場火爆衝突的發展過程是因聽說雙方——坤樹和大伯——先被對方激怒，爾後一再有意違反合作原則與禮貌原則，不惜犧牲伯侄情分而致以切斷關係收場。其實這段衝突對話是在初始階段，以大伯來訪為引爆點，與這個故事進行的主題關聯性在於坤樹已經成為活廣告。接下來故事倒敘坤樹必須壓抑找不到工作的失望，又無法養活妻小的無奈挫折心情，被親人、友人、村人拒絕等負面情緒，努力說服自己回到這身受嘲弄的裝扮中，他實在沒有其他的選擇！

（二）第二階段：忍受接受

在（2）[11]場景裡，畫面是說孩子阿龍常常因為父親的離去而哭鬧不休，但這段對話中阿珠的解釋，令坤樹得到極大的滿足與快樂。（2c）「誰要你撒嬌？！」中阿珠以反語語句回應坤樹，這句話由阿珠代替孩子阿龍說出孩子對父親的愛，回應坤樹在（2b）中為了逗弄孩子的特別腔調。坤樹和阿龍的互動中，坤樹從氣惱別家孩子後，現會「做做鬼臉」逗孩子，享受親情樂趣。忽然之間，阿珠的反語語句「鬼咧！你以為阿龍真正喜歡你嗎?這孩子以為真的有你現在的這樣一個人哪！」（見 2f），這反語語句的字面意義讓坤樹大為震驚：「那時我差一點聽錯阿珠的這句話。」「不至於吧。但這孩子越來越怕生了!」（見 2g）。直到阿珠說出「他喜歡你這般打扮做鬼臉!你是他的大玩偶！」（見 2h），坤樹才明白過來。在這一段落中，阿珠使用反語語句，讓坤樹的心情有如搭雲霄飛車般，自高處急速落下，卻又衝向高點。這是黃春明先生極高明的手法。

阿珠藉由孩子眼中的父親「鬼臉大玩偶」形象，說出內心中對丈夫坤樹的極大肯定，這是阿珠的智慧，一方面顯出孩子認知的父親形

11 本文所引用故事版本以右列書中之單篇〈兒子的大玩偶〉。黃春明：《兒子的大玩偶》，《黃春明典藏作品集》第二冊（臺北市：皇冠出版社，2000），頁 27-29。
徐富美：〈〈兒子的大玩偶〉中語篇的銜接與連貫〉，《臺灣語文研究》第 3 期（2009 年 3 月），頁 129-156。

象，父親是「小丑臉、鬼臉」，但絕不是大伯仔說的「鬼樣子」，這是孩子對父親單純真誠的赤子之心。另一方面，阿珠一兩句的反語語句，表現出平凡小夫妻之間「打情罵俏」的親密互動。更可貴的是，也藉此表達出儘管工作非常辛苦，儘管旁人對坤樹冷嘲熱諷，但在孩子與妻子的心中，努力工作的坤樹是值得尊敬與肯定。在這個階段裏，坤樹成為玩偶活廣告之後，樂於成為孩子眼中的玩偶形象，他的心情好了很多，因為「這份活兒使他有了阿龍。有了阿龍叫他忍耐這活兒的艱苦。」。為了孩子，他可以繼續忍耐。

（2a）在阿龍還沒有出生以前，街童的纏繞曾經引起他的氣惱。但是現在不然了，他會做做鬼臉……每次逗著阿龍笑的時候，都可以得到這種感覺。

（2b）「阿龍，——阿龍。——」

（2c）「你管你自己走吧，誰要你撒嬌。」

（2d）「阿龍，——再見，再見——」

（2e）他們幾乎每天都是這樣的在門口分手。阿龍看到坤樹走了他總是要哭鬧一場，有時從母親的懷抱中，將身體往後仰翻過去，想挽留去工作的父親。這時，坤樹往往由阿珠再說一句：「孩子是你的，你回來他還在。」之類的話，他才死心走開。（這孩子這樣喜歡我）坤樹十分高興。這份活兒使他有了阿龍。有了阿龍叫他忍耐這活兒的艱苦。

（2f）「鬼咧！你以為阿龍真正喜歡你嗎?這孩子以為真的有你現在的這樣一個人哪！」（那時我差一點聽錯阿珠的這句話）

（2g）「你早上出門，不是他睡覺，就是我背出去洗衣服。醒著的時候，大半的時間你都打扮好這般模樣，晚上你回來他又睡了。」（不至於吧。但這孩子越來越怕生了）

（2h）「他喜歡你這般打扮做鬼臉，那還用說。你是他的大玩偶。」（呵呵，我是阿龍的大玩偶，大玩偶?!）

在（3）[12]的這段對話中，當坤樹逐漸接納自己為「兒子大玩偶」時，萬萬沒想到，好運之神竟在此時降臨了。在這段對話中，首先，坤樹和阿珠的共有前提其實並不相同，彼此也不知道他們其實並無共有前提。但（3a）到（3d）的對話中顯示坤樹刻意違反質的面向，他存心不想直接清楚地說明這其中的誤會，讓阿珠繼續錯誤推導，以為他們的共有前提是相同的。（3d）中坤樹也明顯違反禮貌原則，因為他並不顧及阿珠的感受，坤樹想開玩笑，就繼續說謊；（3f）中，坤樹使用的反語語句，欲言又止的表現顯露出坤樹並不贊同的態度，引起阿珠更多的不安，對阿珠而言這是一個情緒與認知上的衝突。

（3a）「坤樹，你回來了！」阿珠興奮地叫了起來。

（3b）坤樹驚訝極了。他想不透阿珠怎麼知道了？

（3c）「我就知道你走運了。」坤樹真正的嚇了一跳。她接著說：「你會不會踏三輪車?金池想把三輪車頂讓給你咧。詳細的情形——」。

（3d）他聽到此地才明白過來。他想索性開個玩笑吧。於是他說：「我都知道了。」

（3e）「剛看到你回來的樣子，我猜想你也知道了。你覺得怎麼樣?我想不會錯吧！」

（3f）「不錯是不錯，但是——。」他差一點也抑不住那令他快樂的消息，欲言又做罷了。

（3g）阿珠不安的逼著問：「有什麼問題嗎?」

---

12 本文所引用故事版本以右列書中之單篇〈兒子的大玩偶〉。黃春明：《兒子的大玩偶》，《黃春明典藏作品集》第二冊（臺北市：皇冠出版社，2000），頁34-37。

（3h）「如果經理不高興我們這樣做的話。我想就不該接受金池的好意了。」

（3i）「為什麼?」

（3j）「你想想，當時我們要是沒有這件差事，那真是不堪想像，說不定阿龍就不會有。現在我們一有其他工作，一下子就把這工作丟了，這未免太過份吧！」

（3k）這完全是他臨時想出來的話。坤樹有意要把真正好的消息，留在散場回來時告訴她。他放下飯碗，走過去看看熟睡的阿龍。

（3l）「這孩子一天到晚就是睡。」

（3m）「能睡總是好的囉。不然，我什麼事情都不能做，注生娘娘算很幫我們忙，給我們這麼乖的孩子。」

（3n）「你怎麼把帽子弄扁了呢?」那時阿珠問。（阿珠一向是聰明的，她是嗅出一點味道來了。）

（3o）「哦！是嗎？」

（3p）「要不要我替你弄平？」

（3q）「不用了。」（她的眼睛想望穿帽子，看看有什麼秘密。）

（3r）「好，把它弄平吧！」

（3s）「你怎麼這樣不小心．把帽子弄得這麼糟糕。」（乾脆說了算了）

（3h）到（3j）的對話中，對阿珠而言是第二個衝突點，坤樹（3h）的表達是違反合作原則中方式面向，坤樹應該先就阿珠的提問，好好說明他的理由與看法，但是坤樹先說出一個可能假設情形「如果經理不高興」、「我就不應該接受」後，才說明理由。坤樹這一段「他臨時想出來」有情有義的道理，顯出了主題關聯性──大玩偶──的工作，當初是坤樹毛遂自薦求來的工作，為了糊口不得已的唯一選項。

如今坤樹卻表現出應該顧及情義，暗暗地反襯出當時大伯的無情無義。無論如何，在此處，坤樹的表達方式未能顧及阿珠的心裡的衝突與失望的感受。這段對話溝通中，坤樹明顯違反合作原則與禮貌原則，他說謊、故弄玄虛製造了阿珠情感和認知上的衝突，但坤樹也必須努力壓抑有更好新工作的喜悅興奮之情，所以「在意識裡，阿珠覺得她好像把坤樹踏三輪車以後的生活計劃都說了出來，而不顧慮有欠恩情於對方的利益，似乎自責的很厲害。」。

（3n）到（3s）中，對阿珠而言也是一個認知上的衝突，坤樹在說明完整事實之前，不得不繼續隱瞞敷衍阿珠，聰明的阿珠顯出疑惑，使得坤樹更加侷促不安，無法很自在地回答帽子弄扁的原因，對於帽子的處理也反反覆覆，這些反覆的表現都是因為坤樹起初賣關子，自己很開心，也想逗妻子開心，然一旦謊言開始，若不承認說出真相，就得繼續說謊，坤樹因此更加不安。後續故事中，黃春明先生並未讓坤樹自行說出實情，而是巧妙地讓夫妻二人各違反不同的合作原則，以致產生驚奇、失望、疑惑、反常的衝突，坤樹的工作倫理回應主題，也贏得了更多的尊敬，又能表現出夫妻之間的互相信賴，增添故事情節的曲折趣味性。

（三）第三階段：甘心樂意

在（4）[13]的短短對話中，夫妻二人並未違反交談原則，此時的坤樹正式換了工作，收入也增加了，心情大好，卻沒想到有個更大的衝突。當坤樹不再以廣告玩偶的樣子出現在阿龍面前，阿龍見到父親哭

---

13 本文所引用故事版本以右列書中之單篇〈兒子的大玩偶〉。黃春明：《兒子的大玩偶》，《黃春明典藏作品集》第二冊（臺北市：皇冠出版社，2000），頁38-39。

鬧不休，這大大震撼坤樹——阿龍竟然不認識父親！上文（3）的對話中，坤樹終於不再需要扮演廣告大玩偶了，他無需再待在炎炎烈日下辛苦走動，忍受別人的嘲弄，可是他竟然失去了阿龍的認同，因此，他決定重回「兒子大玩偶」形象。

（4a）回到家，阿珠抱著阿龍在外。

（4b）「怎麼還沒睡?」

（4c）「屋裡太熱了，阿龍睡不著。」

（4d）「來，阿龍——爸爸抱。」

（4e）阿珠把小孩子遞給他，阿龍竟突然哭起來，儘管坤樹怎麼搖怎麼逗，阿龍愈哭愈大聲。

（4f）「傻孩子，爸爸抱有什麼不好?你不喜歡爸爸了嗎?乖乖，不哭不哭。」

（4g）阿龍不但哭得大聲，還掙扎著將身子往後倒翻過去，像早上坤樹打扮好要出門之前，在阿珠的懷抱中想掙脫到坤樹這邊來的情形一樣。

（4h）「不乖不乖，爸爸抱還哭什麼?你不喜歡爸爸了?傻孩子，是爸爸啊！是爸爸啊！」坤樹一再提醒，他扮鬼臉，嗚魯嗚魯地怪叫，但是一點用處都沒有。

（4i）「來啦，我抱。」

（4j）坤樹把小孩子還給阿珠。心突然沉下來。他走到梳妝台坐下來，躊躇的打開抽屜，取出粉塊，慢慢的把臉塗抹起來。

（4k）「你瘋了！現在你抹臉幹什麼?」

（4l）沉默了片刻。「我，」因為抑制著什麼的原因，坤樹的話有點顫然地：「我要阿龍，認出我——」

（4h）中「不乖不乖，爸爸抱還哭什麼？你不喜歡爸爸了？」「他扮鬼臉，嗚魯嗚魯地怪叫，但是一點用處都沒有。」字面意義好似在責備哭鬧的阿龍，重複出現的「爸爸抱還哭什麼？你不喜歡爸爸了？」（見 4f、4h）顯出阿龍的哭鬧有特別的意義，令原本心情大好的父母異常困惑。阿龍不會說，阿珠也不明白，坤樹則以實際的行動「抹臉」表現出感人的結語「我要阿龍，認出我──」，這是為人父親的心腸。

全篇故事以「兒子大玩偶」為其中心主題，上文所節錄的四段對話中，分別有不同的場景，對話中的聽說雙方在交談互動過程中，有意無意的違反不同的交談原則，或者使用反語語句表現出心中真正的反對態度，因而形成不同的衝突，而其最主要的關聯性議題就是「兒子大玩偶」。坤樹為了一家溫飽，從不得已主動去求得大玩偶的辛苦工作，非常忍耐壓抑地去持守工作，其實他自己和周圍的人都不看好，以致對話過程不願顧及禮貌原則，不想給對方留情面，而衍生激烈的衝突。爾後，從阿珠點出這是阿龍所認知認同的父親形象後，坤樹開始接納這個工作，也比較喜歡這個工作。在夫妻的對話中也不時違反原則或使用反語語句，使得故事情節發展增添許多曲折與變化。再來是一大轉折──坤樹終於可以甩開這個工作，不再作大玩偶了，做一個「像人樣」的工作了，沒想到，最後因為對孩子的愛，他再一次主動，並且是心甘情願選擇繼續作「兒子大玩偶」。

四　結語

本篇是以語用學觀點分析小說中的對話溝通過程，分析這些對話因違反交談合作原則或禮貌原則，以致引起負面情緒、溝通障礙與互動衝突；也以語用學觀點分析以反語語句表現心裡不能贊同，或與字面意義相反意涵的態度。本篇以〈兒子的大玩偶〉為例，觀察分析故事中的對話過程在交談原則折衝所呈現的張力；也藉此分析顯出作者塑造角色性格的用心；三者，故事的進行也隨著各式折衝對話中繼續發展，也就是說，這些對話有其關聯性，而這關聯性形成全篇故事的主軸，使小說故事看似曲折，卻有其章法結構隱藏其中。〈兒子的大玩偶〉，故事中主要人物皆市井小民，心思情感單純，說話直接，極容易違反禮貌原則，或者是不太在乎禮貌原則的重要性，所以會有衝突產生。又者，心思比較單純，不會多顧及同理或同情面向，也不擅長說謊矯飾，因此當坤樹想要刻意隱瞞工作更換的事情，他幾乎無法壓住要說出實情的衝動。故事以兒子的大玩偶為主軸，主角為了孩子，從「百般無奈」的衝突到「心甘情願」再次裝抹，令故事在感人高潮畫下句號。

聽與說的雙方遵守交談合作原則，講求真誠，溝通才能順暢，也得要遵守禮貌原則，考量說話對象、場合，顧及別人的感受，讓聽與說雙方都得益處，才是好的溝通，才能建立好的互動關係。反之，則會造成誤解與衝突，引起怒氣或憤恨，結果就是破壞關係。小說喜用衝突來製造張力，從語用學觀點分析其中的溝通衝突，可以發現言談對話運用的豐富靈活性，也能了解人類心靈認知的奧妙。

參考文獻

何自然　《語用學概論》　長沙市　湖南教育出版社　1988年

李　捷、何自然、霍永壽　《語用學十二講》　上海市　華東師範大學出版社　2010年

李　櫻　〈漢語研究中的語用面向〉　《漢學研究》第18卷特刊（總36期）　2000年　頁323-356

李　櫻　〈語意與語用的互動〉　《臺灣語文研究》第1卷第1期　2003年　頁165-179。

李　櫻　《語用研究與華語教學》　臺北市　正中書局　2012年

徐富美〈〈兒子的大玩偶〉中語篇的銜接與連貫〉　《臺灣語文研究》第3期　2009年　頁129-156

彭增安　《語用、修辭、文化》　上海市　學林出版社　1998年

黃春明　《兒子的大玩偶》　《黃春明典藏作品集》第二冊　臺北市　皇冠出版社　2000年

謝國平　《語言學概論》增訂新版　臺北市　三民書局　2012年

鍾榮富　《當代語言學概論》　臺北市　五南圖書出版公司　2006年

Grice, H. Paul. 1975. Logic and Conversation. In Cole, Peter & Jerry L. Morgan (eds.) *Syntax and Semantics 3: Speech Acts*, pp.41-58. New York: Academic Press.

Grice, H. Paul. 1978. Further Notes on Logic and Conversation. In Cole, Peter (ed.) *Syntax and Semantics 9: Pragmatics*, pp. 113-128. New York: Academic Press.

Leech, Geoffery. 1983. *Principles of Pragmatics*. London: Longman Press.

Searle, John. 1975. Indirect Speech Acts. In Cole, Peter & Jerry L. Morgan (eds.) *Syntax and Semantics 3: Speech Acts*, pp.59-82.

Sperber, Dan. & Deirdre Wilson. 1981. Irony and the Use. In Cole, Peter (ed.) *Radical Pragmatics*, pp. 295-318. New York: Academic Press.

Sperber, Dan & Deirdre Wilson. 1986. *Relevance: Communication and Cognition*. Oxford: Basil Blackwell.

現當代三音節新詞語的新典範

戴維揚、葉書吟

中原大學應外系講座教授　淡江大學英語所博士生

摘要

本文探討現當代三音節詞語新典範、新詞構及其詞匯變化運作法則（詞匯化；Lexicalization）剖析詞彙建構（Lexical constructions）其中雙重：「表層結構」（surface structures），包括「形、音構」（Phonetic Form, PF）和「底層結構」（deep structures）的「意義構」（Logic Form, LF）。並借用 McCarthy（1990; 1994）的“Discourse Analysis”（論述論；篇章分析；詞章分析）再層遞地分析，並兼析加以德文 Gestalt（格勢塔）完型學派的四向度：時、體、面、線（點），多層次多層面地分析「三字詞」或「三音節詞」或稱全名的「三音節詞語」，並兼剖析其數量激速增強的緣由。建構「新形素」（new morpheme）、「新音素」（new phoneme）和「新義構」（new semantic construction）所構成的新典範。

關鍵詞： 三音節詞語（三音節詞，Trisyllables）；詞匯化（Lexicalization）；形音構（Phonetic Form, PF）；意義構（Logic Form, LF）；形素（morpheme）；音素（phoneme）；義構（semantic construction）；詞素（lexeme）。

一　前言

應時代新概念、新語象、新事物激發新詞語、新詞組、新義構、新形素、新音素，典範轉移地建構新詞素（lexeme），其「詞匯化」（Lexicalization）火速地「複雜化」並改變或加長「詞素」，又同時接受記憶體和版面的容納量（capacity）的約制而趨向「極簡化」（minimalism）縮減字數或音素和詞素。人類造詞從最原始、最簡單的單音節新造詞開始，表達最濃烈的情、理、法：如動物性的「吼」、「叫」、「唉」，或最符合人性、倫常的「媽」、「母」、「爸」；然而隨著時代的變遷演進，逐漸增加音節的新詞彙應運而生（王力, 2003；楊愛姣, 2005；韓晨宇, 2007；邵敬敏, 2007；楊書俊, 2005；戴維揚, 2012a, 2012b）。詞彙或詞組最開始就由 2 音節再增為 3 音節，甚至衍生為 4、5、6、7 以上的多音節的「詞匯化（運作）」（lexicalization），有些可再精簡回縮為「三音節詞」（trisyllables）。現今，漢語近 6 年（2007 年開始）的新詞彙顯然聚焦在三音節新詞語，其數量迅速驟增為最強勢的「多詞組」（MWU; Multi-Word Units）（韓晨宇, 2007；邱湘雲, 2007；楊書俊, 2008（2007 成文）；劉楚群, 2012；戴維揚, 2012a, 2012b, 2012c）。譬如 2012 年全球最火紅的騎馬舞「江南 Gangnam style」，或 2013 年新科技的「雲計算」（cloud computing），手機的品牌 hTC，或如四字詞「富邦金控」可簡約為「富邦金」三字詞，2012 年華人區最潮行的小電影《那些年，我們一起追的女孩》，大都簡縮為《那些年》。超大量 3 音詞受記憶體和版面容納量，而或簡約化的「詞語模」。大都可歸因於三音節新詞語的派生詞「易 hold 住」，具超強「出奇勝」、「新鮮感」、「爆漿式」的「衝動」、「生命力」的「能產性」（韓晨宇, 2007；劉楚群,

2012）（該詞 2013 查百度約有 3,250,000 個；Google 約有 223,000 個，至 2014 查百度約有 4,660,000 個；Google 約有 934,000 個）。

中英夾雜的新漢語詞彙，隨著時間和空間的不同，語言文字上的使用，也有所轉換和改變，同時依循一些核心的「原理」（Principles）發展出當前的「新造詞」（New Coined Words），大都爆生出當前中英文夾雜現象和漢語衍生出的多音節詞語（戴維揚，2012a, 2012b, 2012c）。從林書豪這位「豪小子」衍生的英文詞彙 Linsanity（「林來瘋」）現象在台灣也超大量出現，隨即受到廣大的探討。不僅是對字詞的探討，也對於此字的來源有更深入的分析。戴維揚（2012c）從詞構學的角度分析英文新詞 “Linsanity”，依規範化的「形式」（forms）或「結構」（structures）此一重新組合嶄新的英中夾雜新鑄詞，並且由此解析英文的前綴詞和後綴詞：英文詞根之前加「前綴詞」或稱詞首（prefix）的 in- 具有雙重矛盾弔詭（paradox），又富有模稜兩可（ambiguity）多重意涵 in 再以 Lin 姓代換；後綴詞的詞尾（suffix）-ity（性）構成的詞匯化的新詞語。譬如文學及哲學的論述（discourse），大都涉及其中的「可然性」（probability），在 Aristotle（亞里斯多得）《詩論》論辨的 probability vs. possibility，好比《灰姑娘》或《小飛俠》論及 probability 或許比現實在人世間出現的「或然率」（possibility），更具神祕性、傳奇性、普世性，也更具感染力、影響力。林來瘋神蹟式化不可能為可能的故（現）事，仍在上演，仍在傳奇。

本文依詞彙變化運作法則（Lexicalization），探究「三音節詞語」或簡稱「三音詞」或「三字詞」的詞彙結構（Lexical constructions），以下先以 Chomsky（1981）二分為兩種結構，包括表層的「形音構」（Phonetic Form, PF）和底層的「意義構」（Logic Form, LF）。再分別細述「詞素」（lexeme）是由「形音構」的「音素」（phoneme）和「形素」（morpheme/grapheme）結合而成 phonic，而「意義構」是由義素的「基模」（scheme）所建構，其中最核心的思維運作 Chomsky 以注重「結構論」而稱之「邏輯形式」為標記，陳滿銘以注重「內容／思維」的「邏輯思維」為標的，然而不約而同地皆揭示「邏輯」的關鍵性，亦即「思想」若失去 Logic 的「結構模式」，人們就無法溝通（戴維揚，2011a）。本文擬透過上述涉及的最基本的構詞元素（elements）而聚焦於建構衍生多音節詞彙，目前出現超大量新詞彙，再者反其向，有些多音節新詞語常有回縮循環現象（recycling），而縮減成三音節詞語，因而其總數量自從 2007 以來，近 6 年飆過 50%。

二　2012 年台灣出版兩篇攸關〈百年來的語言學〉論文

李壬癸（2012）在〈百年來的語言學〉論及漢語理論，早期大都根據 Ferdinand de Saussure（1916）*Cours de linguistique générale*《普通語言學教程》，將言（langue）和語（parole）區隔；將縱向歷史「歷時的」（diachronic，何大安又譯「貫時的」）；交叉對比橫向社會「共時的」（synchronic）現象有所區隔，各自朝向縱／橫的方向研究。自從 Noam Chomsky（1957）出版 *Syntactic Structures* 新論述，則轉向探析深層結構的「大同」普世統一的語法（UG, Universal Grammar; language universals），必然依循的「原理」（Principals）以及些許的變異「參數」（parameters）；及至 1995 年 Chomsky 再度改向 *The Minimalist Program* 崇尚「極簡風」，亦即語言衍生多音節的詞彙可能「無限延伸」（discrete infinity），以至於族繁不及備載，然而也必要同時「極簡化」反至返璞歸真直指最核心的「二元對立」，再加辯證法則「正反合」而呈三字／音（音節）的新詞語。

何大安（2012）繼續闡釋「杭士基革命」（1957）強調「衍生」（generative）和「變形」（transformation）的觀念，這種深密透徹的理論可「解析和詮釋語言現象」。「如何一方面促進全球性或區域性對話的便利，創造更豐富多彩的文明，一方面又最大程度地保存語言的多樣性」。李、何兩位院士都論及龔煌城在漢藏語「原型構擬」的貢獻以及業師鄭錦全閩、客、原、漢多方多元混雜的方言分布的論述。可惜該論文只提及現代漢語「詞構」和「構詞學」，並未詳細深論構詞原理及其突變現象，也未論述現當代混夾「大量的」英文詞構，而產生「質」變的「典範轉移」。雖然何大安（1988）早注意到「許多語言都有外來語詞，這些外來語詞的來源可能不盡相同，但是他們都服從借入語言的語法規則，或使用規則，因此，才能跟介入語言凝為一體。」這雖然已涉及語言不變的「規則」原理；然而，何大安也另向論及其變異要素「也正是成分與關係的改變，才造成了語言的結構性的變遷」。因而其結論仍較偏重「語言是一種不斷變動的結構」。

趙元任專文指出「漢語中的簡稱和縮略詞」總是給出「語素」而不是給出「音位」（音素）〔此處應指 phoneme 不同於 morpheme（形素、英文也可用 grapheme 表單一字母）〕，或者從單字而言，總是給出「字」（word）而不是英文「字母」（letter）。例如：「執委會」指「執行委員會」，「中共」指「中國共產黨」，「和談」指「和平談判會議」，減少音節式的「縮略詞」，在正式漢語公文只是偶而使用，英文可用字母代替多音節的單詞，如 MIT 譯成中文為「麻省理工學院」有 6 個漢字，不若英語的 3 個字母簡潔易識。英語每個單一字母就可代表一個單音詞或上萬個多音詞；相對地漢語只能以單音「字詞」為最基本的單位。只有「注音符號」才算 phoneme（音素），而非屬字母的「形構」語素（morpheme；grapheme）。趙元任另文提出「雙音詞」有些「原是外來的借字，兩個字單獨都沒有意思」，如「葡萄」、

「玫瑰」、「躊躇」、「菩薩」，類如當前的現代漢語特多 3 音節詞如維他命、馬卡龍，或 4 音節詞，開展出嶄新的漢語多音節詞構，衍生現當代漢語這些年確經「海變」（Sea changes）。譬如近些年漢語可先換成「拼音」，再簡縮為英文字母的「字首詞」（acronym）如「漢語水平考試」先改為漢語拼音之後，再簡縮為詞匯化英語文的 HSK 三字母的「縮略詞」（英文三音節的 acronym）。

三　Gestalt 四大向度：「時」、空（「體」、「面」、「線」、點）與三音節詞語「點」的論述論

（一）「能產性」（GWP）「逐年比」（YOY）的「持續性」（continuity）與「增長率」

三音節詞就像時空交會的「聚焦點」，若以 Gestalt theory 的四大向度（4D）（dimensions）檢視：首重時空交會的「起動點」（point of departure; a starting point）的動能，之後能持續逐漸形成「大趨勢」，兼具時尚性（流行性）、時效性、持續性、擴展性，並能呈現數據統計並加以百分比表列的「新鑄詞」，戴維揚（2013）新譯「能產性」為 GWP（Gross Word Product），比照 GDP（Gross Domestic Product）和 GNP（Gross National Product），亦即可做「逐年比」（YOY）、財務的「逐季比」（QOQ）、營收的「逐月比」（MOM）的「產量（值）表」，就詞彙而言可就列表詳比其詞頻數據或點閱數，及其消長的「年增率」的「百分比」。為此，韓晨宇（2007）和劉楚群（2010）兩位不約而同地提出此一嶄新研究方法，檢視各種字數詞組的「能產性」，亦即都以 5 年（逐年或特定年）去做比較，1 至 7 或 1 至 5 字詞的出現頻數及其百分比。韓晨宇（2007）從 1990 年到 2004 年，比

較其間 1 至 7 字數的詞組出現頻數比例，在新三足鼎立狀況下平均仍以 2 字詞第一；4 字詞第二；而 3 字詞仍佔第三（見下表一）；然而另再檢視劉楚群（2012）的研究報告，到 2006 年已經有所變動，比較 2006 年和 2007 年（見下表二，下表三）大變動，得知 2007 年（YOY）是三字詞由原（2006）的第 2 名，飛上枝頭摘首冠，從此以後就「呈上升趨勢」:「三音節詞語占據了半壁江山，成為主流，且逐年增加」，從此「三音節詞」占「絕對優勢」，到 2010 年已經過半（53.9%），之後，穩「居首位」。亦即三字詞（三音節詞；三音詞）「應時代」繼續升又具有莫大的「影響力」，又能兼具「持續性」，譬如 2012 年全球最火紅的三音節詞，非屬「豪小子」的「林來瘋」和「騎馬舞」的 “Gangnam Style” 或「江南 style」，延燒至 2013 年仍然火燙，然而到 2014 年漸漸式微。只留下韓國 style 代替韓（風／流）。

表一

	詞總數	一字詞	二字詞	三字詞	四字詞	五字詞	六字詞	七字詞
《現代二版》1983	56,147	10,540	35,056	5,703	4,365	260	114	27
		19%	62%	10%	8%	0.5%	0.20%	0.05%
《現代三版》1996	61,261	10,776	40,207	4,993	4,852	218	106	48
		17.6%	65.6%	8.2%	7.9%	0.4%	0.2%	0.1%
《詞頻詞典》1990	77,482	7,611	46,729	11,213	9,633	1,414	675	207
		10%	60%	15%	12%	1.8%	0.9%	0.3%
《新詞新語詞典》1993（增訂本）	8,400		2,772	1,848	3,745			
			33%	22%	45%			

上表為韓晨宇於 2007 年在〈漢語三音節新詞語〉提出「類詞綴」的新概念的新詞構，亦即大量的三音節新詞語可加類前綴 1 音節（字）+2 音節，或 2 音節+1 音節，如軟著陸、硬著陸或犀力哥、犀力姊；其結構也可在雙音節詞後再加 1 音節「類後綴」，如大陸熱、漢語熱、中國風。在世紀風、國際化的影響下，兼受官方從事「詞彙化」的「規範化」以及「標準化」雙重衝擊。韓晨宇（2007）主要根據 1993 年和 1996 年《現代漢語詞典》第二和第三版，加上 1990 年的《現代漢語常用詞詞頻詞典》和 1993 年《新詞新語詞典》中的數據做對比。

劉楚群（2012）指出三音節詞語數量持續增加，2006 至 2010 平均占所有新詞語的 46%左右，並且呈逐年增加的「年增率」上升的大趨勢。從深層歸因分析來剖析這樣急增的「年增率」，是因 2007 年剛巧處於 2008 年北京奧運、2010 年上海世博會的前一年，百業起飛，跟著這一新時代新概念的「國際化」、「複雜化」再經漢語結構「規範化」、「簡約化」交互作用的結果，大量的三音節新詞語，爆炸性地湧現。下表二為他根據語料庫就 1 至 5 個音節數的新詞語，5 年的「逐年比」（YOY）及其所占比例的統計表。

表二

年份 音節特徵		2006 年（171）	2007 年（420）	2008 年（444）	2009 年（573）	2010 年（497）	2006-2005 年總數（2105）
單音節	數量	1	0	4	5	0	10
	比例（%）	0.6	0	0.9	0.9	0	0.5
雙音節	數量	56	87	76	108	81	408
	比例（%）	32.7	20.7	17.1	18.8	16.3	19.4
三音節	數量	53	159	202	288	268	970
	比例（%）	31.0	37.9	45.5	50.3	53.9	46.1

音節特徵 \ 年份		2006 年（171）	2007 年（420）	2008 年（444）	2009 年（573）	2010 年（497）	2006-2005 年總數（2105）
四音節	數量	45	119	121	111	114	510
	比例（%）	26.3	28.3	27.3	19.4	22.9	24.2
五音節及以上	數量	16	55	41	61	34	207
	比例（%）	9.4	13.1	9.2	10.6	6.8	9.8

有些新詞都和某些重大社會問題和民生問題相關，並且在這過程中形成「詞語模」，例如從研究中顯示 2006 年至 2010 年 5 年間，有「XX 族」和「XX 們」兩個「詞語模」構成的三音節新詞語分別高達 158 個和 99 個。另一重大發現為 5 音節以上平均所占比例為 9.8%，遠多於僅占 0.5%的單音節詞。因而劉楚群（2012）判定「單音節詞很少，基本可以忽略」。

交叉對比表一和表二，即可從表三顯示，2007 年後三音節保持恆常增強詞頻、詞量比例，其「年增率」甚至高至兩位數。另觀四音節保持第二，二音節也穩定保持第三的高比例。其因為 2 音節詞語經常可增添前綴詞或後綴詞為一新 3 音節詞，例如「給力」，變成「很給力」、「好給力」或「不給力」等衍生為三音節新詞語；另 4、5、6、7 以上的新鑄詞，常因記憶體和版面要求減縮為音節（3）字詞。

表三

音節特徵 \ 年份		1993 年	2004 年	2006 年	**2007 年**	2008 年	2009 年	2010 年
雙音節	比例（%）	**33 (2)**	?	32.7（1）	**20.7 (3)**	17.1	18.8	16.3
三音節	比例（%）	**22 (3)**	23.26	31.0（2）	**37.9 (1)**	45.5	50.3	53.9
四音節	比例（%）	**45 (1)**	?	26.3（3）	**28.3 (2)**	27.3	19.4	22.9

一個「新詞彙」、「新詞組」、或稱「新詞語」貴在其具有當前教育界

最看重的 Empowerment，「能賦權」、「能增能」、具有「影響力」、或「感染力」，又具「有效果」《文心雕龍》的「趨時必果」)，或曾國藩認為「好文字」(好文章）首要「有氣則有勢」(「有氣勢」)，要氣勢磅礴才能「動天地」、「泣鬼神」、「憾人心」、「有產能」的「能產性」。「林來瘋」的「豪小子」(Lin）能夠榮登《Times 雜誌》，一年（2012）之內三次封面人物，必然是「眾人迷」，又是天下人的「最最愛」、「美美夢」。在 NBA 這位能文（哈佛）能武（球星），三年來，幾乎歷經三球隊三次被棄退，但他仍具「持續性」，不氣餒、不灰心、不喪膽、死拼命、死要打、得神助、顯神蹟，至終才能夠「連 7 勝」，一而再的用漂亮的數據說明有產能的「能產性」，才能轟動球林，享譽全球。至今 2013 年 10 月 13 日台北場「季前賽 」的「熱身賽」火箭隊 7 號（原「林來瘋」時期的 17 號），得 17 分，率隊二連勝溜馬隊，這神奇故事，仍在現時現代熱烈上演著（-ing)。2014 改到湖人隊，仍回 7 號，盼有佳績。

學習英語文的新詞語也貴在先「引（起）動機」，才能每日記背，持之以恆（持續性)，日有精進，檢視其「能產性」就可一日記背 8 個新詞彙，一年「三千字」(Chomsky)，每年的年增率穩定進展，十年就可達「三萬字」，你就是“King of English”，想達此峯頂那麼你就要從今日起動：急起直追（catch up leap)、埋頭苦幹（Just do it.)、信心跳躍（leap of faith)，你就能脫胎換骨、精通英文。

古典詩詞也可契通千萬年／里／人傳誦的大師，靈光一現，見神通，顯禪意。譬如錢鍾書讚美蘇東坡：貴在「空且靜」(〈送參寥詩〉)，類如《文心雕龍》的「致虛靜」，亦即，能放空自己，一切歸零，能「空」才「能擁有」；能極「靜」，才能「動」。洞澈真理，先要領悟到「古難全」，「退一步」，海闊天空，只要各自「還活著」的「人長久」，才能雖隔千里，仍能「共嬋娟」。才能領悟「只淵明，是前生」的「歸去來」的「兼忘世」(〈哨徧〉詞)。才能在〈千里之外〉「用一生，去等待」，蘇東坡這位「此中人」先要心領「光似潑」才能「氣如薰」,「暖見魚」〈浣溪紗〉。心有愛，行無礙。不然蘇東坡只能像「營營」眾生輾轉著:「轉朱閣、低綺戶、照無眠」,「有恨」難伸。早在〈水龍吟〉只見到「似非花」……「花飛盡」……「恨西園」……「細看來」……「離人淚」，那跟「花間詞」境界難分難解不分上下。莎翁在《羅密歐和茱麗葉》的「樓台會」，將單向的「離人淚」，糾葛在多元多向的「離別是那麼地甜蜜蜜、酸落落」(“Parting is such sweet-sorrow.”)的三梭鏡，璀璨燃燒著三 S 的連詞(“such sweet-sorrow”)。

近日見張慧英(2013 年 10 月 10 日)在《中國時報》寫了一篇「絕妙文」──〈信谷歌，得永生〉，該三字對對子的三字詞源自基督教的「信耶穌，得永生」，具有莫大致命的「吸引力」，只要是人，皆共同追尋的大夢──長生不老，因而 Google 宣布成立「佳利可」Calico(三音節)新公司，其全名為「加州生命公司」(the California Life Company)，主要透過「幹細胞」和「臍帶血」等「新科技」，研發延長人類生命的「新靈丹」。該公司繼 Google 公司之後，盼望既具賺大錢的「能產性」，又具永續經營的「持續性」。到那時，就不必偷吃不老藥，也不必像嫦娥關閉在月宮「碧海青天」「夜夜心」。而能另創「新神奇」(New Moonshot)的「新人類」。

然而檢視人類當前的情關世界，好像還未發明出「新靈丹」，且看李姚作詞，游鴻明譜曲、演唱的情歌〈愛一回傷一回〉，總是一唱三嘆地說「愛一回、傷一回、夢難圓」或「夢太甜」，層層疊疊；另觀林秋離作詞，張惠妹演唱的〈剪愛〉也是反反覆覆地「把愛」「剪碎了……剪碎了」，沒完沒了，「剪不斷、理還亂」的情絮。仍殘留著〈新不了情〉結語的「緣難了，情難了」，盡是「文已盡」而「意有餘」（曹植《詩品集注・詩品序》），「言有盡」而「意無窮」（嚴羽《滄浪詩話・思辨》），遠不如周杰倫唱紅「中國風」的〈東風破〉、〈青花瓷〉、〈菊花台〉的「蘊藉深沉」、「餘味曲包」、「清空悠遠」、「幽深雋永」（引自蒲基維, 2012）。

近代「詞彙語意學」（lexical semantics），運用 Gestalt 的圖形結構解析分為「路徑模」（path schema），先找出「起動點」（a starting point），再延展至「終止點」（an end point; an ending point）的現行進路結構；另可檢視「動力模」（force schemas），描述其「衝擊力」很可能是「一種場」（field），或一「勢力範圍、範疇、領域」（domain）。亦即其「感染力」四面八方、無遠弗屆，或呈幅射狀，或呈恍惚狀或「無以名狀」或「已忘言」，甚難以前述線型進路「被標記」（marked）（Saeed, 2009）。類如德語介系詞 über 構成「語義鏈」（semantic chains, links; lexical chains, links），「能夠延伸到何種程度，在實際的語用當中很難斷言」，而這一點正說明了 über 語意範疇邊界的「模糊性」（盧怡君, 2013；戴維揚, 2011b）。

楊愛姣（2002）及早注意到「三音詞」從「意義鏈」建構新時代、「新事物、新概念的不斷湧現，漢民族人民的思維方式開始向重分析、重理據、重實證方向轉化。反映在三音詞的構詞實踐中，就是組合性的有理構詞法，開始勝於意合性的構詞法，逐漸成為近代漢語、現代漢語中佔優勢的構詞法。」因而三音詞的「能產性」其中的「能產數」，必然強勢又具不凡的「影響力」。印證《文心雕龍》「物色之動，心意搖焉」，能「動」才能「搖心意」，另可追源到老子的「道之動」，必然從「反之」「非常理」的「道可道，非常道，名可名，非常名」。現當代必須以超豪數的「天文數」，其震撼力不僅只限在《總舖師》的「古早味」、「古早心」，還得飆出「超速路」（super highway）的「古早道」、「古早理」、「古早法」，成為現當代「重分析、重理據、重實證」的「新義構」之「詞彙語意學」(lexical semantics)。為此，今後的詞語分析除了可從「形、音、意」著手，更該「反其道」：先，「義為先」的「起動點」(起心動念)，可先論述其「邏輯思維」再剖析其「形象思維」，再細論音、形。先從「天行健」自強不息地像 DNA 雙螺旋運作去設計「螺旋式」課程（spiral curriculum），逐步加高、加長、加廣地日有精進，有所進展（陳滿銘, 2011, 2013）。莊春榮（2013）也強調今後重點在於詞形、詞音之深層結構的「意義鏈」、衝撞的「表達力」與「創造力」，該「跨越『辭格』的機械格式」，展現「一語動人心」、「淺語寫人生」、「妙語見人性」，建構成「啟發性」、「邏輯化」的語言，「激發詩性智慧」。基於上述論述，一般 Gestalt 譯為「格式」塔，我改譯「式」為「勢」，首重氣「勢」再及其時間向度的「持續性」和「影響力」或「感染力」。其後再就空間的「體」、「面」、「線」跟「點」(三字詞) 的互動關係。

(二)「語義系統」的能見度、高瞻性和「整體性」(integrity)

Gestalt（格勢塔）理論提倡 Proximity 和近日教育界愛引用 Vygotsky 的 ZPD（Zone of Proximal Development）大架構，其論述不謀而合。整體全面的進步必從「就近」(proximity，其形容詞為 proximal)，整體性地整區塊（zone）的進展，類如「欲窮千里目，更上一層樓」，亦即從最小微觀英語教學的 Krashen $i+1$ 的點、線，進步到面、體（整體性)。不盲目而能夠減少「盲點」，多些洞澈力的「整體觀」。然而柏拉圖在《理想國》認為人類所見之真理，只侷限在洞口偶閃的恍影，或中國人所謂的「以管窺天」，現當代學者力求「周延性」如 Chomsky（2002）主張 “one comprehensive idea of the whole”（整體更周詳的理念），亦即學習必然「循序漸進」、「按部就班」才能達成「紮實學習」，卻不可依時潮搞些「快樂學習」，至終只「落」得「安樂死」。切記希臘《伊索寓言》那隻不自量力的烏龜，要求烏鴉幫牠上青天、開眼界、爽一下，至終摔得粉身碎骨。然而，人也不可一輩子只當烏龜只在地上爬，未能「登泰山，小天下」，或再進而壯如阿姆斯壯的「一小步」，是人類的「一大步」，能夠「開眼界」，才能夠超越現況，內心世界才有新／心信念，才能臻「人在做，天在看」高層次的「高瞻性」。然而其進程大可不必期望即刻「一步登天」，但總要具有「比天高」的雄心壯志和美夢，總有一天「知天命」、「出頭天」。

Gestalt 理論除了首重「大氣勢」，次重「整體性」（integrity），亦即宏觀地觀全貌，譬如看美女，當然得欣賞全「體」美，切忌切割成血肉塊，如寫實主義（Realism）只將人生切成碎片（“a slice of life”），但見人性的貪、嗔、癡，未見天性的真、善、美。以此「光照點」論文字、論文章，劉勰《文心雕龍・神思篇》除了前述「貴在虛靜」，其次就要「研閱以窮照，馴致以繹辭」，亦即博覽群書大開眼界之後，形成透視全體的「靈視眼」，才能耀「照」全體之美；再細讀微塵，一再演譯，才能「窺意象」、「而運斤」。古人宇宙觀好從「天下一家親的整體性」，這個大範疇去論述各種語言文字之根源，極其宏觀的「普世之道」、「普世價值」。

戴維揚（2012d）評論苗威（2011）史學論著：就她提出「新史觀」該重「地（域）緣」（面的層次），亦即國家誕生點及其後來擴張的版圖面，因而應重視地緣的國力，而不該只看那些家族的「血緣」生滅（線層級），激起筆者提出該再拉高視野，再高瞻、高層次地以「大道之行，天下為公」（〈禮運大同篇〉）的「道緣」（天下的整體性）去檢視「高句麗」這個族群的「移民史」。其實全人類在此大變動的新時代，或多或少都「離鄉背井」流離失所，常以「他鄉為故鄉」早已打破「地域的死觀念」，大家都是「上帝」「天公」的「好子弟」、「好同胞」，打破人界、地界、國界而能成全天下一家親，天涯若比鄰「四海之內，皆兄弟」的「世界觀」，這才不會起爭執、亂起鬨。

以西方論小說的「觀點論」（point of view）而言：能觀全貌，該屬「全知觀」（omniscience），亦即以「上帝眼」看「人間世」，當然一切人事物就無所遁其私。再以宏觀的「鳥瞰」（bird's eye view），就具「高瞻性」和高解析度的「具體性」，近人大都運用「衛星導航系統」（GPS）或 GoogleMap 可以從 3D 立體關照大地的人體、物（屋）體、路體，一目瞭然、原形畢露。運用在英語文教學即以 Whole Language Approach 的方式總覽英語文之美、之妙、之用。

綜論語文系統、詞匯系統的「論述論」，首要判定這個三字詞的「新造詞」該歸屬哪一「文本」（text）、「文類」（genre）、「文體」（style）、「文旨」（theme），甚至還可聚焦在「小範疇」其中的「小題目相關詞語」（the topic-related words），皆應含孕在「大範疇」「文本組織」（the organization of the text）的大系統、大架構中看出該字詞（words, vocabulary, lexis）在「語意圖」（semantic mapping）的相關位置（如縱向／上下 hierarchy 的層次，常以 vertical 的 column 表經、X 軸、欄「行」；橫向／左右 horizontal 以 row（排）表緯、Y 軸、行「列」），才能精確「定方位」，才能建構語詞、語意的經絡和網絡（web），如此「木」（文心、文字）才能成「樹」（文章、文學），最後才能整體的成「林」（文學、文化、文風、文潮）。

一詞語看天下，飆上至高點，才可博覽天下，細讀微塵。以德文 *Weltanshauung*（世界觀、人生觀）光照古外埃及的金字塔，今中台的 101：可看出前者的「死亡交叉」；後者的「黃金叉」的轉捩點。亦即一詞語可同時顯示「時代精神」（Zeitgist），又可顯出社經地位

（social-economic status; SES）。如其高度夠，才能夠「聚沙成塔」、「聚財成金」皆可古今輝映地共同透顯康德美學「至崇高」、「極雄渾」整體觀的“sublime”；相對於細描述、詳分析的「點、線、面」之 beauty（美麗）。

譬如人吃人蔘，必須整體整枝地一起吃，若細分其營養素，可能跟相斥的「白蘿蔔」一般不分上下；然而能夠一口氣吞進一條紅通通、雄赳赳、氣昂昂，類如人身的人蔘，以形補形的心理作用，再加上其加乘作用的化學變化，必可補氣補血養身，通體舒暢，延年益壽，精氣神、穩幸福、享天倫，不在話下。為此一個三音節詞也可就其「整體性」的「本體論」（ontology），觀其宏觀的「拓撲學」（topology）再及中觀的「詞彙學」（lexicology），也可微觀地細析「話題」（topic）或詞素（lexeme）中的詞語，如此能通三觀才能享受天下的哲理金句、智言慧語、巧言妙語。

（三）「語詞結構」區隔「相似性」（Similarity）

先天的「性相近」就常因後天接受不同心性，不同的「認知模式」（modes of cognition）或不同系統（systems）、結構（structures）、策略（strategies），規劃為不同「型」（pattern）、「模」（mode）和「基模」（scheme），而造成最後學習、修煉後的「習相遠」（“Make them differences.”）。Gestalt 理論運用在教學最顯著的學習理論為「對比結構」（Gestalt Structures），其中最顯著的案例為「圖底比」或「映襯格」，亦即可「動心魂」的為「圖」（Figure 此英文字另可譯「人形」、「人體」、「數字」、「位數」、「圖形」），而不動心「過盡千帆皆不是」的為「底」（Ground），此「圖」很可能是你心裡的意圖（intention）（陳滿銘, 2011 也如是觀），或 Maslow 的原始需求（basic needs），或期待（expectations）（Chomsky, 2000）或叔本華的「意志論」（Will vs. wills）。同時觀看一圖如好「食」者，從左看可看見「北京鴨」；好「色」者，從右看可看上「兔姑娘」（圖一），另一畫面為一圖可顯「美少女」，另者將少女白皙的臉蛋看為「一老嫗」的大鼻子（圖二）。英語成語 “One man’s meat, others poison”（「東坡肉，或毒藥」），見仁見智。胸已成竹，可從字裡行間，讀出綠意盎然，油然而生的新展望、新版圖；若是心境差，但見一片慘綠。一樣是綠，兩樣心境，也可寫出或讀出不一樣的詞意。字詞的結構放在文章版面來閱讀，經常因人而異，產生不同的解讀。不同解讀可在書中看到「顏如玉」、「美嬌娘」、「狀元郎」或「黃金屋」，其心境也可在三字詞中透顯「心跡」：一樣是「一沙鷗」（杜甫〈旅夜書懷〉）可見「微風岸」、「獨夜舟」、「平野闊」、「大江流」、「文章著」、「老病休」、在天地之間「飄飄（然）」。也可看到蘇東坡〈卜算子〉的「孤鴻影」、「沙洲冷」的孤寂感，甚至五味雜陳的〈江城子〉：「十年生死兩茫茫，不思量，自難忘」、「話淒涼…應不識、塵滿面，鬢如霜」、「腸斷處，明月夜，短松崗」，豪情殆盡，了無生意。「浪濤盡」、「俱往矣」（毛澤東），古今多少英雄豪傑，躲不掉「老病死」這一條「死胡同」，古今中外少有人可跳脫此無盡不休「全面性」的「困境」，而能「空且靜」、「聽江聲」。杜甫因為具有天眼受「天啟」而慧眼看見「凌絕頂」、「眾山小」以及「來天地」、「變古今」（戴維揚, 2014a）。

圖一

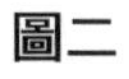

圖二

(四)「語用策略」詞語數的「詞義鏈」與「詞構素」

早在四六駢體文盛行的年代,大約在 501 年至 502 年,《文心雕龍・章句篇》劉勰已論及「若夫章句無常,而字有條數,四字密而不促〔四平八穩〕,六字格而非緩,或變之以三五,蓋應機之權節也」。在當時,劉勰已注意到構詞若採「奇兼偶」,可大量出現在三字詞,五字詞,甚至此後再衍生為七言絕句或律詩。亦即詞組以三、五、七最奇特,可跳脫四字、六字、八字、十六字的對偶句。現當代好用可激爆又嗆眼又醒目,用奇數的詩句或詞語。既時在古典詩詞中,五言大都著重「後三字」,七言也重視「後三字」的「聚焦點」可激爆,如歐陽修所寫的〈蝶戀花〉:「庭院深深深幾許。楊柳堆煙,簾幕無重數。玉勒雕鞍遊冶處。樓高不見章臺路。　雨橫風狂三月暮。門掩黃昏,無計留春住。淚眼問花花不語。亂紅飛過鞦韆去。」杜甫〈登樓〉點出時空變化盡在「錦江春色來天地,玉壘浮雲變古今。」朱熹更能溯源到「清如許」的「活水源」,李白的「君不見」黃河之水「天上來」,這些都是能傳頌千古的「三音節詞」起動點。

三音節詞(三字詞)或全稱為「三音節詞語」,其構成詞素的「元素」(elements),首重「音素」(phoneme),再看「形素」(morpheme; grapheme),然而必須聚焦在「義素」(semantic scheme),亦即一般詞彙教學的「形、音、義」三元素反其向為「義、音、形」。由於新世紀、新思維層出不窮,再加上英語文的大量介入,因而產生新音素、新詞素排山倒海地重新建構嶄新的「語義系統」、「語音系統」、「語形系統」、衍生新詞意,再衍生的「新義構」(new semantic structure)、新基模(new scheme)、新音素(new phoneme)建構嶄新的新詞素(new lexemes),這些「新元素」(new elements），類如人類在面臨陌生感的新世紀、新禧年的「Y2K」，因而衍生許多混雜「三語素」的新詞語如「22K」的薪資，「K 他命」的毒害，或「還 OK」的心態。國人大都由「表層結構」(surface structure）細微的「形音構」(Phonetic Form, PF)，再上溯及「深層結構」(deep structure）的「意義構」(Logic Form, LF)，細分析、詳解說；亦即 Bottom-up 的分析法，歸納出一套法則。然而，今日西方語言學者大都從「語意學」(semantics）著手，亦即由宏觀、中觀、再微觀地「由上而下」(Top-down）的方式演譯、推理再研析「論述論」、「辭章分析」、「詞語分析」。

近日語素連結可重新排列組合「形、音、義」，譬如將佛說「不可說」或道家「己忘言」代以現當代的 “bj4” (「不解釋」)「替代詞」(representation)。其可採用漢語拼音，首音／b／代漢字的「不」，／j／音／字母代「解」，阿拉伯數字「4」，可念成國語的「釋」。這新式的混雜：去形，採音（漢語拼音為主)、義，中英／音夾雜語碼混成（code-mixing)。

語用策略其功能在表情達意。在此「智慧型手機」大行其道的新時代，如以最省時、最方便、最經濟地傳輸送簡訊，大量地構成當前最火紅的「火星語」，亦即在 SMS，大都可見漢字被英文字母、阿拉伯數字或漢語拼音、注音符號，甚至方言拼音隨意地夾雜替代。

多音多字的新詞語大都根基在「新概念」(new concepts)。Miller（1956）首先就「記憶容積量體」(capacity）的儲存（storage）提出 7±2 的新概念，其中就音、字、詞、句，3 或 4 組合連結在一起，可益於「短期記憶」(STM)、「長期記憶」(LTM)，因而提出 chunk 的詞組（chunk of words）新概念，因而詞彙語意學（lexical semantics）期望記背詞匯最好能夠連結一連串的「詞串」(string of words)，「詞義聯」(semantic links)、套語（lexical sets)、「詞匯鏈」(lexical chains）或「搭配詞」（collocation），以及近日最夯的學術新造術詞為MWU（Multi-Word Units），這些概念可呈現在中國大陸對新鑄詞的逐年比的統計表，以及其逐年比年增率的「能產性」（GWP）。

（五）新詞語由「新思構、新音構、新形構」混雜合成

人類的「詞語」正如天上的「星」，地上的「沙」（前述聚沙成塔，在此不多言），有心人依靠「想像力」，將點點的繁星編織連成線，如「北斗七星」（大熊座）可指引人大方向；再加上「同情心」可將農業社會常見的牛郎和織女鋪上鵲橋面，可讓有情人七夕夜相會面；再加上「有系統」的「組織力」、「有結構」、「有策略」地編織了富有「整體性」、「故事性」的88星座，以及生辰8字的12類不同性格生日星座，那就好比有人將詞語連成句、成篇章、成詩歌、或小說、或戲劇、或影視、動漫畫和 Cosplay，隨時、隨地、隨意讓大家一齊來分享心畫（形）、心韻（音）、心聲（義）。將「心畫象」比擬畫為「星畫象」或「性畫象」，心心相印星星，星星相映性格。「獵戶座」也可跟「仙女座」、「獅子座」（Leo）、「豺狼座」、「金牛座」、「巨蛇座」、「天鵝座」同席，同享天堂、天庭、天體。有情人可以不必「太上忘情」，也可超越「不及情」溺夜店橫行的「滿天星、鑽紅蟳」，「參與商」的窮忙／盲／茫人，性情中人大可當福星，夜夜觀星辰還可及早見晨星。

Lakoff（2009）將新概念、新思維的新「綁定」（*binding*, Chomsky）依「腦綁定」（"neural binding"）亦即「三語素」「整體地」恆常綁在一起，譬如三足鼎立的三國誌、三元色、三角型、精氣神、安琪儿、阿波羅、維他命、馬卡龍等「恆綁定」（permanent obligatory bindings），另為其中一要素可替換，如類前綴、類後綴；

或軟實力、硬實力；或中國風、中國熱。第三類為「暫湊合」(nonce bindings 或譯「訛拼詞組」)，人類的思維經常可將原不相干的元素臨時聚合，衍生新詞語也可觸發許多嶄新的火花既生既滅。楊書俊（2008）將三音節詞語分成 9 大類型，自「國家語匯詞表」的「語料庫」就各自統計分析其出現比率，其前 3 名：第 1 為（2+1）的 55.74%，其次，第 2 為（1+2）的 19.3%，第 3 為（1+1）再加 1 的 16.2%，由此可證三音節字詞大都為「複合詞」(compound words)，或加前、後的（類）綴詞。自 2008 年之後原排在最後三名的「量詞性」(原 0.03%)，「數詞性」(原 0.05%)，「擬音詞性」(原 0.11%)，這後三式出現在近 5 年最新的「新鑄詞」反而如火箭升空（火星文），飛快地以十倍數的成長，「呈極急速上升」現象。

檢視 2013 年 9 月 27 日的《中國時報》，黃及人撰寫體育報導〈豪進化 5 重點，火箭爭冠 X 因子〉，內文提到林書豪是火箭爭冠「X 因子」，這類加前綴詞的詞構，類如邵敬敏（2012）在《漢語學報》探討〈新興框式結構「X 你個頭」及其構式義的固化〉，分析現代漢語「框式結構」，由「X 你個頭！」三語素的新詞語的分析：「單向單框式」，由於框架只有一款，而「可變項」也只有一項（然可夾雜英文字母），屬於「非典型框式結構」。在「百度搜索」找到「X 你的頭」相關「詞頻數」約 7,410,000 個，而其中絕大多數屬於表「否定義」的框式結構，這類新興流行新祠語，並未出現在《現代漢語詞典》第 6 版中，亦即並未列入官方認可的「書面體」新詞條，然而在民間的口語談話，這類非典型的新詞語大量湧現。

四　三字詞新框式、新詞語夾雜中西異同的新語素

邵敬敏（2012）精確地點出 "*nigetou*（你個頭）" 這個嶄新的「結

構式」和「構式義」，已經趨向穩定地成為當前「非典型」的「新興框式結構」，他以“百度搜索”找到“X 你個頭”相關數據為約 7,410,000（七百四十一萬以上），相對於“北京大學 CCL 語料庫”4 個例子判定“X 你個頭”，再檢視只見於 2005 年之前未見語料庫；之後到 2012 年，6 年間 7 百萬以上的例子，其「能產性」確實在年輕人群當中，這個「三音節新詞語」相當活躍，兼具「爆炸性」的「生命力」。應時代，“X 你個頭”其「類前綴」「X 因子」或「X 變數」的「語素」竟然有 4 例為「拼音字母、外語單詞或者字母。」例如：

（1）這個廣告做得相當欠扁，一開頭幾個人在那裡 O 來 O 去的，真是來火，真想：像孫悟空那樣敲他們一楔子，O, O, O, O 你個頭啊!!!

（2）“OK, OK...” 我不假思索，一邊說一邊使勁點頭。“K 你個頭，想的美。”

（3）“水野美紀什麼時候變成 AV 女演員了？” “AV 你個頭！”

（4）都什麼年代了，還 go、go、go 呢，go 你個頭！

從上述例句分析「X 你個頭」的 X 因子並非重要語素，這「三音節新詞語」其核心義「說明，這是普通老百姓口語裡的格式，而且是近些年才流傳開來的。它的歷史還比較短，是一種新興格式。」用來「表示一種駁斥的口氣，或者表示否定的意思。」甚至英語也可以“X your foot”（2013 出現在百度 4,060,000; Google 709,000,000 七億多次；然而 2014 出現在百度 5,670,000，但 Google 則降為 160,000,000 一億多次），來表達不肯定的小微嗔，類如新興台式網路用語小撒嬌的 “bj4” 為「不解釋」或故作神秘的「不可說」。假若去你個頭逐字直譯為三音節的英語為 “go a head”，音若 “Go ahead”（就去做）就產生意義顛倒，頭腳倒置，不倫不類的怪頭（腳）語。

李開（2013）指出 2012 年《現代漢語詞典》第 6 版有兩大特

色：一是促進漢語「規範化」，二是在此漢語規範化下「與時俱進」。不論是字形、詞形、注音、釋義都朝向「規範化」來努力，李開結合並運用三個化來說明「規範化」（standardize；normalize），即「標準化」（standardization）和「常態化」（normality）。該版新增的詞語都在「規範化」下的「語意系統」和「語音結構」約制中，詳加解析。然而在此詞典中至少已有兩個中英夾雜的詞彙，例如：阿 Q 和卡拉 OK 也已破例地正式列入「現代漢語詞典正文」，另在 1750 頁至 1755 頁附「西文字母開頭的詞語」，包含借詞、外語縮略語和漢語拼音縮略語。李開表示此部分直接體現了《現代漢語詞典》「與時俱進」的編篡思想，因而不得不正式或非正式接納新規範，另開放「非典型」的「新典範」。在此列出其中「中英夾雜」的詞彙，包含：α 粒子、α 射線、β 粒子、β 射線、γ 刀、γ 射線、A 股、AA 制、AB 角、AB 制、ATM（機）、B 超、B 股、B 淋巴細胞、B 細胞、BP 機、C^3I 系統、H 股、IC 卡、IP 地址、IP 電話、IP 卡、K 粉、K 歌、K 金、K 線、PC 機、pH 值、POS 機、Q 版、SIM 卡、T 淋巴細胞、T 細胞、T 型台、T 恤衫、U 盤、X 刀、X 光、X 染色體、X 射線、X 線、Y 染色體。上述夾雜英文、希臘文字母的「新混碼」的新詞構，已經重闖傳統的「規範化」和「標準化」，朝「國際化」的「混雜化」暴衝。

（一）新元素中新音素的新語構

中文加入漢語拼音或注音符號在現當代經常出現，譬如為了「國際化」將漢語文（華語文）的檢定改為 HSK（漢語水平考試）；或為了「口語中化」也可加入注音符號當類後綴為「帶勁ㄦ」、「少年ㄟ」。

至於加入英語文新音素和新形素的三字詞組，戴維揚（2012）已舉 S.H.E（Salina, Hebe, Ella）的〈中國話〉論及「中國話也越來越國際化」，以及《少年 Pi 的奇幻漂流》可簡縮為三字詞《少年 Pi》，並舉 ppm 或 ppb；Ace 或《紅字 A》；香 Q 米或 QQ 網；最後以莫言在其《生死疲勞》序言傾全力、抗西潮，至終只能「很無奈」的將其小說運用「新科技」「E 出去」。至於英文字母後面再加數字以辨別如 Q1, Q2, Q3, Q4 或 QE3，甚至漢字後加數字如「好聲 2」、「好聲 3」，代表原來是 8 個字的「中國好聲音第二、（三）期」。智慧型手機年年推陳出新也只好以數字代表。

（二）三進位一撇節新數據新系統

當學術界大量地使用「語料庫」（Corpus-based），統計網路上的「使用率」或「點閱率」，其天文數字般的「超大數」（big numbers）只好運用國際標準的「三進位數」（a three figure number）一撇節（separator）的數據系統，就必須「去傳統」（個位、十位、百位、千位的 4 進位數一單位元），採新制（個、十、百的三進位數一撇節）。譬如 GDP, GNP 的數據都以「兆」（trillion）為基準單位元，如今年第三季（Q3）中國大陸的 GDP 為 38,676,200,000,000，乍看有 4 撇節，可一下就唸 38 兆，之後 6762 億元就碰到 4 進撇節和 3 進撇節的混用。或如大型股票動輒也以「兆」（trillion）為單位；而再少一撇節的單位元，可見大都最火燙新詞語的點閱率皆以「十億」（billion）為單位，如「江南 style」在 YouTube 的點閱率為 1,781,596,734（上衝 17 億以上），至 2014 也增至 2,096,625,242（20 億以上）；中印目前的人口數也以「十億」為單位，如中國人口總數為 13 億 5404 萬（13 億以上），印度為 1,220,800,359（12 億以上）。

再論「X 你個頭」三音節新詞語新構式，也以 7 位數的 7「百萬」（million）為基準單位元，其詞頻數約 7,410,000 個以上。如此龐大類天文數字必須以「一撇節，」來標記才不會造成朝三暮四，顛三倒四的大數據不三不四的大混淆。

五　三字詞古今中外的語用例

（一）古今中國文學名著、評論名著概多三字書名

漢語出現三字詞，出現在華人出生時的姓名學，絕大多數的漢人姓名合為三字，稍長背誦《三字經》為兒童啟蒙教材。及長再觀賞元雜曲以關漢卿三大名劇曲皆三字，如《竇娥冤》、《望江亭》、《單刀會》，湯顯祖的《牡丹亭》，和王實甫的《西廂記》，再檢視三大名小說《紅樓夢》、《西遊記》、《水滸傳》。或檢視先前唐代詩人早已大量出現在長、短詩的篇名，如李白的〈長干行〉、〈清平調〉，杜甫的〈今夕行〉、〈兵車行〉，白居易的〈琵琶行〉、〈長恨歌〉，及至宋朝的詞牌名，大都以三字詞牌為主流，據陳滿銘（1989）研究「詞牌出現頻數」按序列表：得知蘇東坡最膾炙人口的 47 篇〈浣溪紗〉、21 篇〈菩薩蠻〉、19 篇〈南歌子〉、17 篇〈南鄉子〉、16 篇〈蝶戀花〉、14 篇〈西江月〉、14 篇〈臨江仙〉、13 篇〈江城子〉、9 篇〈定風波〉以及 8 篇〈虞美人〉，檢視前 17 名皆為三字詞的詞牌名。證之以辛棄疾的前 17 名詞牌名，除了排行第 2 的 37 篇〈水調歌頭〉以外，亦皆為三字詞的詞牌名，如 63 篇〈鷓鴣天〉、34 篇〈滿江紅〉、24 篇〈臨江仙〉、23 篇〈賀新郎〉、22 篇〈念奴嬌〉、22 篇〈菩薩蠻〉、17 篇〈清平樂〉、17 篇〈西江月〉、17 篇〈玉樓春〉、16 篇〈浣溪紗〉等三字詞的名詞牌。再以近人錢鍾書的著名書評其書名《管錐編》、《七綴

集》和《談藝錄》，其中皆期盼「求打通」的論述邏輯，雖然在其間多夾雜「賣關子」的「丫叉法」(Chiasmus)(戴維揚, 2011b)。

(二) 近三年，最火紅的影劇類多好用三字詞

《甄環》再加一字為或《后宮甄環傳》減 2 字，至終皆為三字的《甄環傳》，原先三字詞如《蘭陵王》必保留；英語文的 *Life of Pi* 也保留，最火紅的潮電影《那些年，我們一起追的女孩》刪減為《那些年》；類如《狄仁傑之神都龍王》，刪簡為《狄仁傑》，入圍 4 項金馬獎的《致我們終將逝去的青春》，刪簡為《致青春》。類如歌舞界當前最火紅浙江衛視的《中國好聲音》可縮簡為《好聲音》，其中李代沫的專輯《敏感者》三字詞仍保留這位「吸金王」的新輯名。至於以「好」的陣式一字排開的「新詞陣」：還有央視的《中國好歌曲》簡稱《好歌曲》以及河北衛視《中華好詩詞》仍簡稱《好詩詞》，三字詞確實較好上口，易 hold 住，忘不了 hold 得住(戴維揚, 2014b)。

(三) 新政策、新政令也好用「三字詞」

檢視 2013 年 9 月 27 日的〈中國時報〉，白德華的報導《李克強穩字訣經濟改革見效》，李克強在第 7 屆夏季達沃斯論壇的致辭，也用三音節詞語對新經濟有所描述，謹慎選擇和長效的經濟發展模式是「穩增長，調結構，促改革，加大開放」。一改前些任領導慣用的 16 字箴言，將四平八穩的 4 字聯的「宏觀調控」，改為「調結構」的「微調節」，然而最後一詞仍保留 4 字詞「加大開放」。類如 2012 年台灣舉辦「漢字文化節」的主題是「『漢字潮』，『文化根』」，三字聯。其內涵較強調行之已久的「書同文」，期望漢字文化能永續發

展，「台北市通過漢字文化節，宣傳了馬英九的正體字思想，也使正體字作為傳統文化的載體，深入人心。這項活動也滲透進了大陸，2010 年，兩岸合辦「漢字藝術節」，實際上是漢字文化節的引申。」（楊書俊，2011）。

六　英語文三字詞專用語全球通用

英語文三字詞大量出現，早已被公認為「國際語」（EIL, English as an International Language），如全球最通行的電視台 CNN、BBC、NHK，或如國際經貿常用的專用語 GDP、GNP、WTO，又如球類職業賽的 NBA、MLA，或 CBA、WPT。近日沸沸揚揚的毒食品的計算單位如 ppm、ppb；大陸將「漢語水平考試」以 HSK 代表，台灣在甚至將閩南語以英語三字母呈現的 LKK、SPP、PTT。三字詞早已在新世紀大量通行全球。

攸關英語文教學的學術論著，其中被奉為圭臬的要算 Brown（2007a, 2007b），其中絕大多數的學術專業術語，皆好用三個字母縮略詞，如 STM vs. LTM, ZPD, LAD, EAP, ESP; ESL, EFL, EIL，其（2007a）三字（母）詞占 67%、2 字詞占 22%、4 字詞占 10%而 5 字詞只占 1%（圖三）；（2007b）三字詞仍占第 1 的 62%、用語 4 字詞占第 2 的 19%、5 字詞占 11%排第 3，而 2 字詞只占 7%排 4（圖四）等常用三字母的「縮簡詞」（Acronyms）。

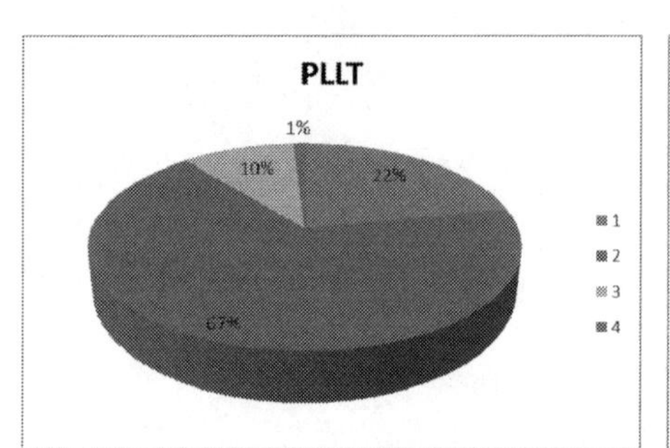

1 acronyms with two alphabets
2 three alphabets 3 four alphabets
4 five alphabets

圖四

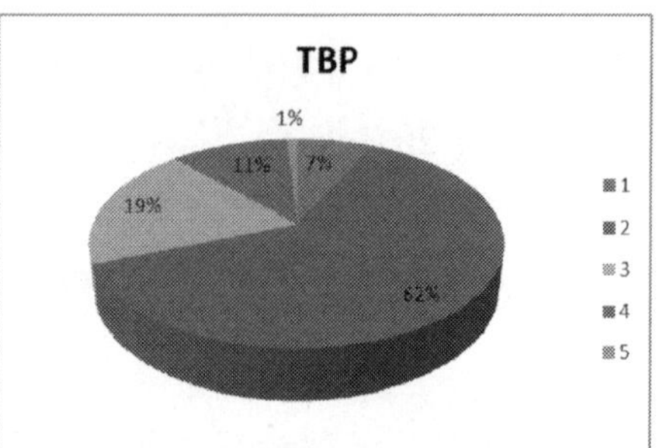

1 acronyms with two alphabets
2 three alphabets 3 four alphabets
4 five alphabets 5 six alphabets

(一)英文已成國際通用的語言文字(English as an International Language)

英文詞彙包羅世界各國相當數量的詞彙,再加上經常簡化臻「極簡」。Hi、Bye(Bi)、O.K.,No.1 早已為全球各界所通用的語碼(code)、符號(sign)。不僅口語、書面文字甚至 QR Code,如 2012 年 12 月 2 日台灣志工將以人體群聚在台北市政府市民廣場排列形構成「Hi」字樣的 QR CODE 活動,為「溫 i 台灣,向世界 say Hi」。其中的「i」單音字母若寫成英文單詞 love 還需 4 個字母,寫成中文的「愛」多至 13 劃,簡體字無心也需 9 劃。類似經過簡化的 Hi 源自 Hello;Bye 更經歷多層次地一再簡化,其源為聖經常見的 “God Be with Ye”,簡化為 Good Bye 或單一字詞的 “Good-bye”,再度極簡化為單字的 Bye,或 Bi;SMS 再簡化為數字不同口氣的 81,86,88。另談 O.K. 源自 “All right” 再簡化為 ok,這縮寫字母以後的一點一點也可省略,只用英文字母或手指比畫代表一切順利,一切 ok。No.1 也由原英文兩個字 number one 簡化為國際通用的英文字母加阿拉伯數字的 1，這也是世人共通追尋的「美國夢」，一切追求 No.1。

(二) 攸關中英夾雜詞彙研究論文

黃靖惠（2006）的論文追溯中英夾雜詞彙，其中就 1951 至 2004 年的聯合報標題為例。漢詞這種夾「英」現象，其實早在魯迅（1923）《吶喊》小說集中就有《阿 Q 正傳》，這阿 Q 在末莊人叫阿 Quei（這個名字被縮寫為阿 Q）；這 Q 還可表述光頭後面留個小辮子。這本小說至今早已是享譽國際的代表中國傳統舊社會的代表作，也是漢字和英文字母夾雜混用的著名近代小說的濫觴。《阿 Q 正傳》的「阿 Q」已正式列入《現代漢語詞典》（第 6 版，2012，p.1）。戴維揚（1986）在《中國時報》也曾以英文的 high 加入標題撰文為〈新新人類的最 High〉。至於論文談及夾英字母或詞彙可參考下列著作：李楚成（2000；2008）在香港也常注意到廣東話經常夾雜使用英語，姓氏稱呼某 Sir，好一陣子在台灣民間也常沿用。甚至在學術殿堂的教學過程大量夾雜英文，這已然成為全球化的國際語文現象。為此尤雅姿（1991, 2011），楊馨慧（2006），朱秋融（2009），Hagihara（2009），葉書吟、于嗣宜（2012）都不約而同地撰寫論文或碩士論文論及這些相當普遍的口語和書面文的中英文夾雜詞彙現象，亦即英文詞彙、英文字母已經成為漢語詞構的一部分。尤其在高科技的 PC 或 notebook（NB）電腦的專業術語或品牌名稱，如台灣的品牌 Acer、Asus，雙 A 挺立全球；智慧型的手機（htc）多系列如 One 或 Desires、Butterfly 等產品，也多用英文字母加數序，如 One M8；或 Desire2 建構享譽國際的品牌或產品。

（三）國際品牌在全球早已大量使用英文字母、字詞甚至夾雜增加數字的新產品

近十年 Apple 公司主導流行，推陳出新、目不暇給，根本來不及中譯，特多系列輩出的新產品，因而只好保留英文名稱，從 iTunes 到 iPods，再到 iPhone（iPhone4、iPhone4s、iPhone5、iPhone5s 以及 iPhone5c；2014 新產品 iPhone6 及 iPhone6＋），「愛瘋迷」一直瘋狂地追著新產品；iPad 也是如此不時推出新產品如 iPad、iPad2、iPad mini、iPad Air，再回到原點的 iMac 企圖回到美國矽谷的原產地。南韓原先企圖「韓字化」如"iHangeul"但是並未普及，只能改用英文來表述新的系列產品如 Samsung 的 Galaxy I、Galaxy Note II 或 Galaxy SIII 改拉丁文數字為阿拉伯數字 Galaxy Note3；Galaxy S5，同時各家產品也運用大量的 application（簡縮 app）。這些英文商品商標正如當前日文一樣夾雜許多英文詞彙及數字的系列序號。日本早已將大廠改用英文命名如 Sony、Sharp、Panasonic 等國際品牌。台灣為了國際化，雖然保留國內品牌名稱，在國外也只好採用國際商標英文名詞，如 Acer, Asus, hTC One 系列如 One SV 或 One Mini；或 J 系列的 Butterfly 等著名品牌，逐漸常態化和規範化。

科技經常使用英文字母代表度量衡，譬如近日談及瘦肉精的含量、農藥的殘留量，就以 ppm 或 ppb（parts per million/billion）百萬或十億分之幾為單位；英語教學的朗讀速度為 wpm（words per minute），以及股票市場的每股盈餘為 EPS，這其中的 p 皆為 per 的（首字母）。至於世人最關心的 GDP 或 GNP 的 P 是 product 的字首。網路上目前時髦的 PO 文、PO 圖、PO 影片，都可 PK 一下 p 的多功能、多意涵。

（四）財經界國際一致採用精簡「數字」、「字母」和「文字」夾雜的「新詞語」

商場分秒必爭，所以一切精簡化，因而「三字詞」大都改為音素、數字、首字母夾雜使用，如 Y2K 以後國際通用將原 Business to Business 改為 B to B，再簡化改為一目瞭然最精簡的 B2B，依此精簡新 3 元素新詞語就可推出 B2C、C2C 等常用商業專門術語。再如「QE3」幾乎是 2012 到 2014 全球最矚目的美國「第三期貨幣寬鬆」，引起全球各界熱烈的討論和議論。LAD、LED、LCD 這三個 “D” 各代表一個英文字（device, diode, display），跟當前流行的 3D 電影、3D 動畫、3D 列印各有各自代表不同「產品」，端看其「能產性」定商業價錢、價目、價值。

七　結論

漢語在上古時期較多單音詞，接受各方「外來語」的影響之後漸多雙音詞和多音詞；及至今日的現當代漢語反而大都為雙音詞或多音詞（邵敬敏，2007，p.114），另在 2010 年有過半數（53.9%）為 3 音節新造詞（劉楚群，2012），特多夾中、夾英、夾希臘文字母混合夾雜的新造詞，也出現在漢語。例如莫言在其《生死疲勞》的序言，他論及漢字幾乎「不可逆」的「回不去」，過去可將一切消融外來語的形、音、義為漢字的 character（方塊字）。為此，莫言曾用軟毛筆寫了 43 天，寫了 43 萬稿紙上的毛筆字，最後他只好運用新科技將小說先請人 po 入電腦，再修改後用電子郵件“E”出去，好出版。在此 E-learning 的時代，人們總要 E 來 E 去，賺錢也期望億來億去。莫言的結論是「在當今這個時代，所謂的懷舊，所謂的回歸，都很難徹底」，就是「回不去」。同理，漢語夾雜英文字母字詞，甚至阿拉伯數字也不可能消除，不可能按方塊字的筆畫重新「去規範」，讓他們「來就範」。要回去就只能「用一生去等待」。

〈聯合報〉(2013.10.12) 刊登曾永義所撰寫的「文學閱讀」相關的文章──〈兩支生花妙筆〉，其中寫到〈從部首探索語詞的奧祕〉，介紹瓦歷斯以七年時間，埋首部落山林的斗室，以「部首字」為單元，一個部首接著一個部首，逐一的去探索文字語詞的奧祕，從而使這奧祕煥發華彩，產生許多趣味。可以淺出到「看圖說故事」，讓這 214 個「部首」也會自己「說出話」，包括由此衍生的許多「字詞」，也可串出一串串的「詞語鏈」，連結上富有涵義的「詞義鏈」，同時也沒有忘記為讀者端出一道可口的「小點心」，讓讀者享閱此部首相關的典故，可多認識一些語文常識。具體的說，瓦歷斯使文字語詞「趣味化」的方法是：每個部首字，都從甲骨文、金文、小篆、楷書並舉入手，就其「形音義」，以探根溯源；並指出由此而滋生的「部首字」和「楷書化」後的「規範化」的「詞匯化」歷程；然後舉出由本義和引伸義所產生的詞語串；以及分類說明以此為部首所造成的字詞及其「詞語鏈」；並將「語文點心」穿插其間。除了「趣味化」之外還將文字詞語「系統化」起來，可以使讀者提綱挈領般的去認識了解錯綜繁複的中國文字的「詞語鏈」，而且可以從中觸類旁通，一隅反三。免得看了法國引進的「小點心」叫「馬卡龍」不在漢字系統，而不知所云：因為該三字詞既未見「馬」，也未見「龍」，當然其間也看不見「卡車」或「卡片」。整理、爬疏、分析漢文字，不止可以獲得豐富的語文知識的詞語系統、詞語結構，也可以從此精準巧妙的運用「語用學」，學會精巧地運用文字詞語，就不會誤用、亂用、不用的情形大量發生。

瓦歷斯書寫了 214 個部首字，將它們分作「生物百態」、「人體與兩性」、「天地與人文」、「生民與戰爭」四大主題範疇，每個主題再細分若干小主題（topic）。譬如「生物百態」再分「人類馴養的動物」、「野性未馴」、「獸盡其用」、「暢游在河海」、「天空的舞者」、「大自然的寵物」、「飲食植物」七小類，每一小類之下再繫上相關部首（topic related words）。可見瓦歷斯這部五十萬言的鉅著《字頭子》是透過精心的學術「分類研究」（classification），再運用詩人的筆觸傳達出「有系統、有結構、有策略」的語系、語構、語用。所以他希望讀者從本書中可以獲得「飛翔的記憶與輕盈的想像」。 瓦歷斯這位原住民大詩人竟甘願到小學就國學微觀的「小學」建構起中觀的「詞彙學」並兼能為中學以上「大學」止於至善的無數學子探討、享用這富有意義的世界，提供其中的「大行之行，天下為公」的工具書，傳輸一些有見識、有天理的真知卓見，以享天下人。

本文兼採用此連結「文字」及其字母（「部首」，類字首），在歷史傳統的長流呈現的「文學」和「文化」點燃出、透顯出「靈視點」，使之成為「有意義」的「三字詞」。本文又「反其道」，另從神學、哲學宏觀的「上帝眼」看「人間世」的「來天地」、「變古今」（戴維揚, 2014a）：起心動念閃示的「起動點」看具有「能產性」的「新詞語」，如「豪小子」的「林來瘋」；再以「致高點」光照「新詞語」的「整體性」，如以「上帝眼」和「人間世」；再從「分界線」、「臨界點」、「轉捩點」看語言文字所建構「心象圖」、「星象圖」的新詞語，最後再論述新詞語的構詞新語素：如以「音」代字，以「英文字母」代漢字，以「數字」代詞素，再細分，我就「bj4」（不解釋）或「不可說」、惑「已忘言」。

參考資料

王　力。(1981)。《古代漢語》修訂本。北京：中華。

王　力。(1991)。《同源字典》。台北：文史哲。

王　力。(2003)。《關於漢語有無詞類的問題》。北京：商務。

尤雅姿。(2011)。〈波霸・超駭・KUSO－細說台灣漢語中的外來詞〉,《國文天地》，310，72-79。

中國社會科學院語言研究所詞典編輯室編。(2012)。《現代漢語詞典 6th ed.》。北京：商務印書館。

白德華。(2013)。〈李克強穩字訣經濟改革見效〉。《中國時報》。摘錄自 2013 年 9 月 27 日 http://news.chinatimes.com/mainland/11050506/112013092700169.html

江藍生、譚景春、程蘭。(2012)。《現代漢語詞典》。北京：中國社會科學院語言研究所詞典。

邱湘雲。(2007)。〈華語與方言的三音節比較——以閩南語和客家話為比較對象〉,《長河一脈：不盡奔流華夏情——2007 海峽兩岸華語文學術研討會論文集》,(pp. 1-26)，桃園：萬能科技大學通識教育中心。

何九盈、蔣紹愚。(2010)。《古漢語詞匯講話》。北京：中華書局。

何大安。(1997)。《規律與方向：變遷中的音韻結構》。台北：三民。

何大安。(2012)。〈百年來的語言學補述〉,《台灣語文研究》，7(1)，37-39。

李壬癸。(2012)。〈百年來的語言學〉,《台灣語文研究》，7(1)，1-36。

李　開。(2013)。〈規範化維度下的與時俱進——學習《現代漢語詞典第六版》〉。《語文研究》，*2*，1-8。
邵敬敏主編。（2007）。《現代漢語通論（第二版）》。上海：上海教育出版社。
邵敬敏。（2012）。〈新興框式結構「X 你個頭」及其構式義的固化〉，《漢語學報》，*39*，33-41。
邵　榮。（2010）。《漢語語音講話》。北京：中華書局。
周玟慧。（2012）。《中古漢語詞彙特色管窺》。台北：萬卷樓
陳滿銘。（1989）。《蘇辛詞比較研究》。台北：文津。
陳滿銘。（2011）。《篇章意象學》。台北：萬卷樓。
陳滿銘。（2013）。〈格式塔理論之螺旋意涵〉，《國文天地》，*338*，71-78。
陳躍紅。〈錢鍾書比較詩學方法論舉隅〉《中外文學》，*42*(2)，211-219。
張春榮。（2013）。〈修辭三性概述〉，《國文天地》，*340*，71-76。
張慧英。（2013）。〈信谷歌，得永生〉，《中國時報》。摘錄自 2013 年 10 月 10 日 http://money.chinatimes.com/news/news-content.aspx?id=20131010000764&cid=1206#rpctoken=278455595&forcesecure=1
黃靖惠。（2006）。〈中文媒體夾用英文之台灣現象：以 1951-2004 年的聯合報標題為例〉。《中華傳播學刊》，*9*，153-198。
黃及人。（2013）。〈豪進化 5 重點，火箭爭冠 X 因子〉。《中國時報》。http://news.chinatimes.com/sports/11051201/112013092700423.html
黃金文。（2012）。《從漢藏比較論上古漢語內部構擬》。台北：萬卷樓。
楊馨慧。（Yang, S. H-h.）（2006）。《台灣線上新聞夾碼之功能分析。*A*

functional analysis of code-mixing in Taiwan on-line news.》輔仁大學，語言學碩士論文。

楊愛姣。(2005)。《近代漢語三音節詞研究》。武漢：武漢大學。

楊愛姣。(2002)。〈近代漢語三音詞的語義構成〉,《南京師範大學文學院學報》, *4*，152-158。

楊書俊。(2011)。〈試論馬英九的語言文字觀〉,《雲南師範大學學報》, *43*(4)，60-64。

楊書俊。(2008)。〈國家語委詞表三音節詞語統計與分析〉,《遼東學院學報》, *10*(2)，65-72。

楊書俊。(2005)。〈三音節"V 單＋X＋N 單"構詞分析〉,《漢語學報》, *4*，88-91。

蒲基維。(2012)。〈論台灣華語流行情歌的編唱結構〉,《章法論叢》第 4 輯，台北：萬卷樓。

趙元任。(1985)。《趙元任語言學論文集》，葉蜚聲譯。北京：中國社會科學出版社。

趙元任。(1996)。《趙元任卷：詞跟語位》。石家莊：河北教育出版社。

鄭錦全。(1990)。《詞涯八千》。戴維揚主編《英語學習時代：電腦學英文》。台北：文鶴。

劉楚群。(2012)。〈近年新詞語的三音節傾向及其理據分析〉,《漢語學報》, *39*，50-56。

盧怡君。(2013)。〈語意範疇研究中的原型觀點─以德語介系詞 über 的語義分析為例〉,《輔仁外語學報》, *10*，47-69。

戴維揚。(2009)。〈語音流變的典範轉移〉。2009 華語文與華文化教育國際研討會論文集。新竹：玄奘大學，11-24。

戴維揚。(2011a)。〈大開小殊論音義同源〉,《國文天地》，312，45-51。

戴維揚。(2011b)。〈論釋語言葛藤反轉（chiasmus）現象〉，《章法論叢》，第五輯。台北：萬卷樓。

戴維揚。(2012a)。〈源自希臘拉丁文的學術專業英文詞彙〉。*English Career*，*42*，75-88.

戴維揚。(2012b)。〈當潮最 Hot 中英文夾雜詞彙探析〉。第一屆語文教育暨第七屆辭章章法學學術研討會會議論文。台北：師大。

戴維揚。(2012c)。〈解構因林書豪而生的英文造字 Linsanity 神妙的語言密碼〉。《中時電子報》。摘錄自 2012 年 6 月 11 日 http://mag.chinatimes.com/print.aspx?artid=14427&page=1

戴維揚。(2012d)。霸道血統 vs.王道道統。《國文天地》，*322*，45-53。

戴維揚。(2013)。〈音構、詞構、意義鍊的語用法則：源自希臘拉丁文的學術專業英文詞彙〉。*English Career*，*44*，77-88。

戴維揚。(2014a)。〈從點燃杜甫心流光啟歷程——從〈望嶽〉到〈登樓〉〉，《國文天地》，345，44-52。

戴維揚。(2014b)。〈概論詞彙學（Lexicology）體系架構〉，《國文天地》，353，46-57。

韓晨宇。(2007)。〈漢語三音節新詞語與類詞綴的發展初探〉。《北京廣播電視大學學報》，*3*，49-53。

Bakhtin, M. M.(1981). *The dialogic imagination: Four essays*. Ed. & Trans. Holquist, M. & Emerson, C. Austin: University of Texas Press.

Barthes, R. (1986). *The rustle of language*. Trans. Richard Howard. Oxford: Basil Blackwell.

Barthes, R. (1990). *The fashion system*. Trans. Ward, M.& Howard, R.

Berkeley: University of California Press.

Brown, H. D. (2007). *Principles of Language Learning and Teaching*. NY: Pearson.

Chomsky, N. (1957). *Syntactic structures*. The Hague: Mouton.

Chomsky, N. (1981). *Lectures on government and binding*. NJ: Foris Publications.

Chomsky, N. (1995). *The minimalist program*. Cambridge, MA: The MIT Press.

Chomsky, N. (2000). *New horizons in the study of language and mind*. Cambridge: Cambridge University Press.

Chomsky, N. (2006). *Language and mind*. 3rd ed. Cambridge: Cambridge University Press.

Chomsky, N. & Halle, M. (1968). *The sound pattern of English*. NY: Harper & Row.

Lakoff, G. (2008). The neural theory of metaphor. In R.W. Gibbs (Ed.), The Cambridge handbook of metaphor and thought (pp.17-18). Cambridge: Cambridge University Press.

Yeh, S.-Y. (葉書吟) & Yu, S.-I. (于嗣宜)(2012). A sociolinguistic study on code-mixing in Taiwan on-line news. A conference paper published in Hsuan Chuang University.

Saeed, J. I. (2009). Semantics. 3rd ed. Oxford: Wiley-Blackwell.

Talmy, L. (1985). Lexicalization patterns: Semantic structure in lexical forms. T. Shopen ed. *Language typology and syntactic description*: *Grammatical categories and the lexicon, 3*, 57-149. Cambridge: Cambridge University Press.

附錄一

新詞語	語料庫	2013	2014
Linsanity	百度	約 289,000 个	約 1,830,000 个
	Google	約有 1,870,000 項	約有 406,000 項
林來瘋	百度	約 373,000 个	約 11,600,000 个
	Google	約有 4,090,000 項	約有 9,170,000 項
江南 style	百度	約 17,900,000 个	約 30,500,000 个
	Google	約有 21,700,000 項	約有 20,900,000 項
Gangnam Style	百度	約 2,230,000 个	約 2,540,000 个
	Google	約有 118,000,000 項	約有 60,600,000 項
你個頭	百度	約 4,250,000 个	約 32,600,000 个
	Google	約有 32,700,000 項	約有 30,100,000 項
X 你的頭	百度	約 2,460,000 个	約 3,200,000 个
	Google	約有 133,000,000 項	約有 1,120,000,000 項
去你的	百度	約 31,500,000 个	关结果約 100,000,000 个
	Google	約有 1,200,000,000 項	約有 928,000,000 項
X your foot	百度	約 4, 060,000 个	約 4,160,000 个
	Google	約有 709,000,000 項	約有 562,000,000 項
Go ahead	百度	約 18,800,000 个	約 4,420,000 个
	Google	約有 949,000,000 項	約有 17,900,000 項
非典型	百度	約 11,700,000 个	約 10,500,000 个
	Google	約有 2,680,000 項	約有 264,000 項
	*中央研究院中英雙	總共有 3 個符合非典型的詞形（組），包	

新詞語	語料庫	2013	2014
	語詞網」	括非典型肺炎、非典型的、非典型地	
能產性	百度	約 3,250,000 个	約 4,660,000 个
	Google	約有 223,000 項	約有 934,000 項
好聲音	百度	X	約 100,000,000 个
	Google	X	約有 6,240,000 項
好歌曲	百度	X	約 100,000,000 个
	Google	X	約有 1,520,000 項
好詩詞	百度	X	約 56,900,000 个
	Google	X	約有 35,900,000 項
新造詞	百度	X	約 2,260,000 个
	Google	X	約有 450,000 項
新詞素	百度	X	約 30,300 个
	Google	X	約有 557,000 項
新詞排	百度	X	約 769 个
	Google	X	約有 22,200,000 項
新詞陣	百度	X	約 21 个
	Google	X	約有 6,920,000 項

附錄二 中央研究院現有的資料庫

（http://corpus.ling.sinica.edu.tw/result/db.html）

- 搜文解字（漢語語文知識網路）Chinese Linguistic KnowledgeNet http://words.sinica.edu.tw/
- 文國尋寶記（搜文解字 II：中小學語文知識網路）http://www.sinica.edu.tw/wen/; http://cls.hs.yzu.edu.tw/wen/
- 中央研究院中文句結構樹資料 3.0 Sinica Treebank http://treebank.sinica.edu.tw/
- 中英雙語知識本體詞網 Academia Sinica Bilingual Ontological Wordnet Sinica BOW http://bow.sinica.edu.tw/「中央研究院中英雙語詞網」授權開放發行
- 中文詞彙網路 Chinese Wordnet (CWN) http://cwn.ling.sinica.edu.tw
- 說文知識本體 http://shuowenontology.ling.sinica.edu.tw
- 漢語知識本體 Hantologyhttp://hantology.sinica.edu.tw/ 未開放使用
- 詞彙特性速描系統 Chinese Word Sketch http://wordsketch.ling.sinica.edu.tw/ 暫不開放申請
- 古漢語語料庫 http://www.sinica.edu.tw/~tdbproj/handy1/
- 中央研究院近代漢語標記語料庫 Academia Sinica Tagged Corpus of Early Mandarin Chinese http://Early_Mandarin.ling.sinica.edu.tw/
- 中央研究院現代漢語平衡語料庫 Academia Sinica Balanced Corpus of Modern Chinese Sinica Corpus http://www.sinica.edu.tw/SinicaCorpus/ 500 萬詞 「中央研究院漢語平衡語料庫」授權使用申請
- 新世紀語料庫——多媒體的呈現與典藏 Archives and Linguistic Representation of Spoken Taiwan Mandarin http://mmc.sinica.edu.tw/

意象的疊印與並置——
中西意象詩的一個比較研究

胡其德
健行科技大學教授

摘要

本文從「意象的疊印與並置」切入，引用了三十餘首中國古典詩和二十幾首西方「意象派」及受其影響的「現代派」的意象詩，企圖對中西意象詩做一個宏觀的比較研究。先談理論，後舉實例，末以「登樓詩」的意象做比較。

在「尚情」的文化背景之下，中國的古典詩中蘊含的意象偏向「意」（心之象），作者的情感貫注其間。西方意象派和臺灣現代派的意象詩偏向「象」，儘可能把個人情感排除於外。同樣都是意象詩，然中國以「情」勝，重「內容」；西方以「理」勝，重「形式」；臺灣現代派的意象詩則介於兩者之間，但偏向西方。

中國人對「意象」採取廣義，其義與「氣象」、「意境」相通。中國的古典詩是由許多「個別意象」（小意象）組合而成，講的是「整首詩的意象」（大意象），而整體意象主要表現於詩的結句。西人的意象詩採狹義，指的是「意象派的詩」，他們的詩，與其說是「意之象」，不如說是一種表達的技巧。中國人講究的是「意在象先」，因此，所有的「象」都被「意」化了。西方的意象詩，是經由物象的重疊或類比，產生出一個新的意象，因此是「象在意先」。

在古代中國,「意象疊印」指的是兩個意象神韻相似,互相交疊,有時呈現一種「互文性」的效果;在西方,「意象疊印」指的是兩個物象交疊之後自然形成的意象,惟作者並未明言它是何種意象。在中國,「意象並置」指的是諸多個別意象的紛陳並列,以映襯出整體意象。在西方,「意象並置」指的是以各種方式(諸多物象的描繪)來比喻另一個物象。

中國古代「登樓詩」蘊含的意象以氣象雄渾、懷古傷今、情深意遠為主,西方很少登樓詩,他們對天空或夜色的描繪,偏向景象的想像與鋪陳,偶爾涉及天堂或上帝。

關鍵詞:意象、意象派、意象詩、疊印、並置

一　前言

自從王弼揭櫫「意以象盡，象以言著。故言者所以明象，得象而忘言；象者所以存意，得意而忘象」[1]，以及劉勰提出「獨照之匠，窺意象而運斤」[2]的主張之後，「意象」一詞在中國詩學史上就佔了一席之地。王弼《周易略例》拈出的「意、象、言」三者本就卦義、卦象、卦爻辭而言[3]，初與文學無涉。但是劉勰把意象連成一氣並且用於文論上[4]，「意象」就有了新的生命力。近代以前，「意象」一詞出現的頻率未若「性靈」、「神韻」、「格調」之繁[5]，但是在西風東漸，西方的意象派（Les Imagistes）[6]的詩於二十世紀初傳入中國之後，情勢大

1　語出王弼《周易略例》〈明象〉，見嚴靈峯主編《無求備齋易經集成》之 149（臺北市：成文出版社，1976 年），頁 17-18。又見樓宇烈校釋《王弼集校釋》（北京市：中華書局，1984 年），頁 609。

2　語出劉勰《文心雕龍》〈神思〉（臺北市：粹文堂書局），頁 493。趙山林認為，此「意象」指的是作家對生活素材選取提煉、醞釀構思的產物，是胸中之象，作家腦海裡的半成品，還不是筆下之象，及行諸文字的藝術成品。見趙山林《詩詞曲藝術論》一書（杭州市：浙江人民出版社，1998 年），頁 121。James Liu 把此「意象」英譯成 mental image（見 *Chinese Theories of Literature* 一書（The University of Chicago Press,1975），頁 123-124），施友忠英譯《文心雕龍》〈神思〉（臺北市：中華書局，1975 年），頁 127。

3　樓宇烈校釋：《王弼集校釋》，頁 610。

4　王長俊主編：《詩歌意象學》（合肥市：安徽文藝出版社，2000 年），頁 3。一書指出，最早將「意」與「象」連在一起的是東漢的王充

5　從劉勰至明末清初千餘年，僅葉適、司空圖、呂延濟、王廷相、李東陽、王世貞、陸時雍等人在詩論或詩話中言及意象，可謂少之又少。所引諸人詩論，見趙山林《詩詞曲藝術論》（杭州市：浙江教育出版社，1998 年），頁 121-122。沈德潛《說詩晬語》說孟郊的詩「亦從風騷中出，特意象孤峻」。姜夔和嚴羽在詩話中都只言及「氣象」，未及「意象」，錢鍾書《談藝錄》論及神韻、性靈和風格，未論及「意象」。

6　根據 Coffman 的說法，「意象派」理論的建構,發皇於 Flint 和 Hulme，完成於

變，「意象」的手法不僅影響了現代中國的詩風，詩人樂此不疲：而且海內外詩評家也好以「意象」一詞評論古今詩藻，至今未衰。

當代華文社會關於詩歌意象學研究的，已經有不少出色當行的作品，例如業師陳滿銘教授（下文簡稱「陳教授」）的《篇章意象學》與《意象學廣論》[7]，王長俊主編的《詩歌意象學》，趙山林《詩詞曲藝術論》，陳植鍔的《詩歌意象論》，和陳慶輝的《中國詩學》等等皆是。但是在詩歌意象學的理論建構方面，則以前三位學者的貢獻較大。而以意象為主軸，以中西詩為素材來比較中西詩學之異同者，則尚未之見[8]。斯文由是而作。

中西詩人與學者對於「意象」的認知不盡相同，華人把心象和物象都括入意象之中。西方意象派大師龐德（Ezra Pound, 1885-1972）認為「意象是能在瞬間展現智性與情感之複合物者」[9]，著重的是直覺（客觀物象）所得的瞬間印象。所謂「疊印」（superposition），指的是用甲物象來比喻乙物象，兩者疊合成一個新的意象，但中西對它的認知卻不盡相同：在西方，疊印的兩者都必須是具體之物象，而且只用一個比喻；在中國，是先把物象轉成「意象」（心象），然後將甲意象和乙意象（或諸多意象）交疊。所謂「並置」（或曰「並列」，

Pound，轉型於 Amy Lowell（見 Stanley Coffman, Jr, *Imagism: A Chapter for the History of Modern Poetry*, Univ. of Oklahoma Press, , Norman, 1951.）Les Imagistes 這個稱謂最早出現於一九一二年十月（p.4）。

7 陳教授的兩本專著均由萬卷樓出版，前者出版於二〇一一年，後者寫於二〇〇六年。

8 《詩歌意象學》雖然討論了中西的「意象」學說，雖然列舉了古今中外的詩來論證其意象學，但並未作比較研究。

9 Pound 這一段話的原文如下：An" Image" is that which presents an intellectual and emotional complex in an instant of time. 見 Stanley Coffman, *Imagism: A Chapter for the History of Modern Poetry*, p.9, p.141) 以及 Martin A.Kayman, *The Modernism of Ezra Pound: The Science of Poetry*, (The MacMillan Press, 1986), P.46。中譯採用飛白主編：《詩海》（桂林市：漓江出版社，1989 年），頁 1134。

juxtaposion）指的是兩個或諸多意象並列在一起，但超出一個比喻的範圍[10]，謂之「並置」。中西對它的認知亦不盡相同：華人強調諸多意象的排列方式[11]，西人則用諸多比喻來強化或渲染一個意象。

此外，在探討詩歌的意象時，「詩的意象」與「意象的詩」還是要作區隔的。大體說來，前者採廣義，後者採狹義。前者重詩的整體意象，後者先給意象下定義，（Pound 就是如此）再以此尋找符合此定義的詩。本文試圖從意象的疊印與並置之角度切入，分析古今的漢文詩以及西方意象派詩人的作品，以明兩者的特質及其中的異同。

美學家朱光潛認為每首詩的境界都必有「情趣」（feeling）和「意象」（image）兩個要素，「情趣」簡稱「情」，「意象」簡稱「景」[12]。情意兩者本不可分，然就主軸而論，詩的境界可大別為兩的面向：一主「情」，一主「意」[13]。兩者雖然都涉及景象（物象），但是前者講究的是情景交融，後者講究的是意在言外、意在象外。中國文化因為重人情，故傳統的中國詩尚情，「情」語是顯性的：「意」則是隱藏的、不彰顯的，是由讀者自己去體會的。本文在分析中西意象詩的特質與異同時，會從中西的文化背景切入，以明其本質與歸趨。

在取材方面，古代中國的詩以唐詩為主（蓋有唐為詩之黃金時代也），當代中文詩則以現代派詩人的詩為主（該派詩人最擅長運用意象）。西方意象派詩人的作品，則以英國詩人休姆（Hulme, 1883-1917）、奧爾丁頓（Aldington, 1892-1962）和美國詩人龐德 Pound 以及羅威爾（Amy Lowell, 1874-1925）為主。取材難免掛一漏萬，但是

10 飛白主編：《詩海》（桂林市，漓江出版社，1989 年），頁 1137。

11 王長俊主編的《詩歌意象學》一書就說：並列型意象指「兩個或兩個以上意象在一定時間、空間平行羅列，把創造性想像的各種成分並列為統一的完整的新意象」（頁 226-227）

12 朱光潛：《詩論》（北京市，三聯書店，1984 年），頁 55。

13 李白〈送友人〉一詩所云「浮雲遊子意，落日故人情」正好觸及這兩個面向。

本文主旨在於析論詩中意象的疊印與並置現象，而非探討所有的詩的意象。

二　中西有關「意象」的一些理論

就中國文化背景而言，「意象」一詞至少有三個意涵：（一）意與象（二）意中之象（三）意象之整體。王世貞所云「外足於象，內足於意。」顯然將意與象分開而論。劉勰《文心雕龍》所云「獨照之匠，窺意象而運斤」之「意象」只是「胸中之象」[14]，即意中之象（尚未行諸文字）。陳教授雖然把「意」視為「主體」或「核心」，把「象」視為「客體」或「外圍」[15]，但是他所提倡的「篇章意象學」把意象置於篇章結構之中，已預設了意象之整體。其實，中國一般詩評家所講的「意象」，泰半都屬已經行諸文字的意象之整體（亦即詩之整體）。從另一角度言之，「意象」的三個意涵只是「意」與「象」之關係的三個發展階段，其間是相通的。

陳教授的意象學理論體大思精，約可歸納為以下幾個要點：

一、把意象置於篇章結構之中，合成「篇章意象」一詞，此篇章意象中有經（即「意象統合」：主題、風格）、有緯（即「意象組織」：章法）。

二、就「一」與「多」的角度觀察，有「一象多意」，也有「一意多象」。

三、就大小而言，意象有「個別意象」和「整體意象」之別[16]。

---

14 趙山林《詩詞曲藝術論》，頁 121

15 陳滿銘教授《篇章意象學》第二章就此有詳細的論述。

16 陳滿銘教授所云「個別意象」，相當於英文之 image；「整體意象」，相當於英文之 imagery.

四、就地位而言，又有「核心意象」（主旨）和「個別意象」（綱領）之別。

五、就結構而言，意象之間有「同質同構」、「異質同構」、「同形同構」、「異形同構」四種類型。

六、就組合方式而言，有「移位」的「先象後意」和「先意後象」；就「轉位」而言，有「意、象、意」和「象、意、象」。[17]

七、人類的「思維」始終以「意象」為內容，先由「觀察」與「記憶」兩大支柱豐富意象，再由「聯想」與「想像」兩大翅膀拓展意象，接著由「形象」與「邏輯」兩大思維運作意象，然後由「綜合」思維統合意象。[18]

陳教授的意象學體大思精，而把「思維」與「意象」相連，並以「一二多」和「多二一」的螺旋結構來論意象的性質與變化[19]，為其特質。他以此螺旋結構來建構他的篇章意象學大廈，因此，他的章法學和意象學可說是孿生兄弟。

王長俊主編的《詩歌意象學》一書把「意象」分成「實體性意象」、「象徵性意象」、「比喻性意象」和「典型意象」（一般意象）四種[20]，這是從性質來論意象，而把象徵、比喻與意象連結起來，則將手法與結果混在一起了，其說與西方意象派詩人之嚴格區分「象徵」（symbol, symbolism）與「意象」（image, imagism）。大異其趣。該書作者又把意象組合的基本型式分為「並列型」、「疊加型」、「遞進型」和「交錯型」四種[21]。第一種相當於西方意象派所講的 juxtaposition，第二種相當於 superposition，第三種實為第一種之變種，第四

---

17 陳滿銘教授《篇章意象學》，頁 38、61、63、151

18 陳滿銘教授《意象學廣論》，頁 2

19 陳滿銘教授《篇章意象學》，頁 126-150。《意象學廣論》，頁 78-82，頁 197-230

20 王長俊主編《詩歌意象學》，頁 198-211

21 王長俊主編《詩歌意象學》，頁 226-233

種為西方文評家所講的「互文性」(王昌齡的詩句「秦時明月漢時關」)呈現互文性)。趙山林《詩詞曲藝術論》一書在前四種之外，又加上「承續式」、「逆推式」、「對比式」、「反諷式」、「輻輳式」、「輻射式」六種[22]。這兩本書的共同點是把「意象結構」(形式)與「意象內涵」(內容)混合而論，遂有所謂「直線」、「平行線」、「交叉線」、「網狀」和「圓形」等形式結構出來。此外，趙山林又從「心理時空」(有別於「物理時空」)的角度切入，提到時間意象與空間意象的轉換與交織(例如：白居易的〈上陽白髮人〉和杜牧的〈登樂遊原〉這兩首詩都是化時間意象為空間意象，李白〈春思〉和白居易〈江樓月〉都將空間意象化為時間意象，杜甫〈登高〉一詩則是時間意象和空間意象交織在一起)，這超乎西方意象派詩的理論遠甚。

綜觀陳、趙、王三位中國文化背景之下的學者的意象學說，雖然各有其獨特性，但是有一個共同點，那就是三者都涉及意象的組合結構類型。此共同點都在視「詩的意象」為一「整體」的前提之下發展出來的。而此整體的觀察，可以說掌握了中國古典詩的精髓和旨趣。

除了前面陳、趙、王三位學者侈言宏論「意象」之外，梅祖麟和高友工合撰之 Syntax, Diction, and Imagery in T'ang Poetry 一文，則提出「靜態意象」與「動態意象」之別，凡是名詞、形容詞和一些動詞產生的意象為「靜態意象」；大部分動詞產生的意象為「動態意象」[23]。他們是從「語法」(syntax)結構來觀察意象是靜態的(static)，還是動態的(dynamic)，是一個很好的切入點。另一位學者古風在其所著《意境探微》一書當中，也提到透過「比」、「興」的手法，心物交融

22 趙山林《詩詞曲藝術論》，頁 120-140

23 Yu-Kung Kao and Tsu-Lin Mei," Syntax, Diction, and Imagery in T'ang Poetry" (*Harvard Journal of Asiatic Studies*, Vol.31, Harvard-Yenching Institute, Cambridge, 1971) .p.31,pp 95-109.

（情景交融），產生「意象」。而融合成一體的「意」與「象」，就構成「意境」[24]。在這裡，古風顯然把「意象」與「意境」視為同義詞了，它們兩者的不同只是位階不同而已。

西方「意象派」的開創者休姆認為「詩是表現直觀的工具」，他反對浪漫派詩的情感氾濫，宣告「溼而泥濘的詩結束」，「乾而硬的詩到來」[25]。休姆又主張：詩的「大目標是追求正確、精密與切實的描繪」，詩人「要描繪出他所見的東西的精確曲線，不論這是外在的事物，或存於腦子裏的一個觀念。」詩人的工作「不是自我表達，而是技巧的磨練。」「詩是意象與譬喻」，「詩中的意象不是裝飾，而是直覺語言的本質」，詩所處理的複雜局面是有機的，一首詩的「每一部份每藉別的部分來形容，而每一部份在某種程度上即是整體」[26]。質言之，休姆強調「直覺」，追求「正確、精密與切實的描繪」（技巧），詩的語言要乾而硬，這些觀點都影響了龐德。

龐德雖非詩學理論專家，但他在二十世紀初於各文學評論（例如 The Egoist）與詩刊上，卻發表了不少有關「意象」（Image 或 Imagism）的言論。他的意象詩一方面受到休姆的影響，另一方面也受到中國絕句和日本俳句詩[27]（Haiku）的啟發。龐德也注意到漢字之美，但他關注的不是靜態的形象之美，而是動態的意象之活動。例如「中」字，他感受到中軸線在圓圈裡的旋轉[28]。龐德提倡意象派，是

---

24 古風：《意境探微》（南昌市：百花洲文藝出版社，2009 年），頁 45-47。

25 飛白主編：《詩海》一書，頁 1129（臺北市：志文出版社，1987 年），頁 608-609。

26 William K. Wimsatt 著，顏元叔譯：《西洋文學批評史》*Literary Criticism:A Short History*（臺北市：志文出版社，1987 年），頁 608-609。

27 龐德認為日本俳句是「簡潔」的標誌，意象派把俳句視為情感的凝煉，把它往外推，可得到整體的經驗。（說見 Alan Durant 所著 *Ezra Pound, Identity in Crisis* 一書（Barnes & Noble Books, New Jersey, 1981）），頁 25、45

28 George Kearns, *Guide to Ezra Pound's Selected Cantos*, (Rutgers Univ.Press, 1980) p.181

為了改革英文詩，重贏讀者的注意[29]。他的「意象詩」的主張，可歸納如下：

一、詩要「如我所見一般描繪物體」（To paint the thing as I see it）[30]。

二、意象是能在瞬間展現智性與情感之複合物者。

三、自由詩（vers libre）並非完全自由，而是在既定規範內的變體[31]。

四、作品為藝術而藝術（art for art），須迅速而精確地表達意象之美[32]。

五、用字精確（precise）和有效，作品堅實有力，具體如雕刻[33]。

六、詩是一種靈感的數學，是人類情感的方程式[34]。

七、每一種情感有其最適合的韻律來表達，一首詩如交響樂一般[35]。

八、意象詩不需講究傳統的格律，但須有內在的音樂性，尤重「量的韻律」[36]。

九、意象主義不等於象徵主義[37]，雖然兩者都把「意象」當作「客

---

29 Martin A.Kayman, *The Modernism of Ezra Pound: The Science of Poetry*, (The MacMillan Press, 1986), P34

30 Stanley Coffman, *Imagism: A Chapter for the History of Modern Poetry*, p.126

31 Stanley Coffman, *Imagism: A Chapter for the History of Modern Poetry*, p.135

32 Martin A.Kayman, *The Modernism of Ezra Pound: The Science of Poetry*,, P34. Stanley Coffman, *Imagism: A Chapter for the History of Modern Poetry*, p.126、p.148

33 Stanley Coffman, *Imagism: A Chapter for the History of Modern Poetry*, p.128、p.155、p.158

34 這一段龐德對「詩」的詮釋，轉引自飛白主編的《詩海》一書，頁 1143

35 Stanley Coffman, *Imagism: A Chapter for the History of Modern Poetry*, pp.134-135

36 「量的韻律」原文作 Quantitative measure，見 Stanley Coffman, *Imagism: A Chapter for the History of Modern Poetry*, p.95、p.134。英國的意象主義者，顯然源於法國的象徵主義者

37 Stanley Coffman, *Imagism: A Chapter for the History of Modern Poetry*, p.153 William Wimsatt 和 Cleanth Brooks 合著，顏元叔翻譯的《西洋文學批評史》一書云：「英國的意象主義者，顯然源於法國的象徵主義者」（頁 607）。這句話如就「意象派」使

觀對應物」[38]。

質言之，因為龐德的意象詩追求的是瞬間的意象之美，所以他反對浪漫主義的濫情，不注重傳統的格律（反對「亞歷山大體」），而以「量的韻律」（內在的音樂）代之。用字講求精確，整首詩篇幅短小，並且很少用形容詞[39]。他表現的意象之美是瞬間的，也是具體的，不像象徵派詩人（Les Symbolistes）之觸及神秘的或形而上的世界[40]。他常用的手法是「隱喻」（metaphor）與「類比」（analogy）。

與龐德同年的英國意象派詩人弗林特（Flint, 1885-1960），雖然和龐德一樣主張用韻自由，反對長詩，認為它是一個「歷史的錯誤」（historical error），雖然他也主張詩人應去掉陳腐，書寫與當今生活有關的東西，但是，他十分推崇法國象徵派的詩。他說：「所有實質的詩人都是象徵派詩人」（All essential poets are symbolists）[41]。所謂「意象」，多多少少是傳統習用的符號[42]。弗林特其實掌握了象徵派（發生在前）與「意象派」（發生在後）的精髓[43]。雖然這兩大派發生的時間不一，但是在人類的思緒和表現手法上，兩者卻有千絲萬縷的關係。

年代稍晚的奧爾丁頓對於「意象」的看法，有符合於休姆之處，亦有合於龐德之處。他認為，寫詩用字要簡潔精確，要選擇最能表達

用的某些意象源自象徵派而言，是正確的。

38 飛白主編：《詩海》，頁 1134。

39 Stanley Coffman, *Imagism: A Chapter for the History of Modern Poetry*, p.142

40 日本學者萩原朔太朗認為，最近詩派的本質是對於象徵派的反動，見徐復觀譯《詩的原理》（臺北市：臺灣學生書局，1989 年三版），頁 139。他所謂「最近詩派」包括了意象詩派。

41 Stanley Coffman, *Imagism: A Chapter for the History of Modern Poetry*, p107-109

42 Stanley Coffman, *Imagism: A Chapter for the History of Modern Poetry*, p112

43 Flint 只反對象徵派詩中常出現的「晦澀」（obscurity）。

意象的字眼，所有無病呻吟的字都要去除，所有不適用於散文的語彙在詩中也無地位。他也主張詩必須具有「堅實性」hardness，一如雕刻作品，不和稀泥，不濫情[44]。這是他與龐德觀點相同之處。但是他無法像龐德一樣完全把景物加以「客觀化」，有時會摻雜個人的好惡。

意象詩派從龐德歷經奧爾丁頓到羅威爾，作了些許的轉折。羅威爾也主張寫詩要用「正確的字」（the exact word），但是她的意思和龐德稍有不同：龐德主張用精確的字以表達意象之美；羅威爾之主張「正確的字」是為了把作家的印象傳達給讀者[45]。她寫的詩偏重視覺效果[46]，也用堅硬、清晰的字，但不那麼堅持。她不強調內心之象，卻十分強調詩的「外在性」（externality），亦即詩人要完全擺脫自身的情感[47]。在此，羅威爾與浪漫派正式決裂，而這正是羅威爾的意象觀與龐德最大的不同處，因為後者的意象觀講的是智性與情感之複合物的瞬間展現，並未脫離情感。某位詩評家說，在羅威爾的詩中，motion（動作）代替了 emotion（情感）[48]，真是一針見血。龐德的意象詩脫胎自象徵主義，然後擺脫它；羅威爾的意象詩卻又接近象徵主義（外在性的象徵主義）。羅威爾認為，詩是一種「暗示」（Suggestion），不是「陳述」（statement），她的詩風介於象徵派與意象派之間[49]，不是龐德式的。怪不得龐德給她的意象主義取了一個諢名：Amygism（它是由羅威爾的芳名 Amy 和意象主義（Imagism）的後半部組合而成），似乎暗諷她是半個意象主義者。

44 Stanley Coffman, *Imagism: A Chapter for the History of Modern Poetry*, pp.164-165

45 Amy Lowell, Tendencies in Modern Poetry, (Octagon Books, N.Y. 1971), p.242

46 林以亮編：《美國詩選》（香港：今日世界社出版，1963 年），頁 148。

47 Stanley Coffman, *Imagism: A Chapter for the History of Modern Poetry*,p.171

48 林以亮編：《美國詩選》，（香港：今日世界社出版，1963 年），頁 149。

49 Stanley Coffman, *Imagism: A Chapter for the History of Modern Poetry*, p175

三　中國意象詩的疊印與並置

中國文化植根於農耕生活，人與大自然的關係十分契合；中國文化自周代以後，又以家族倫理為本位[50]，一切政治社會關係由此向外發展。在這樣的文化背景之下，中國古典詩呈現的意象風貌，就有別於西方之從美學和詩學來書寫或評論意象詩。中國古典詩通常意象紛陳，一切景語皆情語，可大別為三類：一是寄情山水、講究生活情趣的詩；二是懷念家人或友人的抒情詩；三是憂國憂民的詩[51]。其實，中國古典詩之所謂「意象」，其底蘊與「意境」或「境界」相去不遠。

從這個角度去觀察，則陶淵明的詩泰半屬第一類，些許屬第二類，唐人的詩則三類兼具。王維的詩中有畫，常寫生活恬淡之趣，他在輞川的作品〈輞川閒居贈裴秀才笛〉和〈歸輞川作〉咸具此風。王維的詩又有禪意，〈鳥鳴澗〉「人閒桂花落，夜靜春山空。月出驚山鳥，時鳴春澗中」和〈辛夷塢〉「木末芙蓉花，山中發紅萼。澗戶寂無人，紛紛開且落」二詩是其中代表作。李白的〈贈汪倫〉詩末兩句「桃花潭水三千尺，不及汪倫送我情」以及〈送友人〉詩「青山橫北郭，流水繞東城。此地一為別，孤蓬萬里征。浮雲遊子意，落日故人情。揮手自茲去，蕭蕭班馬鳴」，充滿了濃得化不開的友情。韋應物的〈淮上喜會梁川故人〉一詩「江漢曾為客，相逢每醉還。浮雲一別後，流水十年間。歡笑情如舊，蕭疏鬢已斑。何因不歸去？淮上有秋山」，也是如此，且共用了「浮雲」這個象徵。白居易的詩亦不遑多

50 參考梁漱溟：《中國文化要義》（北京市：三聯書店，1987 年）。

51 中國詩之描繪男女情愛的詩較為少見，而且通常以隱約含蓄的手法表達。張九齡〈望月懷遠〉、李白的〈玉階怨〉、金昌緒的〈春怨〉、李商隱的〈夜雨寄北〉是其中代表作。

讓，〈賦得古原草送別〉一詩情韻不匱[52]，〈與夢得沽酒閒飲且約後期〉一詩之頷聯「共把十千沽一斗，相看七十欠三年」、末聯「更待菊黃家醞熟，共君一醉一陶然」，意氣風發，友情深摯，傳頌千古。杜甫的〈春望〉和八首〈秋興〉、五首〈詠懷古跡〉藉著寫景，來抒發對家人或歷史的懷念，憂國憂民之情溢於言表。韓退之〈左遷至藍關示姪孫湘〉和柳宗元〈別舍弟宗一〉二詩皆遭貶時作，中有親情之難捨，復有君國之憂思。杜牧的詩〈題宣州開元寺水閣閣下宛溪夾溪居人〉亦借景抒情，表達詩人對於歷史滄桑的惆悵與無奈：

> 六朝文物草連空，天澹雲閒今古同。鳥去鳥來山色裏，人歌人哭水聲中。
> 深秋簾幕千家雨，落日樓臺一笛風。惆悵無因見范蠡，參差煙樹五湖東。

杜牧的這首詩意象十分豐富，他藉此寫景，並傷古人古物之不復見。在中國古典詩中，類似之例不勝枚舉，前引杜甫的八首〈秋興〉、五首〈詠懷古跡〉固是顯例，劉夢得的〈西塞山懷古〉、〈烏衣巷〉、〈石頭城〉等詩亦皆屬之。

綜觀而言，中國古典詩講究的是整體的意象，詩中的寫景是為情意的發抒而點綴或並置的。葉維廉曾說中國古典詩常用的呈現方式是：「讓視覺意象和事件演出，讓它們從自然並置迸發的湧現代替說明，讓它們之間的空間對位與張力反映種種情境與狀態」[53]，葉氏實點出了中國古典詩的特色以及各種「意象」的表現方式。而中國古典

52 這是高步瀛的評語，見《唐宋詩舉要》：（臺北市：學海出版社，1975 年），頁 505。

53 葉維廉：〈雙重的錯位：臺灣五六十年代的詩思〉，《創世紀詩雜誌》第 140-141 期合刊（2004 年 10 月），頁 67。

詩的另一個特色是：意境（古人所謂「詩旨」）常隱於末聯之中，非至末句，無以見詩人旨趣。

王長俊《詩歌意象學》一書把王昌齡的〈送張四〉一詩「楓林已愁暮，楚水復堪悲，別後冷山月，清猿無斷時」視為意象之複疊，把杜甫〈登高〉一詩前兩聯「風急天高猿嘯哀，渚清沙白鳥飛回。無邊落木蕭蕭下，不盡長江袞袞來」視為意象之並列[54]。這從中國人的觀點而言，是說得通的；但是如果從西方意象派的觀點來看，王昌齡的〈送張四〉一詩並無意象之疊印，杜甫的〈登高〉一詩亦非意象之並列。

杜甫的〈秋興〉詩句「請看石上藤蘿月，已映洲前蘆荻花」（自然高妙的流水對！），若從中國人對於疊印的認知來看，是藤蘿月和蘆荻花兩個意象的疊印；如果從西方意象詩疊印的觀點來看，還是有別的：西方的疊印詩（詳下文）是把兩個形似或神似的物象交疊在一起，構成「一個」新的意象，而杜甫這兩句詩描繪的是兩個景物（藤蘿月和蘆荻花）的交相輝映，藤蘿月和蘆荻花兩者無法構成一個意象（一個客觀對應物），「藤蘿」和「月」亦不構成疊印，因為它們只是空間的疊印，而非意象的疊印。

以中國人對於「意象並置」的看法而言，元代曲家馬致遠的〈天淨沙〉最能表現中國詩詞曲作品中意象的並置：

> 枯藤、老樹、昏鴉，小橋、流水、人家。古道、西風、瘦馬，夕陽西下，斷腸人在天涯。

在這首曲子（廣義的詩）當中，十個景象烘托出遊子羈旅天涯的惆悵感，這十個景象也轉成了意象。與西方意象詩不同的是，這十個

54 王長俊主編：《詩歌意象學》，頁 228、230。

景象（意象）襯托的是惆悵感、孤寂感，而非具體的物象。

那麼，在古代的中國是否存在西方意象派觀點的詩呢？吾人在唐詩中可以找到若干例子：

司空曙〈喜外弟盧綸見宿〉一詩的頷聯「雨中黃葉樹，燈下白頭人」，就是典型的意象疊印。在此聯中，「黃葉樹」與「白頭人」疊印在一起，皆指涉衰敗之象。柳宗元〈與浩初上人同看山寄京華親故〉末二句「若為化作身千億，散向峰頭望故鄉」[55]，亦為意象之疊印：詩人自身與峰頭疊印在一起，都可四處張望。

在柳宗元另一首詩〈別舍弟宗一〉頸聯「桂嶺瘴來雲似墨，洞庭春盡水如天」之中，「雲」與「墨」、「水」與「天」分別疊印在一起。李賀寫過〈南園〉詩十三首，其中一首云：「尋章摘句老雕蟲，曉月當簾掛玉弓。不見年年遼海上，文章何處哭秋風？」這首詩的第二句「曉月」與「玉弓」疊印在一起，其技巧與龐德的〈在地鐵車站〉一詩（見下文）相若。

雖然中國古典詩當中出現了西方意象派的「疊印」手法，但是就詩之整體而言，兩者仍有些微的差異：西方意象派透過「疊印」手法所建構的意象是全詩主旨之所在；而在中國古典詩中則未必，它只是詩之局部，屬於「小意象」。當此「疊印」手法不出現在末句時，就無法構成全詩之主旨。

臺灣現代詩派由於受到歐風美雨的影響，西方意象派觀點之下的詩迭見，追求知性與感性的融合無間。在現代詩派的詩人當中，洛夫是最能表現西方意象詩的「疊印」效果的詩人，其代表作為〈石室之死亡〉。第一首第二詩節如此開頭：

---

55 柳宗元的這首詩影響了南宋陸放翁的〈梅花絕句〉一詩「聞道梅花坼曉風，雪堆遍滿四山中。何方可化身千億？一樹梅前一放翁」。說見王長俊主編《詩歌意象學》，頁 224。

我的面容展開如一株樹，樹在火中成長……

洛夫在此用明喻的手法，把「面容」和「樹」疊印在一起，樹在火的太陽之下成長一如詩人之在戰火下的成長。在〈金龍禪寺〉[56]一詩，洛夫也用了同樣的手法：

洋齒植物／沿著白色的石階／一路嚼了下去

在這裡，洛夫用了借喻的手法，把「洋齒植物」和「羊」疊印在一起，夠成一幅鮮明的意象圖。

現代派的健將辛牧也擅長此道，他的〈煙灰缸〉一詩巧妙地表現意象的疊印：

我吸著一根又一根的菸／把昨日一圈圈地吐出來／在煙灰缸上／彈下一段段灰白的往事[57]

在這首短詩中，詩人把「煙灰」和「往事」疊印在一起，兩者類似的地方在於都是過往的事情，都是灰白色（一虛一實）。藉著「煙灰」和「往事」的疊印，詩人與菸也成為一體了。

在現代派的詩人當中，張堃使用疊印手法最頻仍。以他出版的詩集《醒，陽光流著》、《調色盤》和《影子的重量》收錄的詩為例，處處可見意象之疊印。早在他的第一部詩集《醒，陽光流著》就收錄了一首叫做〈時間〉的詩，在這首詩中，他把時間比喻成「門」，詩人

---

56 洛夫〈石室之死亡〉和〈金龍禪寺〉二詩俱見於《因為風的緣故》詩集中（臺北市：聯經出版事業公司，2005 年），頁 40-43。

57 辛牧：〈煙灰缸〉，《乾坤詩刊》第 55 期（2010 年秋季號），頁 24。

在門內門外徘徊，此門內門外就觸及人和鬼魅的「存在」議題：

> 假如時間是靈魂的生命……推開門／我在出入之間／許多燈亮起後又相繼熄滅／陌生的鬼魅一閃而逝／不知在門裡還是／門外[58]

在〈調色盤〉一詩當中，詩人如此鋪陳意象：

> 那條街道／在調了又調了色彩中／一直落寞著……雨不知道什麼時候開始下的／我在濕淋淋的暮色中／輕步走過調色盤一樣的廣場／……那些色彩始終在調色盤裏／而我早已抽象成／雨景中一縷似散不散的／冷冷的煙塵[59]

在這首詩中，調色盤、街道，廣場和詩人四者交疊在一起，皆受制於大自然的調色者：雨，這雨也象徵萬物命運的主宰。

在〈夏天〉這首詩中，詩人自身和夏天疊在一起：詩人是夏天，夏天是詩人，因此，連詩人的「影子竟也著了／火」[60]。在〈波基尼公園〉一詩的後半段，詩人這樣說：「一隻青蛙噗通跳入水中／我才驚見／漣漪裡映出的／依然是那朵／含苞待放的青蓮　以及看蓮的那人／留下的疑惑容顏」[61]。這讓我們想到松尾芭蕉著名的俳句詩，只是加上了「青蓮」這個隱喻（隱喻李白）和西方意象派的「疊印」

58 此詩轉引自張堃《調色盤》詩集（臺北市：唐山出版社，2007 年），頁 viii 張默的序。

59 張堃：《調色盤》詩集（臺北市：唐山出版社，2007 年），頁 127-128。

60 張堃：《調色盤》詩集（臺北市：唐山出版社，2007 年），頁 142-143。

61 張堃：《調色盤》詩集（臺北市：唐山出版社，2007 年），頁 117-118。

（青蓮、李白和看蓮人疊印在一起）手法。

在張堃的〈登樓〉一詩中，鞋聲、樓梯聲和心情交疊在一起[62]。同樣的手法也出現於〈贈魚——寄洛夫〉這首詩，其中把詩集、晚霞、浪濤、漁歌和錄音帶五種看似不相關的東西綰合在一起，惟其間有意象的重疊，也有意象的並置。

在《影子的重量》這本詩集裏，也有不少意象疊印的例子。在〈睡蓮〉[63]一詩中，詩人與睡蓮疊印在一起；在〈三伏天〉[64]一詩中，蟬聲與暑氣疊合在一起；〈俳句五帖〉的第二首詩，青蛙與雲影疊印在一起。在〈新北投的那條小街〉[65]一詩中，人的背影和暮色重疊，一起變老。同樣的手法出現在〈一個老婦的側影〉一詩，在其中，老婦與季節疊印在一起，老人顫抖的手好比深秋的枯枝，「試著去抓住／一抹就要散去的灰雲」[66]；季節的冬天好比老婦人的風燭殘年。在張堃的詩中還有不少意象疊印的例子，不勝枚舉，他可以說是箇中能手。

顏元叔評葉維廉的詩時所提出的「定向疊景」，亦非西方意象派的意象疊印或並置，反而必較接近中國傳統式的。

四　西文意象詩的疊印與並置

西方意象詩派的開創者休姆的詩〈碼頭之上〉和〈日落〉都體現了意象詩的特質，而且他擅長「意象疊印」：

62 張堃：《調色盤》詩集（臺北市：唐山出版社，2007 年），頁 12-13。
63 張堃：《影子的重量》詩集（臺北市，秀威資訊科技公司，2012 年），頁 62。
64 張堃：《影子的重量》詩集（臺北市，秀威資訊科技公司，2012 年），頁 70。
65 張堃：《影子的重量》詩集（臺北市，秀威資訊科技公司，2012 年），頁 186-187。
66 張堃：《影子的重量》詩集（臺北市，秀威資訊科技公司，2012 年），頁 268-269。

靜靜的碼頭之上，半夜時分，
月亮在高高的桅杆和繩索間纏住了身
掛在那裡，它望上去不可企及
其實只是個氣球，孩子玩過後忘在那裡（〈碼頭之上〉）

一位女芭蕾舞演員貪戀著喝采，
遲遲不想走下舞台，
在全場不友好的噓聲裡，
她施展出最後的魔力，
高高踮起她的腳尖，
露出了胭脂雲織成的嫣紅的內衣。（日落）[67]

在〈碼頭之上〉一詩中，「月亮」與「氣球」疊印在一起；在〈日落〉一詩中，「女芭蕾舞者」與「落日」交疊在一起。詩人之所以把兩個完全不相關的東西疊印在一起，是因為它們之間有一些共同點（例如：顏色、位置、舉動等等）。

在「意象疊印」方面，龐德的〈在地鐵車站〉（In a Station of the Metro）一詩是典型的意象派的詩，它寫的是瞬間的印象，篇幅很短（只有兩行），形容詞也少而且不夸飾，不需講究傳統的格律（但有點相近：crowd 和 bough 具有相同的母音），「人臉」與「花瓣」疊印在一起[68]：

67 這兩首休姆的詩轉引自飛白主編的《詩海》一書，頁 1139。

68 Alan Durant 認為這首短詩受到日本俳句影響，是兩個平行句的並置。說見氏所著 *Ezra Pound, Identity in Crisis* 一書，頁 26。Alan Durant 又說 Apparition 和 Black 都與「死亡」意象有關。（頁 27）。

The apparition of these faces in the crowd;
Petals on a wet, black bough.[69]
（中譯）
這幾張臉在人群中幻景班閃現；
濕漉漉的黑樹枝上花辦數點。[70]

龐德的另一首短詩〈別人的妻子〉（*Another man's wife*）[71]使用的疊印，具有雕刻般的效果：

She was as pale as one
Who has just produced an abortion.

Her face was beautiful as a delicate stone
With the sculptor' s dust still on it.
（中譯）
她的臉色蒼白
一如剛剛流過產

她的玉容美如精石
雕刻家仍留塵屑其上

69 Ezra Pound, "In a Station of the Metro"，轉引自 Alan Durant 所著 *Ezra Pound, Identity in Crisis* 一書，頁 27。又見 Hugh Kenner 所著 The Pound Era 一書（Univ. of California Press, Berkeley, 1971），頁 184。

70 中譯根據飛白主編的《詩海》一書，頁 1145。

71 *Collected Early Poems of Ezra Pound* 一書, p.285

龐德於一九一二年寫給 Doolittle 的情詩——〈少女〉(A Girl),則呈現多重「意象疊印」之風格。原詩如下:

The tree has entered my hands,
The sap has ascended my arms,
The tree has gone in my breast—
Downward,
The branches grow out of me, like arms.

Tree you are,
Moss you are,
You are violets with wind above them.
A child—*so* high—you are,
And all this is folly to the world.[72]

(中譯)
樹進入了我的雙手,
樹液升上我的雙臂。
樹生長在我的胸中—
往下長,
樹枝從我身上長出,宛如臂膀。

你是樹
你是青苔
你是風中紫羅蘭

72 Pound 這首詩見 Martin A.Kayman, *The Modernism of Ezra Pound: The Science of Poetry*, p.42。又見 *Collected Early Poems of Ezra Pound* 一書, p.186

你是個孩子—這麼高
而在世界看來這全是蠢話[73]

在這首詩的第一詩節，樹與「我」交疊，樹枝成了我的手臂，樹幹成了我的胸膛。在第二詩節，樹、青苔、紫羅蘭與「你」（少女）疊印在一起。因為樹與「我」交疊，又與「你」交疊，因此，你我就合而為一了。

Michael A. Bernstein 把龐德的詩歌視為一種「視覺藝術」（Visual arts）[74]，此於前引三首詩中亦可得明證。詩人兼文學評論家艾略特（Eliot, 1888-1965）說：龐德的詩直接走向人生（而非文學），又說他的獨創性是純真的，因為他的作詩法接連在英國的前輩詩人所寫的作品必然的發展線上[75]。前引的兩首意象派風格的詩，印證了艾略特的評論一針見血，而這也是龐德偉大的地方。龐德提倡意象派，並非為了建立甚麼偉大的文學理論，他寫詩也不是為了雕蟲小技，而是為了反映人生。

羅威爾的〈夜雲〉[76]一詩用了多種「意象疊印」。全詩如下：

拖月輪的潔白的雌馬群在夜空奔馳；
金色的馬蹄敲響玻璃的天堂；

---

73 中譯採用飛白主編的《詩海》一書，頁 1145。

74 Michael A. Bernstein, “Images, Word, and Sign: The Visual Arts as Evidence in Ezra Pound’s Cantos“，收於 Harold Bloom 編纂的 *Modern Critical Views: Ezra Pound* 一書（Chelsea House Publishers, N.Y. 1987），頁 161-176

75 Eliot 著，杜國清譯：《艾略特文學評論選集》（臺北市：田園出版社，1969 年），頁 280-281。艾略特於一八八八年出生於美國，一九二七年歸化為英國人，一九四八年獲得諾貝爾文學獎。

76 林以亮編：《美國詩選》，頁 151-152。

> 拖月輪的潔白的雌馬群都舉起了前蹄；
> 扣向遠空那綠瓷嵌砌的門上。
> 飛吧，雌馬群！
> 奮力向前躍進，
> 揚起繁星那乳白的灰塵，
> 不然那猛虎般旭日便要將你們撲倒，
> 用他血紅的舌尖一舐便吞下了你們。

在這首描繪夜雲、夜空的詩中，羅威爾用了不少「意象疊印」的手法：「雌馬群」與「夜雲」疊印[77]，「玻璃」與清澈的夜空疊印，「綠瓷門」與遠方一角綠色的天空疊印，「乳白的灰塵」與星光疊印，「猛虎」與「旭日」疊印。羅威爾一詩多種疊印的風格與龐德一首詩只用一兩個疊印，大為迥異。羅威爾整首詩把「夜雲」外在化，並未注入個人的情感。

羅威爾的 Solitaire[78]〈獨樂〉一詩則用了「意象並置」的手法，在此詩中，詩人的幻想隨著紙牌遊戲的進行開始「偷窺」：

> 它在怪異的、藍色的中國花園裡玩弄著球，
> 它在異教的廟宇裡搖著鐵的骰子盒，
> 廟裡白色的庭柱的凹槽已經殘破。
> 它頭髮裡插著紫色和黃色的花，跳著舞；
> 它的腳飛馳過濕草地時，發著亮光。……

---

77 法國象徵派詩人 Arthur Rimbaud 的詩 *Le Bateau Ivre*（醉舟）曾以群馬來象徵海浪，羅威爾詩中的「雌馬群」意象似乎受到他的啟發。Rimbaud 的詩收於 *Poésies: Une saison en enfer, Illuminations* 一書（Gallimard, Paris, 1991）頁 94-97

78 Solitaire（一種紙牌遊戲）一詩，見於林以亮編《美國詩選》，頁 150

羅威爾在此詩中除了用「意象並置」的手法之外，還用了許多形容詞，這種風格有異於休姆和龐德。

在「意象並置」方面，美國詩人杜立特爾（Hilda Doolittle, 1886-1961）的「山林仙女」（Oread）一詩最具典型：

Whirl up, sea—
Whirl your pointed pines,
Splash your great pines
On our rocks.
Hurl your green over us,
Cover us with your pools of fir[79].
（中譯）
捲起來吧，大海—
捲起你尖針般的松
把你的無數巨松
潑向我們的巉崖
以你的青翠向我們撲來吧
蓋住我們，用你冷杉的水潭[80]。

在這首詩中，尖葉松、巨松、青翠和冷杉並置，都在形容「大海」這個意象。而「捲起」、「潑向」、「撲來」和「蓋住」這些動詞，塑造了波濤洶湧的大海意象。

79 Doolittle 的這首詩 Oread 轉引自 Stanley Coffman 的書，頁 147。
80 中譯引自飛白主編的《詩海》一書，頁 1151。

五　中西意象詩風格之異同

中西意象詩的理論及其所運用的「疊印」、「並置」手法已如前述，本節將以同一主題「登樓（或登高）」為例，論述中西意象詩風格之異同。

崔顥寫的〈黃鶴樓〉一詩，「渺茫無際，高唱入雲」[81]，傳頌千古，連李白都為之心折：

> 昔人已乘黃鶴去，此地空餘黃鶴樓。黃鶴一去不復返，白雲千載空悠悠。
>
> 晴川歷歷漢陽樹，芳草萋萋鸚鵡洲。日暮鄉關何處是？煙波江上使人愁。

此詩初以黃鶴典故開頭，然後一路噴薄而下，了無斧鑿，末以鄉愁作收。景闊情深，意境敻遠，此其高妙之處。就整體意象而言，黃鶴一去不復返已生惆悵，而日落時分美景當前，極目遠眺，卻看不到家鄉，更加哀愁。沈德潛說：「意得象先，縱筆所到，遂擅古今之奇。所謂章法之妙，不見句法；句法之妙，不見字法者也。」[82]沈德潛的評語把「章法」置於「句法」和「字法」之上，頗為獨到。所謂「意得象先」，也點出了中國古典詩「意象」之所從來。崔顥的〈黃鶴樓〉一詩可說開了唐代登樓詩意象之先河：氣象雄渾、懷古傷今、情深意遠。

81　高步瀛：《唐宋詩舉要》（臺北市：學海出版社，1975 年），頁 546-547。轉引吳說。

82　沈德潛：《說詩晬語》收於《清詩話》（臺北市：藝文印書館，1977 年），頁 664。

李白〈秋登宣城謝朓北樓〉一詩連續出現六個意象，以為末句鋪路：

> 江城如畫裏，山晚望晴空。雨水夾明鏡，雙橋落采虹。
> 人煙寒橘柚，秋色老梧桐。誰念北樓上，臨風懷謝公？

李白這首登樓詩的整體意象，不在於景色的描繪，而在於未來世事難料：詩人今日在宣城的北樓懷念謝朓的風姿，但是千百年後，誰能記得詩人曾在此玉樹臨風，緬懷謝公呢？詩人的感慨以疑問句呈現，把前面如畫的美景都塗上了感傷的色彩。

杜甫〈登樓〉一詩是他於吐蕃亂平之後登上成都城樓有感而作[83]，氣象雄渾[84]。此「氣象雄渾」是藉著意象之紛陳來呈現的：

> 花近高樓傷客心，萬方多難此登臨。錦江春色來天地，玉壘浮雲變古今。
> 北極朝廷終不改，西山寇盜莫相侵。可憐後主還祠廟，日暮聊為梁甫吟。

此詩前兩句倒裝，更凸顯詩人之傷心。第三句含空間意象，第四

---

83 浦起龍：《讀杜心解》（臺北市：九思出版社，1979 年），頁 638。將此詩的寫作年代定於唐代宗廣德二年（764）。

84 這是葉少蘊對杜甫這首詩的評語，見《石林詩話》卷下，收於《歷代詩話》（臺北市：藝文印書館，1974 年），頁 259。姜夔《白石道人詩說》亦言：「大凡詩自有氣象、體面、血脈、韻度。氣象欲其渾厚……」（收於《歷代詩話》，頁 439）。嚴羽《滄浪詩話》言詩之法有五，其一為「氣象」；又言詩之品有九，其一為「雄渾」。（收於《歷代詩話》，頁 443）。

句含時間意象，因此沈德潛說它「氣象雄渾，籠蓋宇宙」[85]。頸聯以華夷對照的方式，明唐室之正統。末聯引蜀漢故事，以抒己志，末句尤為整體意象之所在。沈德潛和其他詩評家所謂「氣象雄渾」，指的就是全詩的意象氣勢恢弘，渾然一體，與陳教授強調的「整體意象」殊途同歸。陳教授又說，杜甫這首詩中的「意」與「象」前呼後應，造成局部聯貫的藝術效果[86]，所言甚是。如就四大定律的「統一律」而言，這首詩以浮雲和春色興起詩人的感慨：世事之變化莫測，正如玉壘山上浮雲之變化啊！在這裡，秩序、變化和聯貫三大定律，都是為意象的統一作準備的。

柳宗元〈登柳州城樓寄漳汀封連四州刺史〉一詩也運用了六個意象（大荒、茫茫海天、驚風點水、密雨侵牆、嶺樹遮目、曲江如腸），來凸顯身處他鄉（貶謫之地）的愁思。詩云：

> 城上高樓接大荒，海天愁思正茫茫。驚風亂點芙蓉水，密雨斜侵薜荔牆。
> 嶺樹重遮千里目，江流曲似九迴腸。共來百粵文身地，猶自音書滯一鄉。

在這首詩中，不僅意象頻繁，而且使用的動詞「亂點」、「斜侵」、「遮目」和「滯」等字，在在強化了謫人的孤單無助與歸鄉無期，而這正是本詩整體意象之所在。

以上四首登樓遠眺的詩，格式（pattern）十分接近，都事先景後情，先實後虛。就賓主的地位而言，它們有一個共同點，那就是：律

85 沈德潛的評語轉引自高步瀛《唐宋詩舉要》，頁 571。

86 陳滿銘：《篇章意象學》（臺北市：萬卷樓圖書公司，2011 年），頁 97-98。

詩的前六句（或四句），都書寫遠眺的景色，但這些景語都處於「賓」的地位，詩的主旨落在末聯[87]。用陳教授篇章意象學的理論而言，全詩是由諸多個別意象統合成一整體（篇章）[88]。

西方文學作品當中，有不少關於「月光」、「月色」或「月之愁」的詩，但是，從內容觀之，吾人無法判定它們是登樓之後有感而發，還是行吟地面、仰觀天象之作。意象派詩人也有書寫天空、夜色（或月色）之作，前引羅威爾的〈夜雲〉一詩即是箇中翹楚。詩人縱其筆力，鋪陳夜景，出現象徵天國的「天堂」字眼，卻未有中國登樓詩中常見的「家國之思」或「懷古傷今」的意象。龐德的詩偶爾也涉及「上帝」或「天使」[89]，但這些詩都不具意象風格。

臺灣現代派的登樓詩，可以張堃的詩為代表，他的〈登樓〉詩是如此鋪陳意象的：

> 樓梯／是灰塵的路／一階一階的鋪了上去／鞋印／跟著我一路追趕。
>
> 鞋聲還是樓梯聲／聲音如此單調，像極了／這登樓的心情／躡踏梯階而上／塵埃驚揚在每一級響起的／鞋聲，鞋聲裏也混奏著／樓梯聲／而落塵還未掉地／卻在渺小的謙卑中／愚蠢地飛舞。
>
> 急步登上陽台／一輪冷月斜掛著／我傾身／向前[90]。

---

87 姜夔《白石道人詩說》云「一篇全在尾句」。

88 陳滿銘：《篇章意象學》（臺北市：萬卷樓圖書公司，2011 年），頁 33-42、340-344。

89 *Collected Early Poems of Ezra Pound* 一書，頁 70 的 "Greek Epigram" 一詩涉及「上帝」，頁 139 的 "Canzone: Of Angels" 一詩涉及「天使」。

90 張堃：《調色盤》詩集（臺北市：唐山出版社，2007 年），頁 12-13。

張堃的這首〈登樓〉詩，先後出現幾個意象的「疊印」：首先「鞋聲」與「樓梯聲」疊印在一起；接著透過借喻的手法，樓梯聲與「心情」疊印在一起；最後經由轉喻的手法，「我」（詩人自身）與「冷月」疊印在一起。透過這三層意象的疊印，詩人、鞋子、樓梯和冷月連成一體，呈現一種崇高的意象，而與落塵「渺小」、「愚蠢」的意象，形成了鮮明的對比。整首詩的意境與中國古典詩之以感慨作收，大相逕庭。

六　結論

就詩而言，意象是心智與情感的綜合體，以「物象」（景象）為觸媒，所以中西的意象詩自有其會通之處。然因中西文化的質性與發展過程有異，因此雙方的意象詩亦有其不同的旨趣。西方意象派的詩風傳到臺灣之後，給臺灣詩人很大的啟示，開啟中文新的意象詩的局面。紀弦所倡導的「現代派」是最大的受益者。

在「尚情」的文化背景之下，中國的古典詩中，幾乎一切景語都是情語，因此，中國人所講的意象就偏向「意」（心之象），作者的情感貫注其間。而西方意象派的意象詩偏向「象」，儘可能把個人情感排除於外（休姆所云 impersonal）。同樣都是意象詩，然中國以「情」勝，重「內容」；西方以「理」勝，重「形式」。

中國人對「意象」採取廣義，其義與「氣象」、「意境」相通。中國的古典詩是由許多「個別意象」（小意象）組合而成，講的是「整首詩的意象」（大意象），而整體意象主要表現於詩的結句。西人的意象詩採狹義，指的是「意象派的詩」，他們的詩，與其說是「意之象」，不如說是一種表達的技巧。中國人講究的是「意在象先」（意在筆先）[91]，因此，所有的「象」都被「意」化了。西方的意象詩，是經由物象的重疊或類比，產生出一個新的意象，因此是「象在意先」。

因為中西對於「意象」一詞的認知有差距，因此意象的「疊印」與「並置」呈現的過程與風貌就不盡相同。在中國，「意象疊印」指的是兩個意象神韻相似，互相交疊，有時呈現一種「互文性」的效果；在西方，「意象疊印」指的是兩個物象交疊之後自然形成的意象，惟作者並未明言它是何種意象。在中國，「意象並置」指的是諸多個別意象的紛陳並列，以映襯出整體意象。在西方，「意象並置」指的是以各種方式（諸多物象的描繪）來比喻另一個物象。在中國，「意象並置」的詩較多；在西方，「意象疊印」的詩較多。

91 陳教授在分析意象的結構時，有「象——意——象」與「意——象——意」之別，這是比較精細的分析。見陳滿銘：《篇章意象學》（臺北市：萬卷樓圖書公司，2011年），頁151。

意象對應的辭章表現
——以情理景事意象四題為例

陳佳君
臺北教育大學語文與創作學系副教授

摘要

在辭章學的研究觀點中，「意象」通常包含「意」（情、理）與「象」（事、景／物）兩個概念，而且在這些事景物象（象）與情理意趣（意）之間的對應關係中，並非單純的一對一，而是存在著「一意多象」與「一象多意」的兩大互動模式。爰此，本研究先以意象互動模式論之「一意多象」、「一象多意」為上位概念，再以意象類型論之「情意象」、「理意象」、「景意象」、「事意象」為第二層次，鎖定「意」與「象」之間所存在的「多」與「一」之對應關係，依次選擇「客愁意象」、「禪理意象」、「流水意象」、「入夢意象」為例，從古典詩詞的辭章表現中，檢驗「意」與「象」的多一互動性。

關鍵詞：意象、意象對應、一意多象、一象多意

一　前言

所謂的「意象」，乃根源自「心」與「物」的互動與交融。中國古典文論很早就注意到辭章作品中的意象經營，《文心雕龍・神思》更主張意象是「馭文之首術，謀篇之大端。」[1]歷來，許多詩文理論評析學家也都提出精闢的見解。黃永武即闡述：「『意象』是作者的意識與外界的物象相交會，經過觀察、審思與美的釀造，成為有意境的景象。……所描繪的意象愈具活動力，在讀者潛在經驗世界中喚起的共鳴也便愈強烈。」[2]李元洛也說：「意象是意與象的融合，是生活的外在景象與詩人的內在情思的統一。」[3]然而，從主體與客體的對應關係而言，外在客體的「象」，實包含物象與事象；而內在主體的「意」也蘊含了情意與思想。所以，辭章意象是指創作主體內在的心理境與外在的物理場，在腦中交會互動，去蕪存菁後，於意識中留下印記，並透過語言文字，將此精神活動落實於文學作品中，所表現出來的種種情意思想與事物形象[4]。

在這種廣義意象的內涵中不難發現，意象成形於四大辭章內容成分，也就是「情」、「理」、「事」、「景」。這是由於辭章家在創作時，總會透過具體材料（事件或景物）的揀選與運用，將內在抽象的義旨（情感或道理）予以表出。質言之，意象形成之四大成分，包含偏於主體之「意」的「情意象」與「理意象」，以及偏於客體之「象」的「事意象」與「景意象」。既然辭章作品離不開抒情、說理、敘事、

1　見劉勰著、范文瀾注：《文心雕龍注》，卷 6，頁 493。

2　見黃永武：《中國詩學——設計篇》，頁 3。

3　見李元洛：《詩美學》，頁 168。

4　見拙作：《辭章意象形成論》，頁 6。

寫景等要素，故辨明意象形成成分，瞭解「意」與「象」之間如何連結與對應，就成了掌握作品內涵的重要工作。

雖然辭章之個別意象往往將「意」與「象」二字複合稱之，如常見的月意象、花鳥意象、離別意象、隱逸意象等。不過，個別意象雖大多合用意、象二字，但其中實存在著「一意多象」、「一象多意」的偏義現象[5]，這是由於「意」與「象」的對應關係，並非僅只於一對一，而是一對多／多對一。其中，所謂的「一意多象」，意即同一種情意象或理意象，可以透過各種不同的物事材料來表抒；而所謂的「一象多意」，則指同一種景意象或事意象，可用以表現各種不同的情意思想。例如「草木意象」通常能用以抒發離情別緒、悲秋傷時、閒情逸志等情懷；又如辭章家多半會透過月圓、牛郎織女星、特定的時節等，經營「團圓意象」。在這兩個例子中，前屬「一象多意」，後歸「一意多象」。

「意」與「象」兩者因為一源自於主體、一取自於客體而「異質」，然而，「意」與「象」之所以能夠產生連結、互動與交融，格式塔（Gestalt）學派提出「同構原理」，意指質的相異的主（意）客（象）體之間之所以能相互契合統一，是因為兩者在力的圖式上「同構」[6]，陳滿銘解釋說，這個「構」就是情、理、事、景這四大要素各自或相互連結的內蘊力量[7]。

本文之方法論原則即是建立在上述之辭章意象學的理論系統中，

5 參見陳滿銘：《篇章意象學》，頁 82。

6 參見魯道夫·阿恩海姆（Rudolf Arnheim）著，郭小平、翟燦譯：《藝術心理學新論》，頁 39-40；及歐陽周、顧建華、宋凡聖：《美學新編》，頁 251。

7 見陳滿銘：《意象學廣論》，頁 152。又，拙文曾以杜牧〈贈別〉中的「燭意象」為例，提出外在的蠟燭（象）與詩人的別情（意）之所以能連結的內部紐帶（構），就在於蠟油與情淚的形似（「垂淚」），以及燭心與情人心意的雙關（「有心」）。參見拙作：《辭章意象形成論》，頁 258。

也就是以意象互動模式論之「一意多象」、「一象多意」為上位概念，再以意象類型論之「情意象」、「理意象」、「景意象」、「事意象」為第二層次，鎖定「意」與「象」之間所存在的「多」與「一」之對應關係，依次選擇「客愁意象」、「禪理意象」、「流水意象」、「入夢意象」為例，並以中國古典詩詞為採樣對象，考察意象對應論在辭章作品中的具體表現。

二　「一意多象」的辭章表現

辭章意象中偏於核心、主體的「意」，可以分為主要用以抒發情意的「情意象」與闡發義理的「理意象」。李元洛在《詩美學》中即認為，意象不僅是傳統的情景關係，還應更擴大來理解。他指出：

> 意象是意與象的融合，……「意」不僅包括「情」，也蘊含著「理」。[8]

陳滿銘在《篇章意象學》中則從人們理性與感性的心理反應闡述道：

> 形成辭章之「意」有多種，諸凡發生在天地宇宙之間的事物都可以引起人的理性與感性之反應，形成「理」或「情」——「意」。[9]

而在辭章作品的表現中，「一意」通常可以透過「多象」來呈現，也

8　見李元洛：《詩美學》，頁 168。

9　參見陳滿銘：《篇章意象學》，頁 82。

就是同一類的「情意象」或「理意象」，可藉由多種不同的物事材料來加以表抒或寄託。因篇幅所限，以下即分就「情意象」與「理意象」，特別鎖定「客愁意象」與「禪理意象」，觀察古典詩詞中常用來表現這兩類「意」的幾種典型的「象」，藉以探討「一意多象」的辭章表現。

（一）情意象的多象對應

針對「情意象」鎖定辭章作品中的「客愁意象」來考察，可以發現行旅愁思的情感生發，乃因離鄉背井而作客他鄉或處於旅途之中。唯客中所「愁」者多半指涉複雜，雖然羈旅之思和懷鄉之情常常同時並現，但詩人所書寫的客愁，除了單純的漂泊不定、思鄉懷歸的痛苦和憂傷之外，也可能因遭逢戰亂、急欲建功立業、或懷才不遇等原因，移動於家鄉、京城、異地或貶所之間，而暗含著身世之感與流浪之苦。

在古典詩詞中常被用以抒發客愁之「意」的「象」，豐富多元，表現出「一意」對應「多象」的辭章現象。茲透過草、杜鵑、日暮、月等，舉例說明，以見一斑。

1 植物物象：芳草

植物類物象的萋萋芳草總是牽動著異鄉遊子與離人的客愁。陳滿銘在闡述辭章如何「運『物』為材以呈現義蘊」時提出：「因為『草』逢春而漫生無際，時時可入離人眼目，以襯出離愁之多來。」[10] 此「綿綿不盡」的特質，即是愁思之「意」與芳草之「象」得以聯繫

---

10 見陳滿銘：《章法學新裁》，頁 231。

起來的內部紐帶。

以草表徵客愁意象，廣受辭章家運用，如無名氏〈雜詩〉:「近寒食雨草淒淒，著麥苗風柳映堤。等是有家歸未得，杜鵑休向耳邊啼。」陸游〈立夏前二日作〉:「芳草自隨征路遠，游絲不及客愁長。」宋末蒲壽宬〈用翁雪舟送春韻〉:「殘花滿地無人掃，芳草連天起客愁。」等，都使悠長的客愁與連天芳草取得「同構」關係。而崔顥〈黃鶴樓〉中所寫的「芳草萋萋」亦刻劃入微，詩云：

> 昔人已乘黃鶴去，此地空餘黃鶴樓。黃鶴一去不復返，白雲千載空悠悠。晴川歷歷漢陽樹，芳草萋萋鸚鵡洲。日暮鄉關何處是，煙波江上使人愁。

作者在頸聯寫登樓所見的空闊景觀，並特別以晴川和芳草暗含無限愁恨，再於尾聯把空間由漢陽、鸚鵡洲推向遠方的故園，很自然的逼出一篇之主旨「鄉愁」。但除了流浪之苦（懷鄉），作者還有意的以鸚鵡洲借禰衡的典故，寄寓身世之感[11]。無論是抒發思鄉之情，或是暗藏他懷才不遇的痛苦，萋萋芳草都起著強化情感的作用。

2 動物物象：杜鵑

動物物象中的杜鵑，因其特殊的啼叫聲，使牠一向具有懷鄉之意象。杜鵑，又稱催歸、子規、思歸鳥等，《零陵記》載:「杜鵑，其音云『不如歸去』。」王立在探討「中國古代文學中的思鄉主題」時，就提出了杜鵑啼歸之「象」與思鄉之「意」具有密切的關係，他提到:「外界音響與思鄉主體審美心理呈顯出的是一種『同構異質』的

---

11 參見陳滿銘:《文章結構分析》，頁 222。

契合關係。」[12]當中就點出了杜鵑的「外界音響」（客體，象）與詩人的「思鄉心理」（主體，意），形成「異質同構」的聯繫。

歷來也有許多詩詞家，常會運用杜鵑啼聲為物材，以表現思歸的情意，如杜甫〈子規〉:「兩邊山木合，終日子規啼。」而韓愈的〈贈同遊詩〉也描述著:「喚起窗全曙，催歸日未西。」又如上文曾引述的無名氏〈雜詩〉:「等是有家歸未得，杜鵑休向耳邊啼。」等。戴叔倫〈暮春感懷〉（其一）則是寫道：

> 杜宇聲聲喚客愁，故園何處此登樓。落花飛絮成春夢，賸水殘山異昔遊。歌扇多情明月在，舞衣無意彩雲收。東皇去後韶華盡，老圃寒香別有秋。

逝去的春天確實很容易引發懷鄉之情，首句即從聽覺入筆，淒厲的杜鵑叫聲，聲聲都在喚起客愁。王隆升曾歸納出登臨思鄉之作多有「悲聲」[13]，其中，杜鵑啼聲在以思歸、客愁為主題的詩歌中，就是一種經典的悲聲意象。本詩在中後段起，筆鋒則由聽覺而轉入視覺與嗅覺，雖欲登樓尋鄉，但在遊子眼前盡是落花飛絮和剩水殘山，而園圃飄來的果香，卻令人誤以為時序已入寒秋，使詩人在字裡行間流露出客旅的感傷。

3 時節物象：黃昏

時節類的黃昏，由於暮色散發著柔和朦朧的光線，而殘陽晚照也顯現出短暫易逝的特徵，使得辭章作品裡所書寫的荒煙落日、羈旅斜陽、餘霞晚歸等美學意境，無不塗抹著濃重的日暮情思，例如慨嘆人

---

12 見王立：《中國古代文學十大主題——原型與流變》，頁 238。

13 參見王隆升：《唐代登臨詩研究》，頁 85。

生苦短、流露旅中感傷等[14]。如唐代包佶〈再過金陵〉:「江山不管興亡事，一任斜陽伴客愁。」宋代黃庚〈偶書呈王修竹〉:「夕陽紅樹客愁多。」還有上引崔顥〈黃鶴樓〉:「日暮鄉關何處是，煙波江上使人愁。」等。

在此茲以孟浩然〈宿建德江〉為例分析之：

移舟泊煙渚，日暮客愁新。野曠天低樹，江清月近人。

客中新愁是本詩最重要的情意象。作者融景入情，以日暮時分為背景，在場景中凸出了小舟繫纜，停泊於煙霧籠罩的小洲旁；再分由陸地與水面，描摹迷濛曠野、比樹還低的天空、清澈江水與近人月影。李浩在《唐詩的美學詮釋》中就說：詩人的一顆愁心，似乎要化入那一片空曠寂寥的暮色中，飄蕩不定，無處著落[15]。日落黃昏時的煙渚、曠野、小舟，與天、樹、江、月等自然物象，營造出一片淒清的意象群，烘托著這股旅思。

4 天文物象：月

天文類的月意象也常用以聯繫客中愁，范衛東即指出，月亮意象在龐大的詩歌意象家族中，是一種典型意象。在古典詩詞裡，「月亮」意象常常表現出望月思鄉的主題[16]。這是因為天上的明月有圓缺之變，與人事的離合聚散異質同構，而且它也具有異地共時性，分隔兩地的親屬，抬頭就可望見同一顆月亮，使這其成為勾連兩地的重要媒介。

---

14 參考王長俊主編：《詩歌意象學》，頁 206。

15 參見李浩：《唐詩的美學詮釋》，頁 28。

16 參見王長俊主編：《詩歌意象學》，頁 204-207。

以月來表抒客愁之詩作，如杜甫〈月夜憶舍弟〉:「露從今夜白，月是故鄉明。」又如岑參〈磧中作〉:「走馬西來欲到天，辭家見月兩回圓。」再如盧綸〈晚次鄂州〉:「三湘衰鬢逢秋色，萬里歸心對月明。」等。而王昌齡〈聽流人水調子〉則以「微月」入詩，詩云：

> 孤舟微月對楓林，分付鳴箏與客心。嶺色千重萬重雨，斷弦收與淚痕深。

勾起遷客愁思的是哀切的箏曲和淒迷的秋江夜景。江邊微月對映著孤舟與楓林，不但營造了聽箏的清冷環境，這三個個別意象也都與客愁相關。孤舟直指漂泊異地的孤寂感，蕭瑟楓樹憑添愁懷，而天上掛著的一道缺月，也象徵著詩人因仕途不順與離鄉孤苦在內心所產生的不安寧與惆悵感。而三四句形容淚雨同深，亦刻印出強烈的情緒張力。劉拜山在《唐人絕句評注》中就說:「孤舟夜泊，正欲聽箏消愁，不期斷絃收雨，化作淚痕，使唱者、聽者同深淪落天涯之感。」[17]千里可共的天上夜月本就寄託著漂泊者或兩地親友的種種感受，李白在聽聞王昌齡貶謫龍標後，作了〈聞王昌齡左遷龍標遙有此寄〉遙慰好友，詩中也寫道:「我寄愁心與明月，隨風直到夜郎西。」同樣將愁心訴諸明月，以求寬慰。總體而言，月之物象在〈聽流人水調子〉一詩中，主要乃在發揮點染蕭瑟場景與烘托寂寥氛圍的作用，以正襯客愁之意。

17 見劉拜山評解，富壽蓀選注:《唐人絕句評注》，頁33。

(二) 理意象的多象對應

在辭章中，針對「藉『象』論『理』」而形成意象的範疇來說，禪理詩是一類相當獨特的詩種。李淼指出，禪理詩有一般的佛理詩，還有中國佛教禪宗特有的示法詩、開悟詩、頌古詩等，其特色是富於哲理和智慧。另一方面，有些禪詩在反映僧眾、文人的修行生活時，也會將佛教義理或自我體悟，寄託在書寫佛寺禪堂或山居禪境之中[18]。除了文人之作，詩僧的作品更是不容忽視，王秀林說，詩僧不僅通曉佛理，而且精於詩藝，因而創作了大量的禪理詩，並且多有境高、意遠、調清的神韻詩作[19]。

由於禪門重視一語一事、一機一境皆能示法，因此，現象界中的森羅萬物與日常行止，都是參悟法門，故而當詩人以禪理入詩之時，物事皆能成為體察與參禪之對境。因篇幅所限，以下即鎖定自然物之蓮、瀑布，人工物之磬聲，以及事象之坐禪等，舉例說明「一意多象」在理意象中的辭章表現。

1 植物物象：蓮

植物類中的蓮運用於佛教義理中的表法，具有相當典型的象徵意義。《攝大乘論釋》裡就曾闡述了所謂的「蓮花四義」，云：「蓮華雖在泥水之中，不為泥水所污，譬法界真如雖在世間，不為世間法所污。又蓮花性自開發，譬法界真如性自開發，眾生若證皆得覺悟。又蓮花為群蜂所採，譬法界真如為眾聖所用。又蓮花有四德，一香、二

18 見李淼編著：《禪詩三百首譯析》，頁 1-2。

19 見王秀林：《晚唐五代詩僧群體研究》，頁 317-321。

淨、三柔軟、四可愛，譬法界真如總有四德，謂常、樂、我、淨。」[20] 將蓮之植物特性比德、賦予佛教意象。五濁世間的染污如水中污泥，蓮花正如自心本性清淨不染。

在禪詩中所營構的蓮意象，最常見者即是借鑒蓮之出汙泥而花自淨的意象，來比喻不染不著的本然心性。如孟浩然〈題大禹寺義公禪房〉:「看取蓮花淨，應知不染心。」敬安〈童子〉:「吾愛童子身，蓮花不染塵。」黃庭堅〈次韻答斌老病起獨遊東園二首〉(其一):「蓮花生淤泥，可見嗔喜性。」黃庭堅還有一首〈又答斌老病癒遣悶二首〉(其一) 也以蓮花入詩寓理：

> 百痾從中來，悟罷本誰病。西風將小雨，涼入居士徑。苦竹繞蓮塘，自悅魚鳥性。紅妝倚翠蓋，不點禪心淨。

前二句以理開篇，提出百病皆源於煩惱，轉化煩惱就能去除病根。接著再透過後三聯的秋日涼景和怡然萬物，呼應前文悟得轉心去病的清涼自適。其中，作者先用竹繞蓮塘，帶出主要場景，除了自由自在的鳥飛魚游，倚著翠綠蓮葉的紅蓮，正象徵著潔淨無染的禪心，並且在以蓮花比喻清淨心的同時，又回抱前二句的義理，無染著的自心，即無煩惱，無煩惱則百病消矣。李淼評此詩「首尾呼應，結構嚴謹」[21]，確實點出了這首詩的特色。

2 地理物象：瀑布

能契合禪理禪境（「意」），與之形成「同構」的「象」，還有「水」。由於水具有幽深、清涼、澄淨以及能洗滌汙濁、照映事物等

---

20 見世親菩薩釋，天竺三藏真諦譯：《攝大乘論釋》卷 15，收於《大正藏》冊 31，頁 264。

21 見李淼編著：《禪詩三百首譯析》，頁 230。

特質，因此在禪詩中的運用屢見不鮮，如池塘、潭水、飛瀑、溪澗、江河、井渠等。本文擬以瀑布為考察對象。

禪詩中瀑布的描寫及其作用，包括透過傾瀉的瀑布描繪禪居環境的靈動或深幽，以襯出修行者的志趣或體悟，如無可〈宿西岳白石院〉:「瀑流懸住處，雛鶴失禪中。」秀登〈送小白上人歸華頂〉:「瀑濺安禪石，秋雲鎖碧層。……超然歸此處，心已契南能。」亦有專就詠物寫景以凸出止靜的修道境界，如皎然〈詠小瀑布〉:「瀑布小更奇，潺湲二三尺。……不向定中聞，那知我心寂。」又如貫休〈山居〉:「翠竇煙岩畫不成，桂華瀑沫雜芳馨。……從他人說從他笑，地覆天翻也只寧。」等。

譚嗣同〈道吾山〉中的「百尺瀑」則聯繫著深意，詩云：

> 夕陽懸高樹，薄暮入青峰。古寺雲依鶴，空潭月照龍。塵消百尺瀑，心斷一聲鐘。禪意渺何著，啾啾階下蛩。

前四句由高而低、由遠而近的以樹梢夕陽、青峰暮色和天上雲鶴與月下的潭中魚龍，描繪道吾山和古寺清幽蒼茫的外在環境。三聯則由外境結合參禪意趣，藉助百尺瀑布和寺院鐘鳴，喻其能清淨塵垢、斷除迷惑。末聯以蟋蟀聲代表自然萬象，總收上述所寫景象，揭示出深邈的禪意就含藏在大千世界中的一番道理。王英志說：譚嗣同有時會從審美角度寫「水態山容」以抒「性靈」，像這首〈道吾山〉就寫得沖淡雅潔，從所見的瀏陽道吾山古寺、瀑布龍湫、和老龍潭的清幽美景，使自已暫時忘卻國運危亡的時局，此時似乎六根清淨，煩惱盡消，體悟到一種縹緲的禪意[22]。而其中的「百尺瀑」就象徵著洗消、

22 參見王英志：〈譚嗣同山水詩論略〉，《文學評論》2005 年第 5 期（2005 年 10 月），頁 178-179。

淨化染污的意象。

3 器物物象：磬

在人工物方面，磬是一種佛教法器，一般分有大磬和小手磬（引磬），作用是在寺院各種行持時，指示大眾行動一致或標明進退起止者。從音質的角度來看，大磬聲音沉穩，餘韻久揚，容易收攝人心，引磬聲音高昂清脆，有提起正念之效。而磬在禪詩中的運用，也大多是描寫其聲音。周裕鍇在《中國禪宗與詩歌》中就曾提到：在盛中唐寧靜的山水世界中，也許再沒有一種聲音比鐘磬聲更富有禪意和詩意，它使靜謐的世界顯得更空靈、悠遠[23]。

在禪詩中，作者常以繚繞的鳴磬聲刻劃禪寺環境，特別是以動寫靜的藝術手法，如王維〈過乘如禪師蕭居士蘭若〉:「食隨鳴磬巢鳥下，行踏空林落葉聲。」李白〈詠方廣詩〉:「滿窗明月天風靜，玉磬時聞一兩聲。」常建〈破山寺後禪院〉:「萬籟此俱寂，惟聞鐘磬聲。」等。

此外，亦有藉敲磬以發起策勵修學的精進心或安閑平和的禪心，如李商隱〈北青蘿〉:「獨敲初夜磬，閑倚一枝藤。世界微塵裡，吾寧愛與憎。」溫庭筠〈宿雲際寺〉:「高閣清香生靜境，夜堂疏磬發禪心。」等。

而以現象界之色聲香味觸中的聲，闡釋禪理，如守卓〈山居〉（三首之一）:

> 當軒唯有好溪山，卒歲無人共往還。閑看白雲生翠碧，靜聞清磬落潺湲。聲將聲入分猶易，空以空藏見即難。此箇不能收拾得，任隨流水落人間。

23 見周裕鍇：《中國禪宗與詩歌》，頁 108。

首二聯由景而事，從溪山軒景、無人干擾，到閑看白雲、靜聽清磬匯入潺潺溪水，寫幽靜的山居生活。後兩聯接續上文，藉融入水聲之磬聲，闡發深刻的禪理，提出就世俗諦而言，以耳識聽聞聲響並加以辨別還算容易；然而，就勝義諦而言，要悟出空性的甚深義理就困難了。這樣借物喻理的意象經營，使引磬聲響（人工物象）與聲空不二的佛教禪理（理意象）產生的異質同構的連結。

4 現實事象：坐禪

以事象而言，靜坐本是禪修之人的每日定課，因此坐禪意象時常出現在禪詩中，張學忠在分析詩歌中所提到的「坐禪」修行方法時，說道：修行者安然靜坐，排除一切妄念，恢復到心靈的本原狀態，藉以領悟禪理的高深[24]。

坐禪事象運用於禪詩中，或呈現例常修持行事、堅持苦修的意志、或結合示法詩或開悟詩，表現出定後的參禪體會與靜坐忘慮的安閑禪境。如文益〈幽鳥語如篁〉:「永日蕭然坐，澄心萬慮忘。」簡長〈夜感〉:「無眠動歸心，寒燈坐將滅。」正覺〈題奉化西峰院〉:「默默澄源坐兀兀，游魚沙鳥靜相忘。」今釋〈五老峰坐夏〉:「五峰絕頂縛枯禪，靜夏何人扣榻前。……縹緲萬層塵望斷，哪知僧定萬松顛。」敬安〈出定吟〉:「入定猿知護，談經鶴解聽。蒲團人坐久，問法欲忘形。」等。

由於坐禪需長期累積定力功夫、緩步提升內在境界，因此在詩歌中搭配使用的詞彙，如「默默」、「永日」、「蕭然」、「寂」、「定」、「久」等，也很容易使詩歌的意境生發出沉潛靜寂之感。李白〈廬山東林寺夜懷〉云：

---

24 參見王洪、方廣錩主編：《中國禪詩鑒賞辭典》，頁 178。

我尋青蓮宇，獨往謝城闕。霜清東林鐘，水白虎溪月。天香生虛空，天樂鳴不歇。晏坐寂不動，大千入毫髮。湛然冥真心，曠劫斷出沒。

這是李白書寫夜宿佛寺、靜坐觀心的體會。李淼表示：「他（李白）在寧靜清閑的佛寺中靜坐修禪，體認到大小一如的佛理，並達到空澄心源的境界。」[25]寺院有鐘聲在霜林中傳響，月光映照著溪水，還有天香與天樂彌漫縈繞，以上為「底」（背景），而「圖」（焦點）就是此間寂然靜坐的詩人，其透過靜坐所領悟的，正在於一切為心、超脫輪迴的禪機。

三　「一象多意」的辭章表現

一般來說，提及個別意象，最常受到關注的就是景物意象，如月意象、梅花意象等，相對來說，事意象總易受到忽略，事實上，「景／物」、「事」材料都是形成辭章個別意象的來源。因此，辭章意象中偏於外圍、客體的「象」，實包含描寫自然或人工等景象或物類的「景／物材」，以及敘述歷史、現實、虛構等事件的「事材」。當這些寫作材料與創作者的情懷或意志相互契合，就會在辭章中形成「景（物）意象」與「事意象」[26]。前者如山水意象、花鳥意象等；後者如送別意象、宴飲意象等。

所謂「一象多意」，是指同一種「景意象」或「事意象」，能用以表達各種不同的情意思想。本章即分就「景意象」與「事意象」，選擇

25 見李淼編著：《禪詩三百首譯析》，頁 43。

26 陳滿銘指出：可取為辭章之「象」，無論是較大的物類或個別的對象，能藉由「同構」作用，與「意」連結（參見《篇章意象學》，頁 90）。

「流水意象」與「入夢意象」進行例析，以印證「一象」能夠蘊含「多意」的文學現象。

（一）景意象的多意對應

流水意象為地理類自然性物象。水對人類來說，是維持生命不可或缺的條件之一，從緣水而居的生活模式與華夏水原文化的基礎中，使流水意象在中國古典文學逐漸發展出多重的表意功能和審美效應[27]。辭章家透過這一個自然性物象（一象）所表現的多重意義（多意），大致連結了偏於苦悶情感的離情別緒、感喟時光的流逝，與偏於開朗基調的開闊之心、與閒散之情等。以下分別舉例說明。

1 離愁之情

就偏於苦悶的情感調性而言，以流水意象來烘托離愁與思念，無疑是最恰切的一種意象營構。這是由於流水在視覺上具有悠長不斷的特性，辭章家便用以象徵綿延不盡的愁思，形成聯繫起離情（意）與流水（象）之間的「構」。譬如李白〈渡荊門送別〉:「仍憐故鄉水，萬里送行舟。」以及〈金陵酒肆留別〉:「請君試問東流水，別意與之誰短長。」姜夔〈鷓鴣天・元夕有所夢〉:「肥水東流無盡期，當初不合種相思。」葉燮〈客發苕溪〉:「客心如水水如愁，容易歸舟趁急流。」等。

除了視覺，幽咽的流水聲，也很容易激起遊子的鄉愁，並帶出周遭淒清、落寞的氛圍。如北朝民歌〈隴頭歌辭〉三首之三:「隴頭流水，鳴聲幽咽。遙望秦川，心肝斷絕。」李涉〈再宿武關〉:「關門不鎖寒溪水，一夜潺湲送客愁。」等。

---

27 參見王立:《心靈的圖景——文學意象的主題史研究》，頁 199。

且看白居易〈長相思〉：

> 汴水流，泗水流，流到瓜州古渡頭。吳山點點愁。　　思悠悠，恨悠悠，恨到歸時方始休。月明人倚樓。

這闋詞主要在抒寫悠悠別恨，它以「先染後點」的結構成篇，在「染」的部分又以前三句描繪景意象，後三句抒發情意象。俞陛雲在評註此詞時表示：前四句寫的是愁眼中所見的山色江光[28]。以水景而言，作者正是運用汴泗二水的滾滾長河，讓這股愁思也隨之不盡奔流，並且在三句復以「流」字作頂真修辭，自然的生發出連綿的美感效果，對此，陳滿銘分析說：「以上片起三句而言，便一連用了三個『流』字，使所寫的水流更顯得綿延不盡，造成了纏綿的特殊效果。」[29]因此，透過流水意象的襯托，使詞人心中的離愁更顯深長。

2 惜時之意

流水意象除了能用以表現離情外，由於它也存在著向前奔流、不再復返的特性，因此不斷流逝的水就與不停運行的時間或消逝的過去產生連結，寄寓了「嘆逝」之意。嚴雲受曾提出解釋，他認為流水所具有的約定性涵義之一，就是時間的流逝，這是一個使用頻率非常高的現成意象[30]，王立也表示：流水每每被用來聯想與表現時間、機緣、功業乃至年華、生命的不可復返性，使人們發出對生命、愛情、事業等價值追求及其不如意的無限惜憾與感喟[31]。如〈擬青青陵上柏〉：「人生當幾時，譬彼濁水瀾。」張協〈雜詩〉十首之二：「川上

---

28 參見俞陛雲：《唐宋詞選釋》，頁 6。

29 見陳滿銘：《意象學廣論》，頁 59。

30 參見嚴雲受：《詩詞意象的魅力》，頁 129-136。

31 參見王立：《心靈的圖景──文學意象的主題史研究》，頁 200。

之嘆逝，前修以自勖。」謝靈運〈七里瀨詩〉:「孤客傷逝湍，徒旅苦奔峭。」郭璞〈遊仙詩〉:「臨川哀年邁，撫心獨悲吒。」李白〈古風〉(其十一):「逝川與流光，飄忽不相待。」等。

不過，流水意象除了象徵時光如逝水，而引起詩人喟嘆之外，也存在著從中振起、惜時努力的積極性意義。如漢樂府〈長歌行〉:

> 青青園中葵，朝露待日晞。陽春布德澤，萬物生光輝。常恐秋節至，焜黃華葉衰。百川東到海，何時復西歸。少壯不努力，老大徒傷悲。

周金聲主編的《中國古典詩藝品鑑》指出:「詩人選擇了四組自然物象用來比喻說明光陰易逝，極富哲理意味。……啟發人惜時有為。」[32] 詩人用以比喻時光易逝的四組景物意象，包含園中之葵與快速蒸發的朝露、在春季欣欣向榮的萬物、在秋季衰敗凋零的草葉、以及東流到海的百川。其中，「百川」二句即是用反詰的語氣，比喻時光如同永不西歸的江河，一去就不會再復返。而全詩也在這些意象的鋪陳與印證中，於詩末清楚的拈出主旨，警醒人們應當及時努力，無至老大徒然傷悲。

3 開闊心境

就偏於開朗的情感調性而言，當辭章家面對著浩浩湯湯的盛大江河時，總會師法自然，升起開闊的心境。如王灣〈次北固山下〉:「潮平兩岸闊，風正一帆懸。」李白〈廬山謠寄盧侍御虛舟〉:「登高壯觀天地間，大江茫茫去不還。黃雲萬里動風色，白波九道流雪山。」溫

32 見周金聲主編:《中國古典詩藝品鑑》，頁335。

庭筠〈利州南渡〉:「澹然空水對斜暉，曲島蒼茫接翠微。」張孝祥〈水調歌頭・金山觀月〉:「海氣夜漫漫。湧起白銀闕，危駐紫金山。」等。

而王之渙〈登鸛雀樓〉更是一直為人所傳誦，詩云：

白日依山盡，黃河入海流。欲窮千里目，更上一層樓。

這首登樓遠眺的詩，旨在表現詩人面對眼前壯闊的山水，而興起更上層樓，一覽眾小的雄心，並暗勉人生境界的提昇。在首二句描摹登樓所見的景觀時，作者選取了含有積極向上、健康明朗之意的日意象，和奔流入海、氣象闊大的流水意象，無形中便起著加強氣勢與擴大空間的作用，並與開拓胸懷、向上進取的詩旨密切契合。

4 閒適之情

除上文所述，還有一種類型的流水物材，多半處於遠離塵俗或幽深靜僻的外在環境，像是林泉、山澗、青谿等，所以，水意象往往還可以用來應合辭章家的閒適之情。嚴雲受表示：水意象常作為悠閒、淡泊、自由，與大自然親和的心境的對應體，而出現在吟詠林泉隱逸之樂的篇章中[33]。林淑貞在《中國詠物詩「託物言志」析論》則是針對「谿」提出：它所展示的是幽僻敻絕，不為塵俗所染，可使人興發塵外之心[34]。如王維〈山居秋暝〉:「明月松間照，清泉石上流。」以及〈終南別業〉:「行到水窮處，坐看雲起時。」孟浩然〈萬山潭作〉:「垂釣坐磐石，水清心亦閑。」于鵠〈春山居〉:「水流山暗處，風起月明時。」祖詠〈蘇氏別業〉:「別業居幽處，到來生隱心。南山

33 參見嚴雲受：《詩詞意象的魅力》，頁 129。

34 參見林淑貞：《中國詠物詩「託物言志」析論》，頁 117。

當戶牖，灃水映園林。」等。

另外，流水所帶有的閒適意象也可透過聽覺來表現，並且能產生「喧中寂」（柳宗元〈禪堂〉）的反襯效果。如韓愈〈山石〉：「當流赤足踏澗石，水聲激激風吹衣。」劉長卿〈喜鮑禪師自龍山至〉：「猶對山中月，誰聽石上泉。」溫庭筠〈題中南佛塔寺〉：「鳴泉隔翠微，千里到柴扉。」楊萬里〈閑居初夏午睡起〉：「戲掬清泉灑蕉葉，兒童誤認雨聲來。」等。

茲以辛棄疾〈清平樂・村居〉為例，來分析流水意象中的閒適之情，詞云：

> 茅簷低小，溪上青青草。醉裡吳音相媚好，白髮誰家翁媼？
> 大兒鋤豆溪東；中兒正織雞籠；最喜小兒亡賴，溪頭臥剝蓮蓬。

作者在詞中擇取了許多清新的農村風物，來表現村居帶湖的安適。畫面中，首先映入詞人眼底的，就是樸實的茅草屋，在這有著低矮屋簷的住所旁，是一條清澈的溪流，岸邊還長滿了綿延青草，自然的呈現出一派鄉村美景。此時，順著醉裡的吳儂談笑聲找去，隨即出現了兩個怡然自得的白髮公婆，然作者在此復設一問句，亦暗點了溪邊的那戶人家。後半分寫溪東有大兒在鋤豆，中兒正在編織雞籠，最可愛的小兒，則是在溪頭臥剝蓮蓬，可見作者在下片所描繪的人事之景，仍以溪流作為中心，並藉著孩子們的動作和神情，來勾勒農家的生活片斷。顧復生說：「小小畫幅中，有清溪一水縈迴映帶。從青草溪邊的茅屋、大兒鋤豆的溪東到小兒剝蓮蓬的溪頭，意脈連綿，情思不斷。」[35]可見全詞正是以青草邊的溪流（象），把這些場景貫串成整

35 見唐圭璋主編：《唐宋詞鑑賞辭典》，頁 890-891。

體，而這一灣清淺，亦承載著詞人的歡悅閒情（意）。

（二）事意象的多意對應

入夢意象屬於事意象中的虛構類，由於夢境的虛幻性與醒覺時的現實，對比強烈，故而常被用以寄託現實上無法完成的一切，例如與思念的對象在夢中得以相見、夢回往日時光、或是夢遊奇幻或理想境地等。此外，本節稱之「入夢意象」，而未採一般常用的「夢意象」，即在突顯其歸屬於事材的特質。

1 相思之情

以入夢之事寄託相思之情，是最為常見的意象，這是由於「夢」總是能夠超越時間與空間的限制，為人生中的各種思念之愁，提供一個寄寓的依托或解消的出口。王立在《心靈的圖景──文學意象的主題史研究》中就指出：「『相思夢』原型模式，當為夢意象系統在抒情文學中最常見的套路。」[36]不過，這裡所蘊含的相思之情，是指範疇較大的情感系統，因此藉著夢所表達的相思，就包括了對男女、夫婦、親友等懷人之思，以及對故國、故地、過去的時光等憶舊之情。

以夢抒發懷人之思者，如漢樂府〈飲馬長城窟行〉：「遠道不可思，宿昔夢見之。夢見在我旁，忽覺在他鄉。」韋莊的〈女冠子〉：「昨夜夜半，枕上分明夢見，語多時。……覺來知是夢，不勝悲！」馮延巳〈三臺令〉：「長夜，長夜，夢到庭花陰下。」等，皆以夢中之樂與醒後之悲的對比，表現閨婦對征夫、主角對別後情人的日夜思念；又如龔自珍〈寒月吟〉：「昨夢來啞啞，心肝何清真？翁自須發

36 見王立：《心靈的圖景──文學意象的主題史研究》，頁 326。又，趙山林亦表示：「佔據詠夢詞最大比重的是離別間阻、相思成夢一類作品。」（見《詩詞曲藝術論》，頁 216）。

白，我如髫丱諄。」引夢境抒發自己對外祖父的懷念。

以夢寄託憶舊之情者，如秦觀〈夢揚州〉:「佳會阻，離情正亂，頻夢揚州。」李煜〈望江南〉:「多少恨，昨夜夢魂中。還似舊時游上苑，車如流水馬如龍。花月正春風。」及其〈浪淘沙〉:「夢裡不知身是客，一晌貪歡。」李清照〈蝶戀花〉:「永夜懨懨歡意少，空夢長安，認取長安道。」等。在這些作品中，都可以見到詞人們面對殘酷的現實，僅能藉由夢境才得以神遊故國家園。

茲針對入夢意象所寄託的懷人之情，舉李商隱〈無題〉二首之一為例，說明如下。詩云：

> 來是空言去絕蹤，月斜樓上五更鐘。夢為遠別啼難喚，書被催成墨未濃。蠟照半籠金翡翠，麝薰微度繡芙蓉。劉郎已恨蓬山遠，更隔蓬山一萬重。

此詩在表達對失約人的怨思，其中頷聯寫道:「夢為遠別啼難喚，書被催成墨未濃。」喻守真曾針對本詩之「作法」解釋:「頷聯上句是夢中遠別，下句醒後寄書。」[37]因為「來是空言去絕蹤」，只得夢中相見，唯夢中與對方相見的景況，卻是淚啼也喚不住的遠別，哭醒後所急就的書信上，都是來不及磨濃的墨跡。詩中即以「夢別」與「醒書」的情景，將沉重的相思之苦推深。

2 理想志趣

入夢意象尚可用以表現創作主體的某種理想志趣。仇小屏在《篇章意象論》裡指出：夢是對現實生活的一種抽離，因此可以象徵心靈

37 見喻守真:《唐詩三百首詳析》，頁 250-251。

的超脫。書中並舉許渾〈秋日赴闕題潼關驛樓〉為例，說明夢意象與作者心中宿願的連結[38]，許渾詩云：「帝鄉明日到，猶自夢漁樵。」京城已近在眼前，然心中仍夢回砍柴釣魚的隱居生活。又如充滿復國壯志的辛棄疾〈破陣子〉：「醉裡挑燈看劍，夢回吹角連營。」再如陸游〈異夢〉：「山中有異夢，重鎧奮雕戈。」充份藉夢表現出堅毅的愛國精神等。

此外，王立在談夢與古典詩詞的情思時，認為寫夢之作品有時會結合遊仙題材、神仙世界，表現夢寄遊仙、超越凡塵的理想[39]。如李賀〈夢天〉：「玉輪軋露溼團光，鸞珮相逢桂香陌。」李清照〈漁家傲〉：「彷彿夢魂歸帝所，聞天語，殷勤問我歸何處。」陸游〈記夢〉（二十一首其十八）：「西巖老宿雪垂肩，白石為糧四百年。喜我未忘山下路，殷懃握手一欣然。」陸游的另一首〈我夢〉亦云：「我夢入煙海，初日如金鎔。……夢覺坐嘆息，杳杳三茆鐘。」道盡了「入夢」與「醒覺」的反差。

透過入夢事象與遊仙題材結合，來表抒某種人生態度者，本文選以李白〈夢遊天姥吟留別〉做進一步分析，詩云：

> 海客談瀛洲，煙濤微茫信難求。越人語天姥，雲霞明滅或可睹。天姥連天向天橫，勢拔五嶽掩赤城。天臺四萬八千丈，對此欲倒東南傾。我欲因之夢吳越，一夜飛渡鏡湖月，湖月照我影，送我至剡溪，謝公宿處今尚在，綠水蕩漾清猿啼。腳著謝公屐，身登青雲梯。半壁見海日，空中聞天雞。千巖萬壑路不定，迷花倚石忽已暝；熊咆龍吟殷岩泉，慄深林兮驚層巔；雲青青兮欲雨，水澹澹兮生煙。列缺霹靂，邱巒奔摧；洞天石

38 參見仇小屏：《篇章意象論——以古典詩詞為考察範圍》，頁 237、241。

39 參見王立：《心靈的圖景——文學意象的主題史研究》，頁 330。

扉，訇然中開。青冥浩蕩不見底，日月照耀金銀臺。霓為衣兮風為馬，雲之君兮紛紛而來下。虎鼓瑟兮鸞回車，仙之人兮列如麻。忽魂悸以魄動，怳驚起而長嗟！惟覺時之枕席，失向來之煙霞！世間行樂亦如此，古來萬事東流水！別君去矣何時還？且放白鹿青崖間，須行即騎向名山！安能摧眉折腰事權貴，使我不得開心顏？

自「海客談瀛洲」至「對此欲倒東南傾」，先就夢前點出天姥山；「我欲因之夢吳越」至「仙之人兮列如麻」，是敘寫夢中在天姥山的所見所聞；接著轉入實境，以「忽魂」四句寫夢醒，而從「世間」至文末，則抒發醒後所感所悟，形成下表之結構理路：

實（夢前）──➤虛（入夢）──➤實（夢醒─醒後）

作者藉由一段夢境的變化遷移，而體悟出人世無常，並心生棄官歸隱之意[40]，使得夢意象有了言志的作用，故沈德潛評之：「託言夢遊，窮形盡相，以極洞天之奇幻，至醒後頓失烟霞矣。知世間行樂，亦同一夢，安能於夢中屈身權貴乎？吾當別去，遍遊名山以終天年也。詩境雖奇，脈理極細。」[41]確是洞中肯綮之語。而在王洪（木齋）、張愛東、郭淑云的《中國古代詩人的仕隱情結》中，也特別從「遊仙學道」來談李白的仕隱意志。詩人透過這種託夢以同時書寫現實世界與仙人世界混合的經歷，正表現出「人間不可以托兮，吾將採藥於蓬丘」（〈悲清秋賦〉）的仙道隱逸[42]。

40 參見邱燮友：《新譯唐詩三百首》，頁 77。

41 見沈德潛：《唐詩別裁集》，卷 6，頁 62。

42 參見王洪（木齋）、張愛東、郭淑云：《中國古代詩人的仕隱情結》，頁 212-217。

3 闡發哲理

除了抒發相思之情、寄託理想願望，夢意象亦可為闡發哲理、提出觀點而服務。如杜甫〈晝夢〉:「二月饒睡昏昏然，不獨夜短晝分眠。……故鄉門巷荊棘底，中原君臣豺虎邊。安得務農息戰鬥，普天無吏橫索錢。」詩人處於亂離的時代中，連白日小憩也夢見故國家園，並由此提出國家安樂之道。又如白居易〈夢仙〉:「人有夢仙者，夢身升上清。……悲哉夢仙人，一夢誤一生。」針砭求仙不成反而耽誤一生之徒。再如陸游〈有感〉:「夢裡功名誰復計，閑中日月不勝長。」及其〈午夢〉:「苦愛幽窗午夢長，此中與世暫相忘。華山處士如容見，不覓仙方覓睡方。」透過功名如夢、與世相忘，為難酬之壯志尋找出口。末如戴復古〈夢中亦役役〉:「窮者夢富貴，達者夢神仙。夢中亦役役，人生良鮮歡。」諷刺了一刻不得閒的人們。上述皆是以夢說理之例。

宋代詩僧仲皎的〈詠牡丹〉則是以夢喻禪機，詩云：

> 玉棱金線曉妝寒，妙入天工不可乾。老去只知空境界，淺紅深綠夢中看。

在仲皎的這首禪詩中，首二句先扣題描寫牡丹之美，末二句由景意象轉入理意象，透過夢中看花的虛幻性設喻，印證外境皆空的禪理。李淼在《禪詩三百首譯析》裡就針對尾聯分析說:「後聯謂自己只知道大千世界一切皆空的境界，因而看牡丹不論淺紅深綠都如夢中看花，全是虛幻不實的幻影。」[43]足見夢境非真實的性質與深刻的空性禪理

43 見李淼:《禪詩三百首譯析》，頁424。

已形成「同構」。

四　結語

由本研究中可以發現，在「意」與「象」因「同構」作用所產生的對應關係中，辭章家能透過多種不同的「象」來烘托某一種「意」（一意多象）；而同一類的事景物象，也能在不同的語境中象徵多元的情理意趣（一象多意）。本文主要即在探討辭章意象在「一」與「多」方面的對應性，並由求同面的研究中，理解何種情理體悟適合與何種物事符號連結，特別是「一意」可以運用「多象」來表達，以及「一象」能夠蘊含「多意」的辭章現象。

其次，從本文所舉之例證中，使「一」與「多」的意象對應關係，得以在辭章表現上加以檢驗。如客中旅愁（一意／情）總是聯繫著漫生無際的萋萋芳草、催歸的杜鵑啼聲、殘陽晚照的日暮時分、圓缺變化的明月等（多象）；在泥不染的蓮花、靈動清淨的飛瀑、空靈悠遠的引磬聲、坐禪的修持行事等（多象），也都暗含禪理禪機（一意／理）。而流水意象（一象／景）多半烘托著悠長的離情別緒、對時光流逝的感喟，或生發出開闊心境、與閒散之情等（多意）；入夢意象（一象／事）則跨越時空限制的投射著懷人之思與憶舊之情，或藉以表達創作主體的理想志趣、人生態度以及對事理的見地（多意）。

期望如此聚焦於辭章意象對應方面的研究，能有助於把握辭章作品中的主題意涵，歸納事物材料的運用，並掘發出「意」與「象」之所以能連結與交融的內部紐帶，進而更好的理解意象經營的藝術手法。

參考文獻（以作者姓氏筆畫順序排列）

一　專書

（一）古籍部分（略依年代排序）

世親菩薩釋，〔陳〕天竺三藏真諦譯　《攝大乘論釋》　臺北市　新文豐出版社　1973年

〔清〕沈德潛　《唐詩別裁集》　臺北市　臺灣商務印書館　1956年4月

（二）近現代文獻（略依姓氏筆畫排序）

仇小屏　《篇章意象論——以古典詩詞為考察範圍》　臺北市　萬卷樓圖書公司　2006年10月

王　立　《中國古代文學十大主題——原型與流變》　臺北市　文史哲出版社　1994年7月

王　立　《心靈的圖景——文學意象的主題史研究》　上海市　學林出版社 1999年2月

王秀林　《晚唐五代詩僧群體研究》　北京市　中華書局　2008年12月

王長俊主編　《詩歌意象學》　合肥市　安徽文藝出版社　2000年8月

王　洪、方廣錩主編　《中國禪詩鑒賞辭典》　北京市　中國人民大學出版社　1992年6月

王　洪（木齋）、張愛東、郭淑云　《中國古代詩人的仕隱情結》　北京市　京華出版社　2001年6月

王隆升　《唐代登臨詩研究》　臺北市　文津出版社　1998年4月
李元洛　《詩美學》　臺北市　三民書局　1990年2月
李　浩　《唐詩的美學詮釋》　臺北市　文津出版社　2000年5月
李　淼編著　《禪詩三百首譯析》　長春市　吉林文史出版社　1995年1月
周金聲主編　《中國古典詩藝品鑑》　武漢市　湖北教育出版社　1994年9月
周裕鍇　《中國禪宗與詩歌》　上海市　上海人民出版社　2000年1月
林淑貞　《中國詠物詩「託物言志」析論》　臺北市　萬卷樓圖書公司　2002年4月
邱燮友註譯　《新譯唐詩三百首》　臺北市　三民書局　1976年12月修訂初版
俞陛雲　《唐宋詞選釋》　臺北市　廣文書局　1977年7月再版
唐圭璋主編　《唐宋詞鑑賞辭典》　南京市　江蘇古籍出版社　1995年9月五刷
陳佳君　《辭章意象形成論》　臺北市　萬卷樓圖書公司　2005年7月
陳佳君　《篇章縱橫向結構論》　臺北市　文津出版社　2008年7月
陳滿銘　《文章結構分析》　臺北市　萬卷樓圖書公司　1999年5月
陳滿銘　《章法學新裁》　臺北市　萬卷樓圖書公司　2001年1月
陳滿銘　《意象學廣論》　臺北市　萬卷樓圖書公司　2006年11月
陳滿銘　《篇章意象學》　臺北市　萬卷樓圖書公司　2011年3月
黃永武　《中國詩學——設計篇》　臺北市　巨流圖書公司　1999年9月十三刷
喻守真　《唐詩三百首詳析》　臺北市　臺灣中華書局　1995年1月臺23版4刷
趙山林　《詩詞曲藝術論》　杭州市　浙江教育出版社　1998年6月

歐陽周、顧建華、宋凡聖　《美學新編》　杭州市　浙江大學出版社　2002年6月十刷
劉拜山評解，富壽蓀選注　《唐人絕句評注》　香港　中華書局香港分局　1980年10月
劉勰著，范文瀾注　《文心雕龍注》　臺北市　學海出版社　1991年12月再版
嚴雲受　《詩詞意象的魅力》　合肥市　安徽教育出版社　2003年2月
魯道夫·阿恩海姆（Rudolf Arnheim）著，郭小平、翟燦譯　《藝術心理學新論》北京市　商務印書館　1999年9月三刷

二　單篇論文

王英志　〈譚嗣同山水詩論略〉　《文學評論》　2005年第05期　頁176-180

漢恩自淺胡自深，人生樂在相知心
──王安石〈明妃曲〉（二首）與歐陽脩〈明妃曲和王介甫作〉、〈再和明妃曲〉之互文性分析

林淑雲
臺灣師範大學國文學系副教授

摘要

曹雪芹於《紅樓夢》六十四回中曾假薛寶釵之口言：「前人所咏昭君之詩甚多，有悲挽昭君的，有怨恨延壽的，又有譏漢帝不能使畫工圖貌賢臣而畫美人的，紛紛不一。後來王荊公復有『意態由來畫不成，當時枉殺毛延壽』；永叔有『耳目所見尚如此，萬里安能制夷狄』。二詩俱能各出己見，不與人同。」由此可知曹氏對於歐、王二人之昭君詩，評價甚高。王作借題立論，意旨翻新，造語出奇；歐陽追步唱和，以文為詩，立意高絕。本文旨在掘發二人昭君詩之「互文性」，藉由章法分析，以闡明歐、王詩作之間相互交織，共存兼容的連繫性。兩家之詩均採敘議結合的方式，展現「唐詩多以丰神情韻擅長，宋詩多以筋骨思理見勝」的特質。綜合兩詩，更可完整體現昭君去國懷鄉的景況與情懷，發明詩作意蘊。

關鍵詞：王安石、歐陽脩、〈明妃曲〉、〈明妃曲和王介甫作〉、〈再和明妃曲〉、互文性

一　前言

法國文論家朱麗婭・克里斯蒂娃（Julia Kristeva, 1941-）直指「任何文本都是由引文拼合所構成，任何文本都是由吸收和轉化其他文本而來。(any text is constructed as a mosaic of quotations; any text is the absorption and transformation of another.)」[1]主張文本之間存在著共存兼容，相互作用的「互文性」(Intertextuality 或作「文本互涉」、「文本間性」)。也就是說，任何文本和其他文本均有著錯綜複雜的關係網絡，此等現象不僅存在於異代文本之間相互的胎化、轉換、改造、變形以及影響，同時亦存在於共時文本之中。事實上，將同一時空、同一作家不同的作品加以合觀比勘，每每能深化研究的成果。「這是因為，作家筆下所描述的對象，總是處於三維共時狀態下的立體化對象，由於語言表述的一維性，使得作者不可能在一部作品，甚至所有的作品中完美地塑造他心中的藝術形象，也很難完整地表現他全部的思想觀念。……因此，我們在解讀一個作家的藝術文本時，應保持一種整體的、比較的眼光，要在互涉文本的對照中去領悟他的作品的深刻內涵，並在相關性的尋覓中去理解其作品的整體思想。」[2]

互文性的定義有廣、狹之分。狹義的互文性是指一個文本與存在

1　此言本是朱麗婭・克里斯蒂娃對俄國文論家巴赫金（M. M. Bakhtin）文學理論的洞見之小結，朱麗婭・克里斯蒂娃據此提出「互文性」的概念。譯自 Julia Kristeva, “Word, Dialogue and Novel,” in *Desire in Language: ASemiotic Approach to Literature and Art*, trans. Tom Gora and Alice Jardine (Oxford: Blackwell, 1980), p. 66。原（法）文見 Julia Kristeva, “Le mot, le dialogue et le roman,” in *Σημειωτική : Recherches pour unesémanalyse*(Paris :Éditions du Seuil, 1969), p. 146。

2　申順典：〈文本符號與意義的追尋——對互文性理論的再解讀〉，《青海師範大學學報》（哲學社會科學版）2005 年第 6 期（總第 113 期），頁 98。

於本身中的其他文本之間所構成的一種對話關係，其間的借鑑與模仿是可以通過文本語言加以論證的，此觀點的代表人物為熱奈特(Gérard Genette, 1930-)。廣義的互文性是指對該文本意義有啟發價值的歷史文本及圍繞該文本的文化語境和其他社會意旨實踐活動，這些構成一個知識系統，影響著文本創作與文本意義的闡釋。此觀點的代表人物為朱麗婭．克里斯蒂娃。[3]準此，則「每一個文本是在與其他文本相關時才能確定自身位置的，每一個文本都是其他文本的亞文本或互文本。所有文學作品都是從社會、文化等因素構成『大文本』中衍生的，他們之間有共同母體（matrix），因而他們之間可以相互參照。」[4]

本文立基於廣義互文性，以王安石〈明妃曲〉（二首）與歐陽脩〈明妃曲和王介甫作〉、〈再和明妃曲〉等文學文本為核心進行考察。西漢元帝竟寧元年（33B.C.），昭君遠赴絕國，歷史上的和親事件，經騷人墨客的反覆吟哦，稗官野史的鋪陳渲染之後，昭君故事更加動人心弦，人物形象也越發生動飽滿。回溯文學長河，詩人吟之詠之，詞人歌之誦之，小說家據此衍繹，發而為長篇偉構；劇作家依題馳騁，搬演而為梨園風情。而歷來學者的研究焦點多關注於昭君故事的演化及昭君形象的流變。[5]本文則試圖於前人研究基礎之上，以細讀文本的路徑進行剖析闡釋。

---

3 董希文：《文學文本理論研究》(北京市：社會科學文獻出版社，2006 年 3 月)，頁 234。

4 羅婷：《克里斯多娃》(臺北市：生智文化公司，2002 年 8 月)，頁 115。

5 可參張高評：〈明妃曲之同題競作與宋詩之創意研發──以王昭君之「悲怨不幸與琵琶傳恨」為例〉，《中國學術年刊》第 29 期（2007 年 3 月），頁 85-114。張高評：〈王昭君和親故事與宋詩之創造思維〉，《國文學報》第 50 期（2011 年 12 月），頁 245-274。邱燮友：《中國歷代故事詩》(臺北市：三民書局，2006 年 3 月)。王豔平：〈從歷史形象到文學形象──歷代昭君詩對昭君形象的虛擬生發〉，《寧波廣播電視大學學報》第 6 卷第 3 期（2008 年 9 月），頁 12-16。

王安石〈明妃曲〉二首作於宋仁宗嘉祐四年（1059），時荊公三十九歲。作品一出，引發莫大的迴響與共鳴，當時文人紛紛應和，如：劉敞〈同永叔和介甫昭君曲〉、司馬光〈和王介甫明妃曲〉、梅堯臣〈和介甫明妃曲〉、曾鞏〈明妃曲二首〉以及歐陽脩〈明妃曲和王介甫作〉、〈再和明妃曲〉。而在諸多唱和作品中尤以歐陽脩的作品得到最多的關注。曹雪芹於《紅樓夢》六十四回中曾假薛寶釵之口提出評論：「做詩不論何題，只要善翻古人之意。若要隨人腳踪走去，縱使字句精工，已落第二義，究竟算不得好詩。即如前人所咏昭君之詩甚多，有悲挽昭君的，有怨恨延壽的，又有譏漢帝不能使畫工圖貌賢臣而畫美人的，紛紛不一。後來王荊公復有『意態由來畫不成，當時枉殺毛延壽』；永叔有『耳目所見尚如此，萬里安能制夷狄』。二詩俱能各出己見，不與人同。」[6]對於歐、王二人之昭君詩，評價甚高。王作借題立論，意旨翻新，造語出奇；歐陽追步唱和，以文為詩，立意高絕。本文藉由章法分析以明王安石〈明妃曲〉（二首）與歐陽脩〈明妃曲和王介甫作〉、〈再和明妃曲〉文本之間相互交織的連繫性，藉以發明詩作意蘊。

二　王安石〈明妃曲〉（二首）文本分析

（一）章法結構

章微穎以為：「章法就是文章構成的型態，也就是句成段，段成篇，如何組織起來的方式。」[7]陳師滿銘亦直言章法「就是綴句成節

6　（清）曹雪芹：《紅樓夢校注（二）》（臺北市：里仁書局，1984 年 4 月），頁 1007-1008。

7　章微穎：《中學國文教學法》（臺北市：蘭台書局，1969 年），頁 24。

段，組節段成篇的一種方式。」[8]茲將王安石〈明妃曲〉（之一）的結構圖示如下：

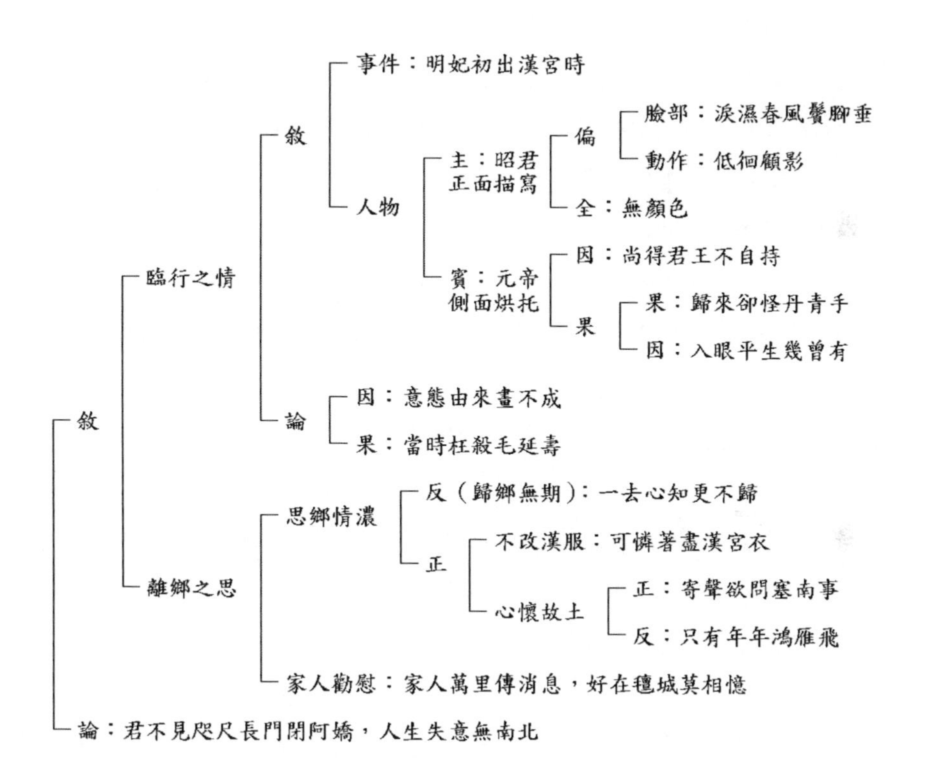

詩作先敘後論。敘的部分先言昭君臨行之情與離鄉之思。《後漢書》〈南匈奴傳〉載明昭君辭別漢宮時的場景：「呼韓邪臨辭大會，帝召五女以示之，昭君豐容靚飾，光明漢宮，顧景裴回，竦動左右。帝見大驚，意欲留之而難於失信，遂與匈奴。」[9]直寫昭君的明麗動人，風華絕代。而荊公寫昭君出宮的場景，同樣聚焦於昭君的美貌，

8 陳師滿銘：〈談詞章章法的主要內容〉，《章法學新裁》（臺北市：萬卷樓圖書公司，2001年1月），頁319。

9 （南朝宋）范曄：《後漢書》（臺北市：中華書局，1965年），卷119，頁3。

卻先正面描寫昭君顧影自憐、形容憔悴的情態，表彰昭君對故鄉的依依難捨，同時由元帝氣急敗壞的懲處畫工，側面烘托昭君的傾城絕色。然而天子對於昭君的憐惜終究只是因為外表美貌的吸引，並非出於對其氣性神韻的寶愛，此等借賓顯主，強化女性容貌的文字背後，實承載著對漢元帝的深沉批判與指控。此外，詩作提及昭君之意態天成豈可描摹，以此為毛延壽開脫翻案，認為元帝殺其洩憤的行為實是不妥。而後感傷昭君在千里之外猶心念故國，雖已知關山難度，還鄉無期，卻仍歸思難禁，不改其志。並由「著盡漢宮衣」的行為，表現昭君對於漢朝文化的維護與堅持；藉由「欲問塞南事」此具體的動作，彰顯對於故土的念茲在茲。而論的部分則舉陳皇后與昭君相對。陳皇后乃漢武帝之后，《文選》司馬相如〈長門賦並序〉寫道：

> 孝武皇帝陳皇后時得幸，頗妒，別在長門宮，愁悶悲思。聞蜀郡成都司馬相如，天下工為文，奉黃金百斤為相如文君取酒。因于解悲愁之辭，而相如為文以悟主上，陳皇后復得親幸。[10]

武帝尚為太子之時，即婚配表妹阿嬌，登基為帝，立其為后。後因阿嬌善妒，且武帝嬌寵衛子夫，故陳皇后廢居長門。詩中假託昭君家人勸慰寬釋之言，希冀其在異鄉安居，無須掛懷繫念故鄉。從而發出千古警句：「人生失意無南北」，以言不論身在何方，其實都可能遭致冷落，含恨而終，是以昭君並不需要為流落他方的際遇悲愁。

王安石〈明妃曲〉（之二）其結構圖示如下：

10 （梁）蕭統：《文選》（臺北市：五南圖書出版公司，1998年10月），頁390。

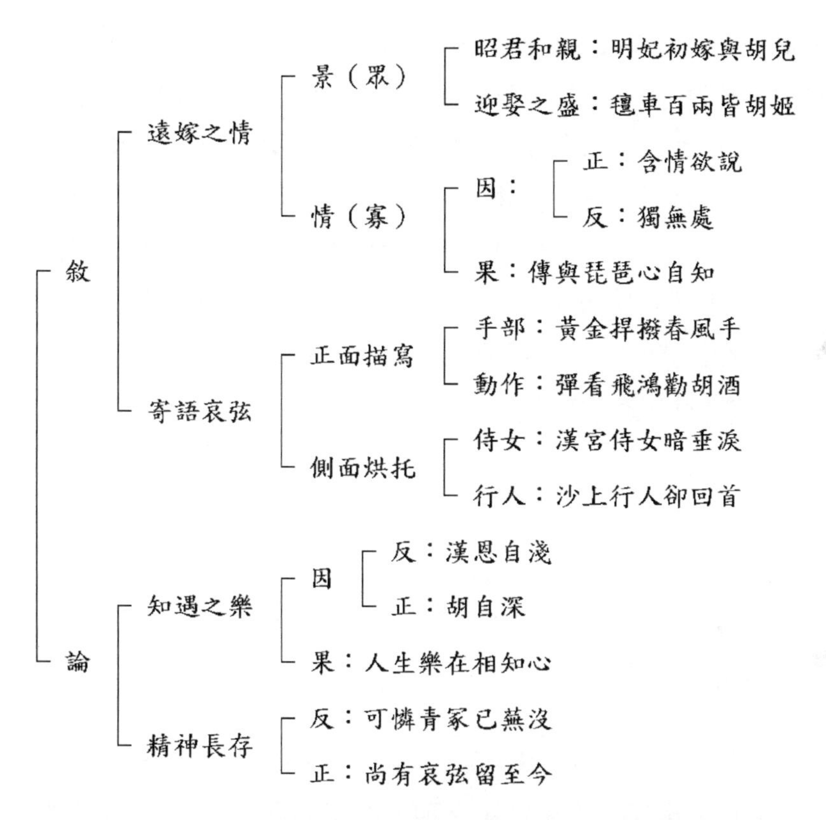

詩作先敘後論。敘的部分不言昭君初出漢宮的情態，而言其遠嫁時氈車百輛，使女浩繁的迎娶排場，由此以示胡主的珍視恩寵。然而隆重的禮儀無法填補昭君內心之寂寥，因滿腔心事，無處可訴，只能寄語哀弦，以通衷情。[11]在此安石先正面描寫其彈琵琶的手部特寫及

11 關於昭君是否真以彈奏琵琶寄情，宋代葛立方曾言：「《文選》載石季倫〈昭君辭〉云：『昔公主嫁烏孫，令琵琶馬上作樂，以慰其道路之思。昭君亦然。則馬上彈琵琶，非昭君自彈也，故孟浩然〈涼州詞〉云：『胡地迢迢三萬里，那堪馬上送明君。』而東坡〈古纏頭曲〉乃云：『翠鬟女子年十七，指法已似呼韓婦。』梅聖俞〈明妃曲〉亦云：『月下琵琶旋製聲，手彈心苦誰知得！』則皆以為昭君自彈琵琶，豈別有所據邪？』見葛立方：《韻語陽秋》(上海市：上海古籍出版社，1979年12月)，卷15，頁3-4。宋代范晞文亦說：「石季倫〈王昭君〉詩序云：『匈奴請婚于漢，元帝以後宮良家子昭君配焉。昔公主嫁烏孫，令琵琶馬上作樂，以慰其道

彈琴勸酒、仰視飛鴻的動作，後以側面烘托的方式寫其音聲感人。漢宮侍女與昭君身世相同，同為天涯淪落人，聞哀音而潸然淚下；沙上行人本是萍水相逢，然仍受到樂音的感染，藉由胡、漢均能受其感召，強化昭君樂曲之哀、心情之沉、境遇之悲。論的部分紹承開篇胡主隆寵而來，對照漢宮時期的冷清，相形之下，自是「漢恩自淺胡自深」，人生最樂在於尋得知心之人。詩末對於昭君青冢荒蕪表現出無限同情，惟個體的年壽雖有時而盡，彈奏的樂音卻能永遠流傳，個人的故事與精神也將永恆留存。

（二）寫作特色

綜觀二詩，就其寫作特點之犖犖大者可說明如下：

1 結構謹嚴，善用對比

兩篇均採先敘後論的結構，善用正面描寫與側面烘托以強化題旨。兩詩內容雖可分看，亦可合觀，相互補足。「在文本闡釋中，他文本總會作為理解的基礎和參考從讀者的記憶深處浮現出來，為閱讀活動搭台布景。」[12]綜觀二詩的內容，可合而為（括弧標示者為第一、第二首）：臨行之別（一）→迎娶之盛（二）→思鄉情濃（著漢衣、問南事）（一）→寄語哀弦（二）→家人勸慰（一）→詩人評論（一）（二）。荊公不言其在漢宮之時的失意，而直接就其辭別漢皇寫

路之思，其送昭君，亦必爾也。』熟參此敘，乃知昭君出嫁之時，未必以琵琶寄情，特後人想像而賦之耳。」見范晞文：《對床夜話》，收入《百部叢書集成》（臺北市：藝文印書館，1964年），卷1，頁8-9。

12 焦亞東：〈當代西方互文性理論的基本內涵及批評學意義〉，《重慶社會科學》2006年第10期（總第142期），頁71。

起，綜合兩詩，更可完整體現昭君去國懷鄉的景況與情懷，彼此相互「搭台布景」之處，歷歷可見。

同時兩詩均強化對比，此對比手法可見於同一首詩中，亦存在於兩詩之間。茲表列如下：

詩句	詩句	說明
低徊顧影無顏色（一）	入眼平生幾曾有（一）	無顏色盡顯昭君之憔悴，但此仍讓閱盡無數佳麗的元帝心神蕩漾，藉由「有」、「無」相對，以示昭君的絕色。
一去心知更不歸（一）	只有年年鴻雁飛（一）	佳人北行而秋雁南飛，「南」、「北」相對間益發突顯人的不能自主。人「一去」而無回的沉痛，對照鴻雁可「年年」南飛的自在，突出昭君的悲情。
家人萬里傳消息（一）	咫尺長門閉阿嬌（一）	昭君之背井離鄉與阿嬌之長門冷落，均因失寵於君主，「萬里」之遠與「咫尺」之近形成對比。
明妃初嫁與胡兒（二）	可憐青冢已蕪沒（二）	風光出嫁與荒蕪青冢，形成「盛」、「衰」的對比。
氈車百兩皆胡姬（二）	含情欲說獨無處（二）	身環眾多胡姬，卻無知音可訴。昭君孑然一身的孤獨，於此「有」、「無」相對中顯豁。
漢恩自淺（二）	胡自深（二）	失寵於漢皇與恩寵於胡主之對比。
可憐青冢已蕪沒（二）	尚有哀弦留至今（二）	形軀的短暫與精神的永恆，形成「久」、「暫」對比。
明妃初出漢宮時，淚濕春風鬢腳垂（一）	明妃初嫁與胡兒，氈車百兩皆胡姬（二）	不遇於漢王的憔悴與胡主禮遇昭君的排場，形成對比。
意態由來畫不成（一）	尚有哀弦留至今（二）	昭君有形的意態神情無法以丹青圖繪，但其無形的精神情感卻能千古流播。

綜上所述，不難得知瞿蛻園〈學詩淺話〉中所言：「北宋詩人能成大家的，第一當數王安石。王氏詩也像他的為人，是精嚴有法而能深入的，長處兼杜與韓，下筆必有深意。」[13]信不誣妄，實為的論。

2 意翻而新，語出不意

歷史上昭君乃實有其人，《漢書》、《後漢書》均有其人其事的記載，但在出宮的情態、動機上已有不同的摹寫。除此之外，昭君亦從歷史走入文學，在文人的同理共感、吟詠謳歌中，昭君悲怨思鄉的形象一再被揮灑，同時加入因不願行賄畫工，致無法得到元帝寵幸的橋段，越發突出其人品的高潔與個體的悲劇性。根據《西京雜記》卷二所載：

> 元帝後宮既多，不得常見，乃使畫工圖形，案圖召之。諸宮人皆賂畫工，多者十萬，少者亦不減五萬；獨王嬙不肯，遂不得見。匈奴入朝，求美人為閼氏，於是上案圖以昭君行。及去，召見，貌為後宮第一，善應對，舉止閑雅，帝悔之，而名籍已定，帝重信於外國，故不復更人。乃窮案其事，畫工皆棄市。[14]

唐代詩作多緣飾附會於此，如杜甫〈詠懷古跡〉：「畫圖省識春風面，環珮空歸月夜魂」[15]，崔國輔〈王昭君〉：「一回望月一回悲，望月月移人不移。何時得見漢朝使，為妾傳書斬畫師。」[16]崔詩譴責畫師是

13 轉引自沈謙等編著：《敘事詩》（臺北縣：空中大學，1991 年 5 月），頁 370。

14 （漢）劉歆：《西京雜記》（臺北市：臺灣商務印書館，1979 年 8 月），卷 3，頁 5-6。

15 （唐）杜甫撰，（清）仇兆鰲注：《杜詩詳解》（臺北市：里仁書局，1980 年），卷 17，頁 1503。

16 （宋）郭茂倩：《樂府詩集》（臺北市：里仁書局，1981 年），頁 427。

昭君出塞的始作俑者，因其作梗方使漢元帝劉奭不識麗質。而安石在此則自出機杼，發前人所未道，不言畫師當斬而言畫師無辜，翻出新意，別出心裁。

(三) 關於「漢恩自淺胡自深」句義之爭論

昭君以一介女流，遠離故國，獨處異域，孤苦難當。但是王安石卻以為「漢恩自淺胡自深，人生樂在相知心」，挑戰傳統「華夷之辨」的觀念，以「人生失意無南北」一語相慰解，致飽受諸多質疑。輕者以為此乃安石標新立異，翻新出奇的失言，如高步瀛《唐宋詩舉要》：

> 介甫後篇云：「漢恩自淺胡自深，人生樂在相知心。」持論乖戾。范元長（沖）對高宗論此詩，直斥為壞人心術，無父無君。……李雁湖曰：「詩人務一時為新奇，求出前人所未道，而不知其言之失也」，可謂持平之論已。[17]

重者則不免抨擊其意識型態及政治立場的不正確，如宋代朱弁於《風月堂詩語》說道：

> 一日同舍生誦介甫〈明妃曲〉，至「漢恩自淺胡自深，人生樂在相知心。君不見咫尺長門閉阿嬌，人生失意無南北」，詠其語稱工。有木抱一者，艴然不悅，曰：詩可以興，可以怨。雖以諷刺為主，然不失其者，乃可貴也。若如此詩用意，則李陵

17 高步瀛：《唐宋詩舉要》(臺北市：藝文印書館，1960年7月)，卷3，頁9。

> 偷生異域，不為犯名教，漢武誅其家為濫刑矣。當介甫賦詩，溫國文正公見而惡之，為別賦二篇，其詞嚴、其義正，蓋矯其失也。諸君曷不取而讀之乎？[18]

又如范沖炮火猛烈的攻擊：

> 范沖嘗對高宗云：詩人多作〈明妃曲〉，以失身胡虜為無窮之恨，獨王安石曰：「漢恩自淺胡自深，人生樂在相知心。」然則劉豫之僭非其罪，漢恩淺而虜恩深也。今之背君父之恩，投拜而為盜賊者，皆合于安石之意。此所謂壞天下人心者也。[19]

范沖之父范祖禹反對新法，由於政治立場上的對立，影響其公正性，以致無法做出客觀合理的評判，對荊公的批評不免失之於斷章取義，肆意曲解。是以有不少學者為安石發聲，如清代蔡元鳳針對「恩」的內容發言：

> 夫恩之為言，猶愛幸之辭云爾。明妃處漢宮，數歲未得見御，是愛幸之所未及者，曰「漢恩自淺」可也。單于喜得明妃，其恩自深。亦就其愛幸之私言之，於明妃何有倍主忘漢之嫌哉？[20]

以為荊公此句乃就事實而來，極力澄清明妃並無背主忘漢。「這決不是明妃的嘀咕，也不是王安石自己的議論。已有人說過，只是沙上行人自言自語罷了。但是青冢蕪沒之後，哀弦留傳不絕，可見後世人所

---

18 （宋）朱弁：《風月堂詩話》（臺北市：廣文書局，1973 年 9 月），頁 41-42。

19 （宋）趙與時：《賓退錄》（臺北市：廣文書局，1969 年 9 月），頁 41-42。

20 （清）蔡元鳳：《王荊公年譜考略》（臺北市：洪氏出版社，1975 年 4 月），頁 124。

見的還只是個悲怨可憐的明妃，明妃並未變心可知。王深父、范沖之說，都只是斷章取義，不顧全局，最是解詩大病。」[21]此外，不少學者就「自」字進行討論，試圖為安石解套。如袁津琥以為此句應作「互文」解：

> 明乎此，則對「漢恩自淺胡自深」一句正確的理解也只能是：漢也好，胡也好，他們對我的恩情深也好淺也好，這些都不是我所措意的，我在意的只是兩人彼此能相知相愛。[22]

郭沫若則說：

> 然而照我看來，范沖、李雁湖、蔡上翔以及其他的人，無論他們是同情王安石也好，誹謗王安石也好，他們都沒有懂得那兩個「自」字，那是自己的「自」，而不是自然的「自」。「漢恩自淺胡自深」是說淺就淺他的，深也深他的，我都不管，我只要求的是知心的人。[23]

袁氏和郭氏之言，對於「自」字容有不同的解釋，但要皆強調知音的重要。只是荊公此言，究竟是否以胡主為昭君之知音，則不免言人人殊，各自表述了。

---

21 朱自清：《朱自清說詩》（上海市：上海古籍出版社，1999 年 10 月），頁 284。

22 袁津琥：〈從修辭角度看王安石〈明妃曲〉其二〉，《江海學刊》2006 年第 3 期（2006 年 3 月），頁 49。

23 郭沫若：〈王安石的〈明妃曲〉〉，《評論報》1946 年第 8 期，頁 12-13。

三　歐、王明妃詩之互文性分析

歐陽脩對於王安石的作品甚為喜愛，曾言：「得介甫新詩數十篇，皆奇絕。喜此道不寂寞，以相告。」[24]此外，並親自為詩應和王安石之〈明妃曲〉（二首）。歐陽脩對於此兩篇應和之作自得意滿，宋代葉夢得《石林詩話》引其子歐陽棐語云：

> 先公平生未嘗矜大所為文。一日被酒，與棐曰：吾詩〈廬山高〉，今人莫能為，惟李太白能之。〈明妃曲〉後篇，太白不能為，惟杜子美能之；至於前篇，則子美亦不能為，惟吾能之也。[25]

自得之情，溢於言表。茲將〈明妃曲和王介甫作〉之結構圖示如下：

24 （宋）歐陽脩：《歐陽文忠公集》（臺北市：臺灣商務印書館，1979 年），卷 148，頁 1190。

25 （宋）葉孟得：《石林詩話》（光緒觀古堂本），卷中，頁 18。

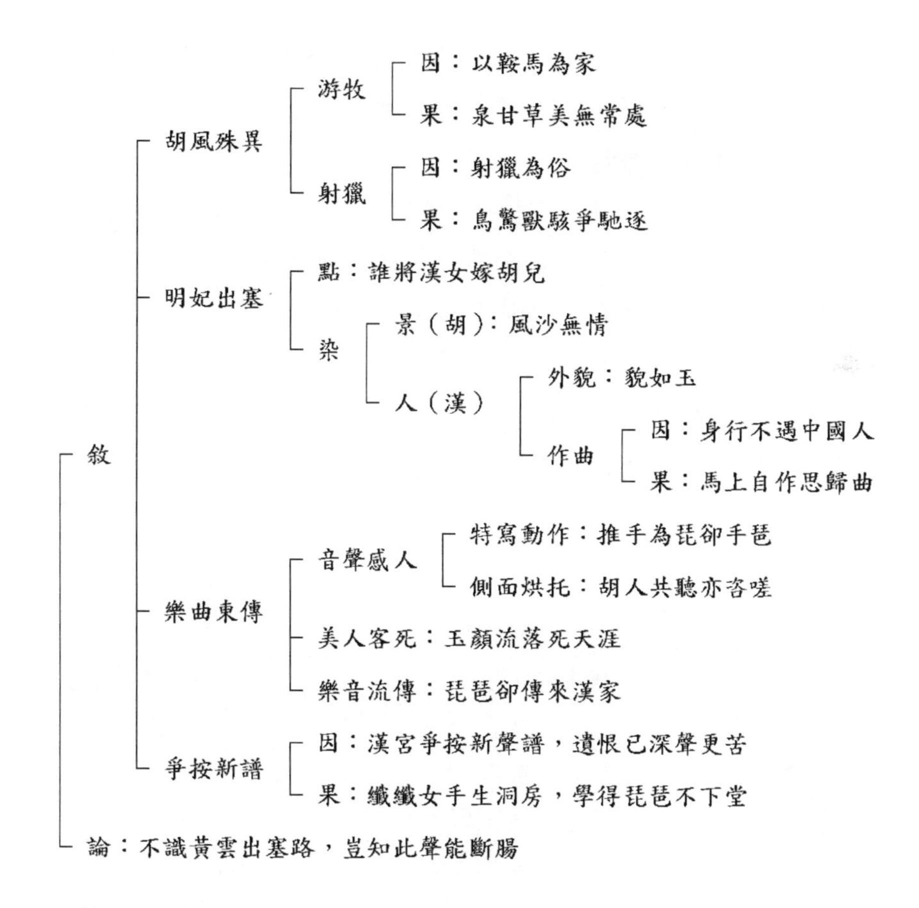

此詩作主要在應和王安石〈明妃曲〉（之二）。首四句以文為詩，凌空而來寫出胡人鞍馬為家、游獵為俗的生活現狀，點出胡漢情俗殊異，以示漢女至胡地的格格不入。後以一疑問句，點明昭君遠嫁胡域之可怪。因為胡地荒漠，風沙無情，美人如玉，人何以堪？詩中藉「誰」字點出對元帝的指責，「無情」的又豈止是風沙而已？因為抑鬱難當，故昭君寄情於曲，音聲動人。詩中巧妙運用對比，傳達諷諭之情。美人由漢宮至胡地，樂音卻由胡域東傳至漢宮；昭君居漢宮時未蒙恩寵，所作樂曲卻令漢室宮女爭學新譜，但他們終究「不識黃雲出塞路」，沒有昭君流落他鄉，五臟俱摧的愁腸寸斷，沒有相類的生命情懷與相似的坎坷際遇，因此僅能學其聲而無其情。此詩意在言外，吞吐不盡的是「知音難得」的感慨，與王安石「人生樂在相知心」之意，可相互發明。

除此之外，「互文性」理論強調：「任何文本的存在都依賴前文本和同期存在的文本，並為其後的文本加以利用和徵引。」[26]而在一個文本之中，可利用諸多方式提及另一個文本。或暗指明引，或模仿改寫，或拼貼套用，方法多元，不一而足。[27]本詩既為和作，除觀念相承之外，比對歐陽脩與王安石的詩句，不難發現歐公於寫作之際有諸多語句與王安石〈明妃曲〉的概念相重合：

	歐陽脩〈明妃曲和王介甫作〉	**王安石〈明妃曲〉（之二）**
胡人異俗	胡人以鞍馬為家……鳥驚獸駭爭馳逐	氈車百兩皆胡姬
孤獨無依	身行不遇中國人	含情欲語獨無處
寄語哀弦	馬上自作思歸曲	傳與琵琶心自知
彈奏琵琶	推手為琵卻手琶	黃金捍撥春風手
音聲感人	胡人共聽亦咨嗟	沙上行人卻回首
魂斷異鄉	玉顏流落死天涯	可憐青冢已蕪沒
音樂東傳	琵琶卻傳來漢家	尚有哀弦留至今
知音難得	不識黃雲出塞路 豈知此聲能斷腸	漢恩自淺胡自深 人生樂在相知心

26 歐陽東峰：〈作品的記憶，學識的遊戲——互文性理論略論〉，《湖南科技學院學報》第27卷12期（2006年12月），頁102。

27 大衛‧洛吉：「一個文本裡面，可以用很多方式提到另一個文本：諧仿、諧仿／拼貼、呼應、暗指、直接引用、結構對位。有些理論家相信，文學創作的唯一條件，就是文本互涉。不論作者們有意還是無意，所有創作的內容（文本）都是拿其他創作內容當原料織成的。」說見《小說的五十堂課》（臺北市：木馬文化公司，2006年12月），頁136。另外，還有母題、原型、典故和套語，同一文本在不同語言之間的翻譯，兩個文本分享共同的故事情節、人物形象、敘事結構，作者對同一文本的修改等。說見李玉平：〈互文性新論〉，《南開學報》（哲學社會科學版）2006年第3期，頁116-117。

歐陽脩〈再和明妃曲〉之結構圖示如下：

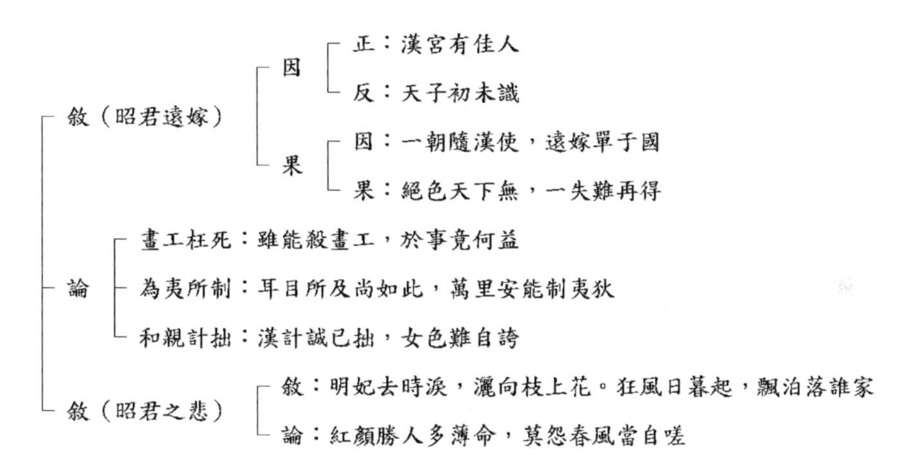

歐陽脩此詩夾敘夾議。安石由「出漢宮」起筆，永叔則從「在漢宮」發端。首四句化用李延年〈北方有佳人〉，高度概括明妃入宮多年卻乏恩寵，終究遠嫁他方的事實，筆力遒勁。同時應和王詩的翻案文字，以為畫工棄市實是冤枉，將昭君遠適異國的罪魁禍首直指漢皇。同時針砭時政，以耳目所及的後宮妃嬪，尚且無法掌握其美醜妍媸，又安能瞭解萬里之外的夷狄情況，又如何制定萬全的制夷之策？大聲疾呼，振聾發聵，直批漢代和親計拙，同情昭君風起花落，飄泊異鄉的悲痛。末二句「紅顏勝人多薄命，莫怨春風當自嗟」為反語，在看似「溫柔敦厚」、「怨而不怒」的字句中，塗抹歐公深沉的感慨。

歐公此詩與荊公所作於內文中相應處較少，茲表列如下：

	歐陽脩〈再和明妃曲〉	王安石〈明妃曲〉（之一）
昭君之美	絕色天下無 一失難再得	低徊顧影無顏色 尚得君王不自持
畫工枉死	雖能殺畫工 於事竟何益	意態由來畫不成 當時枉殺毛延壽
昭君之淚	明妃去時淚，灑向枝上花	淚濕春風鬢腳垂

綜觀四詩，均採敘議結合的方式，具體展現徐復觀所說唐詩主情，宋詩主意的特色：

> 宋承五代浩劫，在文化中發生了廣大的理性反省，希望把漂浮淪沒的人生價值重新樹立起來，以再建人自身的地位。這不僅出現了有如《宋元學案》上所陳述的一批理學家，理學家以外的人物，也都帶有這種傾向。文人與理學家中間，雖然出現過蜀黨洛黨之爭，但宋代文人，較唐代文人，是更為理性的，在生活上是較為嚴肅的。理性的特性，是要追問一個所以然的，必會發而為議論，以理性處理感情，在感情中透出理性，於是唐詩主情，宋詩主意，多議論，在這裡應當找到根。[28]

此外，歷來對於王安石〈明妃曲〉的主題意蘊，有不同的詮釋。或以為乃為批判叛臣而作，或以為乃是自傷之詞。[29]朱麗婭・克里斯蒂娃（Julia Kristeva）認為：每一個文本都不是自主、自足的，其意義的發現和決定在於和其他文本交相指涉、相互聯繫的過程中。[30]緣此，經由觀察歐、王的作品，得見「文本在共時互文中通過再現與交

28 徐復觀：《中國文學論集續編》（臺北市：臺灣學生書局，1981 年 10 月），頁 66。

29 或以為此詩旨在諷刺不得志就賣國求榮、認賊作父的施宜生、張元之流，同時揄揚王昭君忍辱負重的愛國精神。持此說者如：汪國林：〈論北宋文人雅集唱和詩作的議論性與閒適性——以《明妃曲》唱和與重陽之會為考察中心〉，《畢節學院學報》2009 年 12 期，頁 79。徐慧琴：〈魅力尋幽——評王安石的〈明妃曲〉〉，《太原師範專科學校學報》2000 年第 2 期，頁 24。

30 朱麗婭・克里斯蒂娃：「文字詞語之概念，不是一個固定的點，不具有一成不變的意義，而是文本空間的交匯，是若干文字的對話，即作家的、受述者的或人物的，現在或先前的文化語境中諸多文本的對話。」轉引自焦亞東：〈當代西方互文性理論的基本內涵及批評學意義〉，《重慶社會科學》2006 年第 10 期（總第 142 期），頁 70。

互得到延伸和豐富」[31]。誠如清代方東樹於《昭昧詹言》所言：

> 此等題各人有寄託，借題立論而已。……公（王安石）此詩言失意不在近君，近君而不為國士知，猶泥塗也。六一（歐陽脩）則言天下至妙，非悠悠者能知，以自喻其懷非俗眾可知。[32]

王安石曾言：「天變不足畏，祖宗不足法，人言不足恤」[33]，由此可見其特立獨行，無所畏懼的性格。其曾於嘉祐三年（1058），撰〈上仁宗皇帝言事書〉，文中分析北宋的政治情勢，批判社會弊端，強調明法度、育人才的重要性，然滿腹經綸卻不為當權所重，胸懷韜略卻不為君上所用。壯志難酬，自傷懷抱，因此藉昭君詩表達知音難尋的感慨，將絕代佳人的失寵與孤臣孽子的不遇兩相綰合。是以此詩雖為昭君所作，實則乃藉古諷今，藉人喻己。清代陳衍於《宋詩精華錄》卷二以為：「二詩荊公自己寫照之最顯者」[34]，清代方東樹亦說：「此（指桃源行）與張良、韓信、明妃曲，只用夾敘夾議，但必有名論傑句，以見寄託。」[35]實為真知灼見。

歐陽脩則在應和荊公之作的同時，提出對時事的觀察，批評宋朝

---

31 蘇珊：「在共時互文中，文本處在複雜龐大的共生關係中，各種文本相互指涉、相互依賴、相互參照，其實現程序是作者通過文本編碼植入自己的意向，文本本身以及讀者在解讀文本時自身的知識和經驗體系與文本產生互動，文本在共時互文中通過再現與交互得到延伸和豐富。在歷時互文中，當前文本對前時文本單向指涉和參照，前時文本通過當前文本得到再生和繁殖。各種歷史事實和文本通過發掘和整理獲得重新解讀和觀照，時空的交錯在當前文本中達到暫時的統一或分解。」說見〈互文性在文學中的意義網絡及價值〉，頁 222。

32 （清）方東樹：《昭昧詹言》（臺北市：廣文書局，1962 年 7 月），頁 28。

33 （元）脫脫：《宋史》（臺北市：臺灣中華書局，1965 年），卷 327，頁 7。

34 （清）陳衍：《宋詩精華錄》（成都市：巴蜀書社，1992 年 3 月），頁 129。

35 （清）方東樹：《昭昧詹言》，卷 12，頁 29。

的歲幣政策，顯現「作品在一種文化的話語空間中的參與（a designation of its participation in the discursive space of a culture）」。[36]此種參與往往顯示對話主體在受到社會風尚、時空情境、文化根源等影響之後，所具顯的價值判斷。北宋時期，外患交侵，國勢日危，以仁宗時期的局勢為例，不難得知當時政治環境的險峻迍邅：

> 仁宗即位後，西北部的契丹和党項的掠擾加劇，平時養兵的費用和戰時的非常支出都急遽增加。《宋史・食貨志》說：「承平既久，戶口歲增，兵籍益廣，吏員益眾。佛老外國耗蠹中土，縣官之費數倍於昔。百姓亦稍縱侈，而上下使困於財矣。」在這種內困外擾的社會環境中，部分封建士大夫已清楚認識到：改革官僚政治，興利除弊，已為刻不容緩之事。[37]

此時期以「儒術治國」，文教的發展在歷史上創下高峰。[38]在此氛圍下，「宋代士大夫比以往任何一個時期都更要強烈地體現出『士固為知己者死』、『士不可以不弘毅，任重而道遠。仁以為己任，不亦重

36 譯自 Jonathan Culler, The Pursuit of Signs: Semiotics, Literature, Deconstruction, Cornell University Press, 1981, p. 114.

37 張毅：《宋代文學思想史》（北京市：中華書局，1995 年 4 月），頁 57。

38 賈海濤：「北宋堪稱『儒術治國』的典型。這一論斷的基本支撐是當時兩個比較典型的歷史現象：『儒術』的復振和『文人主政』。『儒術』大行其道以及整個篤信『儒術』的文人官僚隊伍使得北宋政治實踐中有著相當濃厚的的儒家色彩。這一歷史階段的文治似乎比較成功，『文教』的發展在中國歷史上創下了一個高峰。然而，整個北宋一直國勢不振，國力不強，『積貧積弱』，對外奉行投降政策，最後敗亡得相當悲慘。這一切使得『儒術』的歷史作用顯得可疑，使『儒術治國』說陷入真正的尷尬。」說見〈北宋政治的得失與「儒術治國」的尷尬〉，《史學月刊》1998 年第 2 期，頁 2。

乎』的文化心態，表現出強烈的『仕以行道』的儒者面目。」[39]是以宋代的知識份子產生強烈的自覺[40]，他們以社稷為已任並思索著如何經綸天下，匡濟於世。故歐陽脩面對國勢陵夷，欲借漢事以喻宋，在直斥和親政策為「漢計拙」的同時，其實是對宋代妥協政策的批駁。而王安石在滿腔熱血，報國無門的情況之下，藉昭君之酒杯，澆心中之壘塊，以抒胸中的鬱鬱不平。

綜觀歷來的昭君詩，或悲其遠嫁，以述昭君之怨情與悲懷，如晉代石崇〈王明君〉:「我本漢家子，將適單于庭。……傳語後世人，遠嫁難為情」[41]，唐代李白〈王昭君〉:「燕支長寒雪作花，娥眉憔悴沒胡沙。」[42]或罪責畫工，批評毛延壽的貪污受賄，如：南朝梁簡文帝〈明君詞〉:「妙工偏見詆，無由情恨通。」[43]，唐代沈佺期〈王昭君〉:

39 郭學信：〈宋代士大夫文化心理探析〉,《西北師大學報》(社會科學版) 第 44 卷第 2 期 (2007 年 3 月)，頁 61。

40 錢穆針對宋朝真、仁宗時期士大夫精神的轉變，有此說明：「在真宗時，宋朝文教算是培養到相當程度了，然而一旦強敵侵凌，則相率主張遷都。和約簽訂後，又誘導皇帝來做封禪巡狩的勾當。說是『欲假以動敵人之聽聞，而潛銷其窺伺之心』。那時的文學，只是有名的所謂『西崑體』，汲晚唐、五代之餘潤。那時的政治，最高不過養尊持重，無動為大，敷衍場面捱日子。那時稍稍帶有教育和思想意味的，只在出世的和尚們，乃至求長生的道士們那裡。士大夫中間，最為舉世推重的，便有一些所謂隱士，居然在讀書人中而能無意於做官。宋朝的時代，在太平景況下，一天一天的嚴重，而一種自覺的精神，亦終於在士大夫社會中漸漸萌茁。所謂『自覺精神』者，正是那輩讀書人漸漸自己從內心深處湧現出一種感覺，覺到他們應該起來擔負著天下的重任。范仲淹為秀才時，便以天下為己任。他提出兩句最有名的口號來，說：『士當先天下之憂而憂，後天下之樂而樂。』這是那時士大夫社會中一種自覺精神之最好的榜樣。……這並不是范仲淹個人的精神無端感覺到此，這已是一種時代的精神，早已隱藏在同時人的心中，而為范仲淹正式呼喚出來。」說見《國史大綱》修訂本下冊，(臺北市：臺灣商務印書館，1995 年 7 月修訂 3 版)，頁 557-558。

41 (宋) 郭茂倩:《樂府詩集》(臺北市：里仁書局，1981 年)，頁 426。

42 (宋) 郭茂倩:《樂府詩集》(臺北市：里仁書局，1981 年)，頁 430。

43 (宋) 郭茂倩:《樂府詩集》(臺北市：里仁書局，1981 年)，頁 431。

「薄命由驕虜，無情是畫師。」[44]或指斥漢元帝之薄情寡恩，如唐代梁獻〈王昭君〉:「君恩不可再，妾命在和親」，唐代白居易〈昭君怨〉:「自是君恩薄如紙，不須一向恨丹青。」[45]或譴責和親政策為不智之舉，如：唐代東方虬〈王昭君〉:「何須薄命妾，辛苦遠和親」[46]、南唐李中〈王昭君〉:「誰貢和親策，千秋污簡編」[47]，或稱許認可昭君遠嫁的功勞，如：唐代張仲素〈王昭君〉:「劍戟歸田盡，牛羊繞塞多」[48]，或嘲諷譏刺漢代的將帥無能，如：唐代汪尊〈昭君〉:「猛將謀臣徒自貴，峨眉一笑塞塵清。」[49]而宋代詩人在繼承前人創作的基調之際，又能別闢蹊徑，展現出新的氣象，讓作品的著力點得以進一步的擴展與深化。南宋費袞《梁谿漫志》「明妃曲」條中即寫道：

> 古今人作「明妃曲」多矣，皆道其思歸之意，……白樂天有絕句云:「漢使若回煩寄語，黃金何日贖蛾眉？君王若問妾顏色，莫道不如宮裏時。」其措意頗新，然問「黃金何日贖蛾眉」，則亦寓思歸之意。要當言其志在為國和戎，而不以身之流落為念，則詩人之旨也。[50]

以為昭君詩的主旨，要當強調其為國家的犧牲奉獻，不應拘執於昭君個人流落不偶的惆悵。費氏所言雖有值得商榷之處，卻顯現宋代昭君詩的特殊性。「其抒寫的昭君形象，已經突破了單純悲怨的局限，成

44 （宋）郭茂倩：《樂府詩集》（臺北市：里仁書局，1981 年），頁 428。
45 清聖祖御製：《全唐詩》（臺北市：宏業書局，1977 年），卷 439，頁 4895。
46 （宋）郭茂倩：《樂府詩集》（臺北市：里仁書局，1981 年），頁 429。
47 清聖祖御製：《全唐詩》，卷 749，頁 8535。。
48 清聖祖御製：《全唐詩》，卷 367，頁 4136。
49 清聖祖御製：《全唐詩》，卷 602，頁 6960。
50 （宋）費袞：《梁谿漫志》（臺北市：廣文書局，1969 年 9 月），頁 196。

了詩人個人命運與國家、民族命運緊密融合的載體，並深刻地體現其思想觀念、情感意向、精神構架和價值選擇。」[51]而此種特色也具體顯現於王安石〈明妃曲〉(二首)與歐陽脩〈明妃曲和王介甫作〉、〈再和明妃曲〉之中。

四　結語

王安石〈明妃曲〉藉昭君之事道出自身的心聲情懷，詩作中透顯詩人對於明妃遭遇的共振，政治社會的關懷，人生窮達的思索，對昭君題材注入新穎的切入角度。詩中所言「人生樂在相知心」實是放之四海皆準的至情至理之言，議論獨到，見解精闢，讀之令人心有戚戚焉。

本文立足於歐、王兩人的同題唱和，以「互文性」視角觀察四詩之間相互滲透、發明、吸收、轉化等錯綜複雜的關係。行文之焦點有三：一是闡發王安石兩首〈明妃曲〉之互文性。兩詩合觀，其架構可合而為：臨行之別→迎娶之盛→思鄉情濃(著漢衣、問南事)→寄語哀弦→家人勸慰→詩人評論。綜合兩詩，更可完整體現昭君去國懷鄉的景況與情懷，二詩彼此之間「搭台布景」之處，歷歷可見。二是歐、王昭君詩之互文性分析。兩家之詩均採敘議結合的方式，展現「唐詩多以丰神情韻擅長，宋詩多以筋骨思理見勝」[52]的特質。歐陽脩〈明妃曲和王介甫作〉吞吐不盡的是「知音難得」的感慨，與王安石「人生樂在相知心」之意，可相互發明。除此之外，內文亦有諸多語句與王安石〈明妃曲〉的概念相重合。

---

51 張小麗：〈宋代士人心態的解讀——以宋代昭君詩為例〉，《江淮論壇》2007 年第 1 期（2007 年 1 月），頁 133。

52 錢鍾書：《談藝錄》（香港：龍門書局，1965 年 8 月），頁 2。

除了文本之間「外互文性」[53]的觀察，本文亦關注文化語境、社會風尚、政治環境對文本創作的影響。北宋時期，內憂外患，是以歐陽脩借漢以言宋，在詰難漢代和親計拙的同時，其實是對宋代妥協政策的不以為然。而王安石則是在滿腔熱血，報國無門的情況之下，藉昭君之酒杯，澆心中壘塊，以抒胸中之抑鬱之氣。

附錄

王安石〈明妃曲〉（之一）

明妃初出漢宮時，淚濕春風鬢腳垂。低徊顧影無顏色，尚得君王不自持。歸來卻怪丹青手，入眼平生幾曾有。意態由來畫不成，當時枉殺毛延壽。一去心知更不歸，可憐著盡漢宮衣。寄聲欲問塞南事，只有年年鴻雁飛。家人萬里傳消息，好在氈城莫相憶。君不見咫尺長門閉阿嬌，人生失意無南北。

王安石〈明妃曲〉（之二）

明妃初嫁與胡兒，氈車百兩皆胡姬。含情欲說獨無處，傳與琵

53 申順典將互文性分類為：內互文性和外互文性，宏觀互文性和微觀互文性，積極互文性和消極互文性。各互文性的定義為：「內互文性指存在於文本之內的互文關係，外互文性指存在於不同文本之間的互文關係。宏觀互文性指一個文本的整體寫作手法上與另一個或多個文本具有相似或相同之處。微觀互文性指一個文本的某些詞句與段落的表達與另一個或多個文本有關連。積極互文性指的是能引發超越文本之外的知識和價值體系參與的互文關係，消極互文性是指為了讓文本連貫而產生的互文關係。這些分類有些是相互交叉的，只是在分類時從不同的角度對各種互文性關係進行了概括而已。」說見〈文本符號與意義的追尋──對互文性理論的再解讀〉，《青海師範大學學報》（哲學社會科學版），頁 99。

琶心自知。黃金捍撥春風手，彈看飛鴻勸胡酒。漢宮侍女暗垂淚，沙上行人卻回首。漢恩自淺胡自深，人生樂在相知心。可憐青冢已蕪沒，尚有哀弦留至今。[54]

歐陽脩〈明妃曲和王介甫作〉

胡人以鞍馬為家，射獵為俗。泉甘草美無常處，鳥驚獸駭爭馳逐。誰將漢女嫁胡兒，風沙無情貌如玉。身行不遇中國人，馬上自作思歸曲。推手為琵卻手琶，胡人共聽亦咨嗟。玉顏流落死天涯，琵琶卻傳來漢家。漢宮爭按新聲譜，遺恨已深聲更苦。纖纖女手生洞房，學得琵琶不下堂。不識黃雲出塞路，豈知此聲能斷腸！

歐陽脩〈再和明妃曲〉

漢宮有佳人，天子初未識，一朝隨漢使，遠嫁單于國。絕色天下無，一失難再得，雖能殺畫工，於事竟何益？耳目所及尚如此，萬里安能制夷狄！漢計誠已拙，女色難自誇。明妃去時淚，灑向枝上花；狂風日暮起，飄泊落誰家。紅顏勝人多薄命，莫怨春風當自嗟。[55]

54 （宋）王安石：《臨川先生文集》（臺北市：臺灣商務印書館，1979 年），卷 4，頁 78-79。

55 （宋）歐陽脩：《歐陽文忠公集》，卷 8，頁 97。

參考文獻

一　古典文獻

（漢）班　固　《漢書》　臺北市　鼎文書局　1977 年
（漢）劉　歆　《西京雜記》　臺北市　臺灣商務印書館　1979 年
（南朝宋）范　曄　《後漢書》　臺北市　中華書局　1965 年
（梁）蕭　統　《文選》　臺北市　五南圖書出版公司　1998 年
（宋）朱　弁　《風月堂詩話》　臺北市　廣文書局　1973 年
（宋）費　袞　《梁谿漫志》　臺北市　廣文書局　1969 年
（宋）趙與時　《賓退錄》　臺北市　廣文書局　1969 年
（宋）歐陽脩　《歐陽文忠公集》　臺北市　臺灣商務印書館　1979 年
（宋）王安石　《臨川先生文集》　臺北市　臺灣商務印書館　1979 年
（元）脫　脫　《宋史》　臺北市　中華書局　1965 年
（清）方東樹　《昭昧詹言》　臺北市　廣文書局　1962 年
（清）曹雪芹　《紅樓夢校注（二）》　臺北市　里仁書局　1984 年
（清）清聖祖御製　《全唐詩》　臺北市　宏業書局　1977 年
（清）蔡元鳳　《王荊公年譜考略》　臺北市　洪氏出版社　1975 年

二　近人論著（依作者姓氏筆畫為序）

（一）專書

朱自清　《朱自清說詩》　上海市　上海古籍出版社　1990 年
邱師燮友　《中國歷代故事詩》　臺北市　三民書局　2006 年

陳師滿銘　《章法學新裁》　臺北市　萬卷樓圖書公司　2001年

張　毅　《宋代文學思想史》　北京市　中華書局　1995年

董希文　《文學文本理論研究》　北京市　社會科學文獻出版社　2006年

大衛・洛吉　《小說的五十堂課》　臺北市　木馬文化公司　2006年12月

Jonathan Culler, *The Pursuit of Signs: Semiotics, Literature, Deconstruction*, Cornell University Press, 1981.

Julia Kristeva, "Word, Dialogue and Novel," in *Desire in Language: ASemiotic Approach to Literature and Art*, translated by Tom Gora and Alice Jardine, Oxford: Blackwell, 1980.

(二) 期刊論文

王新航　〈理想與現實之間——宋人昭君詩主題的一種解讀〉　《宿州教育學院學報》第14卷第3期　2011年6月　頁14-16

王德明　〈從昭君詩看宋詩對崇高精神的追求〉，《湖南文理學院學報》(社會科學版) 第32卷6期　2007年11月　頁87-90

王豔平　〈從歷史形象到文學形象——歷代昭君詩對昭君形象的虛擬生發〉　《寧波廣播電視大學學報》第6卷第3期　2008年9月　頁12-16

申順典　〈文本符號與意義的追尋——對互文性理論的再解讀〉　《青海師範大學學報》(哲學社會科學版) 2005年第6期 (總113期)　頁97-100

李玉平　〈互文性新論〉　《南開學報》(哲學社會科學版) 2006年第3期　頁116-117

李瑞芳　〈宋代特殊歷史背景下的和親詩——兼論兩宋昭君詩的主

旨〉　《山西大同大學學報》（社會科學版）第 24 卷第 5 期　2010 年 10 月　頁 47-50

汪國林　〈論北宋文人雅集唱和詩作的議論性與閒適性——以《明妃曲》唱和與重陽之會為考察中心〉　《畢節學院學報》　2009 年 12 期　第 27 卷　頁 78-82

周云倩、李冀宏　〈互文理論觀照下結構隱喻在文本中的運用〉，《鄭州航空工業管理學院學報》（社會科學版）第 26 卷 6 期　2007 年 12 月　頁 74-76

范建文　〈宋代士大夫的精神風貌與傳統民族精神〉　《北京理工大學學報》（社會科學版）第 10 卷 3 期　2008 年 6 月　頁 30-33

徐慧琴　〈魅力尋幽——評王安石的〈明妃曲〉〉　《太原師範專科學校學報》2000 年第 2 期　頁 24、28

馬　驪　〈圍繞王安石明妃曲的爭論及其價值〉　《內蒙古大學學報》（哲學社會科學版）第 41 卷 4 期　2009 年 7 月　頁 99-103

張小麗　〈糟粕所傳非粹美，丹青難寫是精神——論王安石〈明妃曲〉的藝術特色〉　《昆明理工大學學報》（社會科學版）第 7 卷 2 期　2007 年 6 月　頁 65-69

張小麗　〈宋代士人心態的解讀——以宋代昭君詩為例〉　《江淮論壇》　2007 年 1 月　頁 133-136

張高評　〈王昭君和親故事與宋詩之創造思維〉　《國文學報》　50 期　2011 年 12 月　頁 245-274

張高評　〈明妃曲之同題競作與宋詩之創意研發——以王昭君之「悲怨不幸與琵琶傳恨」為例〉　《中國學術年刊》　29 期　1997 年 3 月　頁 85-114

焦亞東　〈當代西方互文性理論的基本內涵及批評學意義〉　《重慶社會科學》2006 年第 10 期（總第 142 期）　頁 70-73

歐陽東峰　〈作品的記憶，學識的遊戲——互文性理論略論〉　《湖南科技學院學報》第 27 卷 12 期　2006 年 12 月　頁 100-102

蘇　珊　〈互文性在文學中的意義網絡及價值〉　《中州學刊》第 3 期（總 165 期）　2008 年 5 月　頁 221-223

嚴　杰　〈王安石明妃曲唱和簡析〉　《古典文獻研究（第十三輯）》　2010 年 6 月　頁 108-111

跨領域學習的作文教學

蒲基維
中原大學兼任助理教授

摘要

跨領域學習的意涵在於打破知識領域的藩籬，並利用各知識領域可以互相溝通的概念，進行對照、比較、分析、融合等探索活動，藉以學習多元而廣角的知識，以習得更符合現實世界的知識真相。本文基於這樣的理念，設計跨領域學習的作文教學，使學生在語文能力的訓練之外，亦能涉獵文學以外的知識，使語文讀寫教學的成效更為完整，學生的語文訓練也更加多元。透過理論的建構與教學的實作，發現學生不僅能有效提升讀寫能力，更因多元的學習內容而提高學習興趣，也間接拓展語文讀寫教學的深度與廣度。

關鍵詞：跨領域學習、作文教學、語文能力

一　前言

中文讀寫訓練一直是本國教育體制中的重點，它既能形成一門獨立的教學學科，也可以是其他學科領域的基礎。臺灣近十年來的教育改革，已使原本傳統封閉的國語文教學逐漸走向現代化與多元化的方向。範文教學是如此，寫作教學更因為訓練學生撰寫現代語體文，其創新與多變的訓練模式正如一層層的波浪不斷湧現，而跨領域學習的作文教學也在這一波一波的教育浪潮中，逐漸浮現在各個教學場域，展現它柔軟、多元、體貼、自然的教學風貌。

事實上，跨領域學習並非新興的教學模式。中國古代貴族要求修習禮、樂、射、御、書、數的通才教育，已具備跨領域學習的精神；歐美大學的創設雖然分門分系，其各領域的博士學位卻習慣以哲學博士（PHD）來統稱，也展現了跨領域的特質。跨領域學習不僅是表象的橫跨各學科的教學模式，其強調跨越界限、化解障礙、溝通對話、協調合作等精神，才是它屹立於教學場域，逐漸擴大其影響的主因。本文以跨領域學習之概念，運用於作文教學之中，一方面企圖建構其理論基礎，另一方面也列舉實作內容為例證，期能形成具影響力的作文教學模式，提供教師進行語文教學之參考。

二　「跨領域學習」的理論基礎

跨領域學習是否為正確而值得推展的教學策略，實有必要尋求其理論根源，檢視其深度價值，以作為策略施行的基礎。以哲學角度來說，人類探索宇宙界限的存在與否，其漫長的歷史軌跡蘊含著跨領域學習的哲學基礎。落到學習心理學來說，跨領域學習則有其必須存在的基本態度。

（一）界限的產生與消融

知識是沒有界限的。學科與學科之間的分野，顯然是人為的畫分。例如，物理中有化學，化學中有物理。同樣的，文學與哲學、歷史、地理皆有相互參照溝通之處。既然如此，為什麼現在的教育體制，從小學、中學到大學的課程依然畫分出繁複的科目？而有些科目為什麼彼此之間從來沒有溝通與對話呢？

事實上，這些分門別類的繁瑣科目曾有過背離自然真理的演化過程。人類為了方便理解宇宙自然的真理，曾經運用分類、組合、定名等技巧，將宇宙自然畫出許多抽象而難解的界限。《聖經》中記載亞當曾為自然分類與定名，成為使用人為技術去控制自然的的第一人[1]，這雖然是宗教上的傳說，卻可以在人類科技發展史上找到證據。被譽為最具理性思維的希臘人，就出現過一流畫界製圖的專家。例如：亞理斯多德曾為世界一切事物與活動分類，而且得到世人的信服；畢達哥拉斯更運用數學概念去運算宇宙自然的事物，其提出的幾何精細公式，至今仍令人折服。及至後世，在基督教衰微之後，文藝復興、啟蒙運動相繼而起，十七世紀更出現了為詮釋形上宇宙而發明的「代數」。著名科學家伽利略使用比「計算」更為繁複的「衡量」技術，因而發明了許多原理和定律，為現實宇宙和形上宇宙建構了更繁複的界限。稍後的牛頓，其發現的萬有引力及三大運動定律很明確地揭櫫「重量」的概念。幾世紀以來，儘管這些科學家所發明的原理或定律仍為世俗所稱頌，也為人類帶來科技文明的極限發展，但是，科技發

1 參見《聖經》〈創世紀〉第一章。

展愈趨於精細，原本沒有界限的宇宙真相也愈加模糊。人們自以為是地認為可以操控整個世界，而事實呈現，地球和所有的生命體已經被畫分得支離破碎。界限的畫分就好像兩面刃一樣，既為人類帶來科技文明的幸福，卻也帶來無法預估的浩劫。

事實上，宇宙的真相是沒有空隙、沒有界限的。美國心理學家坎恩・韋伯（Ken Wilber）曾說：

> 如果我們敢大膽地只用幾個字來描述形而上界的終極奧秘，即是：宇宙是沒有界限的。界限純屬虛構，並非真實，乃是出自人類的自編自導。劃分區域本身不是問題，但當我們執著於此界限兩邊的對立，誤以為真時，則成一切禍害之始。我們不只強調，相對世界中的分界線乃是出於虛構，而且宇宙萬物之間根本毫無間隙可言。[2]

如果宇宙沒有界限才是真相，那麼歷來科學家所規畫的宇宙、所畫定的界限都是不存在的。坎恩・韋伯所言，並非要泯除自古以來所建構的界限，而是要化解因界限所產生的障礙，重新去體會物與物、物與我之間原本就存在的溝通聯繫。這樣的觀點同樣出現在中國古老的哲學當中。老子所言：

> 有物混成，先天地生。寂兮寥兮，獨立而不改，周行而不殆，可以為天下母。吾不知其名，字之曰道。[3]

---

2 Ken Willber 著，若水譯：〈無界限的境界〉，《事事本無礙》第三章（臺北市：光啟文化事業，2012 年再版八刷），頁 47。

3 《老子》第二十五章。

他說「道」的本質是渾然天成，即點出先於天地而生的「道」原本就是渾然一體。因為一體，所以不必刻意畫分，更不必主觀的認定世事必須截然分立。所以沒有「內」，就沒有「外」；沒有「上」，就沒有「下」；沒有「得」，就沒有「失」；沒有「苦」，就沒有「樂」。所以老子又言：

> 天下皆知美之為美，斯惡矣。皆知善之為善，斯不善矣。故有無相生，難易相成，長短相形，高下相傾，音聲相和，前後相隨。[4]

老子以為宇宙渾然一體，所有的「對立」皆為世俗誤認，並強調應該泯除美醜、善惡、有無、難易、長短、高下、音聲、前後的差別。這已經說明宇宙真相是毫無界限的。其後莊子繼承老子之說，亦認為天地萬物渾然一體，沒有差別相，所以他極力批判世間分析物我的謬誤。其言：

> 以指喻指之非指，不若以非指喻指之非指；以馬喻馬之非馬，不若以非馬喻馬之非馬。[5]

這裡的「指」即名家所說的「絕對理念」，莊子認為用許多獨立的絕對理念，去解說絕對理念之表現並非絕對理念，不如用非絕對理念（道）來解說絕對理念之表現並非絕對理念；用白馬來解說白馬非馬，不如用非馬來解說白馬非馬。在這看似弔詭的言辭中，黃錦鋐教

4 《老子》第二章。

5 《莊子》〈齊物論〉。

授有其獨到的見解，他解釋說：

> 在莊子看來，什麼馬呀、指呀，本來是沒有彼此界限的，後世有馬呀、指呀的不同，都是那些勞精蔽神的詭辯家強為分別的。因為產生萬物的本體，原是渾沌不分的整體的道。所以人不必去追求是非，強分彼此，然後才合乎大道。而那些追求是非，強分彼此的人，只是徒勞神明而已。[6]

所謂「渾沌不分的整體的道」、「沒有彼此界限」，正是莊子「萬物一體」的最佳詮釋，也呼應了肯恩・韋伯的宇宙觀。

我們援引老莊的「萬物齊一」思想，以及肯恩・韋伯所理解的「宇宙無界限」學說，並非要否定歷經千年發展而得來的科學成就，只是想從哲學的角度化解某些因界限而形成的障礙，重新認識宇宙萬物之間的溝通。當代辭章學家陳滿銘教授曾提出「多⟷二⟷一（○）」的螺旋架構[7] 來解釋宇宙萬物的牽動與變化。所謂「多」，即宇宙紛繁多樣的面貌；所謂「二」，即宇宙中陰陽二元的對待關係，繁複的科學知識即來自於「多」與「二」的錯綜變化。至於「一（○）」所代表的，是宇宙的統一相，「一」是形而下的具體統一，「○」則為形而上的抽象統一，「○」與「一」乃一體之兩面，與上述「萬物一體」、「宇宙無界限」的說法不謀而合。此一螺旋架構的提出，溝通了宇宙「無界」與「有界」之間的矛盾，正如佛家所謂「色即是空，空即是色」的觀照，也間接說明知識發展的兩大脈絡——一是求異，人們對於「有界限之宇宙」的認識由此產生；另一脈絡是求

6 黃錦鋐：《新譯莊子讀本》（臺北市：三民書局，1999 年初版十五刷），頁 58。

7 參見陳滿銘：《多二一（○）螺旋結構論——以哲學文學美學為研究範圍》（臺北市：文津出版社，2007 年）。

同，我們藉此理解了「無界限之宇宙」的真貌。

（二）跨領域學習的基本態度

我們探討宇宙無界的原貌，也認知到後起人為科學所締造的有界，其主要目的在印證各知識領域可以相互溝通的事實，也為跨領域學習尋得一穩固的理論基礎。在這理論基礎之上，我們可以進一步梳理跨領域學習應有的態度。以學生學習的心理來看，至少應具備四種態度[8]：

1 跨越界限

我們的學習不僅要跨越學科的界限，更要跨越自我、心理上的界限。在現代分科繁複的知識場域中，每一個學科都有其深奧的專業知識，需要非比尋常的眼界和勇氣，才能把兩種（或兩種以上）的領域結合。因此，無論是課程設計者或學習者，他們所要改變的不是那些學科，而是自我的心態。如果能夠知道如何改變自我，做到「跨越自我的界限」，則學科之間的界限，自然就不會是困難的問題了。

2 努力探索

這裡的探索是指學習者該有的面對未知世界的心理準備。人類的恐懼常常來自對於未知世界的惶惶不安，於是安於熟悉的環境，不願面對外在世界的陌生感，以致於用我執去解讀未知的世界，而觀念的偏差、價值的否定、鴻溝的擴大便由此而生。跨領域學習應具備探索

8 參考蔣興儀：〈自我對話主題與跨領域學習之間的關係〉，刊載於「清華學院」網頁（http://www.college.nthu.edu.tw/files/15-1090-13637,c2259-1.php），2010年10月5日。

的精神，使自我逐漸習慣面對陌生，累積探索未知世界的勇氣。當彼此放下因專業堅持而形成的本位思維，學科與學科之間的溝通才能形成，而真正的學習便由此開始。

3 敏銳的觀察與思考

敏銳的觀察不必刻意經營，因為只要靜下心來，關注周遭事物的變化，就能發現一草一木所蘊含的偉大世界。如同伏羲畫卦、倉頡造字，乃歸源於觀察「鳥獸蹄迒之迹」、「近取諸身，遠取諸物」[9]，才成就其偉大的事業。有了敏銳觀察與思考的能力，除了觀察自我學科之外，亦能觀察其他學科的奧秘，並思考彼此之間的差異與溝通，然後試作不同以往的詮釋，重新定義知識的價值，這就是為了跨領域學習作了最佳的準備。

4 積極創造

所謂創造是指創新與重製，其第一要務在於打破既有的常識。傳統的學科學習雖然紮紮實實地建構個人的知識系統，卻往往容易流於專業的我執，一旦陷入我執，便容易使知識僵化而無所用於社會。因此，既有觀念的破壞反而可以活化思維，帶出創新的知識脈絡。如果我們將打破常識變成一種思維習慣，其逐漸累積的創新能量是無可衡量的。如果跨領域學習具備創造的精神，那麼學科與學科之間的學習就不僅限於溝通和理解而已，其重新詮釋的知識、從零開始的發想，都可能成為創新事物的泉源。

---

9 許慎：《說文解字》〈敘〉。

三 跨領域學習之作文教學的實際操作

跨領域學習既符合宇宙自然的原始規律，又能符應二十一世紀的教學主流，其突破學科界限的學習模式，雖然無法完全泯除知識的藩籬，卻比較能夠引領學生貼近知識的原貌，使學習成效更符合現實世界的需求。落到語文教學來說，跨領域學習可使語文的讀寫訓練擴及其他學科，一方面訓練學習者的讀寫能力，另一方面也習得語文以外的知識。因此，將跨領域學習的理念落實於語文的讀寫教學是一必要的教學實踐。

（一）以「語文能力訓練」為經、「跨領域學習」為緯

作文教學仍須以語文能力訓練為本，也就是藉由辭章系統所建構的意象學、詞彙學、修辭學、文法學、章法學、主題學及風格學，來訓練學生的取材能力、遣詞能力、修辭能力、字句邏輯能力、篇章邏輯能力、立意能力及完成獨特風格之能力等等[10]。在這架構之上，進一步跨出語文範疇，從各學科領域尋找文本與素材，作為讀寫訓練的內容依據。所以，一個完整的跨領域學習之作文教學單元，至少必須包含四個步驟的訓練：

1. 讀寫訓練一：文章閱讀與分析（跨越學科界限→探索）
2. 讀寫訓練二：短文寫作（跨越界限→探索→觀察思辨）

10 見陳滿銘：〈語文能力與辭章研究〉，《臺灣師大國文學報》第36期（2004年12月）。亦參見蒲基維：《讓青春的意象遄飛——二〇一二年暑期文學寫作營學生作品精選集》（臺北市：萬卷樓圖書公司，2013年）。

3. 讀寫訓練三：中長文寫作（跨越界限→探索→觀察思辨）
4. 讀寫訓練四：長篇引導式作文（綜合與創造）

此四個讀寫訓練既符合語文訓練的各項範疇，也涵蓋跨領域學習所要求的四個基本態度。一般而言，一個讀寫單元至少需要三節課方能完成。依照此訓練模式，筆者已規畫並施作多種跨領域學習的作文教學課程。包括：

1. 用心撫觸地球的傷口——環境保育議題的閱讀與寫作
2. 當蘇東坡遇見愛因斯坦——自然科學的閱讀與寫作
3. 你可以決定生命的高度——生命教育的閱讀與寫作
4. 兩性教育新思維——性別議題融入讀寫之訓練
5. 君子學而優則仕——公民與社會議題的閱讀與寫作
6. 渲染舌尖與心靈的味覺——飲食文學的閱讀與寫作
7. 穿越臺灣古老的時空意象——北埔老街的探索與寫作
8. 穿越臺灣古老的時空意象——大溪老街的探索與寫作

這八種讀寫訓練的單元，已橫跨環保、生物、地科、輔導、性別教育、公民與社會、家政、歷史、地理等學科領域，除了語文訓練的設計之外，其餘教學內容均邀請各學科領域教師進行共同備課與協同教學，期能透過教師之間專業知識的交流與對話，提供學生完整而豐富的語文訓練。

（二）跨領域學習之作文教學舉隅

根據上述已施作之作文教學單元，擇其「自然科學的閱讀與寫作」及「公民與社會議題的閱讀與寫作」兩種，略述教學程序及內容如下：

1 自然科學的閱讀與寫作（跨生命科學、地球科學領域）

此學習單元可分四個讀寫訓練：

◎讀寫訓練一：科普短文閱讀與分析

請閱讀下列文章，並根據文章內容回答問題：

SARS 沒有固定症狀，不但因人而異，甚至有少數病人不會產生發燒或咳嗽現象。

感染 SARS 病毒一星期後，病毒開始大量繁殖；十天後，病毒量達到最高點，然後開始下降。此時病人的狀況也開始惡化。感染後的第三個星期是關鍵時刻，有些人病情好轉；有些人肺部開始遭受感染，與發炎有關的白血球及攻擊性發炎反應物質，陸續進入肺部抵抗病毒，造成劇烈發炎反應，使肺部深處負責把氧氣送到血管的扁平肺泡細胞大量死亡。與肺泡相連的微血管因發炎而必須鬆開血管壁，以便白血球從血管進入肺部，造成血液中的水或紅血球滲進肺部，導致肺部積水，並開始累積死亡細胞的碎片，也就是胸腔 X 光所看到的「浸潤現象」。出現這個現象後，病人就非常危險，大概有五分之一的機率會繼續惡化。由於肺部大量積水，氧氣無法經正常呼吸送至肺泡相連的微血管，造成血液缺氧。這時就需要插管治療，用人工方法加壓，促使氧氣進入血液內。

然而，這時肺泡細胞已受到很大的傷害，積水又使氧氣不易進入微血管。大部分的感染者都為時已晚，無法挽救。即使後來救活了，肺部因受到嚴重傷害在修復時產生大量像鋼索一樣的膠原纖維，使肺部硬化。病人復原後肺部已受永久的傷害而功能大打折扣。

　　SARS 所引起的致命肺炎並不是病毒繁殖直接造成的傷害，而是免疫系統為了對抗病毒，對自己造成的傷害。這是治療 SARS 的重要方向，如何恰到好處地控制免疫系統的反應，又能對付病毒，是治療的重點。（改寫自徐明達《病毒的故事》）

【寫作說明】這是一篇關於非典型肺炎（SARS）染病時的症狀描寫，傳染擴大時約在二○○三至二○○四年，當時曾引起世界對於藉呼吸道傳染之病毒的恐慌。時過境遷，雖然我們對於 SARS 已能有效控制，但這篇研究仍有極高的科學價值。近年科普閱讀非常流行，同學不可忽視這些內容的研讀。當然，研讀的策略還是先掌握主旨，然後找出關鍵字句，再提出自己的感想，這樣的閱讀心得才能深刻而聚焦。

　　根據文章內容我們可以設計三個問答題來引導學生思辨：

　（一）這篇短文主要在闡述什麼內容？

　（二）從文中訊息可知，感染 SARS 會有什麼主要症狀？

　（三）二十一世紀人類與病毒的抗戰愈演愈烈，我們要如何因應？

◎讀寫訓練二：文章縮寫

請閱讀下列文章，並縮寫成二○○字以內的短文。

　　颱風的形成與空氣會流動的特性有關。所謂風的形成，就是貼近地面的下層空氣在流動。下層的空氣如果受熱，就會往上升。地球面上各地區的冷熱不同，所以各地區空氣的冷熱也不一樣。熱的空氣體積膨脹，變得稀薄，密度減小，通常說它變「輕」了，因而往上升。反之，冷的空氣體積收縮，變得稠密，密度增大，通常說它變「重」了，因而就下沉，到達地面後再向空氣稀薄的地方衝過去。

各地空氣的「重」或「輕」通常都用氣壓的高低來表示。氣壓就是單位面積的地面所承受空氣的總重量，知道各地氣壓的高低，就可以知道貼近地面的空氣流向。如果某一處的氣壓特別低，空氣就會從周圍氣壓比較高地方湧過來，在這氣壓低的地方行成一個漩渦。颱風就是在地球表面所形成的空氣漩渦，而且是「巨大的」漩渦。一個典型的颱風直徑可達八〇〇公里，厚度（也就是高度）卻只有大約十五～二十公里左右。

颱風通常孕育在赤道附近的熱帶海面上。此處通常比較熱，空氣受熱就會上升，氣壓變低，周圍的空氣就會趕來補充這個低壓區域。由於低緯度海洋上的空氣溫度高、濕度大，又正好是南北半球信風相遇而發生激盪之處，這個激盪地區將引起大量空氣上升，上升的氣流就在地球自轉所產升的偏轉力之下形成颱風。

颱風形成後，就會向緯度較高的地區運動，所到之處會產生嚴重的破壞。但是颱風也不會永遠存在下去，如果颱風得不到足夠的水氣與能量，再加上所經過陸地的地形阻擋，它就會消失，通常在到達緯度更高的地方就煙消雲散了。

颱風雖然凶猛，其中心卻是一片風平浪靜的晴空區，這就是颱風眼。颱風眼在颱風中心大約直徑十公里的圓面積內，因為外圍的空氣旋轉得太厲害，外面的空氣不易進到核心裡面，那區域好像一根孤立的大管子。所以，颱風眼區的空氣幾乎是不旋轉的，也就是沒有風。

由於颱風中心外圍的空氣是環繞著中心以反時針方向旋轉，另一方面還挾帶著大量的水蒸氣上升，形成大片灰黑色密布的雲層，下著傾盆般的暴雨。而在颱風眼區，空氣是向下沉的，因而雲消雨散，會出現暫時的晴天，甚至在夜間還可以看到閃爍的星星。一般而言，以颱風行進的速度，最多六小時颱風眼就過去了，接著天氣又會變得很惡劣，仍然是狂風暴雨的景況。

【寫作說明】颱風是身為臺灣地區的居民所應深刻認識的重要議題。所以科普閱讀常有颱風相關研究的文獻，而此篇就是有關颱風形成因素的文獻，如果同學能夠從短文中掌握到颱風形成的幾個重要因素，則縮寫就不困難。

◎讀寫訓練三：文章重組與擴寫

下列是有關地球科學的知識，請閱讀之後重新組合這些知識描述，訂定一個題目，並擴寫成主題明確、結構完整的文章。

一、隨著地球表面的溫度下降到一定的限度時，在原始海洋裏形成了複雜的有機體，最後發展到具有新陳代謝作用的蛋白體，而蛋白體就是生命存在的基本形式。

二、在距今約五億七千萬年前的元古代，地質結構的變遷使陸地出現大量的湖泊。湖泊的自然環境使得細菌等原始微生物開始日漸繁盛。

三、有一種甲烷球菌生活在太平洋底兩千六百多公尺水深的一座火山口邊緣，其生活不受陽光影響，它不以有機碳作為食物源，靠的是火山口排出的二氧化碳、氮和氫為生，並釋放甲烷。科學家認為這是原始生物的最早形式。

四、彗星是太陽系中少數含有水的物體之一。三十六億年前，從天外墜落到地球的隕石中包納了構成地球生命的全部基本要素。科學家發現，全球性的流感疾病似乎與彗星回歸有關，因為流感病毒可能來自彗星。

（資料來自鄭天喆主編《深入淺出談地球科學》）

【寫作說明】這一寫作訓練包含了自訂標題──此為立意能力訓練；重新對四個段落排列組合──此為掌握材料、詮釋材料的能力訓練；重組之後需要加寫一段文字以成就完整文章──此為謀篇能力的訓練。同學掌握這幾個寫作訓練的面向，應該可以寫出不錯的作品。

◎讀寫訓練四：引導寫作

在電影〈2012〉中營造了世界末日的場景，所謂「地球物質調整」造成劇烈的板塊運動而發生強烈地震，幾乎使人類滅絕。有人甚至斷言「2012 年 12 月 21 日下午 3 點 14 分 35 秒」是世界末日的具體時刻。其實關於 2012 年地球滅絕的說法很多，包括彗星撞擊地球、太陽風暴的威脅等等。雖然這些說法已被證實為荒謬的論述，但是世界末日的陰影仍然籠罩在人們的心中。如果世界末日真的在有生之年到來，我們將如何面對這些僅存的日子？

請以「如果世界末日到來」為題，論述你對這個議題的認知與感受。文長不拘，記敘、議論、抒情皆可。

【寫作說明】此一訓練著眼於學生的寫作綜合能力表現，也包含了訓練學生理性的科學思辨與感性的情境想像。同學可以敘事、議論，當然，若能適度融入氛圍營造，文章的感染力會更生動。

2 公民社會議題的閱讀與寫作（跨公民社會、媒體傳播領域）

此學習單元亦分成四個讀寫訓練：

◎讀寫訓練一：文本閱讀與分析

請閱讀下面文章，並依規範回答問題：

臺灣社會重利貪財的價值取向到底是如何形成的？

從歷史背景來說，臺灣基本上是一個移民社會。在三、四百年前開發的早期，大部分的移民來自於閩南和廣東客家地區。這兩個區域山多田少而土地貧瘠，加以人口的壓力，向來就有往海外移民的傳統，這裡的人民不像中原地區的漢人，具有守成認命的性格，相反地，向外發展的冒險精神格外明顯。他們移民的動機大部分是為了謀求經濟利益以改善家庭生活。

十七世紀以來，荷蘭人的移入，直接將西方資本主義「重商貿易」的觀念引進臺灣，最具體的事例就是「商品出產」與「商品流通」的機制。移民自中國大陸的漢人農民雖然仍是一個農業生產者，卻必須學習商人性格，才能應付新環境的改變。就是在這樣的歷史背景催化下，臺灣人養成「重利貪財」之價值取向的客觀條件便逐漸形成。

國人深具重利愛財的心理，是日常生活中常可體驗到的一般印象。人們常用錢財做標準來比擬其他價值也常用錢財來衡量一個人的成敗得失。譬如，臺灣民間常流行這樣的說法：「人格有什麼價值？值多少錢？」、「有錢、有勢，卡要緊啦！有了錢，萬事通」、「見到錢，眉開目笑」、「褲頭有錢，就是大爺」、「人為財死，鳥為食亡」……等等，不一而足。因此，在臺灣社會裡，人們講究的是「日頭赤炎炎，隨人顧性命」，笑貧不笑娼，有錢就叫爺娘，自古以來就成為人們奉行的準則，十分地現實，卻相當實際。

自一九八〇年代以來，社會裡游資過多，人們有了充沛的金錢從事投機性金錢遊戲。一時賭風熾盛，玩大家樂、六合彩的風氣流行，地下投資公司與期貨買賣也生意興旺，玩股票、炒房地產的更是大有人在。幾年下來，整個社會被捲入狂熱的冒險賭博風暴之中，臺灣被譏為投機冒險家的天堂。無怪乎，有人戲改 Republic of China 的簡稱 R.O.C.為 Republic of Casino 的縮寫，臺灣也贏得了

「貪婪之島」的盛名。事實上，國人出國遊玩時酷愛瘋狂採購，出手闊綽早已聞名遐邇，這些舉動一再強化了臺灣人重利貪財、具物質傾向與缺乏高尚文化素養的刻板印象。（節錄自葉啟政《臺灣社會的人文迷思》）

【寫作說明】此一訓練除了使人瞭解臺灣社會「重利貪財」的現象之外，也提供同學一個自我省思的機會，文章發人深省之處頗多，無論持贊同或反對的意見，都是一種自我深刻的反省。根據短文內容，我們可以設計四個問題來引導學生思辨與答題：

（一）這篇文章主要在闡述什麼？

（二）臺灣社會重利貪財的歷史背景是什麼？

（三）請根據前文，舉例說明臺灣人重利貪財的價值觀為何

（四）文中作者對臺灣「Republic of Casino」、「貪婪之島」、「缺乏高尚文化素養」等批評，你有什麼想法？可提出反駁，亦可提贊同意見，並說明理由。

◎讀寫訓練二：概念的思辨

下列是幾個有關「文化」之二元相對的概念，請閱讀理解之後，根據各組概念之精神內涵，列舉具體事例，並說明你對每一組相對概念的認知。

一、傳統文化與現代文化

二、中國文化與臺灣文化

三、國際化與本土化

【寫作說明】這又是一個訓練同學二元思辨的題目，在抽象的思辨中，宜舉出具體的事例，才足以支撐自己的論點。

◎**讀寫訓練三：找出新聞事件的真相**

以下是幾段有關臺灣新聞媒體的報導：

一、有一位科學園區的工程師，看到他夢寐以求的獨門獨院兩樓式別墅，深怕買不到，親自帶著一千萬元現金到現場交易，以免向隅。電視台畫面很誇張地拍到他從車上提著一大袋現金，到建設公司賣場打開來，工作人員圍在他旁邊幫忙數鈔票的情景。各電視台的主播對這一則新聞似乎津津樂道，不斷重播。

二、當一項名為「臺灣成人年度做愛次數統計調查報告」出爐時，各家媒體都以十分顯目的版面，給予大篇幅的報導。臺灣成人在這方面的成績很遜，排名吊車尾，每年做愛平均次數只有八十次。

三、颱風尾掃過中南部，二十四小時重複播放的電視新聞畫面，彷彿整個南投都被淹沒了。當所有的新聞媒體都往臺灣的中南部奔去，傳送回來都是滿目瘡痍的畫面，讓人以為中南部受到風災摧殘，無一處倖免。但事實上卻有少數地方幸運逃過一劫。

四、四、某某日報刊出電視名製作人和某位女明星去看電影，在過馬路的時候碰到紅燈，於是兩人停在安全島上當街擁吻。那一則新聞標題是「某某某和某某某當街擁吻？」報導內容非常戲劇化，查證於當事人，根本子虛烏有，才發現記者的想像力遠比當事人還要豐富。

請根據上述四則新聞事件的報導，仔細檢視新聞媒體所犯的錯誤，並發表你的意見，指出媒體在報導新聞事件上的心態、角度或方法的偏頗。

【寫作說明】寫出自己的觀點，必須先瞭解每一個新聞事件背後的謬誤：

一、新聞節目播出的內容，不一定是真相。其中，有些是以表演的成分居多。觀眾應保持理性客觀的距離，才不會掉入商業包裝成新聞的陷阱。

二、看媒體發布的各種統計調查報告時，應注意發起這項調查的單位、動機、方法及有效樣本的多寡，才不會被廠商商業目的所牽引，誤判事實的真相。

三、媒體常常犯了「以偏蓋全」的錯誤，他們所呈現的往往只是新聞事實的一部分，並非全貌。試著從不同角度探討，包容不同的觀點，才能掌握完整的真相。

四、新聞的責任是報導真相。在新聞標題加上「？」，無異於是把新聞查證工作交給閱聽人自行判斷，主播和記者淪為八卦中心，自取其辱。

◎讀寫訓練四：引導寫作

司法院大法官會議做出第六八四號解釋，認定大學生如不滿學校處分，有權可提起訴願和行政訴訟。臺灣大學李校長表示，依據《大學法》的規定，學校在法律範圍內有自治權，學生也很多申訴管道；大法官做出這項解釋，可能造成學校和學生之間關係的緊張。學校是教學的地方，學校和學生之間的關係，應如何維持和諧，避免陷於緊張，而影響教學活動，是學校和學生雙方面都應關心的問題。對大法官的這項解釋和李校長的反應，以你在學校的親身體驗或所見所聞，請以「學校和學生的關係」為題，寫一篇完整的文章。文體不拘，文長不限。（100 年學測）

【寫作說明】

一、內容理解與思辨：司法院大法官的解釋是從「法」的角度來詮釋學生的權利；台大校長則從「情」與「理」的角度來連結學生與學校的關係。凡事要情、理、法三者兼顧，才能辨析事件的真相，找出解決問題的方法。

二、寫作技巧叮嚀：本文以論說體裁寫作較為適宜，但是舉例證時融入某些情境的描述會更有真實感，也較有說服力。至於謀篇布局則以「論一敘一論」為常態，若能採用「敘一論一敘」的邏輯，融入景物的氛圍烘托，又較能推陳出新。

四　結語

現代文明所構築的世界，常常充滿分裂、疏遠、對立和疏離的關係，人們習慣區別劃界，常因劃地自限而感到障礙重重。事實上，看清真理的哲學家告訴我們，人性應該往開闊的方向發展，人要自我開放，要破除心中的障礙，要跨越心靈的界限，才能與天地自然合一，重回人我交融、物我合一的境界。這是跨領域學習的哲學根源，據此根源我們設計了許多跨領域學習的讀寫課程，在語文能力訓練系統的框架中，我們秉持跨越自我、努力探索、敏銳觀察與思考、積極創造等態度。在學習中，不僅跨出了文學知識的藩籬，使學生看見不同知識領域的風貌，也透過不斷的對話與溝通、彼此的聆聽與討論，讓學生體驗跨越界限、融通知識的美好感受。

本文雖以自然科學的閱讀與寫作、公民與社會的閱讀與寫作為例，來說明跨領域學習作文教學的施作，事實上已經藉由共同備課與協同教學的方式，逐步建立學習教材的資料庫。在不斷擴充中的資料庫裡，以學生學習為主軸、以跨領域學習為內涵、以語文能力訓練系統為框架的作文教學，將是一套較有系統的教學模式，足供教師在語文教學場域施作與檢驗。

西洋電影的口語藝術

張春榮
國北教大語創系教授

摘要

本篇自修辭三性探討西洋電影的口語藝術，自繪畫性中兼及譬喻、轉化、誇飾；自音樂性中兼及類字、頂真、雙關；自意義性中兼及設問、映襯、反諷、悖論；其中口語藝術正可和華文電影相互輝映。

關鍵詞：西洋電影、繪畫性、音樂性、意義性

一　前言

電影是人物、情節、對話的精緻組合。藉由驚心動魄的撞擊，纏綿悱惻的際遇，好事多磨的轉折，椎心刺血的乖違歷練，影片中的人物，不管主角或配角，無不在生命困境，體會深刻，洞悉幽微；於是感慨繫之，有感而發，出現「有感覺、有感動、有感悟」的獨白與對話。

大抵西洋電影中的雋永對白，結合精采劇情，豐富內蘊，打動人心。其中語淺意深的名言佳句，繪聲繪影，充滿繪畫性的感染，意象繽紛；召喚音樂性的悅耳，自然流暢；形塑意義性的建構，啓迪人心；如耀眼的水晶球，折射語言三性（形音義）的迷人魅力。

二　繪畫性

西洋電影中的口語[1]，往往就地取材，就生活經驗取譬，就眼前所見解釋；善用相似聯想、接近聯想與對比聯想，讓人觀之易懂，聞之易曉。其中以譬喻、轉化、誇飾最常見。

（一）譬喻

譬喻善於以淺顯方式，說深奧事理，藉由具體喻抽象，再加上喻解的說明，點醒迷津，揭示重點，讓人有更明確的體會。如：

1　以下譯文均見坊間發行的 DVD。

> 如同這杯子，你充滿見解和推測，為了看見智慧之光，首先你必須清空杯子。(《2012》)

> 「我們要更了解他的過去。」「他不肯說，就像剝洋蔥，你要一層層剝皮。」「用耐心就可以。」(《攻其不備》)[2]

> 正因為有您，我們茁壯成為更優秀的人才。賀老師，我們就是您的交響樂，我們就是您作品中跳躍的旋律和音符，我們是您生命中的樂章。(《1996 春風化雨》)

第一例以杯子譬喻內心，內心充滿成見，自以為是，將無清明的空間。只有把成見倒掉，內心歸零，一片光可鑑人，才能容受見識，映射智慧之光。第二例夫妻討論對一直緘默的麥可，該如何打開他心房。以「剝洋蔥」為喻，指出只有慢慢接觸，才能打開他內心世界。對於這樣流浪過的小孩，不能操之過急，一定要耐心細心，才能日漸有功。第三例是曾受賀老師指導，跨越吹奏障礙的女學生，最後成為州長，前來賀老師榮退音樂會上，表達內心誠摯的謝意。賀老師一生以寫出交響曲為職志，雖然未能完成，但他教過的學生均是他「春風化雨交響曲」中最動人的旋律，最活躍的音符；在各行各業發光發熱，共同交織出生猛有力的「生命樂章」。

事實上，譬喻除了力求相似性的生動外，可以在對比聯想中別有體會，另有所指，意有所諷，提出批判性的警告。如：

> 「我被囚禁六年，你們釋放我，要我進另一個監獄。」「皇宮怎麼是監獄？」(《鐵面人》)

---

2 電影譯文均參坊間發行 DVD 譯文。

> 你不去她房間，不准別人碰她的東西，等於在家裡放一個墳墓，寶貝，你以為封閉她，痛苦就會遠離嗎？（《蘇西的世界》）

> 你的聯名信用卡像是打對折的喀什米爾大衣，初次見面時它承諾會當你最好的朋友，直到你仔細看，你才發覺它不是真的羊毛，等到冬天來臨，你發現大衣根本不是真的羊毛，等到冬天來臨，你發現大衣根本不是你的朋友。（《購物狂的異想世界》）

第一例以監獄喻皇宮，對鐵面人（國王孿生兄弟）而言，那只是金碧輝煌的枷鎖，絕對權力的桎梏，並非他所嚮往。第二例外婆指出母親的心結。封閉蘇西的房間，如同封閉自己。問題是，墳墓不是埋葬活人。蘇西已死，活著的人仍要活下去。第三例剖析銀行聯名信用卡的迷思，購物狂的陷阱，指出凡事不能只看外表，要瞭解一個人要長期觀察。瘋狂購買的對折名牌，往往只是你的貪圖想要，並非你真正的必要。用信用卡購物買一大堆你不必要的東西塞滿房間，隨後銀行帳單將伸出利爪，掐住你的喉嚨。

（二）轉化

轉化是移情作用感染，內模仿作用的換位，讓抽象「活化」成具體，讓客觀對象、主觀情意完全「活」起來，呈現栩栩如生的律動情境，如：

> 「威爾森，你在哪？」「威爾森，我來了！」「威爾森！威爾

森！……」「威爾森，我游不到！」「威爾森—威爾森—」（躺在竹筏上哭泣）（《浩劫重生》）

女兒有兩種：服從母命和隨心所欲，但這房子只容下服從的。（《喜福會》）

人生給你打擊，你要學會反擊；梅根，我是你人生，看我如何咬你屁股。梅根，我沒有咬你屁股，是你人生咬你屁股。（《伴娘我最大》）

第一例中「威爾森」是一顆排球的人性化。男主角日夜和它作伴，講話，排遣孤寂難捱的漫漫時光。最後編製竹筏，帶威爾森離開孤島，沒注意到威爾森掉落海中越漂越遠。男主角雖拉著竹筏追過去，無奈體力不濟，筋疲力盡，只好放棄。而痛失摯友的悲哀瞬間爆開。第二例中的「房子」，是「我的房子」的省略；亦可視為媽媽的物性化。於是在很簡單的視角換位中，講明「女主人」的忍受度，只接受言聽計從的「孝女」，沒有討價還價的空間。第三例將「人生」形象化，你不反擊人生，人生將狠狠咬傷你，咬得體無完膚，趴在地上，舉白旗投降。這樣的形象化，旨在逼梅跟振作起來，扭轉劣勢，戰鬥力十足，交出漂亮的成績單。

值得注意的是，電影中的轉化，特別善用形象化，讓抽象信念、價值觀有了陌生化的律動感性，讓人耳目一新，重新凝視，心有戚戚。如：

正義也許遲到，但遲早會到。（《黑金》）

「命運安排我們重逢，感謝命運之神！」
「抱歉我來晚了。」
「真愛永遠不嫌晚。」(《給茱麗葉的信》)

「你在哪裡？丹！」「此地！」
「幾點了？」「此時！」
「你又是什麼？」「此刻！」(《深夜加油站遇見蘇格拉底》)

第一例中將「正義」形象化，結合「遲到」至「遲早會到」的音義變化，提出對人間正義的信念與肯定。正所謂「真理永不彎腰」，真理的太陽終將照耀天地。第二例將「真愛」形象化，只要是「真愛」來臨，便是「金風玉露一相逢，便勝卻人間無數」的美好，跨越時間空間，便是人間晚晴的光霞燦爛。第三例是影片最後，蘇格拉底消失，當米爾曼在雙環動作停格時，響起蘇格拉底的聲音。這個聲音是米爾曼內心「蘇格拉底化」的呈現，沒有「在哪裡」、「幾點」、「是什麼」的分辨，只有當下一刻的專注、單純、清醒。全片其實是轉化的經典範例。事實上，沒有所謂的蘇格拉底(「蘇格拉底」是米爾曼取名)，從頭到尾都是米爾曼內心世界「人性化」、「形象化」的深刻對話，不斷修正，體會領悟與真正成長。

(三)誇飾

誇飾是語出驚人的極度形容，逸出常軌的聳人聽聞，局部變形的可能呈現；藉以凸顯心理感受的強度與真實。如：

你花費十五萬美金所受的教育，在公立圖書館花一塊五美金便

可獲得同等學問。(《心靈捕手》)

如果男人來自火星，女人來自金星，而你會說金星的語言，你就可以稱霸天下。我不知你如何有此能力，原因何在？但你可能是世界上最幸運的男人。(《男人百分百》)

「你身上哪裡最漂亮？」
「我頭髮，我爸說讓他想到夕陽。」
「請吹出夕陽。」(《1996 春風化雨》)

第一例中藉由「十五萬美元」與「一塊五」間一萬倍的懸殊落差，極其形容被動學習和主動學習的天壤之別。此處男主角威爾以誇飾口吻，批評大學生無法主動學習，所學皮毛膚淺，不如親自到圖書館查資料來得多。第二例藉由「火星」與「金星」距離遙遠的誇張譬喻，極其形容男女語言的隔閡，男女心理磁場的落差，幾乎是難以跨越的鴻溝。因此，能夠洞悉女人語言深處的真正心理，將是兩性之間的達人，左右逢源，備受歡迎。第三例賀老師用心引導學生跨越吹奏時的障礙，舒緩緊張的情緒，建立對自己的信心。「吹出夕陽」是誇張的譬喻，聽從建議，女學生闔上眼，沉浸在美麗的感覺中，吹出流暢婉轉的音符，女學生難以置信，展開笑容，從此駕輕就熟，揮別陰霾，跨出困境。

大抵電影中的誇飾，以男女間情感的表白最具趣味。如：

我愛你是因為在攝氏二十二度的天氣下你也會感冒；我愛你是因為你點一份三明治要一個小時；我愛你是因為當你看著我時眉頭會皺起來，像是在看一個瘋子；我愛你是因為和你玩了一

> 天後，回到家仍能在衣服上聞到你香水的味道；我愛你是因為你是我每晚上床前唯一想打電話聊天的人。我講這些並不是因為我寂寞，更不是因為今晚是除夕夜，而是因為當我決定要與你共度下半生時，我希望我的下半生趕快開始。(《當哈利碰到莎莉》)

> 「你要不要來一杯結婚？……茶！要不要來一杯茶？」
> 「你說結婚，你想說的是茶，但卻說結婚。」
> 「你要不要來一杯茶？」
> 「我願意！」(《101忠狗》)

第一例是電影最後哈利對莎莉的表白，儘管莎莉毛病不少，誇張行徑荒唐可笑，但卻是讓哈利由衷思思念念；肯定這份強烈感覺，並非找人作伴而已，而是找到一生伴侶的驚喜。於是，主動跑去莎莉前，勇敢告白。第二例是男生心想求婚的言語錯位，結果講出「你要不要來一杯結婚」的超常問話。而「男有情，妹有意」，於是這句失常的問話後，在「心有靈犀一點通」中，男主角雖恢復正常問話，女主角則以「我願意」，快人快語，將洩底的求婚，畫上美好的句點，兩人攜手走上紅毯的另一端。

三　音樂性

西洋電影口語的音樂性，力求平白如話，淺顯流暢，清楚表情達意，聞之易懂，與書面語的力求典雅富麗不同。其中最常見的手法為類字、頂真、雙關等。

（一）類字

類字是「有意」的重出，造成聲音和意義的強調，絕非字彙貧瘠，只好相同字詞一再運用。類字在西洋電影中的佳例，不勝枚舉。如：

> 你一定要躺著不動，真聰明，幫助我們幫助你。（《戰馬》）
>
> 我敵人的敵人，就是我的朋友。（《貧民百萬富翁》）
>
> 不要讓別人告訴你不要做什麼，有夢想就去追求。別人做不到，就會希望你做不到。（《當幸福來敲門》）

第一例照慣例寫成「我們幫助你」，將少了一層音義的強化，而通過類字「幫助我們幫助你」，顯然多了「你要多配合，讓我們幫助你」的意義，同時產生新鮮的語感與美感。第二例中強調「敵人的敵人」，就是我攏絡的對象，就是同一陣線的朋友。比起一般「不是敵人，就是朋友」的寫法，無疑更令人印象深刻。當然這時的「朋友」，不見得志同道合，只是暫時的結合，各取所需。第三例則以過來人的經驗，諄諄告誡。尤其最後所揭示：「別人做不到，就會希望你做不到」，指出一般人「見不得別人好」、「見不得別人逐夢」的酸葡萄心理。因此，千萬要頂得住，不受干擾。

大凡電影中的類字，連續使用三次或三次以上，最能讓音義表現得淋漓盡致。如：

> 我恨我自己狠不下心來恨你，一點都不能恨你，一點都不恨。（《對面惡女照過來》）

> 我害怕很多事，你也害怕很多事，讓我們一起共同害怕很多事。（《沒有問題先生》）

> 人們祈禱耐性，上帝給他機會學會耐性；人們祈禱勇氣，上帝給他機會學會勇氣；人們祈禱相互扶持，上帝給他機會學會相互扶持。（《王牌天神2》）

第一例藉由四個「恨」字，正話反說，強調自己由衷喜歡對方，自己不能騙自己。所謂的「恨」，其實是「愛」的倒反，無法遮掩。第二例藉由三個「害怕」，展開變相的求婚。所謂「害怕」，其實是「同甘共苦」的偏義，「共同分擔與分享」的婉曲，另類的求婚臺詞；看似低調，卻能打動女主角的芳心。第三例訴說上帝的智慧，上帝永遠打開一扇門，永遠給人機會。藉由三次「機會」、「祈禱」，兩次「耐性」、「勇氣」、「相互扶持」的類字，強調「機會」其實就在「耐性」、「勇氣」、「相互扶持」的堅定信仰裡，精誠所至，必能開創機會，創造奇蹟，創造美好的人生。

（二）頂真

電影中的頂真，最常出現在對話的銜接與獨白的說理上。藉由頂真的銜接，讓對話有了進一步的討論；藉由頂真的延展，讓獨白有了深入的探索。如：

「畫什麼時候完成？」「完成的時候完成。」(《米蓋蘭基羅傳》)

「每次問你待多久，你都說夠久，夠久是多久？」(《因為我愛過你》)

你是誰都不重要，重要的是你信仰什麼？你是把一種信仰摧毀，還是讓它重生？(《達文西密碼》)

第一例中主教問米蓋蘭基羅何時完工？米蓋蘭基羅給了一個「有說等於沒說」的答案，這樣的答案是「同一律」(A＝A)的陳述，完全合乎邏輯，找不出任何語病。第二例中女主角對男主角的「夠久」，在頂真中提出激問的質疑。其實所謂的「夠久」都是男主角的敷衍之詞，模稜兩可，讓女主角終於發火。第三例中藉由「正反」映襯的敘述，「重要」的頂真開展，指出信仰態度的重要。堅定信仰，必能堅持到底，浴火重出；喪失信仰，將只會破壞，毫無建樹可言。

大凡電影中優質的頂真，必能在進一步的衍申中提出發人深省的見解，剖析更明確的道理。如：

心若不空，則空處亦不空；在監獄裡最能理會這種道理。(《小活佛》)

他們叫作耶誕節。耶誕節！耶誕大餐！大餐代表死亡，死亡代表大屠殺。(《我不笨所以我有話說》)

「我不懂！」「是還不懂，只是還不懂而已。」

「麥可，你的頭有多大？」「很大。」
「裡面裝什麼？」「大腦。」
「大腦就像裝滿地圖的檔案櫃，還有解決問題的途徑。我在這裡幫你找到地圖，到達終點。」(《攻其不備》)

第一例中以「空」頂真，說明心要保持靈動的空性，不是「有無」的空間，桎梏的空洞，受限的空虛。否則身在監獄均是「心有掛礙」的擁擠，何空性之有。第二例中藉由「大餐」、「死亡」的雙重頂真，對人類的聖誕節提出批判。就人類而言，是享用大餐的佳節；對動物而言，則是「犧牲奉獻」的慘劇，不可同日而語。第三例中藉由「大腦」頂真，結合譬喻，說明大腦的功能，如同密密麻麻的地圖，循著路線前進，一步一步推進，必能在「動動腦」中解決問題，不再有進退失據的煩惱，更不會束手無策，「腦殘」徒傷悲。

（三）雙關

雙關旨在藉由「諧音」、「諧義」，讓相同的聲音召喚兩層以上的意義；在重現的聲音中折射意義的豐富性。電影口語中的雙關，最能迸發對話與獨白中的機智。如：

昨天是歷史，明天是祕史，今天是禮物，因此才被稱為「現在」。(《功夫熊貓》)

「韁繩」這個名字取得真好，馬兒套上後全身「僵硬」，這根本無意義可言，而是極可能把一匹馬逼瘋。(《黑神駒》)

> 肯恩先生是個獲得一切又失去一切的人。也許「玫瑰花苞」是他無法得到或失去的東西。不管怎樣，這個字無法解開任何疑團。我不認為任何字能說明一個人的一生。(《大國民》)

第一例中的 present，可以代表「禮物」，也可以代表「現在」，在雙關中重申掌握現在的積極意義，過去消逝，未來難測，均無法成為禮物，只有今天才值得，最值得珍惜。第二例中是黑神駒的獨白。「韁繩」之韁與「僵硬」之僵，在諧音、諧義中，形成嘲諷。「韁繩」對人類而言，便於控制；對馬而言，則為難受的置入。第三例的 Rosebud，一指童年玩物雪橇上的品牌名，一指玫瑰花苞般的快樂童年，既單純又美好。肯恩極盡風光，卻孤獨一世。臨終遺言「玫瑰花苞」，正是他無法享有的祕密心願，事與願違，伴隨他人間蒸發。

四　意義性

西洋電影口語的深刻性，建立在內省智能、人際智能與存在智能的探索上。藉由設問、映襯、反諷、悖論的意義重構，對話與獨白的靈光乍顯，給予觀眾嶄新的體驗。

(一) 設問

設問是對一個問題的提出、解決與表態。主要有「提問」、「激問」兩種。「提問」是自問自答的思考，藉由問題的提出、解決，表達自己的見解與體會。如：

> 我們要什麼？正義，我們得到什麼？種族歧視。(《走夜路的男人》)

> 單親媽媽做兩份工作，卻還有時間送孩子去練足球，才叫奇蹟；青少年拒絕毒品，卻肯受教育，才叫奇蹟。……想看到奇蹟嗎？孩子，都要靠你自己。(《王牌天神1》)

> 你們當中誰會成為下一位摩斯？下一位愛因斯坦？誰會是民主、自由、發明的先鋒？今天我們把美國的未來託付給諸位能幹的雙手。各位先生，歡迎加入普林斯頓大學。(《美麗境界》)

第一例中藉由兩個問題的期望與結果，檢視期望與結果並沒有和諧一致，反而是事與願違的反諷，大嘆正義不彰，歧視長存。第二例藉由奇蹟的舉證，提出如何達成奇蹟，唯一良策就是自立自強，將自己能量發揮至極，奇蹟才會翩然降臨。第三例是校長對新進教師的期許。藉由三組提問，希望新進教師以傑出發明家、優秀校友為典範，發揚普林斯頓優良傳統，星月爭輝，更為燦爛。

至於「激問」是以強烈反詰的語氣，道出自己的看法。答案多在問題的反面。如：

> 離開我，就像我離開你一樣。唉，人生總是不能盡如人意，不是嗎？(《羅馬假期》)

> 為什麼區分神性和人性呢？難道神性中沒有人性？(《達文西密碼》)

> 當面對著上膛的手槍，警匪有什麼不同？(《神鬼無間》)

第一例中公主對美國記者的無奈告別。在「不是嗎」的反詰中，道出人生的事與願違，往往充滿缺憾。第二例中質疑「神性」和「人性」區隔。神性不應高高在上，沒有人性。沒有人性的神性，何其恐怖，將是背離人性的冷漠無情。第三例藉由激問，嘲諷警察、匪徒同樣貪生怕死，在上膛的手槍前，再怎麼驍勇善戰，面臨生死交關，誰不乖乖就範，束手無策。凡此激問，無疑逼觀眾與電影中的人物進一步思索問題的癥結所在。

(二) 映襯

映襯注重內容上的對比，意義上相反對立。藉由映襯中的二元對立，以「正反」(一肯定、一否定) 為例，最能看出人物的抉擇，人物的價值判斷。如：

> 他們可以遮住外面的光，但不能遮住腦裡的光。(《以父之名》)

> 重要的不是死亡，也不是幾歲死，而是死亡這一刻你在做什麼。(《刺蝟的優雅》)

> 生命快樂與否，不在身材胖瘦，而在自我認同。跟我交往的人必須接納我本來的面貌，我也必須接納我自己。(《隨身變》)

第一例中藉由「正反」(「可以遮住」、「不能遮住」)、「虛實」(「外面的光」、「腦裡的光」)，強調隻手遮天，控制外在，只能流於形式。「腦裡面的光」是每個人的內心信仰，閃閃發光，誰都不能消滅。第二例藉由「正反」的一再遮表，指出死亡並不重要，重要的是你如何面對死亡，在面對死亡之際能否有所作為。第三例同樣藉由「正反」映襯，指出生命的快樂，不在外表，而在內心的誠摯真實。不虛偽，不造作，胖就胖，瘦就瘦；能夠接納自己的不完美，自得其樂，才是快樂的源泉活水。

事實上，映襯除了對比選擇外，可以看出對比的差異。如：

> 一個不能捍衛自己的男孩，會變成不能捍衛任何事物的男人。（《追風箏的孩子》）

> 媽媽，你沒有跳芭蕾的腳，我沒有跳芭蕾的心。（《舞動人生》）

第一例中強調「男孩」和「男人」的差異。小時任人欺負，長大了必將委曲求全，成為沒有胸膛，沒有肩膀的男人（男子漢）。第二例是媽媽希望女兒跳芭蕾，問題是女兒興緻缺缺。於是女兒指出兩人差異所在。媽媽的腳不適合跳，自己的心不想跳，彼此各有限制，無法攀登芭蕾的巔峰。

（三）反諷

反諷是生命不和諧的體現，對價值顛倒的批判。凝視生命中諸多「表裡不一，事與願違」，體驗相互矛盾的鮮明存在，面對價值顛倒的錯置；不免有感而發，糾謬指正，自然湧現反諷。如：

> 俄國諺語說：「上天堂是因為那邊天氣好，下地獄是為了找朋

友。」(《冒牌上帝》)

「誠實並不代表真實。」
「你會說謊。」
「有些人為維持正常生活說謊。」(《神鬼無間》)

服飾店能喚醒欲望，買下你不需要的東西。(《購物狂的異想世界》)

第一例中，就普遍認知而言，無不認為地獄是壞人去的地方。因此，「下地獄是為了找朋友」，可見朋友多為壞人，「成事不足，敗事有餘」的損友。這樣的「朋友」，是言辭的反諷。第二例中指出有些人以說謊維生，在相互欺瞞中，維持表面和諧；讓外在的正常，掩飾真實的貌合神離，照見生活情境的反諷。第三例中一般認知是要什麼，買什麼，「買下你需要的東西」。然而，事實不然，在「想要」欲望的膨脹裡，往往扭曲變調，買下自己「不需要」、「不必要」的東西，成為自己「天真無知」的反諷物證。

至於在反諷中，攸關情節的發展變化，最容易形成「惡化」、「改善」的兩大模式。如：

你們浪費時間，拒絕認錯，結果悲劇發生。(《陌生的孩子》)

米蘭達馬上傳真過來：「你是她用過員工中最讓她失望的。」但不用你的話，我就是笨蛋，因為你一定做過對的事。(《穿著Prada的惡魔》)

第一例中警察隊長、局長官官相護，面對母親一再陳述：「找回來的小孩，並非她的小孩。」相應不理，甚而變本加厲，誣告母親精神有問題，將她強制送至精神病院。結果耽誤營救那些被拐騙小孩的時機，越演越烈，眼睜睜讓殺童悲劇發生。此即惡化的情境反諷，開高走低，造成悲劇。反觀第二例，米蘭達是惡名昭彰的老闆，凡是不順她意的手下多捲舖蓋走路。因此，米蘭達對自己離職員工批評到不行，看在見多識廣的業界總編的眼中，知道此中必有蹊蹺。於是離職助理在米蘭達的「幫倒忙」下，反而柳暗花明，找到她真正想做的編輯工作。似此例則為改善的情諷，開低走高，喜劇收場。

（四）悖論

悖論直指人生的弔詭，洞悉事理的深刻幽微。置身時間先後關係的不確性，察覺因果關係的複雜性，宏觀其間「對立的統一」（雙襯）、「相反相成」（反襯）的辯證開展；在在體現荒謬與邏輯共構的奧妙變化。

在「對立的統一」上，往往指涉特殊的情境，挖掘似非而是，卻有道理可說的內蘊，展現「共相分化」中複雜的涵攝。在西洋電影中不乏其例，如：

> 她的畫作堅硬如鋼鐵卻又柔美如蝶翼，可親如微笑卻又殘酷如苦澀人生。（《揮灑烈愛》）

> 拿破崙曾被問為何世界缺乏偉大的政治家，他說：「要掌權須展現絕對的卑劣，要執政須展現真正的偉大。」（《暗潮洶湧》）

第一例中芙烈達丈夫談論她的畫風是「鋼鐵」與「蝶翼」的矛盾統一，「微笑」與「苦澀」的對立融合。似此超常的組合，呈現多層次動態變化，令人驚豔景仰。第二例中拿破崙指出政治是「卑劣」與「偉大」的統一，「馬上得天下」必須不擇手段，無所不用其極；然而「馬上得天下」，並不能「馬上治天下」，治理國家要英明睿智，大公無私，展現大格局大氣魄。換言之，偉大高明的政治家，打天下時，要有狐狸的陰沉機警；治天下時，要有獅子的威猛端莊，兩者融於胸中，並不衝突。

其次，在「相反相成」上，體驗物極並反的律則，掌握由反而正的上揚力道，深識大凡禍福得失不能只看表面，明白是非善惡不能只看眼前；要能別具隻眼，拉長時間，擴大視野來考察。如：

> 如果有兩條路，一定要選艱苦的那條，它會把你的較好的東西榨出來。(《喜馬拉雅》)

> 你不完美，並且我有話明說，你碰到的這個女孩，她也不完美，問題是你們的結合是否完美。(《心靈捕手》)

> 「那我們之間怎麼辦？」
> 「我們永遠擁有巴黎！」(《北非諜影》)

第一例中指出「艱苦」那條路的積極意義，「艱苦」是磨石，是刮垢磨光的轉化，是脫胎換骨的契機，是生命潛能的全力釋放；充份實踐「能者多勞，勞者多能」的精義。第二例是心理諮商師桑恩對威爾的開導。須知「不完美」加「不完美」，並非「還是不完美」，乏善可陳；而是「不完美」加「不完美」，可以發揮「完美」結合的效益。

原來「天殘」「地缺」的巧妙合作，可以臻及「天衣無縫」的理想境界，在相反相成中，形成「創造性組合」的完美。此亦《艾瑪姑娘要出嫁》影片中所說的「也許我倆的不完美，反而使我們的結合變得更完美」，異曲同工，足以相互印證。至於第三例中里克不計前嫌，成全前女友伊莎，讓伊莎和她丈夫維多逃離德軍少校的追捕，搭機離開北非。似此成全的割捨，跨越小鼻小眼的偏狹，走向「把手鬆開，你會擁有一切」的新境界；在有捨有得中，永遠擁有和伊莎在巴黎時熱戀的美好回憶。

五　結語

西洋電影，不管是教育電影、愛情電影、宗教電影、政治電影、戰爭電影、傳記電影、環保電影等，無不在動人情節、精采對話與獨白中，針對人生種種困境提出解決之道；正視人性的種種糾葛，提出應有的出口與希望，其中可說者有二：

第一　世事洞明，展現共識

電影中的精采對話與獨白，無不撥雲見日，指點迷津，走向正軌。即使在不同電影類型中，往往務實拉回「做為人應有的品質」上，形成普世價值的共識。以生活應有的態度而言，如：

> 生活是項禮物，而我不想白白糟蹋。你決無法知曉未來。你會隨遇而安，每一天都活出光彩。(《鐵達尼號》)

> 一個人一生只有一、兩次機會，要是不好好把握，有一天就會想知道自己怎麼淪為二流人物。

你該害怕的不是死，而是沒有真正活著。(《青蜂俠》)

三例均針對生活提出建言。第一例藉由譬喻，指出要把握當下。事實上，這樣的譬喻，也出現在《功夫熊貓》中「今天是禮物。」第二例藉由反諷，通過事與願違的省思，正視「好好把握」的意義。第三例藉由映襯，指出「真正活著」的重要。人遲早會死，不必對已知的結局害怕，反而應開創自己「真正活著」的人生，清醒、專注，釋放能量，綻放創造性的光輝。

第二　人情練達，揭示見識

電影中的對話與獨白，始於生活常識，次於客觀知識，終於深刻啟發的見識。這樣的見識，是生命境界的上揚，是人生視野的精進，閃耀著智慧之光。以對「愛」的體驗為例：

你讓我想成為一個更好的人。(《我行我素》)

不要選更好的男人，要選讓你變得更好的男人。(《特務愛很大》)

梅莉安:「上帝是黑人，在紐約開酒吧。」
黑人:「上帝只存在有愛的人眼中。」(《偶然與巧合》)

第一例中強調愛的積極意義，在於日漸成熟，學會關懷、照顧、分擔、傾聽與瞭解。似此體驗，亦即《愛在心裡口難開》所說:「你讓我想成為一個更好的男人。」召喚一個人的優質品德，由美感走向善良的貞定。第二例中藉由映襯中「正反」的抉擇，提出愛的意義，不在揀現成的麻雀變鳳凰，而在共嘗酸甜苦辣的扶持成長；合則雙美的浴火鳳凰，才是愛的美好滋味。至於第三例，強調愛的格局，不應停留在膚色上，上帝不是白人，不是黑人，上帝之愛，沒有種族歧視，沒有國界，只有溫暖，只有善良，只有希望，讓陽光到陽光不到的地方。

凡此西洋電影的口語藝術，是西方文化的櫥窗，人生智能的探照燈，人性光輝的顯微鏡；立足於生活經驗，發皇於文學與文化的雙重饗宴，深入淺出，滋味無窮，值得深入考察。

《詩經》倒裝的三觀

蔡宗陽
臺灣師範大學國文學系兼任教授

摘要

《詩經》倒裝的探析，或從修辭，或從格律，莫衷一是，眾說紛紜。但多半是各照隅隙，鮮觀衢路。本文擬振葉尋根，觀瀾索源，惟有從微觀的文法、中觀的修辭、宏觀的章法，闡論倒裝的廬山真面目。

關鍵詞：《詩經》、倒裝、微觀的文法、中觀的修辭、宏觀的章法

一　前言

《詩經》是先秦著名的典籍，因此押韻不能以《詩韻集成》或《詩府韻粹》析論。臺灣研究《詩經》多半採用陳師新雄《聲韻學・第十五節古韻三十二部之諧聲表》[1]，茲逐錄陳師新雄古韻三十二部，分為韻尾、陽、陰、入，製表如下，裨便闡析。

陳師伯元（新雄）古韻三十二部

	一	二	三	四	五	六	七	八	九	十	十一	十二
韻尾	舌尖			舌根						雙脣		
陰	歌 1	脂 4	微 7	支 10	魚 13	侯 16	宵 19	幽 21	之 24			
入	月 2	質 5	沒 8	錫 11	鐸 14	屋 17	藥 20	覺 22	職 25	緝 27	盍 31	怗 29
陽	元 3	真 6	諄 9	耕 12	陽 15	東 18		冬 23	蒸 26	侵 28	談 32	添 30

大陸研究《詩經》多半採用王力《詩經》韻讀二十九部[2]。沈約發明四聲八病，唐朝始有平仄的律詩、絕句，但在《詩經》中，無所謂平仄協調，只有押韻。但修辭的倒裝，兼有平仄、押韻，因此必先釐清《詩經》僅採用格律中的押韻。《詩經》每章獨立押韻，多半是一章

1　陳新雄：《聲韻學》（臺北市：文史哲出版社，2005 年 9 月），頁 825-853。

2　王力：《詩經韻讀》（北京市：中國人民大學出版社，2012 年 4 月，頁 130-372）。陳新雄與王力是黃季剛同門的弟子。黃季剛古韻二十九部、陳新雄古韻三十二部，陳氏多三部，係源自黃季剛所增添、怗二部，孔廣森所增冬部；陳氏後出轉精。研究《詩經》學者，臺灣多用陳氏三十二部，大陸多用王氏二十九部。二氏在古韻韻目，大同小異。唯有陳氏沒部，王氏做物部；陳氏諄部，王氏做文部。黃季剛獨立添、怗二部，詳見董同龢《上古音音韵表稿》（臺北市：中央研究院歷史語言研究所，1994 年 12 月；1997 年 6 月，頁 108-111）。冬部獨立，是孔廣森的創見，詳見陳新雄《聲韻學》頁 591-595。

一韻，但有時有換韻或對轉（通韻）、旁轉（韻轉）的現象[3]。

一般研究《詩經》多誤以為「文法倒裝」，是文章產生波瀾的現象。其實，這是語文的正則。因此，「文法倒裝」，是陳望道《修辭學發凡》所謂的「隨語倒裝」;「修辭倒裝」，是陳望道所謂的「變言倒裝」[4]。《詩經》中有產生文章波瀾的現象，但比較罕見，本文也舉例詮證。茲分為隨語倒裝、變言倒裝兩大類，再細分若干小類，舉例詮析之。

二　隨語倒裝

所謂隨語倒裝，是文法倒裝，也是語文的正規法則。隨語倒裝分為兼有押韻、不兼押韻兩種。

（一）兼有押韻，又分為肯定句、否定句、疑問句三類

1　肯定句的倒裝

《詩經》兼有押韻的肯定句倒裝者，如〈邶・日月〉次章：

> 日居月諸，下土是冒。乃如之人兮，逝不相好。胡能有定？寧不我報。

「下土是冒」，係「冒下土」的倒裝。「冒」、「好」、「報」，係 21

3　章炳麟：《文始》（臺北市：臺灣中華書局，1970 年），頁 6-9。陳新雄：《聲韻學》（臺北市：文史哲出版社，2005 年 9 月），頁 598。

4　陳望道：《修辭學發凡》（上海市：上海人民出版社，1976 年 7 月），頁 193-195。

（幽）部，一韻到底。就文法言，「下土是冒」，係肯定句的倒裝。又如〈小雅・鹿鳴〉首章：

> 呦呦鹿鳴，食野之苹。我有嘉賓，鼓瑟吹笙，吹笙鼓簧，承筐是將。
>
> 人之好我，示我周行。

首章「鳴」、「苹」、「笙」，係 12（耕）部，「簧」、「將」、「行」，係 15（陽）部。12（耕）部、15（陽）部押韻，是章炳麟（太炎）《文始・成均圖》稱為旁轉，孔廣森《詩聲類・自序》稱為轉韻，同是舌尖音，陳師新雄將孔氏轉韻，稱為合韻。「承筐是將」，係「將承筐」的倒裝。就文法言，是肯定句的倒裝。「是」，係結構助詞，無意義。

次章「藿」、「來」、「思」，係 24（之）部，一韻到底。「悠悠我思」，係「我思悠悠」的倒裝。就文法言，是肯定句的倒裝。又如〈鄘・君子偕老〉首章：

> 君子偕老，副笄六珈。委委佗佗，如山如河，象服是宜。子之不淑，云如之何？

「珈」、「佗」、「河」、「宜」、「何」，係 1（歌）部。「象服是宜」，係「宜象服」的倒裝。就文法言，係肯定句的倒裝。余培林《詩經正詁》：「象服是宜，謂其宜於象服，稱其妃后之位也。」[5]又如〈小雅・鹿鳴〉首章：

5　余培林：《詩經正詁》（臺北市：三民書局，1993 年 10 月），頁 90。

呦呦鹿鳴，食野之苹。我有嘉賓，鼓瑟吹笙。吹笙鼓簧，承筐是將。人之好我，示我周行。

「鳴」、「苹」、「笙」，係 12（耕）部。「簧」、「將」、「行」，係 15（陽）部。「耕」、「陽」押韻，係旁轉。「呦呦鹿鳴」，係「鹿鳴呦呦」的倒裝。就文法言，是肯定句的倒裝。「承筐是將」，係「將承筐」的倒裝。就文法言，是肯定句的倒裝。又如〈商頌・長發〉首章：

濬哲維商，長發其祥，洪水芒芒，禹敷下土方。外大國是疆，幅隕既長。有娀方將，帝立子生商。

「商」、「祥」、「芒」、「方」、「疆」、「長」、「將」、「商」，係 15（陽）部。「外大國是疆」，係「疆外大國」的倒裝。就文法言，係肯定句的倒裝。

2　否定句的倒裝

《詩經》兼有押韻的否定句倒裝者，如〈周南・汝墳〉次章：

遵彼汝墳，伐其條肄。既見君子，不我遐棄。

「肄」、「棄」，係 5（質）部。「不我遐棄」，係「不遐棄我」的倒裝。就文法言，是否定句的倒裝。又如〈召南・行露〉二、三章：

誰謂雀無角，何以穿我屋？誰謂女無家？何以速我獄？雖速我獄，室家不足。

誰謂鼠無牙？何以穿我墉？誰謂女無家？何以速我訟？雖速我訟，亦不女從。

次章「角」、「屋」、「獄」、「獄」、「足」，係 17（屋）部。「室家不足」，係「不足室家」的倒裝。就文法言，是否定句的倒裝。

三章「牙」、「家」，係 13（魚）部。「訟」、「訟」、「從」，係 18（東）部。13（魚）部、18（東）部，既不能旁轉，又不能對轉，是換韻。「亦不女從」，係「亦不從女」的倒裝。就文法言，是否定句的倒裝。又如〈召南・江有汜〉：

江有汜，之子歸。不我以，不我以，其後也悔。
江有渚，之子歸，不我與；不我與，其後也處。
江有沱，之子歸，不我過；不我過，其嘯也歌。

首章「汜」、「以」、「以」、「悔」，係 24（之）部。次章「渚」、「與」、「與」、「處」，係 13（魚）部。末章「沱」、「過」、「歌」，係 1（歌）部。三章皆獨立押韻。「不我以」，係「不以我」的倒裝。「不我與」，係「不與我」的倒裝。「不我過」，係「不過我」的倒裝。就文法言，三者皆是否定句的倒裝。

3 疑問句的倒裝

《詩經》兼有押韻的疑問句倒裝者，如〈鄘・載馳〉末章：

我行其野，芃芃其麥。控于大邦，誰因誰極？大夫君子，無我有尤，百爾所思，不如我所之。

「麥」、「極」，係 23（職）部、24（之）部，是對轉。「誰因誰極」，係「因誰極誰」的倒裝。就文法言，是疑問句的倒裝。因，親也。極，正也。「誰因誰極」，意謂親我者是誰？支持正義者是誰？又如〈唐・有杕之社〉：

> 有杕之社，生于道左。彼君子兮，噬肯來遊。中心好之，曷飲食之？

首章「左」、「我」，係 1（歌）部。一、二章好，是 21（幽）部，遙韻；一、二章「食」，是 25（職）部，也是遙韻；這是《詩經》特有的現象。末章「周」、「遊」，係 21（幽）部。「曷飲食之」，係「曷使之飲食」的倒裝。「飲食」，是致使動詞，也稱為役使動詞，簡稱使動詞。就文法言，是疑問句的倒裝。又如〈小雅・蓼莪〉三章：

> 缾之罄矣，維罍之恥。鮮民之生，不如死之久矣。無父何怙？無母何恃？出則銜恤，入則靡至。

「恥」、「久」、「恃」，係 24（之）部。「恤」、「至」，係 5（質）部。24（之）部、5（質）部，既不能對轉，又不能旁轉，因此是換韻。「無母何恃」，係「無母恃何」的倒裝。就文法言，是疑問句的倒裝。

（二）不兼押韻

不兼押韻的隨語倒裝，又分為否定句、疑問句兩種。

1　否定句的倒裝

《詩經》不兼押韻的否定句倒裝者，如〈王・大車〉一、二、三章：

> 大車檻檻，毳衣如菼。豈不爾思？畏子不敢。
> 大車哼哼，毳衣如璊。豈不爾思？畏子不奔。
> 穀則異室，死則同穴。謂予不信，有如皦日。

首章「檻」、「菼」、「敢」，係 32（談）部。次章「哼」、「璊」、「奔」、係 9（諄）部。三章「室」、「穴」、「日」，係 5（質）部。「豈不爾思」，係「豈不思爾」之倒裝。就文法言，是否定句兼疑問句的倒裝。「謂予不信」，係「謂不信予」的倒裝。就文法言，是否定句的倒裝。又如〈鄭・褰裳〉云：

> 子惠思我，褰裳涉溱。子不我思，豈無他人？狂童之狂也且！
> 子惠思我，褰裳涉洧。子不我思，豈無他士？狂童之狂也且！

首章「溱」、「人」，係 6（真）部。一、二章「狂」，是 15（陽）部，係遙韻。次章「洧」、「士」，係 24（之）部。「子不我思」，係「子不思我」的倒裝。就文法言，是否定句的倒裝。

2　疑問句的倒裝

《詩經》不兼押韻的疑問句倒裝者，如〈邶・簡兮〉末章：

> 山有榛，隰有苓。云誰之思？西方美人。彼美人兮，西方之人兮。

「榛」、「苓」、「人」、「人」、「人」，係 6（真）部。「云誰之思」，余培林《詩經正詁》：「云，發語詞，無義。之，是也。云誰之思，即思誰也。」[6]「云誰之思」，係「云之思誰」的倒裝。就文法言，是疑問句的倒裝。又如〈鄘・桑中〉：

> 爰采唐矣，沫之鄉矣。云誰之思？美孟姜矣。期我乎桑中，要我乎上宮，送我乎乎淇之上矣。
> 爰采麥矣，沫之北矣。云誰之思？姜孟弋矣。期我乎上宮，送我淇之上矣。
> 爰采葑矣，沫之東矣。云誰之思？美孟庸矣。期我乎桑中，要我乎上宮，送我乎淇疚上矣。

首章「唐」、「鄉」、「姜」，係 15（陽）部。「中」、「宮」，係 28（侵）部。一、二、三章「上」，係 15（陽）部，是遙韻。次章「麥」、「北」、「弋」，係 25（職）部。「中」、「宮」，係 28（侵）部。末章「葑」、「東」、「庸」，係 18（東）部。「中」、「宮」，係 28（侵）部。15（陽）部與 28（侵）韻，既不旁轉，又不對轉，因此三者皆是換韻。「云誰之思」，係「云之思誰」的倒裝。就文法言，是疑問句的倒裝。

三　變言倒裝

所謂變言倒裝，是修辭倒裝。變言倒裝又分為兼有押韻、不兼押韻兩種。

6　余培林：《詩經正詁》（臺北市：三民書局，1993 年 10 月），頁 77。

(一)兼有押韻

兼有押韻的變言倒裝,又分為肯定句、疑問句兩類。

1 肯定句的倒裝

《詩經》兼有押韻的肯定句倒裝者,如〈召南・羔羊〉:

> 羔羊之皮,素絲五紽。退食自公,委蛇委蛇。
> 羔羊之革,素絲五緎。委蛇委蛇,自公退食。
> 羔羊之縫,素絲五總。委蛇委蛇,退食自公。

首章「皮」、「紽」、「蛇」,係 1(歌)部。次章「革」、「緎」、「食」,係 25(職)部。末章「縫」、「總」、「公」,係 18(東)部。三章皆獨立押韻。朱守亮《詩經評釋》:「退食委蛇兩句,往復變換,上下顛倒換韻,以生往後申詠作用,變化奇妙。」[7]就文法言,這是肯定句的倒裝。就修辭言,是為押韻而倒裝。就章法言,三章上下顛倒,以致產生為押韻而倒裝的現象。又如〈鄘・柏舟〉:

> 汎彼柏舟,在彼中河。髧彼兩髦,實維我儀,之死矢靡它。母也矢只!不諒人只!
> 汎彼柏舟,在彼河側。髧彼兩髦,實維我特。之死矢靡慝。母也天只!不諒人只!

---

7 朱守亮:《詩經評釋》(臺北市:臺灣學生書局,1984 年 10 月),頁 82。

首章「河」、「儀」、「它」，係 1（歌）部。一、二章「天」、「人」，係 6（真）部，是遙韻。末章「側」、「特」、「慝」，是 25（職）部。就章法言，一、二章第二句比較之，可見「在彼中河」，係「在彼河中」的倒裝。就修辭言，是為押韻而倒裝。又如〈鄭・丰〉三、四章：

衣錦褧衣，裳錦褧裳。叔兮伯兮，駕予與行。
裳錦褧裳，衣錦褧衣。叔兮伯兮，駕予與歸。

三章「裳」、「行」，係 15（陽）部。四章「衣」、「歸」，係 7（微）部。就章法言，三、四章一、二句的上下顛倒，以致產生倒裝的押韻。就修辭言，是為押韻而倒裝。又如〈鄭・子衿〉一、二章：

青青子衿，悠悠我心。縱我不往，子寧不嗣音？
青青子佩，悠悠我思。縱我不往，子寧不來？

首章「衿」、「心」、「音」，係 28（侵）部。次章「佩」、「思」、「來，」係 24（之）部。「悠悠我心」，係「我心悠悠」的倒裝。「悠悠我思」，係「我思悠悠」的倒裝。就修辭言，是為押韻而倒裝。

2 疑問句的倒裝

《詩經》兼有押韻的疑問句倒裝者，如〈邶・式微〉：

式微！式微！胡不歸？微君之故，胡為乎中露？
式微！式微！胡不歸？微君之躬，胡為乎泥中？

首章「微」、「歸」，係 7（微）部。「故」、「露」，係 13（魚）部。17（微）部、13（魚）部，既不對轉，又不旁轉，是換韻。末章「微」、「歸」，係 7（微）部。「中露」，是「露中」的倒裝，這是疑問句的倒裝。「躬」、「中」，係 23（冬）部。7（微）部、23（冬）部，既不對轉，又不旁轉，是換韻。又如〈召南・采蘩〉一、二章首句：「于以采蘩」，係「采蘩于以」的倒裝。「以」，「何處」之意。又如〈召南・采蘋〉首章一句：「于以采蘋」，係「采蘋于以」的倒裝。三句「于以采藻」，即「采藻于以」的倒裝。「以」，「何處」之意。

（二）不兼押韻

不兼押韻的變言倒裝，即一般稱為文章產生波瀾而倒裝的現象。《詩經》不兼押韻的變言倒裝者，僅見肯定句，如〈召南・羔羊〉首章：

> 羔羊之皮，素絲五紽。退食自公，委蛇委蛇。

「皮」、「紽」、「蛇」，係 1（歌）部。「退食自公」，係「自公退食」的倒裝。就章法言，二章末句「自公退食」與此比較，可見首章第三句是倒裝。就修辭言，是為文章波瀾而倒裝。又如〈小雅・鹿鳴〉二、三章：

> 呦呦鹿鳴，食野之蒿。我有嘉賓，德章孔昭。視民不恌，君子是則是傚，我有旨酒，嘉賓式燕以敖。
> 呦呦鹿鳴，食野之芩。我有嘉賓，鼓瑟鼓琴，鼓瑟鼓琴，和樂且湛。我有旨酒，以燕樂嘉賓之心。

二章「蒿」、「昭」、「恌」、「傚」、「敖」，係 19（宵）部。末章「芩」、「琴」、「湛」、「心」，係 28（侵）部。「呦呦鹿鳴」，係「鹿鳴呦呦」的倒裝，就修辭言，不兼押韻，是為文章波瀾而倒裝。

四　結語

先秦著名典籍《論語》已有隨語倒裝，即文法倒裝，也是語文的正則。肯定句如《論語．為政》:「道之以政，齊之以刑」，即「以政道之」、「以刑齊之」的倒裝。否定句如《論語．學而》:「不患人之不己知」，即「不患人之不知己」的倒裝。又如〈學而〉:「未之有也」，即「未有之也」的倒裝。疑問句如《論語．顏淵》:「何哉，爾所謂達者」即「爾所謂達者，何哉」的倒裝。又如《論語．子罕》:「吾誰欺」，係「吾欺誰」的倒裝。讚美句如《論語．泰伯》:「大哉，堯之為君也」，係「堯之為君也，大哉」的倒裝。又如〈子罕〉:「大哉孔子！」即「孔子大哉」的倒裝。感歎句如〈論語．述而〉:「甚矣吾衰也」，即「吾衰也甚矣」的倒裝。又如〈述而〉:「久矣，吾不復夢見周公」，即「吾不復夢見周公，久矣」的倒裝。《詩經》比較罕見讚美句、感歎句的倒裝。讚美句，如〈周南．樛木〉一、二、三章三句「樂只君子」，即「君子樂只」的倒裝。又如〈邶．谷風〉二章七句:「宴爾新昏」，即「新婚宴爾」的倒裝。感歎句，如〈邶．雄雉〉二章三、四句「展矣君子，實勞我心」中的「展矣君子」，即「君子展矣」的倒裝。又如〈邶．泉水〉四章二句:「茲之永歎」，即「永歎茲之」的倒裝。《詩經》肯定句、否定句、疑問句的倒裝綦多，皆屬於隨語倒裝。一般誤以為為文章波瀾而倒裝，係修辭倒裝，其實，是文法倒裝。一言以蔽之，欲洞悉《詩經》倒裝的原貌，必須以文法觀、修辭觀、章法觀闡析之，才能振葉尋根、觀瀾索源，否則只有各照隅隙，鮮觀衢路。

參考文獻

陳新雄　《聲韻學》　臺北市　文史哲出版社　2005 年 9 月

王　力　《詩經韻》　北京市　中國人民出版社　2012 年 10 月

章炳麟　《文始》　臺北市　臺灣中華書局　1970 年

余培林　《詩經正詁》　臺北市　三民書局股份有限公司　1993 年 10 月

朱守亮　《詩經評釋》　臺北市　臺灣學生書局印行　1984 年 10 月

陳望道　《修辭學發凡》　上海市　上海人民出版社　1976 年 7 月

探索生命符碼
——名字在國文教學中的實證應用

林煜真
基隆中山高中國文教師

摘要

本文以生命符號（名字）為教學主題，並參酌若干符號學為本教學設計之學理依據。藉由解碼、尋碼、讀碼與辨碼的教學過程，將每個學生各自獨有的名字應用在國文教學中，讓學生進行一連串為自己「正名」的活動，從認識自我到肯定自我，最後用小小說的形式，天馬行空的創意，將自己的生命符號重新編碼，再創生命。

關鍵詞：符號、名字、國文教學

一　前言

在港都海角的高中國文教學現場裡，真正動人的不是課堂上妙語如珠的生動演說，不是學生獲取高成就的榮譽，而是看見年輕的生命在文學殿堂裡獲得甘泉，得到滋養，有了改變。

二〇一二年，筆者帶領的班級（仁班）進入高一下學期，面對一場又一場的班際競賽，班級裡蠢動不安的氣氛隱隱然就要爆發，孩子們對長輩不信任，對自己沒有自信，因為從未獲得榮譽與光彩，他們用一種極高的自尊心與防衛心面對父母、師長甚至團體競賽，小衝突一樁接著一樁。筆者決定用文字鼓勵取代課堂訓叱，在班級 FB 社團裡運用文字的力量進行「符號行為」，在鼓勵的溫柔行文中偷偷置入「小仁者」的稱號，正向鼓勵與讚美「小仁者」，隱微操作於相處的每一天，見證符號學裡「我，通過被符號解釋對象化的我，來理解我自己」[1]。當孩子們開始以「小仁者」自居，即是「理解自我」的開啟，於是，「仁者無敵，青春無怨」的高中生涯將是陽光燦爛的回憶。

「小仁者」的符號化過程漸漸在班上獲得認同，甚至成為接下來孩子們共同合作學習時相互勉勵的動力，這些可愛的孩子彷彿在孔子的經典中，找到了定位，獲得一方陽光。

給一個名字，原來可以有這麼大的力量，於是筆者進一步以「名字」作為教案設計的主題，開展一連串的教學活動。

本活動以生命符號（名字）為主題，藉由解碼、尋碼、讀碼與辨碼的過程，讓孩子進行一連串為自己「正名」的活動，從認識自我到

1　趙毅衡：《符號學》（臺北市：新銳文創出版社，2012 年），頁 82。

肯定自我，最後用小小說的形式，天馬行空的創意，將自己的生命符號重新編碼，再創生命。期許港都海角的孩子都能自信地向世界出發。

二　名字與符號

(一) 從符號談起

名字是一種符號，承載著豐富的訊息，是攜帶意義的一種感知，如趙毅衡說：「符號是被認為攜帶意義的感知：意義必須用符號才能表達，符號的用途是表達意義。反過來說：沒有意義可以不用符號表達，也沒有不表達意義的符號。」[2] 符號既連結著意義，意義既藉著符號顯現，則名字即是一種具有某種意義的符號。

在國文教學現場裡，認識作家往往是課堂中最動人的故事，而作家生命展演又往往由名字開始，透過作家名與字與號，我們往往可想見作家個人生命風貌。名字可說是生命的符號，根據「符號互動論」的觀點，名字這個生命符號載體的意義，就是「自我符號」表意。[3]

每個人最初始的名字都不是自己主觀所賦予（除了後來自己所取的字號外），而是外在於符號主之外的各種客體所創造的。這種從出生到想名、算名、取名的過程，就符號學的角度來看，就是一種符號行為，也是一種人被符號化的過程。所謂的「符號化」，指的是「對

2　趙毅衡：《符號學》（臺北市：新銳文創出版社，2012 年），頁 2。

3　趙毅衡：《符號學》（臺北市：新銳文創出版社，2012 年），頁 82。該書註解 32 云：「George Herbert Head, Mind Self and Society: From the Standpoint of a Social Behaviorist, Edited by Charles W, Morris, Chicago: Univ of Chicago,1934。這本重要著作，是米德去世後，由他在芝加哥大學的學生兼好友，著名符號學家莫里斯編輯而成，米德的觀念後來被稱為「符號互動論」。」

感知進行意義解釋，是人對付經驗的基本方式：無意義的經驗讓人恐懼，而符號化能賦予世界給我們的感知以意義。」[4] 而取名命名，就是一種符號化，趙毅衡說：「給任何物一個稱呼，就是一個符號行為。漢代劉熙《釋名》是推勘漢語語的創始之作，其中說：『名，明也，名實是分明也。』是名讓實變『明』。命名就是符號化。當有人看到一塊石頭，認出是一塊石頭，名之為『一塊石頭』，命名使這個符號化的石頭變成純符號。」[5]

東漢許慎《說文解字》中說：「名，自命也。」命名的目的無非是要讓人認識你是誰。命名之初往往透過名字這個符號賦予其人深切的祝福與期許，隨著日月流轉，個體的成長加上與他人的互動，逐漸使這個名字承載的訊息豐富而多樣，換言之，從生命符號裡我們的確可以擷取個體生命裡的重要訊息，這些重要訊息亦正是認識自我與肯定自我的重要信號。

> 有不少學者（例如米德、西比奧克），認為自我實際上可能分成不同的「我」，尤其是「主我」（I）與「客我」（me）。「主我」是自我意識（願望、決策等），「客我」可以是他人或社會對我的期待或評價，也可以是自我思索的對象：現在之我、過去之我、未來之我三者之心智活動，實際上都是兩個自我之間的協調，而不是純然的「自我意志」。[6]

高中時期的孩子根據艾瑞克遜（Erikson）心理社會期的理論，「正處於自我辨識與自我認定的時期，這個時期是自我對自己的看

---

4 趙毅衡：《符號學》（臺北市：新銳文創出版社，2012 年），頁 44。

5 趙毅衡：《符號學》（臺北市：新銳文創出版社，2012 年），頁 45。

6 趙毅衡：《符號學》（臺北市：新銳文創出版社，2012 年），頁 82。

法、角色任務認定與社會地位形成的重要時期，可以說是人格發展歷程中多個關鍵中的關鍵，因此危機情境也比其他時期為嚴重。青少年時期的發展危機主要與其辨識、認定與認同有關，如果個人對自己的了解深刻，知道自己應扮演的角色，並且知道人生的意義與方向，將有助於個人價值體系的形成，使個人的生活哲學得以建立，並使人生具有方向與目標，不至於產生迷失或混淆。」[7]

本次活動即以名字做為國文教學的主題課程，課堂中循二條線進行操作：

1 知識面的認識與了解，讓學生在了解中國人命名的文化背景後，對自己的名字展開意義的探尋，並藉由訪談為自己命名的親長，從親長口中進一步了解親長賦予己身的祝福、期許。以及訪談身邊朋友，從而蒐集自己名字裡的其它訊息（「客我」的探尋）。

2 名字的隱微操作，即對學生進行「符號行為」[8]（給一個名字）的隱微操作：筆者以「小仁者」稱呼自己導生班學生，期許孩子「居仁由義」，以「仁者無敵」激發孩子「仁以為己任」，自發性的朝「仁者」之路走去。[9]

作家三毛說：「名字只是一個符號，當別人叫你時，懂得回頭。」顯然名字這種符號具備交際和傳遞信息的作用，可說是一種社會身分證。而日本動畫大師宮崎駿名作「神隱少女」，則更深刻地提出關於人「名字」的問題，故事裡的白龍告誡千尋：「名字是回家唯一的路，千萬不可忘。」白龍因為忘了自己的名字而無法變回原形，

7 黃德祥：《青少年發展與輔導》（臺北市：五南圖書公司，2000 年）。

8 孫秀蕙、陳儀芬云：「『思想即為一種符號行為（semiotic behavior）。符號為心智所運用，藉以理解事情，而文字或語言就是關於想法（ideas）的符號。因此，所謂思想，就是符號生產與符號解釋的過程。」見孫秀蕙、陳儀芬：《結構符號學與傳播文本：理論與研究實例》（新北市：正中書局，2011 年），頁 24。

9 筆者導師班級為「仁班」，仁班的孩子即為「小仁者」。

千尋更被湯婆婆改名為小千，幸好她從未忘卻自己的名字，最終得以在白龍的幫助之下，順利救回父母返家。故事裡明白昭示人的名字一旦被奪走便會失去自我，變成只有軀殼而沒有靈魂的人。宮崎駿企圖藉由影片強調名字即自我的道理，失去名字，自我亦隨之消失；換言之，想要找尋自我，就要從自己的名字開始找起。

名字是自我存在的符號，人的生命「脩短隨化，終期於盡」，然而賦予符號生命的卻是易朽的肉身。青少年時期的孩子，對自我的定位其實是模糊而不明確的，這對於身處港都海角的孩子而言，尤其迷惑，因此驗「名」正身恐怕是孩子肯定自我，建立自信的最佳著手處。

本文即以名字——「生命的符號」作為主題，透過一連串的解碼、尋碼、讀碼、辨碼與編碼一系列活動，帶領一群港都海角的孩子讀、寫自己生命符號裡的訊息，讓自己和自己的對照、從自己與他人互動的故事裡，進一步認識自我，肯定自我。

（二）學生背景分析

高二社會組
學習弱勢：ＰＲ值五十至七十（數理基礎低）
支援薄弱：經濟弱勢、單親、家庭關係不和諧、新移民子女
表現特質：自尊心與防衛心強
絕對優勢：單純善良

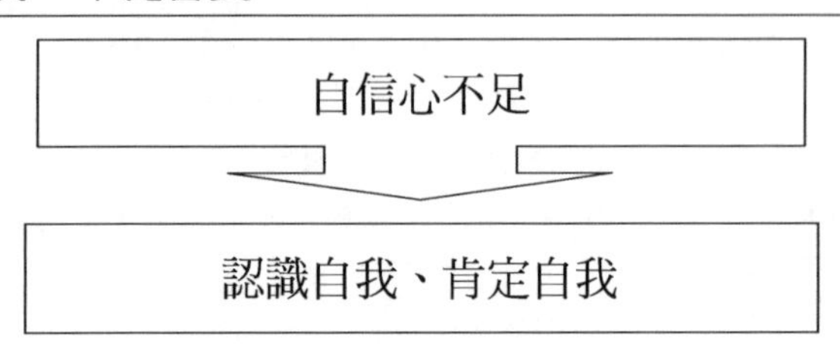

由於教學對象在經濟、家庭等方面居於弱勢，導致在學習上也是屬於弱勢的一群。在這種情形下，容易形成自我保護意識強烈、自尊心過大的性格。但在這種性格下，其實隱藏的是自信心不足與不安。因此希望透過這種認識自我的教學活動，讓孩子從探索自己的名字開始，從認識自我進而了解自我，再從了解自我進而肯定自我，超越自我。

三　實證的教學過程

（一）教學目標

本教學活動之教學目標如下：

1 能正確運用網路字辭典查尋自己名字的意義。

2 能透過閱讀體認名字的重要性。

3 能經由訪談與寫作了解自己名字的獨特意義。

4 能與同儕分組合作，運用網路資源蒐集資料，整理資料。

5 認識自我，肯定自我，自信地走向世界。

6 能正確掌握小小說的寫作特色與條件。

（二）背景知識

在進行本教學活動之前，學生必須先具備一些基本的背景知識，才能配合並順利展開教學過程，因此在正式進行前，筆者設計了下列的必讀篇目以及相關的前置工作。

1 寒假閱讀學校共讀書目聖．修伯里《小王子》，並完成學習單。

2 導讀《打開米開朗基羅的七個封印》，透過書中一連串的尋碼遊戲，引起學生動機，以便轉換為教學活動，並增添趣味性。

3 閱讀課本作家張愛玲〈必也正名乎〉一文。

4 閱讀課本延伸閱讀篇章《左傳・隱公元年》之〈鄭伯克段於鄢〉一文。

（三）教學活動

1 引起動機一

藉由閱讀《小王子》一書，進而了解名字（生命的符號）是人我互動的重要符號。

要讓急於獨立自主的，高中階段的孩子，接受課堂以外的知識或者投入於課本之外的教學活動，如果沒有特別的引導，是很容易流於片面的、形式化的。這對相對處於較弱勢，港都海角的孩子而言，尤其需要特別經營動機的引發。有鑑於此，筆者於寒假期間先行要求學生閱讀《小王子》一書，並完成閱讀學習單（如附件）。

閱讀《小王子》一書後，在開學以來的學生作品裡，不時的發現「豢養」一詞被運用，作品裡很重要的人我關係的詞彙，顯見打進孩子的心理，閱讀的力量在此昭然呈現。

因此，接下來的教學活動，《小王子》一書成為（仁班）國文課堂裡共同理解的「密碼」。

利用此一密碼來開啟名字教學活動，變成最好的引起動機。

《小王子》一書裡，面對天上繁星，人們總能指出這是 B621，那是 C890 等等，每一個星星都有它獨具的符號。

But if you said to them:
"The planet he came from is Asteroid B612,"then they would be convinced, and leave you in peace from their questions.
（但是如果告訴他們說：「他來的星球是 B612 號小行星」這樣他們就會被說服了，而且不會問東問西。）[10]

可見名字是一種可以讓人與人連上的重要符號。

2 引起動機二

藉由閱讀《打開米開朗基羅的七個封印》一書中解碼的遊戲，喚起孩子想要一探己名的熱情。

索緒爾認為符號是一個具有意義的實體，由符號具和符號義所組成。因此，如果名字是個體生命的符號，生命本身相當於名字符號的符號具，而自我則是名字符號的符號義。

如果把名字當成符號來拆解，所有的「正名」活動就像解開符號密碼般的有趣了。

本教學活動所需節數為三節課，各節課進行之內容總覽如下：

	第一節課				第二節課	第三節課
活動主軸	解碼	尋碼	讀碼	辨碼	編碼	檢討回饋
具體內容	查字典	引導：3'20"	引導：2'04"	引導：1'36"	小小說簡介 分組敘事分享	作品分享

10 聖修伯里：《小王子》（臺北市：水牛出版社，1990 年），頁 14。

3 第一節課

（1）解碼——查字典

實行方式：要求學生利用下課時間至圖書館翻查字典，並完成學習單。或者直接將班級帶至電腦教室使用網路字典資源：《漢典》、「搜文解字」、《教育部重編國語辭典》、《康熙字典》 ……等網路字詞典。

（2）尋碼——訪問親長為自己命名的起源

引起動機：播放歌曲《叫阮的名》，並說明這首歌是巫啟賢唱給過世母親的，巫啟賢說：

> 等了二十多年，母親從來沒有到我的夢裡來過。我不停地、反覆地去熟記她的面貌，她的聲音，她笑的樣子，對我生氣的表情，看戲時的專注，替姐姐梳頭、幫我們穿衣時細心與甜蜜……，任何一個我能想起的畫面，我都擔心會因為我的一夜好眠而漸漸模糊。小時侯，我最怕母親叫我的名字，怕要挨罵，怕要跑腿，怕要……，沒想到當初最怕的，竟是我今生永遠再也不可能達成的奢望。（歌曲長：3’ 20” ）

實行方式：
請學生回家訪問父母親長為自己命名的始末，並完成一分小小的報導。

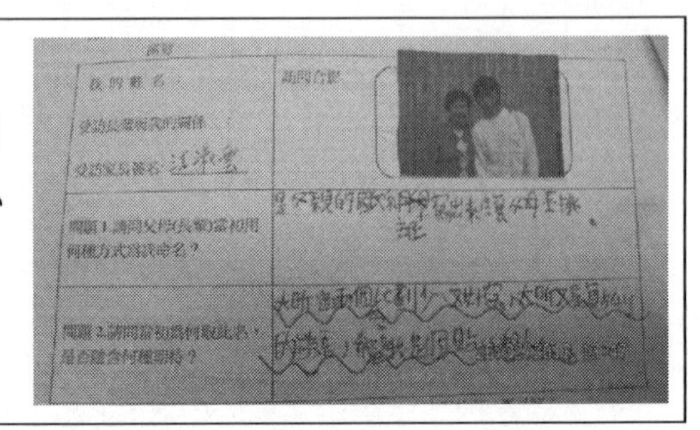

（3）讀碼──訪談親朋好友，從他人眼中讀出自己生命符號的意義

引起動機：簡介電影「我的名字叫可汗」

穆斯林先輩只要有新生兒出生，就爲其起一個阿拉伯語的名字作爲稱謂，以象徵孩子出生在信仰伊斯蘭教的家庭。「我的名字叫可汗」這部電影中陳述著因為九一一事件讓在美國的中東子民們遭受到許多欺負，甚至是暴力虐殺虐待之類的事件。劇中的可汗和 Mandira 的家庭正是受害者之一，因 mandira 的孩子在校園被同學虐打致死，使得 mandira 由原本開朗善良變成了充滿仇恨和報復心的母親，她的恨甚至也包含了對可汗的，她控訴著可汗：『如果不是因為你穆斯林的身分，我的兒子不會死，我們不會被誤認為是穆斯林，mandira 氣憤的衝著可汗吼：『等你去見到了美國總統，並且告訴總統你的名字叫可汗，你不是恐怖份子，到時候你再回家。』（片長：2’04”）

實行方式：
請學生尋找三位不同團體的朋友，訪問他們對自己名字的觀感，並完成一分小小的報導。

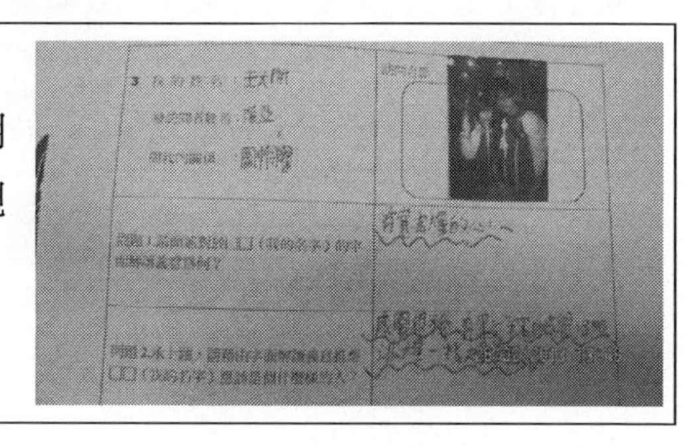

（4）辨碼──搜尋同名同姓的人，以此驗證同名不同命

引起動機：簡介電影「情書」

電影簡介：女主角渡邊博子在未婚夫過世三年後，仍無法忘懷兩人的舊日時光。在偶然的機會下，她抄下了未婚夫學生時代的地址，寫了一封短信寄給逝去的愛人。

她寫下：籐井樹敬啟，你好嗎？我很好！

這封送給天堂的信件，本該永遠石沈大海，熟料，博子居然收到了回音。原來，未婚夫有個同學，也叫藤井樹，而且，這個藤井樹還是個女生。

基於對愛人的思念，渡邊博子繼續和這名藤井樹通信，而女藤井樹也在不斷寫信的過程中，回憶起那個和她同名同姓的男孩子的故事，以及那段沒有說出口的愛情與錯失。(片長：1'36")

雖然同名同姓發生的機率低於同名的機率，但藉由此部電影的觸發，讓學生進行網路上同姓同名的搜尋，以體會所謂的同名不同命，也藉此看出「名字」在人一生中的重要性。

實行方式：
利用課堂二十分鐘進行分組合作，集合眾人之力進行網路大搜尋並找出例證，完成學習單。

4 第二節課

(5) 編碼——小小說創作

引起動機：陳映真以已故的孿生兄弟之名為筆名，因為筆名的運用，彷若自己孿生的兄弟仍在世，為孿生兄弟創造生命的延續，可以說是生命符號的重新編碼。

實行方式：

A 利用課堂二十分鐘簡介小小說的寫作特色。（國文學科中心九十七學年度資源小姐陳智弘、陳嘉英製 ppt）。

B 剩餘時間進行小組敘事分享，構思以自己名字作為故事結局的小小說。

在上述教學活動中，進行到「編碼」階段前的解碼、尋碼、讀碼、辨碼等四個階段，其實是符號各種意義交替的過程。此交替過程如下列圖示：

> 發送者（意圖意義）→符號載體（文本意義）→接收者（解釋意義）[11]

「解碼」是從字典上找尋名字所代表的意義，屬於「文本意義」。「尋碼」是探尋名字的由來以及命名者的用意，屬於「意圖意義」。「讀碼」是探討他人眼中如何看待自身名字的意義，「辨碼」則是接收其他與自己同名的名字，屬於「解釋意義」。[12] 從上述三種符號意義交

11 趙毅衡：《符號學》（臺北市：新銳文創出版社，2012 年），頁 66。

12 上引圖示是從符號發送過程的角度看其符號意義的交替過程，而本教學活動則是從

換的教學活動中，讓學生得以從中學習認識自己、了解自己，進而肯定自己。

5 第三節課

學生作品成果發表

正名活動之後，面對挑戰，表現得較以往積極，有企圖心。在經過一系列的拆解密碼活動後，寫作變成一件愉快且有趣的一件事

（1）學生作品一　　血虹

就是今天了！南北的雙方代表即將召開會談，黑衣人的數量更加增多了，他們把整個飯店翻過來檢查了，那怕是一點灰塵都會被認為是火藥或毒粉吧……我們也被搜身的徹徹底底。

我決定到廁所洗把臉讓自己冷靜，我可不希望出現任何的失誤……

當我步出廁所時，聽見兩個黑衣人在交談：「聽說 OU 的人將派人潛入阻止會談」，「是啊！不過已將他緝拿了，他是 OU 的廖修祈，不過我們還是得小心點」此時，我應該放鬆了許多……

三點到了！一輛輛的黑頭車駛進飯店的門口，黑衣人羅列門口將閒雜人等隔開，我看到了，南北雙方的代表。

他們直接上了談判桌，此時廚師們在廚房忙碌著，我們則在一旁受到叮囑。兩個小時後的會談結束後，雙方合不攏嘴的步出，隨後被引導至餐廳，我開始緊繃了……

在品嚐前菜及湯品，雙方融洽的讚揚，我將接著端上的是三分

已被賦予符號的角度來反推符號意義的交替過程，因此交替過程的順序略有不同。

熟的牛小排，那血水真是誘人啊!在走上前的過程我幾乎無法抑制我的喘息聲，盤子從我手中滑落了，那血水濺到了雙方的代表，在我手中替換的刀叉，劃向了北邊代表的喉嚨，叉向了南邊代表的左胸，兩股鮮紅的血交織成一道彩虹，彩虹背後露出了一抹冷笑，我就是廖修祈……

【學生回饋】：一開始我聽到這個作業有點不可置信，不過在大家討論自己的題材時，卻有源源不絕的畫面在我腦中浮現，動起筆來文思泉湧欲罷不能，我也找到另一面的我……

(2) 學生作品二　複心

「智凱~智凱~你在哪裡。」這聲呼喊打住了我對磁性母音應有的奢求，我與母親的連結徹底被那無情的暴雨給撕裂了。

終於，我回到了那似曾相似的家門，在我踏進家門的那一刻我看見了最不可置信的一幕，竟有一個和我完全相同的人坐在我媽媽的身旁，在我滿心懷疑之際，媽媽的餘光瞟了我一眼隨後快步走向我，她以極細微的氣音凌虐著我的頰邊肌膚說：「你不屬於這裡，你不是你，現在在那兒坐著的正是你。」頃刻間，我寒毛直立，連自己也開始懷疑起自己，心裡嘟嚷著：「這是哪門子的科幻小說啊，該不會是……」她似乎聽得見我的心聲，她說：「現在你就是個複製人，你已不屬於這個世界，所有與你有關的記憶現在全都在那男孩中。」

隨後，大門趴啦的關起，只留予我與黑夜獨自呢喃，我依稀聽見媽媽對那男孩說：「智凱，有沒有吃飽……」

【學生回饋】要構思出好的小小說，必須將畫面、寓意、結構表達的清楚，這是考驗我的一點，但小小說的創作趣味是我沒有預料到的，在其中我發掘了許多一般散文找不到的寶藏。

(3) 學生作品三　　得標

「親愛的女兒舒琦，我要出門工作了，晚點就回來。」

「下禮拜的任務是什麼，老大？」

「晚點再告訴你，先開車我們走吧。」

隱約地，後方傳來了一陣尖叫聲，似乎像是從家裏傳來的？或許是我幻聽了吧……

「星期四晚上八點，遊艇上有一場拍賣會，這些新鮮的商品品質是挑選過的。而我這裡有些客戶的名單，你先與他們聯繫，並準時出席。」

「三千一次，三千兩次……」

「七千一次、七千兩次、七千三次……」

「一萬一次，一萬兩次、一萬三次」

「得標！」

一位富商得標了一位高價的女子，商品接著一個個展示出。下一位是身穿薄紗、肩上披著絲巾的妙齡女子。

我領著這位小姐前往指定定點等後，當我靠進她時，她很激動。因膠帶黏在嘴巴無法說話。我不以為然。

「得標！」她竟以三萬售出，那可是天價。

拍賣完後必須清點貨量，有一個數據卻讓我熟悉。「基隆市….」那……不是我家地址嗎。

商品名稱：舒琦

【學生回饋】第一次接觸這樣的寫作，難免有些不解，因此透過組員彼此討論與激盪，大家集思廣益的想怎樣的內容會更吸引讀者，於是才有了翻新出奇的小小說構想。我認為小小說是個讓我發揮想像的創作空間，讓我學會去思考，故事的走向該如何鋪陳，我相信，實際去創作，會更激發自己的能力！

(4) 學生作品四　人更的制裁

「我想，我們該一決勝負了!」

你所擁有的八味，令我想將你陪在我身邊。只是幾小時的化學反應，竟然會反目成仇……

你光鮮亮麗的外表下，藏著令人做噁的心。對於你，我坐著就能贏你!當正要嶄露頭角時，你即將面臨波濤的淘汰，看來你的污名將遺臭千萬年。

「我要終結這場戰爭!」利用現代化的機關對抗史前時代的迂腐。

「刷~」

我讓你回歸自然，隨著流水，再次輪迴。

純白的五月花，為戰爭善後。

「我是熊皓偉，我剛上完廁所。」

【學生回饋】我將上廁所過程換個方式形容成戰爭,希望帶給讀者不同的體驗。當初在構思主題時,便鎖定從生活上的事物下筆，由於聯想到歐陽修「枕上馬上廁上」的「廁上」，於是一篇出奇不意的小小說因而生成。

(5) 學生作品五　TOMMY JOHN

就算不打棒球，他身上還是有股浪人投手的氣味。他笑開來有一點孩子氣，跟他身上的滄桑味形成強烈的對比。
（丹佛庫爾斯球場）老練的主播竟因發音而舌頭打結
少年得志，他帶著天才名號闖蕩世界。他在大聯盟初登板那天，才廿二歲。
跟江湖黑道廝混、碰了不該碰的女人。他曾經是英雄，卻永遠被放逐。
「不要亂交朋友，有些事、有些人，不該碰就別碰。」可是小時候，卻沒有人告訴他這些道理。
所有的悔恨和無奈就像右手上的小黑洞般深不見底……
高中三年級的林煜真盃攸關國手資格，他連投兩天，終於帶球隊打進冠亞軍賽。第三場比賽，戰前會議，他告訴教練：「手很痛，真的不能投了。」教練冷言冷語：「拿到冠軍，全隊都是國手；亞軍的話只有四個名額，你自己去當國手啊。」
開戰前，教練把空白的先發名單給他：「你自己填。」
他寫下隊友「廖文鴻」的名字
翌日的體育頭版：XX 高中林智祥 142 球完投敗！

【學生回饋】自幼，都是以輕鬆的心態看著中國古典小說，但這次自己創作小小說，雖然不是章回巨製，但愈短的小說愈重視情節的鋪展、文字的洗鍊。這次的體驗，讓我從以往讀者的角度轉變成寫作的角度，讓我體會到能用文字讓讀者們有了無限的想像。我想，每一本經典中外小說，之所以有餘音繞樑，三日不絕的魔力，都是作者精心巧製而成的。

四　結語

《禮記・大傳》曰：「名者，人治之大者也，可無慎乎？」[13]面對生命的符號，不可不慎，因「在那一一『叫名』的過程裡，我逐漸意識到，有些名字看來平常、普通，但在與這人的交往裡，卻從未覺得那人平淡到可以一手隨意地抹掉。他的個性、教養、與談吐，可以使一個無意義的名字由一個符號、一個標籤，跳躍為一個生動、獨特，又讓人印像深刻的人」[14]。名字是生命的符號，而賦予「生命符號」生命的是血肉之軀的肉身。青少年時期的孩子，生命展演的時間還很長，為人師者若能在課堂教學裡，運用一些時間，置入名字的探求，則能協助孩子認識自我，肯定自我，其生命展演必有自信精采之美。

劉向《說苑・建本》曾云：「人之幼稚童蒙之時，非求師正本，無以立身全性。夫幼者必愚，愚者妄行，愚者妄行不能保身。」[15]韓愈也說：「師者，所以傳道、授業、解惑也。」與年輕的生命相遇是身為教師最美的一件事，二○一一年，筆者遇見一群身在港都海角的孩子，他們單純而善良，卻總是處於劣勢，筆者希望在國文教學裡，可以透過探索生命符號的密碼，為他們尋找一方陽光，從中照見自我，然後在前進人生的歲月裡自信自在，立身全性。

13 〔清〕孫希旦：《禮記集解》（臺北市：文史哲出版社，1990 年），下冊，頁 908。

14 摘自網路作家莫非（陳慧琬）〈取名字〉一文。

15 〔漢〕劉向撰，向宗魯校證：《說苑校證》（北京市：中華書局，1987 年 7 月），卷 3，〈建本〉，頁 63-64。

參考書目

趙毅衡　《符號學》　臺北市　新銳文創出版社　2012年
黃德祥　《青少年發展與輔導》　臺北市　五南圖書出版公司　2000年
孫秀蕙、陳儀芬　《結構符號學與傳播文本：理論與研究實例》　新北市　正中書局　2011年
〔清〕孫希旦　《禮記集解》（下）　臺北市　文史哲出版社　1990年
〔漢〕劉向撰，向宗魯校證　《說苑校證》　北京市　中華書局　1987年7月

以海洋書寫原住民災難——王家祥《倒風內海》中的海洋戰事

黃靖棻
臺灣海洋大學海洋文化研究所研究生

摘要

王家祥是近代自然寫作的散文名家，而其歷史小說亦能運用大自然中最主要的元素——「海洋」意象來突出「自然」、「生態保育」等議題，是一個極為值得研究的課題。本論文即以王家祥歷史小說《倒風內海》（1996）為析論之文本，以有別於歷史或自然寫作研究的角度，從「海洋」的視角切入，並以相關史料為對照，觀察其關注焦點與敘事手法之特色所在。

《倒風內海》主要在敘述一六二四年發生在原住民西拉雅平埔族中，麻豆社人與紅毛人、漢人間的海洋戰事。本論文從「海戰的緣起」、「海戰的過程」、「海戰的結果」三大面向加以分析，發現王家祥不過分書寫紅毛人的侵襲與漢人海盜的劫掠，而是大量運用狂風、巨浪、巨鯨、巨艦等等崇壯的「海洋」意象描述這場海戰帶給原住民部落的災難，同時還以極其細膩優美的「海洋」意象描繪未遭戰事洗禮前部落美好的海洋作為對比，在在透顯出作者不重「國族敘述與族群認同」的歷史意識，而關注的是「生態與土地」（陳淑卿語）；此外，在與相關史料詳加對比之後，我們還發現作者並不介入單一民族視角，而是以一種「客觀」的態度，「尊重線性歷史」（王國安語），因此，他不僅不偏離史實書寫，而且其敘事方式，對於海戰的起因、過程及結果，都如書寫歷史般作條理式的呈現，所不同的是，他特重戰後原住民所受災難的土地書寫，也寫出部落英雄沙喃救贖村落的痕跡，可見出作者悲天憫人的仁者胸懷。

關鍵詞：王家祥、倒風內海、海戰、原住民

一 前言

陶冶在田野、草叢、溪流等自然環境（高雄縣岡山鎮），大學就讀中興大學森林系的王家祥（1966-），在八〇年代臺灣經濟起飛時便特別留意到自然環境的破壞、工業汙染、生態危機等問題，想為臺灣生態及土地盡一分心力。他具體從事搶救臺灣自然的諸多行動，並投入自然寫作的行列，其一系列相關散文如：《文明荒野》（1980）、《自然禱告者》（1992）、《四季的聲音》（1997）、《遇見一棵呼喚你的樹》（2001）、《我住在哈瑪星的漁人碼頭》（2002）、《徒步》（2004）等書，受到臺灣當代文壇高度的矚目與肯定。然而，由於「無法長期處在搶救失敗的無力心境中」，也因為「生態保育運動逐漸趨向社區化，不再由同一群人四處奔走」，所以，「他將創作重心轉向臺灣歷史小說」，[1]將自己一直堅持的生態理想寄託在歷史小說中，一如吳明益所言：「在現實中無法立即實現的『人與荒野』和諧共存的理想世界，王家祥在小說裡重建」[2]，而王家祥在一九九七年由玉山社出版公司所出版的《倒風內海》一書，即為一個極成功的例子。

《倒風內海》雖是一部關於原住民的歷史小說，卻運用了大自然中最主要的元素之一——「海洋」來突出「生態保育」、人與「自然」和諧共存等議題，周佩蓉曾指出：「同樣是累積豐富的知識、素材及親身踏察體驗，王家祥卻有別於純粹從事自然觀察的生態學家，或追求歷史真相的考古研究學家。他獨特的切入點，在於運用文學創

---

1 以上三條引文，見周佩蓉：〈為臺灣織寫傳說的青年——專訪王家祥〉，《文訊雜誌》第163期（1999年5月），頁87。

2 吳明益：《當代台灣自然寫作研究》（桃園縣：國立中央大學中國文學研究所博士論文，2003年），頁380-381。

作獨有的想像力與情感，帶著讀者深入臺灣這塊原以為熟悉的土地，探視未曾被發覺的角落，未曾被正視的過去。甚至，喚起未曾意識到的知覺與記憶」[3]，因此，王家祥在《倒風內海》一書中，如何運用「海洋」意象這一獨特的、有別於歷史考古或自然寫作的視角，發揮其文學創作上所獨具的想像力與情感，以書寫一段關於「倒風內海」[4]原住民（西拉雅平埔族）未被正視的過去（一六二四至一六六二年間，平埔族與荷蘭人、漢人間的海洋戰事），實為一值得研究的課題。

然而，當今學者多從歷史、社會、文化的角度切入研究該書，專著如：陳三甲《王家祥小說研究》，以社會的歷史與文化脈絡為軸，重建該書的歷史記憶與空間；[5]吳信宏《再現、認同、族群關係——以《土地與靈魂》、《倒風內海》、《餘生》為研究對象》，從原住民的立場，重構、再現其文化族群關係；[6]還有吳素芳《記憶、書寫、圖像——王家祥作品中的家國敘事》、[7]陳怡靜《王家祥的歷史小說研究》[8]、溫筑嵐《臺灣華語小說中的西拉雅書寫——以《西拉雅末裔

3 周佩蓉：〈為臺灣織寫傳說的青年——專訪王家祥〉，《文訊雜誌》第163期（1999年5月），頁86。

4 「倒風內海」為臺灣沿海洲潟海岸中之一潟湖，範圍大致位於臺南縣北半部，鄰近嘉義縣。此一地區在歷史上的文獻紀錄為一片內陸水域，兼有河川、海汊可以深入內陸，得以進行貿易。在漢人尚未大規模入墾倒風內海沿岸地區時，本地原是西拉雅平埔族四大社「新港、蕭壠、麻豆、目加溜灣」中的麻豆社活動範圍。詳參陳峋傑：《臺南縣倒風內海人境化之研究（1624-1911）》（臺北市：臺灣師範大學地理學系碩士論文，2002年），頁1。

5 陳三甲：《王家祥小說研究》（嘉義縣：南華大學文學研究所碩士論文，2004年）。

6 吳信宏：《再現、認同、族群關係——以《土地與靈魂》、《倒風內海》、《餘生》為研究對象》（臺南市：國立成功大學台灣文學研究所碩士論文，2007年）。

7 吳素芳：《記憶、書寫、圖像——王家祥作品中的家國敘事》（嘉義縣：南華大學文學研究所碩士論文，2011年）。

8 陳怡靜：《王家祥的歷史小說研究》（高雄市：國立中山大學中文所碩士論文，2010

潘銀花》、《倒風內海》和《附身》為研究對象》[9]、吳瑋婷《再現的「番」母系：王家祥小說中的原住民形象研究》[10]等專著則多偏重社會語言、文化意識等議題，其中雖有些研究提到了《倒風內海》一書之敘事空間為海洋，但對該書的海洋場景或意象仍未有專門的研究。至於期刊論文，則有：申惠豐〈土地、文化與生存的辯證〉一文，從文化的角度看《倒風內海》中人與土地間的辯證關係；[11]陳淑卿〈書寫原住民歷史災難：《倒風內海》的空間歷史與《一九四七高砂百合》的歷史空間〉[12]一文，跨越漢人歷史與個人族群位置，呈現原住民經驗，從歷史空間探討《倒風內海》中的史觀論述，亦未見文學性的分析。由此可知，儘管研究該書者眾，卻少有從「文學創作」視角加以研究分析者，有鑑於此，本文即從文學視角切入，並以《倒風內海》一書中最鮮明的「海洋意象」作為觀察的主軸，盼能透過作者對海洋戰事的敘寫方式、海洋意象的運用手法、書寫內容的聚焦所在，以抉發作者內在的情感與海洋書寫的特色，從而對《倒風內海》的海洋書寫作一適度的評價與定位。

年)。

9 溫筑嵐：《臺灣華語小說中的西拉雅書寫——以《西拉雅末裔潘銀花》、《倒風內海》和《附身》為研究對象》(臺北市：國立臺北教育大學台灣文化研究所碩士論文，2012 年)。

10 吳瑋婷：《再現的「番」母系：王家祥小說中的原住民形象研究》(臺北市：國立臺灣大學臺灣文學研究所碩士論文，2008 年)。

11 申惠豐：〈土地、文化與生存的辯證〉，陳明柔主編《台灣的自然書寫》(臺中市：晨星出版有限公司，2006 年)，頁 425-456。

12 陳淑卿：〈書寫原住民歷史災難：《倒風內海》的空間歷史與《一九四七高砂百合》的歷史空間〉，《中外文學》第 30 卷第 9 期 (2002 年 02 月)，頁 57-85。

二　海戰緣起

王家祥以第三人旁觀角度書寫，由小說導引者——少年沙喃引領著劇情的發展。作者敘事的方式，是如書寫歷史般地，依海戰的起因、過程、結果，作有條理的呈現。這場海上戰爭的起始，要從少年沙喃與「倒風內海」侵入者荷蘭人的對立說起；其實，赤嵌美麗女子阿蘭納及鹿群的誘惑，是戰爭中重要的關鍵人物。茲詳述如下：

(一) 少年戰士（沙喃）與貪婪入侵者（紅毛人、漢人）的對立

一六二四年是臺灣重要的一年，也是小說敘事開始的時間點——荷蘭時代的來臨。[13]故事由麻豆社「麻達」[14]（沙喃）以及好友加踏駕著「小艋舺」[15]在海上航行的場景揭開序幕。

最早記載臺灣原住民的史料《東番記》（明末陳第撰，1602）顯示，西拉雅人是懼海的：「居島中，不能舟；酷畏海，捕魚則于溪澗，故老死不與他夷相往來」，歷史的改變，西拉雅人從畏海至親海，王家祥賦予西拉雅族為「海洋民族」的個性，小說中的主角沙喃道：

13 所謂荷蘭時代，係指西元一六二四年荷蘭人佔據台灣起，到一六六二年二月鄭成功逐出荷蘭在臺勢力範圍止，不滿四十年間的荷人統治時期。詳參中村孝志著，吳密察、翁佳音編：〈荷蘭時代在台灣歷史上的意義〉，《荷蘭時代台灣史研究（上卷）概說・產業》（臺北市：稻鄉出版社，1977 年），頁 27。

14 麻達，指未婚年輕男性。

15 艋舺，指「獨木舟」。

> 我的父系祖先便是活躍在內海上的海盜或漁夫；我的母系祖先則是擅長在內海捕魚或進入內陸狩獵的民族；我的血液裏留著自由奔放，冒險犯難的海洋文化。我是一尾迴游在大灣裏預備向世界出發的鯨魚。[16]

即使要讓自己成為陸地上善跑的獵人，沙喃的血液裡仍流著對海水的眷戀，作者這樣描述沙喃：

> 他要緊跟著阿兼加強練習狩獵，成為一名善跑的獵人，便不能貪戀海水的清涼與戲水的胴體。[17]

身為麻豆年輕勇猛的戰士，不畏懼海、不害怕獵不到鹿群，他在作品的一開端，便被定位成勇敢的戰士──兼具海洋之子、原野戰士雙重特性的英雄身分，讓沙喃這一角色在海洋與陸地的爭戰場域中，具有突顯小說故事性與張力的重要作用。

《倒風內海》前半段循序漸進地描寫荷蘭人來到「倒風內海」，麻豆人以鹿皮向荷蘭人換取生活所需的用品，而荷蘭人則利用鹿皮交易、藉漢人剝削麻豆人，成為戰爭重要導火線。本來，荷蘭人為了增加勞力以開發臺灣的土地、產業，遂鼓勵因饑餓、戰爭生活困苦華南地區的漢人移居來臺，[18]開墾這片倒風內海，然而，荷蘭人卻欺壓漢人、剝削漢人的勞力，使得漢人在忍辱的求生中，只得私墾西拉雅的

---

16 王家祥：《倒風內海》（臺北市：玉山社出版事業股份有限公司，2012 年），頁 6。

17 王家祥：《倒風內海》（臺北市：玉山社出版事業股份有限公司，2012 年），頁 31。

18 到一六六○年時，來臺的漢人已高達兩萬五千人。詳參中村孝志著，吳密察、翁佳音編：〈荷蘭時代在台灣歷史上的意義〉，《荷蘭時代臺灣史研究（上卷）概說．產業》（臺北市：稻鄉出版社，1977 年），頁 36。

土地求營利。於是，荷蘭人、漢人與原住民之間總存在著緊張的關係，小說中提及，沙喃為了守護土地，必須先明白：

> 西拉雅未來的真正敵人不是現今的統治者而是漢人……他必須藉助紅毛人瞭解漢人，才能與之戰鬥……[19]

可以很明顯地看出西拉雅人將漢人視為真正的敵人、戰鬥的對象。荷蘭人透過買賣易物的方式，藉由漢人剝削原住民；又利用原住民打壓漢人，正是荷蘭殖民臺灣的手法。[20]關於此部分的敘述，《倒風內海》與史實有相當的一致性。

總之，小說中海戰的緣起，主要在麻豆人與荷蘭人、漢人之間的對立。荷蘭大船駛近了倒風內海，意謂著外來族群的入侵，其入侵的不僅是土地上的人民與物質，更是倒風內海中的文化精神，甚至，深深影響了原住民族的興衰歷程。

（二）美女（阿蘭納）與鹿群的誘惑

為了換得鹿皮更高的價值，沙喃與夥伴大羅皆一同來到了大員社交換鹿皮。[21]他們冒險來到雜亂擁擠的市街巷弄裡，意外地認識了美麗的大員漁人之女阿蘭納：

---

19 王家祥：《倒風內海》（臺北市：玉山社出版事業股份有限公司，2012 年），頁183。

20 戴月芳：《明清時期荷蘭人在台灣》（臺北市：台灣書房出版有限公司，2012 年），頁 279。

21 若與紅毛人交換，兩張鹿皮只能交換一匹布；若在大員巷弄間，可能可以換取更多的物資。

> 「阿蘭納勻長豐盈的身姿猶如春天草野上發情的小母鹿，深情的雙眼清亮如夏日的泉水，柔嫩的肌膚有如初生的嬰兒入溪洗浴之時，哪個多情的麻達見到她不會失控讓陽具撐起遮陰布吶！」大羅皆眼神落寞地說。[22]

阿蘭納擁有美麗的外在，姣好的身材、明亮的眼眸與柔嫩的肌膚，在在吸引著沙喃與大羅皆。沙喃為得知她真正的心意，奮勇航行危險的蕭壠森林；為了救出阿蘭納，沙喃自願參與篤加社的競跑，但無論結果如何，沙喃與大羅皆都會聯手救出受困的她。阿蘭納在小說中象徵著柔弱、誘惑，儘管她所處的是母系社會，小說對阿蘭納身體上的描述，仍有被物化的傾向；從原始部落的歷史空間中，「女神」[23]阿蘭納更有著「番女」原野的形象塑造。[24]

西拉雅平埔族主要以母系社會為主，[25]若男人結婚，則需入贅於女方族群中，為女方家庭打獵或捕魚，因此在西拉雅平埔族社會中，女主人的地位極高。正因為女性必須打理家中的一切，因此，不能太早生育子女，沙喃道：

---

22 王家祥：《倒風內海》（臺北市：玉山社出版事業股份有限公司，2012 年），頁 173。

23 吳瑋婷在論文中以「女神」描述阿蘭納的「番女」形象。參見吳瑋婷：《再現的「番」母系：王家祥小說中的原住民形象研究》（臺北市：國立臺灣大學臺灣文學研究所碩士論文，2008 年），頁 80。

24 王家祥在《山與海》當中亦有對原住民女性身體的自然描寫。詳參氏著：《山與海》（臺北市：玉山社出版事業股份有限公司，1996 年），頁 16。

25 翁佳音指出：「其實，如果有民族學知識，女娶男或男娶女，都是與社會結構，如家產承繼、通婚原理有關，與文化高低不一定必然關係。……所謂西拉雅族，也不完全母系女娶男，大武壠社即是所謂漢人觀念中的男娶女。」見氏著：〈荷蘭時代的西拉雅族〉，收入謝仕淵、陳靜寬主編《行腳西拉雅》（臺南市：國立臺灣歷史博物館，2011 年），頁 100。

> 西拉雅人認為，女人是長屋的繼承人，掌理家中大小一切，若太早生產是大忌，無法負起身為主人的責任！[26]

新婚夫妻前幾年不能懷孕，違者不但會被迫流產，且會被村人視為一大恥辱，等到婦女三十六、三十七歲後方可懷孕。小說藉荷蘭修士之口對此習俗提出批評：

> 你們的女巫強迫不到三十歲的懷孕婦女墮胎，是不文明且可恥的行為！連那產下的嬰兒也要蹂躪致死！神那有庇祐你們？我的主珍惜每一個生命，讚美新生兒，祝福懷胎十月的母親，絕不允許野蠻的殺嬰！[27]

修士的話語帶來的不僅是信仰而已，更是一股強大的文明力量。小說透過阿蘭納展現西拉雅族群重要的「水」及「女人」視角，然而，美麗的她卻還是免不了被物化的命運，作者較多著墨於她的身體是如何地誘惑著男性獵人：

> 阿蘭納彷彿扮演了沙喃所有對女人渴望的慾念最終之沈積。滿潮的慾念之海是盲目的，常常誘惑雄壯的獵人在月圓之夜如同發情的狗群任意交媾，泅游於女人豐淫流水的情意漾蕩之中；然而大潮退去之際，那片柔軟如眠床的潔白沙汕，便是泅泳的男人最想躺下安歇的女人溫暖實穩之胸部。阿蘭納是一座浮浮

---

26 王家祥：《倒風內海》（臺北市：玉山社出版事業股份有限公司，2012 年），頁148。

27 王家祥：《倒風內海》（臺北市：玉山社出版事業股份有限公司，2012 年），頁148。

沈沈的沙汕呀！[28]

沙喃、大羅皆，愛戀著阿蘭納外在的美貌，這是男性天生對於女性身體的一種渴求與慾念，當然，漢人郭懷一也不例外。這種慾念的誘惑，便成為原住民、漢人之間對立的因素之一。

在西拉雅族中，美女阿蘭納以其柔弱的姿態與動人的外表吸引著男人們目光，而鹿群則以其同為無力抗拒且鹿皮珍貴的形象導引出荷蘭人與漢人貪婪的欲望。即使《倒風內海》一書較偏重於歷史事件與社會結構的描述，但王家祥向來關心的生態議題仍在小說中不斷地被強調與細膩刻劃。例如，他注意到原住民對待自然生態與物種，除了節儉愛惜、開源節流外，更表現出一種為維持長久生活的平衡，而善待萬物的保育行為。以捕鹿來說，獵人單次捕鹿群僅能射殺一隻鹿，維持鹿的數量，為資源的穩定尋求永恆性，這是原住民族群代代相傳的生活法則與重要觀念；同時，對這些生活中不可或缺的動物，必須懷抱感恩的心理：

> 「你必須幫你的對手完成最後的安靈，牠輸了，牠的軀體將奉獻給你的溫飽、衣食，你不該讓牠在死前那麼痛苦！」沙喃說。[29]

面對受到鏢傷而鮮血直流、痛苦喘息的雌鹿，加踏猶豫不決著，雖然他很清楚該怎麼做，沙喃便對好友說了上述的話，表現出對生命的重視與感恩。沙喃之前就曾對好友加踏說過：

---

28 王家祥：《倒風內海》（臺北市：玉山社出版事業股份有限公司，2012 年），頁139。

29 王家祥：《倒風內海》（臺北市：玉山社出版事業股份有限公司，2012 年），頁 61。

> 你才剛學習走入獵人的聖堂，尊敬鹿群會使你活得長久，學得更快！[30]

在海上敬畏海洋，在茂林中尊敬鹿群，正如陳淑卿的研究所指出的：「王家祥的歷史小說和一般致力於國族敘述與族群認同的歷史小說家不同，他筆下的台灣歷史並非圍繞著台灣意識的建立而織就，在追溯臺灣層層疊疊的殖民歷史之時，他關心的是生態與土地」[31]，即使是歷史小說，人與海洋、土地、自然萬物的和諧共存，仍是王家祥所關注的課題。

大自然的鹿群，對於西拉雅族群來說，是日常生活所需，他們需要牠們並且尊敬牠們；但對紅毛人來說，鹿皮僅僅是資源，是財富，可以取之不盡、用之不竭：

> 那貪焚的紅毛人阿龍索的眼神似乎一直說著：「鹿群在平野上多得數不完只要你們願意去逐取，財富與榮耀便多得數不完！」[32]

荷蘭人的巨艦從海的另一端來，他們飢餓的船腹像魔鬼般索求這片島嶼的一切：以鍋子、煙草、琉璃珠、生鐵或刀等生活用品換取鹿皮，並驅使漢人砍伐這片土地、建立大城……。隨著荷蘭人對鹿皮的渴求日殷，族人對荷蘭人貨物的需求也日益增加，遂愈醉心於捕鹿。荷蘭人、中國人、日本人皆覬覦著這些價值不斐的鹿群，遂亦更加猖狂地

30 王家祥：《倒風內海》（臺北市：玉山社出版事業股份有限公司，2012 年），頁 53。

31 陳淑卿：〈書寫原住民災難：《倒風內海》的空間歷史與《一九七四高砂百合》的歷史空間〉，《中外文學》第 30 卷第 9 期（2002 年 2 月），頁 59。

32 王家祥：《倒風內海》（臺北市：玉山社出版事業股份有限公司，2012 年），頁 45。

使用陷阱大量濫捕。荷蘭人占領臺灣初期，為獲得更多鹿皮，不斷鼓勵漢人捕鹿，並要脅原住民不准阻止漢人獵捕。漢人若要從事捕鹿，必須先向傳教士繳納稅金，才能領取狩獵許可證。[33]荷蘭人的貪婪，由此可見一斑。

鹿吸引著不同的族群，而美麗女子阿蘭納也是。阿蘭納在大員社被漢族男人調戲，後因其誘人的外貌被沙喃與大羅皆所愛戀，最後因報恩跟隨了郭懷一，並為他生了兩個小孩。在西拉雅族群中，族人對於鹿群，雖獵之卻也崇敬之，遵循著自然法則追捕鹿群；荷蘭人與漢人則純以貪婪之心追逐之。阿蘭納與鹿群，成為整部作品中的「誘惑者」與「受害者」；以客體象徵了這片原始自然的海洋與陸地。

三　海戰的過程

女巫的預言貫穿著全書，從海戰將起、到烽火駐進整片倒風內海，作者以海面的起伏變化作為戰事將興的隱喻，又以諸多海洋意象書寫海洋戰事，是別具特色的海戰場景描繪。

（一）「災難自海上來」：關於海戰的預言

整部小說貫穿著沙喃母親的惡夢，以及女巫為之解夢所作出的預言：災難將從海洋那方來，降臨在他們子女身上。從小說第一章〈巨帆〉起，王家祥即一再強調這個「註定性」的預言：

33 詳參戴月芳：《明清時期荷蘭人在台灣》（臺北市：台灣書房出版有限公司，2012年），頁268。

阿兼相信他兒子的伊拉（母親）所做的夢，相信伊尼卜斯為夢兆所做的解釋，災難將從大海那方而來，降臨在子女們的身上。[34]

「伊拉告訴我，災難會來自大海，降臨在我們身上。」沙喃冷靜地說。[35]

到了第九章〈巴達興〉，這個預言仍不時地被提及：

沙喃想起麻豆社的伊尼卜斯不斷告訴他的夢兆：「漢人像潮水般湧來！」
「漢人神祇的廟堂將站立在倒風內海上。」[36]

「霧霧不知道！霧霧的法力無法解答，霧霧只夢見巨樹傾倒，洪水暴發，捲走土石，再也沒有森林如往常般保護我們。洪水所捲走的土石泥沙填平一處大海灣。那處海灣很熟悉，似乎就是倒風內海；後來，我又在夢兆中看見那處熟悉的海埔地站立著一幢富麗堂皇的廟堂；那種廟堂和神祇霧霧從未見過，在夢中卻清晰可辨，還有漢人的祭拜者進出其中。」老尪婆說。[37]

西拉雅人崇拜多種神祇，這些神祇多與他們的生活產業有關（農

34 王家祥：《倒風內海》（臺北市：玉山社出版事業股份有限公司，2012 年），頁 13。
35 王家祥：《倒風內海》（臺北市：玉山社出版事業股份有限公司，2012 年），頁 17。
36 王家祥：《倒風內海》（臺北市：玉山社出版事業股份有限公司，2012 年），頁 187。
37 王家祥：《倒風內海》（臺北市：玉山社出版事業股份有限公司，2012 年），頁 187。

畜）；而專司與神聯繫的神職人員皆由女性擔任（Inibs，伊尼卜斯），她們又稱為「尪姨」，具有預言善惡、天氣狀況，以及驅逐不祥、為人消禍除災的能力。[38]關於「災難從海上來」的女巫的預言不斷地在書中出現：最後佔據「倒風內海」的民族是漢人，而漢人的神祇將屹立在「倒風內海」上，遍佈各個村社。一旦漢人侵襲了整個倒風內海，屬於原始而富美的西拉雅族將不復存在；巨樹倒塌、洪水捲走土石，將沒有茂盛的神祕森林地。

女巫這番令人擔憂害怕的預言，將在這片土地上一一印證。荷蘭人乘海而來、漢人如潮水拍浪般一波一波襲捲而來，環境將遭嚴重的破壞，信仰禁忌與社會組織亦會逐漸被新的文化與文明取代而遭瓦解的噩運，最後「倒風內海」將成漢人的天下：

> 「老尪婆的夢兆說，入侵者伐倒巨樹，引來的洪水將無可抵擋，大量的土石泥沙將隨著滾滾洪流摧毀家園，內海將成平陸。老尪婆還說，她夢見漢人的神祇所居之廟堂金碧輝煌地出現在內海之上。漢人不祇是統治者僱用的奴工，他們打算久留。我們終究會雙手拱讓這塊土地！」沙喃說。[39]

為謀取利益，侵入者砍伐巨樹，造成生態失衡，「倒風內海」將成為內陸之地。從小說內文可得知，原住民對於女巫的預言說，有完全的信任。謹記巫婆的預言，能使沙喃在戰役中更為謹慎與小心。雖《倒

38 詳參林昌華：〈殖民背景下的宣教——十七世紀荷蘭改革宗教會的宣教師與西拉雅族〉，潘英海、詹素娟主編《平埔研究論文集》（臺北市：中央研究院臺灣史研究所籌備處，1995 年），頁 353-354。

39 王家祥：《倒風內海》（臺北市：玉山社出版事業股份有限公司，2012 年），頁 191。

風內海》的時間背景在荷蘭統治時期，但貫穿全文的預言說卻是落在西拉雅的入侵者——漢人身上。女巫在《倒風內海》中是被信任的角色，是原住民重要的信仰與精神的依賴。在海洋戰事來臨前，牽引著沙喃的身世，女巫「災難自海上來」的預言說，交融在戰事發生的前後，是整部作品重要的綱領與導引。

（二）海面的變化：海戰將興的徵兆

冬季時，居住於沿海地帶的西拉雅平埔族人在其部落間遊走；春夏之際，則經由海的航道，穿梭在各個村社之間，易物或交流。海洋，這個日出之地，是他們活動的重要場域，也是最常映現在他們眼簾的風景。小說藉由沙喃之眼，透顯出麻豆社原住民涉海、親海的特性。

部落與部落之間的連繫，不需依靠地圖，憑著他們日積月累地在海上的觀察與體驗，便能清晰地辨識出其近海家園的切確位置，他們對海洋既熟悉又親密。王家祥化身沙喃之眼，寫下他平時累積對自然細膩的觀察：

> 清晨的倒風內海，在煙嵐散去之後逐漸攤開成一片廣大的銀色水域，令人迷惑的樹島與沙洲如魚群一般散布於安靜如鏡的水面上，真正的魚群則藏躲於站立在水中的樹林與水草的腳下。樹島與沙洲將廣大的內海分隔成錯綜複雜的池沼與水道。[40]

眼前一大片的海域，柔和安詳。作者以溫柔而細膩的筆觸，輕輕帶動

40 王家祥：《倒風內海》（臺北市：玉山社出版事業股份有限公司，2012 年），頁 9。

每字每句，從譬喻到擬人的修辭筆法，讓整段關於臨海景致的描繪顯得活靈活現，這是王家祥在自然寫作上特有的寫作韻味。沙喃划著獨木舟，與大海親密地接觸著，那是海戰未至前原始的海洋，寧靜而優美。

對於大海，族人放低姿態，以尊崇的角度面對，例如加踏總說：「內海像一位安靜的麻仁（美麗的婦人），在外頭則被她凶暴的丈夫不時毆打」[41]，王家祥善用譬喻夾帶擬人的方式，將內海轉化成安靜的美麗婦人，使得海洋更為生動親切。

因地形關係，在倒風內海的海域裡，海域是溫柔而平靜的；而外海的千變萬化則讓人難以掌控，如同加踏的父親所言：

> 我的阿兼曾經講，內海是供養我們部落的大地之母，幫我們擋住大海的暴風巨浪，幫我們豢養肥美的魚群和貝類，我們再也不需要划著脆弱的小艋舺，像大員社的漁夫到大海上去被巨魚吞下肚。[42]

危險的外海，不僅有巨浪，還有巨魚，小小的艋舺（獨木舟）怎能抵擋？即便是會被巨魚吞下肚，大員之海灣仍保有其原始風貌。在荷蘭人未登陸前，麻豆社與大員社及赤嵌社曾因爭吵而戰鬥，於是，海洋成為彼此間的界線，而非溝通的主要航線。[43]

當沙喃指出：「那海水顏色深得令人害怕」[44]時，這寧靜的、作為界線的海，已開始要發生變化了。果然，緊接著沙喃與加踏便觀察到

---

41 王家祥：《倒風內海》（臺北市：玉山社出版事業股份有限公司，2012年），頁13。

42 王家祥：《倒風內海》（臺北市：玉山社出版事業股份有限公司，2012年），頁15。

43 在西拉雅各村社間，互不干預的維持著一定的相處平衡。

44 王家祥：《倒風內海》（臺北市：玉山社出版事業股份有限公司，2012年），頁21。

荷蘭的巨帆靠近了：

> 他們逐漸看清楚那幾艘巨船上裝置著粗壯的木頭，使用繩索將巨大的布綁在木頭上；布能攫抓住風，巨船便能跟隨著風，讓風托起推送在大海中移動，聲勢驚人。巨船並不靠岸；牠們群集移轉方向，飄入往南洶湧的海流順勢沿著海岸線而下，讓洋流推動前進。巨船們似乎正在找尋可以停泊之處。[45]

從修辭技法來看，作者運用以物托物（海流托巨船）、轉化（布攫風、巨船找停泊之處）手法，將巨船、布賦予生命力，讓海景的描寫更為出色。從視覺上看，原本秩序且安詳的倒風內海在荷蘭巨帆的侵擾後出現了變化。而後，當龐大的船隊緩慢通過沙洲外海時，作者從聽覺上強調沙喃與加踏聽見巨船侵入西拉雅人內海的聲音：

> 沙喃和加踏清清楚楚看見巨船堅厚的船殼，粗巨的桅杆，聽見海風吹擊著韌度十足的帆布所發出的噼叭爆響。那群巨船中的人影晃動以及叫喊，操作轆轤繩索，爬上爬下的聲響，皆被海的浪潮及風帆鼓爆所淹沒。[46]

船員們的沸騰聲，轆轤的操作聲，夾雜在海風吹擊帆布的爆響與海浪拍打巨船所發出的巨響中。如此複雜且此起彼落的聲音，牽引出沙喃不安的情緒。

西元一六二三年，荷蘭人派遣荷兵以及班達島土著共五十名來到

---

45 王家祥：《倒風內海》（臺北市：玉山社出版事業股份有限公司，2012 年），頁 21-22。

46 王家祥：《倒風內海》（臺北市：玉山社出版事業股份有限公司，2012 年），頁 22。

大員灣建築城堡，因受當地原住民襲擊，暫時撤回澎湖；[47]次年，又回到大員灣重建為奧倫治城。沙喃所見，即一六二四年荷蘭再度回到大員灣的巨帆，作者於書中第一章末尾敘述了此一歷史，與史料所見相同。

隨著荷蘭人的介入，作為界線的、寧靜安詳的大海已然不再，取而代之的是作為交易的、不再寧靜的大海：

> 「等春天時走海路就好了！不必這麼危險和疲累，內海在春夏之際會和善地庇祐我們，輕鬆地把阿滿舉起，不怕鹿皮載得太多，推著我們穿過像巨魚一般的沙洲，免於風浪的打擊，迅速送我們抵達南方最後那一尾巨鯨上的神秘城堡！」……紅毛人的風帆竟然千里迢迢吸引著他，一步一步來到海的國度。「擅於航海的阿立祖的子孫，是否忙於追逐眼前的鹿群，而遺忘了最初登陸的海岸？」沙喃心想。[48]

為了與荷蘭人交易，父親與沙喃等麻豆獵士，背負著重要的任務前往赤嵌社與荷蘭人進行鹿皮交易。沙喃漸漸脫離捕獵人的身分，披上衣服，從麻豆的獵鹿戰士漸漸成為買賣鹿皮的商人。此時的海域，正拍打著鹿皮、利益、愛情等複雜的浪花，已非原本單純的、令人著迷與崇敬的海了。

---

47 從雷爾松寄總督顧恩函中（1623 年 10 月 25 日）提及，因中國人的搧動而起的攻擊事件：荷蘭人實為五十人（荷蘭人十六人、班達人三十四人）來到大員；攻擊事件發生時，荷蘭方面有三人死亡，原住民四人死亡。荷蘭遂暫退大員，此時荷蘭在大員建造的要塞已可防禦。詳參國史館臺灣文獻館主編、江樹生主譯、著：《荷蘭臺灣長官致巴達維亞總督書信集 1，1622-1626》（臺北市：南天書局有限公司，2007 年），頁 75-76。

48 王家祥：《倒風內海》（臺北市：玉山社出版事業股份有限公司，2012 年），頁 89。

西元一六二五年，荷蘭人來到麻豆社，釋放善意，希望以各種器具與生活用品交換麻豆社的鹿皮。荷蘭人對鹿皮的索求越來越大，沙喃為了公平交易，漸漸化身成為鹿皮的買賣商人，帶著鹿皮，準備前往荷蘭人的佔據地——大員社：

> 貿易隊紛紛將鹿皮放上艋舺與阿滿，分成二艘風帆大竹筏及六隻獨木舟，浩浩蕩蕩划入寧靜的大員灣，向西直往那尾巨魚前進。[49]

麻豆社貿易隊透過海上航行運載鹿皮，到大員社的鯨骨之海，海洋是決定貿易隊能否順利抵達的重要關鍵。第一次來到大員灣的沙喃，被眼前的巨城所震懾。巨城像頭安靜的多角獸，俯視他們的海、藍天，並守著來往的艋舺（獨木舟）或阿滿（船）：

> 那海上所有的雲湧風起群集至海灣之後似乎皆在這頭巨獸的腳下臣服；憤怒的大海所激盪的濤天惡浪彷彿皆在巨獸的腳下停步；被惡浪所鞭苔的風帆皆在巨獸的腳下得到安歇慰憐。[50]

荷蘭人佔領的鯨骨之海一隅已被冠上「熱蘭遮城」[51]的名字，是屬於他們的特殊的符號（建築）。荷蘭人欲把一直以來赤嵌人在此居住很久的海陸之地，建立屬於他們的永久之地；這些神祇趕不走的異族，

49 王家祥：《倒風內海》（臺北市：玉山社出版事業股份有限公司，2012 年），頁 111。

50 王家祥：《倒風內海》（臺北市：玉山社出版事業股份有限公司，2012 年），頁 117-118。

51 指海陸之國。

帶著填不滿的貪婪慾望進駐，使得「倒風內海」發生極大的變化，在愈來愈不安穩的海面變化中，彷彿預示著一場大風暴（海戰）即將到來。

（三）巨艦火砲與煙硝飛舞：海戰場景的書寫

西元一六三五年寒冷的冬夜，預言果然成真。由沙喃年少時的兄弟加踏領銜，在入夜後進行出草，對象為在麻豆社進駐的荷蘭修士及士兵。然而，憤怒的荷蘭人擁有強大的火砲，他們將排山倒海而來，並以精準的火槍射穿麻豆社戰士們的胸膛，大羅皆對沙喃勸道：「像鹿群一樣只有逃吧！能逃多遠就逃多遠！」[52]，希望沙喃靠著他在赤嵌社多年累積的智慧判斷，要麻豆社人民像鹿一樣的逃開烽火，免於被滅社的厄運。麻豆社的大難即將來臨，王家祥筆下的海洋飄出海戰前夕令人不安的氣氛：

> 大員海上四處飄浮如鬼魅哀怨般幽微的光；狂掃的北風急著撲滅這些漁火之光，讓阿滿（船隻）寸步離不開海岸。[53]

大員灣的海上佈滿船隻，一閃一閃的無情燈火佔據了西拉雅原住民的領地，也讓麻豆社終究無法抵抗擁有船堅巨砲的紅毛人的洶湧來襲。災難自大海而來，降臨在加踏的身上；麻豆社被神接走的戰士們，將長居眾神的故鄉，高山之所在。

---

52 王家祥：《倒風內海》（臺北市：玉山社出版事業股份有限公司，2012 年），頁 226。

53 王家祥：《倒風內海》（臺北市：玉山社出版事業股份有限公司，2012 年），頁 218。

林昌華〈殖民背景下的宣教——十七世紀荷蘭改革宗教會的宣教師與西拉雅族〉曾指出：西元一六二九年麻豆社殺害六十名荷蘭士兵；一六三五年十一月二十三日荷蘭對麻豆社展開劇烈攻勢；十一月二十九日雙方簽訂合約。[54]《熱蘭遮城日誌》中也記載著：「普特曼斯於一六三五年十一月二十三日向麻豆人開始討伐，把那五百個白人士兵分成七隊。在那攻擊期間有二十六個麻豆人（男女和小孩）死亡。他們的頭顱被新港人當作戰利品奪去，他們幾乎沒有抵抗，整個村莊被放火燃燒，夷為灰燼」[55]。荷蘭人攻陷麻豆社事件是真實的歷史事件，王家祥的書寫呈顯出尊重歷史的態度。

大海帶來荷蘭人、漢人，佔據臺灣西南沿海原本豐腴的生活居地，讓整片西拉雅的海不再平靜。麻豆社淪陷後，荷蘭人的巨船、巨砲並未因此停歇。西元一六五二年，荷蘭人利用赤嵌人大羅皆、沙喃攻打（追趕）漢人。荷蘭人與漢人間的戰爭，終於在大員灣上發生，鯨骨之海不再美麗而平靜。令人悚然的海洋戰役首先在目加溜灣社與蕭壠社開啟：

> 當東方微微由暗轉明，讓戰艦上的砲手算得準赤嵌城柵的距離時，大員海上的三桅巨艦紛紛調整船身，以側面的排砲對準陸地，一聲令下，開始放出轟然巨響與雷電火光；安靜的早晨與迷濛的晨霧因此被煙硝飛舞的強大艦隊提前打亂了，分不清是火煙亦或霧露漫散於海岸之上；火砲所吐出的鐵丸呼嘯著飛越

54 林昌華：〈殖民背景下的宣教——十七世紀荷蘭改革宗教會的宣教師與西拉雅族〉，潘英海、詹素娟主編：《平埔研究論文集》（臺北市：中央研究院臺灣史研究所籌備處，1995 年），頁 349。

55 江樹生譯、著：《熱蘭遮城日誌（第一冊）》（譯自：《De Dagregisters van Het Kasteel Zeelandia, Taiwan 1629-1662 deel I 1629-1641》）（臺南市：臺南市政府，1999 年），頁 222。

> 天空撞進赤嵌城的石牆與木柵，撞出幾個新的缺口，只見群起蜂湧的反抗者又奮力揹起沙包木障迅速填補，效率驚人。[56]

作者以巨艦排砲、雷電火光、煙硝飛舞的視覺描寫，以及轟然巨響、鐵丸呼嘯的聽覺描寫，具現了倒風內海海面上戰爭的怵目驚心，由於荷蘭人的船堅砲利，赤嵌城下火砲射程所及之處，處處成了火焚之地。至於海岸的戰事，也是哀嚎不斷，令人不忍卒睹：

> 肅殺的安寧大地突然間變得非常轟鬧，連赤嵌城上的反叛者也開始叫囂咆哮，搖旗擊鼓以壯聲勢！而鮮紅的火槍隊再一次發動密集射擊，漢人也不甘示弱回報以擄來的火銃與鐵砲，一時之間哀嚎連連，雙方皆有死傷。[57]

叫囂咆哮聲、搖旗擊鼓聲、火槍密集射擊聲、雙方戰士哀嚎聲，作者以各種聲響的描繪，將原本安寧的海岸因戰事而致轟鬧不堪的情況，作了生動的書寫，予人身臨其境之感。這場為期半個月的漢人起事事件，荷蘭人獲勝，但赤嵌、蕭壠等大員海岸，卻「盡成火焚之地，無一倖免」[58]。

其實，荷蘭人的入侵「倒風內海」，真正的受害者並非漢人，是在這片倒風內海上原有秩序生活著的西拉雅族人。荷蘭人利用漢人替他們工作、剝削他們，使其生活痛苦；漢人替荷蘭人工作，利用工作

56 王家祥：《倒風內海》（臺北市：玉山社出版事業股份有限公司，2012 年），頁 259-260。

57 王家祥：《倒風內海》（臺北市：玉山社出版事業股份有限公司，2012 年），頁 260。

58 王家祥：《倒風內海》（臺北市：玉山社出版事業股份有限公司，2012 年），頁 270。

使勁地開採、濫墾、破壞「倒風內海」[59]的土地，王家祥對此有詳細的描述：

> 眼前的景象簡直令人不敢置信，從春天的獵鹿季至今才半年不見，水岸東北邊的大森林已完全傾倒，被入侵者夷為平地；一眼望去，全是大水樹被肢解的殘零屍體散落在腐黑爛泥之中，以及斷枝敗根火焚之後的餘燼。天空中看不見飛鳥。地面上也無蠕動肚子爬行的蛇。竹筏在靜息無聲的痛苦中由風推送上溯，沿途的死亡綿延不絕，無止無盡。[60]

因此，作者藉沙喃之口寫出這種殘敗景象給人的感受：「死亡的慘烈逼得沙喃胸口快要喘不過氣來」。外來族群的侵入，為了利益或生活的戰爭，使得這片原本富裕的內海失去庇佑；富饒的自然資源在異族文化的介入下，被破壞濫用、甚至化為灰燼。

四　海戰的結果

（一）沙喃的救贖：阻止海上來的災難

與麻豆社的榮譽戰士們一樣，揹著鹿皮前往大員堡要與荷蘭人交換生活所需的沙喃，在被選為貿易隊的同時，便註定了他必須走上救贖之路：

---

59 此處指蕭壠社。

60 王家祥：《倒風內海》（臺北市：玉山社出版事業股份有限公司，2012 年），頁 190。

> 當沙喃被挑選加入這支拜訪鄰社的隊伍，等於是代表全族社眾的榮譽做外交，非同小可，在每位紋身戰士的眼中，又是一場驕傲的作戰。[61]

貿易隊共三十多個獵人中，只有年輕的沙喃沒有任何榮譽事蹟，但幸運地被選為隊員，沙喃將作為他兼具地位與智慧的父親之傳承。

而後，為了救出阿蘭納，沙喃答應了參加「巴達興」[62]的活動，獨自划著小艋舺經過神的禁地——蕭壠黑森林，來到了蕭壠社。由於荷蘭人的出現，才停止了「巴達興」艱苦的追逐競賽。阿蘭納最後平安地被漢人郭懷一帶走，但沙喃與阿蘭納無緣的情份也在這場賽事當中畫下句點。

西元一六三五年，阿蘭納託人捎來訊息，因加踏等一群麻豆社戰士對荷蘭人的出草行動，引發了雙方的戰鬥。脫下衣服的沙喃，不再是買賣鹿皮的交易商，身上赤裸著戰士的紋路，他是麻豆社的救贖勇士，赤嵌社的好友大羅皆對他說：

> 「麻豆社的沙喃，現在唯有你清醒著！不能戰鬥呀！」[63]

大羅皆深知荷人火槍與鋼刀的威力比洪水還可怕，絕非手拿箭矢的麻豆戰士可以匹敵的。戰或不戰？沙喃的內心交戰著。明知麻豆社戰士無法接受未戰先逃，但智慧的沙喃卻深深明瞭荷蘭人的毀滅力道，於是，他回到麻豆社，竭力地要社民逃離家園：

---

61 王家祥：《倒風內海》（臺北市：玉山社出版事業股份有限公司，2012年），頁83。

62 雙方派出善跑者（蕭壠人與沙喃），以競跑決勝負。

63 王家祥：《倒風內海》（臺北市：玉山社出版事業股份有限公司，2012 年），頁224。

> 沙喃聲嘶力竭地大喊：「逃吧！」「像鹿群一樣地逃吧！」「紅毛人要來報復吶！」「士兵們的火槍將擊倒戰士硬挺的胸膛！讓他們的全身起火！」「士兵們的利刃將割去老人們的首級，連小孩也不放過！」

> 「我在大員堡見識過士兵的火砲與鋼刀。」沙喃焦急地哀求他偉大的阿兼（父親）。

> 「往白水溪逃吧！執意戰鬥只會平白犧牲！」沙喃握緊他年老父親顫抖而虛弱的手掌說。[64]

如果說沙喃是整個《倒風內海》中的救贖者，那麼沙喃的父親就是沙喃這一英雄人物的培養者、教育者與啟發者，父親最後給沙喃的話突顯出沙喃「救贖者」的地位：

> 「我的兒子，勇敢去做吧！這是麻豆社最終的災難，神早已知曉！伊尼卜斯的預兆沒有錯；今日我才恍然大悟，原來，阻止這場災難的人，就是你！」阿兼的眼神仁慈而充滿悲閔；「註定一出生，你就是要來阻止這場災難的！」阿兼說。[65]

智慧的阿兼相信沙喃「不會背叛麻豆社」[66]的心意，便安排婦女小孩

---

64 王家祥：《倒風內海》（臺北市：玉山社出版事業股份有限公司，2012 年），頁230。

65 王家祥：《倒風內海》（臺北市：玉山社出版事業股份有限公司，2012 年），頁231。

66 王家祥：《倒風內海》（臺北市：玉山社出版事業股份有限公司，2012 年），頁230。

先走，讓想戰鬥的留下來。加踏帶領的勇士不顧沙喃的勸阻，一邊辱罵著沙喃的貪生怕死、逃難社人的不顧尊嚴，一邊迎戰著紅毛人；果然，他們逃不過荷蘭人的巨砲與刀槍，執意戰鬥的勇士「像箭一般飛出不會回來了」[67]，麻豆社淪為火海，紅毛人在原地建起了宏偉的聖堂。在戰役中，加踏成為麻豆社災難的犧牲者；沙喃躲入密林，與年老的阿兼會合，成為麻豆社的救贖者，倒風內海的守護者。

（二）預言的成真：漢人遍佈倒風內海

麻豆社族人在舊社東北方的新覓處建立部落，阿兼於該年（1635）冬天傷心去世，卻無法在自己的故居安葬。而麻豆社舊址被荷蘭人火焚後，作者如此描述：

> 澇旱輪替，便時常是凶年。而漢人成為收稅的小吏，毫不留情；紅毛人不亦樂乎；麻豆人卻時常無力繳賦，只好一棵一棵把土地上的檳榔樹讓給新主人。巫婆的預兆沒有錯，西拉雅的未來，果真由漢人作主。[68]

「災難從海上來」、「西拉雅將由漢人作主」，預言果然成真！麻豆社最終的災難，阿立祖早已知曉。若荷蘭人的戰艦是巨鯨，那麼漢人的船隊便是善於群鬥的鯊魚，無所不在。當初，大羅皆要沙喃奔回麻豆社提醒族人大難將來襲，要「像鹿群一樣奔跑」，拯救即將遇難的麻

67 王家祥：《倒風內海》（臺北市：玉山社出版事業股份有限公司，2012 年），頁232。

68 王家祥：《倒風內海》（臺北市：玉山社出版事業股份有限公司，2012 年），頁239。

豆社。然而，戰役仍無法避免，麻豆社臣服於荷蘭人，簽下了「順服協約」[69]。

西元一六六二年，預言再度被印證。漢人大盜王城攻下熱蘭遮城，荷蘭人投降，被驅趕出大員，麻豆堡的教堂與營舍皆空，漢人海盜沿著海岸進入內陸攻佔村社，霸佔所有土地與人民，他們：

> 宣稱所有土地皆屬海盜王所有，必須立即繳稅納貢服勞役，不服從者一筆格殺，無論何人！就連他們同族的漢人也殺！[70]

這是鄭成功的軍隊，他們在攻下熱蘭遮城後，開始屠殺、驅趕沿海內陸早前在此開墾的漢人與原住民，所得土地以供士兵屯軍駐紮之用。[71]衰老的沙喃這時才突然悟到，阿兼死前荷蘭人對麻豆社的火焚之災，並不是麻豆最終的災難；麻豆社最終的災禍是漢人帶來的：

> 「巨樹傾倒，洪水暴發，漢人將成為這塊土地的主人，老尪婆的夢兆沒有錯，老尪婆看見了未來的命運！」衰老的沙喃突然間大叫。[72]

> 「老尪婆的夢兆說：『入侵者伐倒巨樹，洪水將無可抵擋，大

---

69 詳參王家祥：《倒風內海》（臺北市：玉山社出版事業股份有限公司，2012 年），頁 234-236。

70 王家祥：《倒風內海》（臺北市：玉山社出版事業股份有限公司，2012 年），頁 272。

71 詳參王家祥：《倒風內海》（臺北市：玉山社出版事業股份有限公司，2012 年），頁 274。

72 王家祥：《倒風內海》（臺北市：玉山社出版事業股份有限公司，2012 年），頁 272。

> 量土石摧毀倒風內海，麻豆人的家園與漁場無一倖免。』老尪婆還說，她夢見漢人的神祇廟堂金碧輝煌地聳立在內海的沙汕上，他們打算久留，我們終究會雙手拱讓這塊土地！」衰老的沙喃激動地跑出長屋，雙手緊握那獵人有力的臂掌說。[73]

原來，漢人海盜徧佈倒風內海，以土石建立廟堂，在這塊土地久留，族人拱手讓出自己的家園與漁場，才是族人最終的命運。

然而，該如何面對這群善鬥的鯊魚般的漢人？漢人們不僅妄想麻豆人的土地，還貪求美麗的擺擺，不婚不嫁、孤獨衰老的沙喃，看到經常醉酒的族人們，如此擔心著：

> 麻豆社的獵人學習識字，卻被紅毛人奪走了靈魂！麻豆社的擺擺學習穿衣，卻被漢人要走了身體！這是時代的趨勢，阿立祖的悲劇！[74]

沙喃的父親曾說過：「今後我們要學習接納異族，才能活存！」[75]在與荷蘭人、蕭壠人、赤嵌人、漢人間頻繁的接觸與戰事中，唯有學習接受多元文化，才能使得自己的文化保存下來，不輕易地被消滅與瓦解。

73 王家祥：《倒風內海》（臺北市：玉山社出版事業股份有限公司，2012 年），頁 273。

74 王家祥：《倒風內海》（臺北市：玉山社出版事業股份有限公司，2012 年），頁 240-241。

75 王家祥：《倒風內海》（臺北市：玉山社出版事業股份有限公司，2012 年），頁 238。

五　結語

本論文從「海戰的緣起」、「海戰的過程」、「海戰的結果」三大面向分析《倒風內海》的關注焦點與敘事手法，發現王家祥不過份書寫荷蘭人的侵襲與漢人海盜的劫掠，而是運用狂風、巨浪、巨魚、巨艦等等具崇壯美的「海洋」意象描述這場海戰帶給原住民部落的災難；同時還以極其細膩優美的「海洋」意象描繪未遭戰事洗禮前部落美好的海洋生態作為對比，在在透顯出作者不重「國族敘述與族群認同」的歷史意識，而關注的是「生態與土地」（陳淑卿語），期盼人類與大自然的和諧共存。王家祥透過史料，彷彿從遙遠的過去串聯現在；他不以自己的文化脈絡進行編寫海洋歷史，筆下的散文、小說中關心著的，仍是這片急需守望的土地。

此外，在與相關史料詳加比對、印證之後，我們還可以發現作者並不介入單一民族視角，而是以一種「客觀」的態度，「不試圖解構歷史而尊重線性歷史」[76]，因此，他不僅不偏離史實書寫，而且其敘事方式，對於海戰的起因、過程及結果，都如書寫歷史般作條理式的呈現。所不同的是，他以「災難從海上來」的巫婆預言貫穿全書，特重原住民保衛家園之急切，以及戰後原住民所受災難之悲慘的書寫，塑造出部落獵人沙喃的「英雄」形象——救贖村民，守護倒風內海，也正「彰顯王家祥對臺灣人的想像——在多元族群互相涵化的過程中誕生的臺灣人」[77]完成整部歷史小說。

---

76 王國安：〈「真實」與「虛構」如何和平共處？——自然寫作者王家祥的小說呈現〉，《鹽分地帶文學》第23期（2009年8月），頁206。

77 吳瑋婷：《再現的「番」母系：王家祥小說中的原住民形象研究》（臺北市：國立臺灣大學臺灣文學研究所碩士論文，2008年），頁89。

他以「海洋」的文化視角書寫出荷據時期沿海而居的西拉雅族，在面對荷蘭人與漢人入侵進逼後的生存掙扎過程，以及在一連串海洋戰事後所遭致的災難與不得不被同化的宿命，成功地開拓了現代海洋文學的書寫題材；而其結合自然寫作中對人類與自然和諧共存的用心，也擴大了現代海洋文學關注的層面，從而帶動海洋文學書寫朝向跨領域的主題作更多元的嘗試與發展。

參考文獻（依作者姓氏筆畫排序）

一　專著

王家祥　《倒風內海》　臺北市　玉山社出版事業股份有限公司　2012年

王家祥　《山與海》　臺北市　玉山社出版事業股份有限公司　1996年

中村孝志　《荷蘭時代台灣史研究（上卷）概說・產業》　臺北市　稻鄉出版社　1977年

甘為霖（William Campbell）英譯，李雄揮漢譯　《荷據下的福爾摩沙》（*Formosa under the Dutch: described from contemporary records records, with explanatory notes and a bibliography of the island*）　臺北市　前衛出版社　2004年

陳明柔主編　《台灣的自然書寫》　臺中市　晨星出版有限公司　2006年

謝仕淵、陳靜寬主編　《行腳西拉雅》　臺南市　國立臺灣歷史博物館　2011年

國史館臺灣文獻館主編，江樹生主譯、著　《荷蘭臺灣長官致巴達維亞總督書信集1，1622-1626》　臺北市　南天書局有限公司　2007年

潘英海、詹素娟主編　《平埔研究論文集》　臺北市　中央研究院臺灣史研究所籌備處　1995年

戴月芳　《明清時期荷蘭人在台灣》　臺北市　台灣書房出版有限公司　2012年

二　學位論文

吳明益　《當代台灣自然寫作研究》　桃園縣　國立中央大學中國文學研究所博士論文　2003 年

吳素芳　《記憶、書寫、圖像——王家祥作品中的家國敘事》　嘉義縣　南華大學文學系碩士論文　2010 年

吳信宏　《再現、認同、族群關係——以《土地與靈魂》、《倒風內海》、《餘生》為研究對象》　臺南市　國立成功大學台灣文學研究所碩士論文　2007 年

陳三甲　《王家祥小說研究》　嘉義縣　南華大學文學研究所碩士論文　2004 年

陳怡靜　《王家祥的歷史小說研究》　高雄市　國立中山大學中文所碩士論文　2010 年

陳岫傑　《臺南縣倒風內海人境化之研究（1624-1911）》　臺北市　國立臺灣師範大學地理學系碩士論文　2002 年

溫筑嵐　《臺灣華語小說中的西拉雅書寫——以《西拉雅末裔潘銀花》、《倒風內海》和《附身》為研究對象》　臺北市　國立臺北教育大學台灣文化研究所碩士論文　2012 年

三　單篇論文

王國安　〈「真實」與「虛構」如何和平共處？——自然寫作者王家祥的小說呈現〉　《鹽分地帶文學》第 23 期　2009 年 8 月　頁 194-211

申惠豐　〈土地、文化與生存的辯證〉　陳明柔主編　《台灣的自然

書寫》　臺中市　晨星出版有限公司　2006 年　頁 425-456

周佩蓉　〈為台灣織寫傳說的青年——專訪王家祥〉　《文訊雜誌》第 163 期　1999 年 5 月　頁 86-88

陳淑卿　〈書寫原住民災難：《倒風內海》的空間歷史與《一九七四高砂百合》的歷史空間〉　《中外文學》第 30 卷 9 期　2002 年 2 月　頁 57-85

郭玉敏　〈採訪當代成名作家訪談錄——訪王家祥〉　《台灣新文學》第 6 期　1996 年 12 月　頁 26-32

附圖：倒風內海一六二四至一六六一年山川總圖

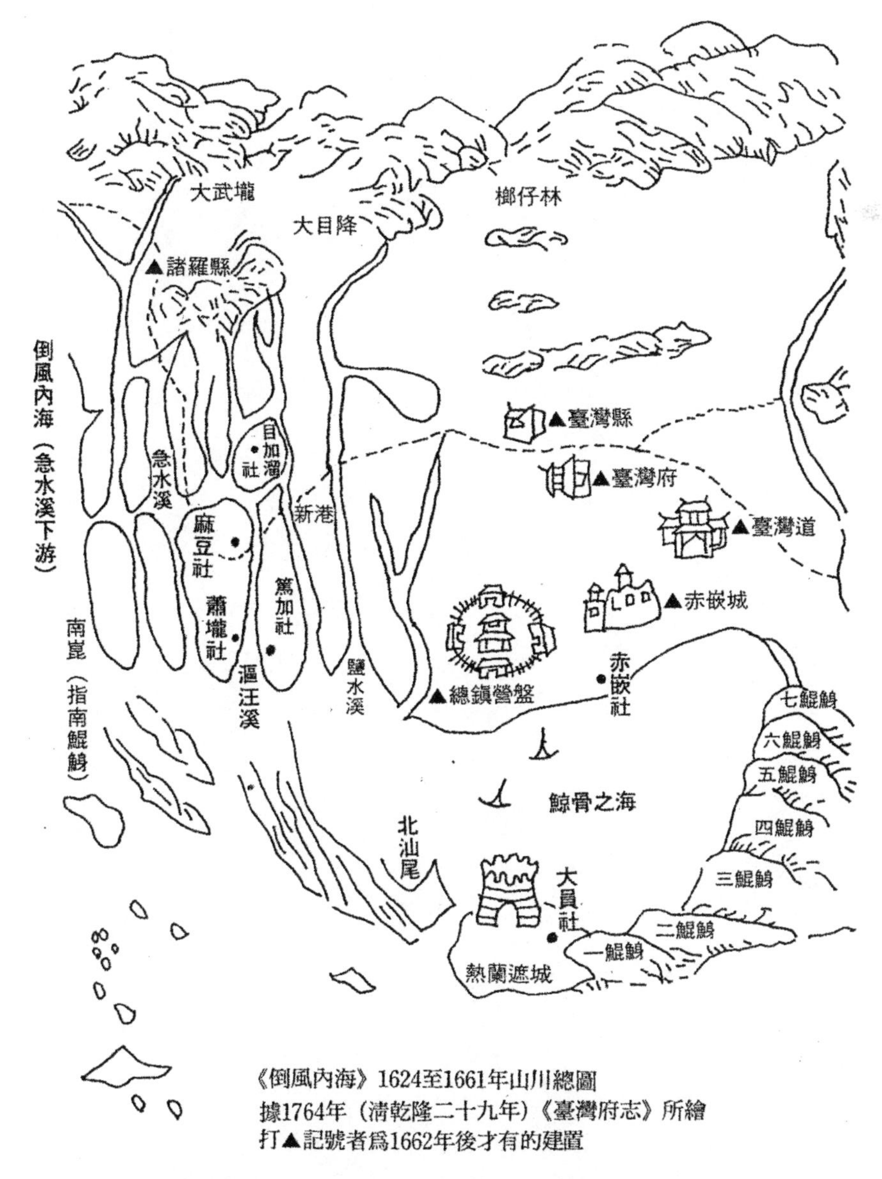

《倒風內海》1624至1661年山川總圖
據1764年（清乾隆二十九年）《臺灣府志》所繪
打▲記號者爲1662年後才有的建置

圖片來源：王家祥《倒風內海》（臺北：玉山社出版事業股份有限公司，2012年）中附圖。

論蘇軾景物詞的寫景與抒懷
——以黃州作為例

顏智英
臺灣海洋大學共同教育中心副教授

摘要

蘇軾（1037-1101）性好山水，復因政治生涯坎坷，經常輾轉流貶各處，在宦遊中寫下了為數不少的山水景物詞，而以杭州、黃州兩地的寫景詞為最多。其中尤以其生命中的「轉捩點」——黃州之寫景詞「寄托」最深，且詞評家對其寫景詞之景情關係尤為推崇。本文即以黃州時期的詞作為例，由物我關係探討蘇詞寫景與抒懷的藝術特徵，以及作者藉景物所投射的內在靈視，從別於傳統的、天人關係的視角來體察蘇軾詞的藝術表現。本文以蘇軾黃州所作、通篇或一半篇幅描寫景物之約四十五首詞作為探索文獻，分析、歸納出其藝術表現的三大類型：其一，寫景為主，情寓景中；其二，人物互動，情景相融；其三，以景喻理，景情理諧；並據此考察此三種不同的類型在取景、表情達意上不同的內涵與藝術效果，從而具體見出蘇詞在寫景藝術上突破前人的佳妙表現。

關鍵詞：蘇軾、黃州詞、景、情、理

一　前言

中國文學中寫景的主題，自《詩經》以來，逐漸蔚為大國，尤其在詩歌方面，發展至唐已呈現出豐富的典型與風貌，相關的學術研究，也十分深入。至於詞體，自誕生之始，即已出現自然寫景之作，如中唐張志和的〈漁歌子〉和白居易的〈憶江南〉；由晚唐五代到北宋前期，越來越多的詞人將其審美目光從宴飲笙歌移注於大自然的山水景物，[1]其中最突出的，是才華洋溢、詩詞兼擅的蘇軾，在蘇軾三百四十多闋詞中，通篇或一半篇幅描寫景物的作品約占三分之一以上，其數量不僅居北宋詞人之首位，且超過了他之前的宋代寫景詞的總和。[2]清人黃蓼園評其〈水龍吟〉：「情景交融，筆墨入化，有神無迹矣」[3]，對其詞情與景能交融無痕的藝術手法推崇備至；清人鄭文焯評其〈定風波〉亦云：「能道眼前景，以曲筆直寫胸臆，倚聲能事盡矣」[4]，對其詞能藉景以抒發其內在之幽微情意與哲理領悟的藝術成就有高度的讚賞；近人木齋更肯定其寫景詞在物我融合上「飛躍」的成就，他指出：後主詞中的景物，大多是家國之痛的外化物，晏歐

1　如溫庭筠〈夢江南〉（千萬恨）、潘閬〈酒泉子〉（長憶錢塘）十首、范仲淹〈蘇幕遮〉（碧雲天）、歐陽脩〈採桑子〉（輕舟短棹西湖好）十首、柳永〈望海潮〉（東南形勝）、張先〈破陣樂〉（四堂互映）等，詳參鄧喬彬：《唐宋詞美學》（濟南市：齊魯書社，1993 年），頁 32。

2　陶文鵬：〈論東坡詞寫景造境的藝術〉，《蘇軾詩詞藝術論》（上海市：上海古籍出版社，2001 年），頁 147；李亮偉：〈論蘇軾山水詞〉，《寧波大學學報》第 21 卷第 2 期（2008 年 3 月），頁 37。

3　〔清〕黃蓼園：《蓼園詞選》，尹志騰點校：《清人選評詞集三種》（濟南市：齊魯書社，1988 年），頁 112。

4　〔清〕鄭文焯：《大鶴山人詞話》，唐圭璋編：《詞話叢編》冊五（臺北市：新文豐出版公司，1988 年），頁 4323。

體中的景物，多是淡化的、朦朧的、象徵的景物，只有東坡體，「將自然與社會、當下與歷史、外物與自我，實現了高度的融合」[5]，認為其寫景詞能高度融合外在景物與詞人自我在與時、空的互動中所產生的情感及哲思。凡此皆可見出蘇軾寫景詞的「物」（景）、「我」（情、理）關係與藝術表現，是值得深究的課題。

蘇軾（1037-1101），「性好山水」[6]，復因政治生涯坎坷，以致輾轉流貶各處，遂得以在「身行萬里半天下」[7]的宦遊中，寫下了為數不少的山水景物詞，其中以杭州、黃州兩地為最多，[8]而謫居黃州，又為蘇軾「一生所遭遇到的最大變故」[9]，「憂讒畏罪，別具苦衷」[10]；然而，也正因有此九死一生的特殊政治經歷，[11]再加上天生具有的心靈

---

5 木齋：《宋詞體演變史》（北京市：中華書局，2008 年），頁 122-123。

6 〔宋〕蘇軾：〈再跋醉道士圖〉，孔凡禮點校：《蘇軾文集》卷七十（北京市：中華書局，1996 年），頁 2221。本文所引蘇軾散文皆出自此書，為省篇幅，凡再徵引時將不再加註說明，而直接括弧注明卷數與頁碼。

7 〔宋〕蘇軾：〈龜山詩〉，王文誥輯注、孔凡禮點校：《蘇軾詩集》卷六（北京市：中華書局，1999 年），頁 291。本文所引蘇軾詩皆出自此書，為省篇幅，凡再徵引時將不再加註說明，而直接括弧注明卷數與頁碼。

8 李亮偉：〈論蘇軾山水詞〉，《寧波大學學報》第 21 卷第 2 期（2008 年 3 月），頁 38；筆者進一步統計出蘇軾通篇或一半篇幅寫景的詞作，判杭時期約二十首，守杭時期約二十首，黃州時期約四十五首。

9 蔡英俊：〈東坡謫居黃州後的心境〉，《鵝湖》2 卷 4 期（1976 年 10 月），頁 50。

10 龍榆生：《龍榆生詞學論文集》（上海市：上海古籍出版社，2009 年），頁 284。

11 安石罷相後，新黨怕蘇軾受神宗重用，為鞏固利益，自元豐二年（1079）六月底起，相繼上表指控蘇軾詩文詆毀新法、侮辱朝廷、指斥君王，八月十八日被皇甫遵逮赴御史臺獄，李定、舒亶等新黨人士百端羅致，必欲置之死地，歷經三個多月審訊，於同年十二月二十八日獲釋，責授水部員外郎黃州團練副使，本州安置，不得簽書公事。於是，蘇軾以罪臣身份赴黃州（今湖北黃岡縣），開始其流放生活。三年二月一日抵黃；七年（1084）正月，神宗下詔量移汝州（河南臨汝縣）；三月，調動之正式誥命下達；四月一日與黃州鄰里告別。總計在黃四年二個月，時年四十五至四十九間。詳參〔元〕脫脫等：《宋史》卷 338〈蘇軾傳〉（臺北市：鼎文書局，1978 年），頁 19809-19810；王水照、朱剛：《蘇軾評傳》（南京市：南京大學出版

洞察力，其人格感情因而得到磨練，日趨於明淨成熟、英華內斂，其人生觀及作品皆呈現出一種「苦難後的超脫與寧靜」[12]，是以黃州之景物詞有最深的「寄托」[13]，也因而詞評家們對蘇軾黃州寫景詞多高度推崇之語，如「自訴飄零，如東坡之〈詠雁〉……斯最善矣」[14]（評〈卜算子〉）、「詠物之詞，自以東坡〈水龍吟〉為最工」[15]等。緣此，本文即以蘇軾生命中的「轉捩點」[16]——黃州時期約四十五首景物詞為考察對象，從物我關係研析其寫景與抒懷的藝術類型與特徵，以及作者藉景物所投射出的內在靈視，期能對其黃州詞的成就作一別於傳統研究向度的分析與了解。[17]

社，2004 年），頁 86-98。

12 蔡英俊：〈東坡謫居黃州後的心境〉，《鵝湖》2 卷 4 期（1976 年 10 月），頁 50。

13 近人顧隨強調蘇詞的特點為：「疏寫景物，遙深寄托」，見氏著：《顧隨文集・東坡詞說》（上海市：上海古籍出版社，1986 年），頁 44。

14 吳梅：《詞學通論》（臺北市：臺灣商務印書館，1965 年），頁 48。

15 王國維：《人間詞話》，唐圭璋編：《詞話叢編》冊五（臺北市：新文豐出版公司，1988 年），頁 4248。

16 于大成：〈東坡詩詞中的自我表現〉，《古典文學研索》（臺北市：木鐸出版社，1984 年），頁 164。

17 學界關於蘇軾黃州詞的研究，多從文學性的角度對其詞內容、形式與風格作一般性分析，如：林玟玲《東坡黃州詞研究》（臺灣大學中文所碩論，1985 年）、周鳳珠《東坡黃州詞研究》（中興大學中文所碩論，2003 年）、許慈娟《困境與超越——以東坡黃州詞為例》（彰化師大國研所碩論，2003 年）、梁麗丹〈蘇軾黃州詞的美學風格及其藝術手法淺析〉（《東北農業大學學報》第 6 卷第 6 期，2008 年 12 月，頁 93-95）、張利華〈論蘇軾黃州詞的主導風格〉（臨沂師範學院學報第 30 卷第 4 期，2008 年 8 月，頁 101-104）等；較少學者從寫景的角度來全面觀察蘇軾詞與黃州自然、人情的關連，僅李亮偉〈論蘇軾山水詞〉對其黃州山水詞略作分析，但未深入探討，以及李純瑀〈蘇軾黃州記遊詞探討〉（《中國語文》607 期，2008 年 1 月，頁 63-79）對其黃州記遊詞作一概略性的觀察，雖透過「雨」的意象體察蘇軾在黃州的精神超越，但亦未從物我關係詳細探析蘇軾黃州詞之寫景藝術與心靈投射。

二　寫景為主，情寓景中

此類型的特徵，主要以刻畫景物的形象為主，[18]不直接敘事或抒情，因此，作者的情感完全寄寓其中，並不明言，在詞境上頗能夠營造出「含蓄蘊藉」的動人效果，一如清人沈祥龍《論詞隨筆》所云：「詩有賦比興，詞則比興多於賦。或借景以引其情，興也；或借物以寓其意，比也。蓋心中幽約怨悱，不能直言，必低徊要眇以出之，而後可感動人」[19]，可見此種「借物寓意」的詞體比詩賦更能達致紆曲低徊地發抒作者幽怨情思、感動讀者的效果；而這種「寓意於物」的藝術技巧，蘇軾本身亦極重視：

> 君子可以寓意於物，而不可以留意於物。寓意於物，雖微物足以為樂，雖尤物不足以為病。留意於物，雖微物足以為病，雖尤物不足以為樂。(〈寶繪堂記〉，卷 11，頁 356)

他認為「寓意於物」，是寄託人的思想於客觀事物中，可以使人感到快樂；而「留意於物」，則是斤斤計較一物之得失，會令人感到痛苦，二者大不相同；[20]因而主張在面對山水自然審美中的物我關係

18 寫景與詠物，儘管在描寫對象上有所區別，但都是基於刻畫景物的外在形象，並以此為依託，進而抒發作者的情思。(詳參周健：〈寫景與狀物類抒情散文異同鑒析〉，《大連教育學院學報》第 25 卷第 2 期，2009 年 6 月，頁 62）因此，本文由其共同處著眼，將詠物納入寫景的範疇之中。

19 〔清〕沈祥龍：《論詞隨筆》，唐圭璋編：《詞話叢編》冊五（臺北市：新文豐出版公司，1988 年)，頁 4048。

20 王啟鵬：〈超然：蘇東坡思想的精髓〉，中共諸城市委員會等編：《中國第十屆蘇軾研討會論文集》(濟南市：齊魯書社，1999 年)，頁 117。

時，必須以我為主，萬物為我所用，從而在其中寄託我的思想情意。清人陳廷焯云：「詞至東坡，一洗綺羅香澤之態，寄慨無端，別有天地」，這種「寓意於物」的藝術主張，蘇軾在詞作中有具體的實踐。以黃州詞為例，在經歷烏臺詩案的打擊後，驚悸與憂鬱使其一度不敢在詩文中語涉政治、或使用較具批判性的字眼，一改以前「口快筆銳，略少含蓄，出語即涉謗訕」[21]的豪情，而為「畏口慎事」（〈答吳子野七首〉其二，卷 57，頁 1735）的保守態度。此時的蘇軾，雖「不作詩」（怕再度因詩得罪），但「小詞不礙」（〈與陳大夫八首〉其三，卷 56，頁 1698），因而他在詞中選取了大自然中極具象徵意義的兩種物象──「鴻雁」、「楊花」加以刻畫，並結合了周遭淒清畫面的描繪，以寄託內在幽怨激憤、孤芳自賞的情懷，在抒發其時「不敢直言的苦衷」[22]上達到極佳的表情效果。例如：

> 缺月掛疏桐，漏斷人初靜。時見幽人獨往來，縹緲孤鴻影。驚起卻回頭，有恨無人省。揀盡寒枝不肯棲，寂寞沙洲冷。（〈卜算子・黃州定惠院寓居作〉）[23]

> 似花還似非花，也無人惜從教墜。拋家傍路，思量卻是，無情有思。縈損柔腸，困酣嬌眼，欲開還閉。夢隨風萬里，尋郎去處，又還被、鶯呼起。

21 〔清〕趙翼：《甌北詩話》，《清詩話續編》冊中（臺北市：廣文書局，1991 年），頁 1221。

22 葉嘉瑩：〈論詠物詞之發展及王沂孫之詠物詞〉，繆鉞、葉嘉瑩：《靈谿詞說》（臺北市：國文天地雜誌社，1987 年），頁 532。

23 鄒同慶、王宗堂校注：《蘇軾詞編年校注》（北京市：中華書局，2002 年），頁 275。本文所引蘇軾詞，皆出自此書，以下再度徵引時皆直接標明頁碼，不再一一加註說明。

> 不恨此花飛盡，恨西園、落紅難綴。曉來雨過，遺蹤何在？一池萍碎。春色三分，二分塵土，一分流水。細看來，不是楊花點點，是離人淚。（〈水龍吟・次韻章質夫楊花詞〉，頁 314）[24]

前首描寫的是蘇軾初至黃州住所定惠院蕭瑟淒涼的靜夜畫面，詞中出現了許多意象：缺月、疏桐、（滴）漏、孤鴻、寒枝、沙洲，但作者卻突出地描寫「孤鴻」，其用意是欲以之寄託內心的孤寂苦悶與象徵「自己的高尚人格」[25]。這個源遠流長的鴻雁意象，在中國傳統詩歌中，大致表現出征人、傳信、懷思、孤單等意蘊；[26]而且愈到後來，愈具有漂泊、孤寂、悲淒的情感向度，如杜甫〈孤雁〉：「孤雁不飲啄，飛鳴聲念群。誰憐一片影，相失萬重雲」[27]，雁與人融為一體，飽含抒情主體的自我悲懷；張九齡更借孤鴻的不願高棲樹巔、寧可自在飛翔，來表明自己清高不隨流俗的出處抉擇：「孤鴻海上來，池潢不敢顧。側見雙翠鳥，巢在三珠樹。矯矯珍木巔，得無金丸懼？

---

24 本詞的繫年，朱彊村、龍榆生依王文誥說，編元祐二年，其後近人各家選本多從之，惜此說所據僅為未能肯定寫作年月的〈水調歌頭〉（昵昵兒女語）一詞，未能令人信服。近人薛瑞生據蘇軾〈與章質夫三首〉其一之內容加以詳細考證，認為此詞當是元豐四年春作於黃州，論述甚詳，較為可信，其詳細考辨參氏著：《東坡詞編年箋證》（西安市：三秦出版社，1998 年），頁 270-272；另有石聲淮、唐玲玲《東坡樂府編年箋注》（臺北市：華正書局，1993 年）、陳新雄《東坡詞選析》（臺北市：五南圖書出版公司，2000 年）、鄒同慶、王宗堂《蘇軾詞編年校注》等亦皆主此說法。

25 艾茂莉、王斌：〈論東坡詞中的「孤鴻」意象——以《卜算子・黃州定惠院寓居作》為例〉，《西昌學院學報》第 21 卷第 1 期（2009 年 3 月），頁 56。

26 尚永亮、張娟：〈孤鴻情結：觀照蘇軾其人其詞的一個新視點〉，中國人民大學中文系主辦：《中國蘇軾研究（第二輯）》（北京市：學苑出版社，2005 年），頁 354-355。

27 〔清〕清聖祖敕編：《全唐詩》（臺北市：明倫出版社，1971 年），卷 231，頁 2551。本文所引唐詩，皆出自此書，不再一一加註說明。

美服患人指，高明逼神惡。今我遊冥冥，弋者何所慕」(〈感遇十二首〉其四)。蘇軾〈卜算子〉詞中的鴻雁意象，則在繼承此種物我一體的孤寂(「縹緲孤鴻影」)之感以及不願隨俗高棲(「不肯棲」)之抉擇中，還有其發展，亦即特別強調一種因「堅持理想」而捨棄自由飛翔、寧可捨高就下的高尚情懷，可由歇拍二句「揀盡寒枝不肯棲，寂寞沙洲冷」看出，「孤鴻」不僅不願高棲樹巔，甚且放棄了自在的生活，甘受寂寞孤苦、選擇淒冷低下之「沙洲」棲息。蘇軾在詞中託物以明志，表達了自己對理想的堅持；而這份堅持，主要來自下列兩個因素：一是由於他不願苟合新黨流俗的清高氣節，一如其〈杭州召還乞郡狀〉中所言：「及服闋入覲，便蒙神宗皇帝召對，面賜獎激，許臣職外言事。……是時王安石新得政，變易法度，臣若少加附會，進用可必。自惟蒙二帝非常之知，不忍欺天負心，欲具論安石所為不可施行狀，以裨萬一」，明白道出他「臨事必以正，不能俯仰隨俗」[28]的正直性格與高潔情操，詞中「盡」與「冷」二字，便鮮活地刻劃出蘇軾這種不願隨世浮沉、枉道事人的氣節與堅持；[29]另一原因，則是出自其忠君愛民的心志，一如其赴黃州貶所途中所云：「下馬作雪詩，滿地鞭箠痕。佇立望原野，悲歌為黎元」(〈正月十八日蔡州道上遇雪，次子由韻二首〉其二，卷 20，頁 1020)，心懷淑世之志的蘇軾，不願飛向「冥冥」之處以明哲保身，遂選擇了一條孤獨的政治道路、忍辱貶竄僻遠的黃州，就像孤鴻在林梢盤旋徘徊之後，依然捨高就

28 〔宋〕蘇轍：〈亡兄子瞻端明墓誌銘〉，曾棗莊、馬德富點校：《欒城集》卷二十二(上海市：上海古籍出版社，1987 年)，頁 1420。

29 劉昭明指出：飛落沙洲(或棲息蘆葦草叢間)，雖是鴻雁的天然習性，但經由蘇軾主觀的想像，卻有了人文精神、品格意志與判斷抉擇，蘇軾為了正義公理，寧肯得罪遠竄，忍受寂寞愁苦，也不肯隨世浮沉、枉道事人的心志氣節亦展露無遺。詳參氏著：〈蘇軾詠雁詞之人格典範與文藝創意〉，《文與哲》第 12 期(2008 年 6 月)，頁 348。

下、選擇飛落寂寞的沙洲一樣，也正因為這樣的堅持，以致必須在驚悸之餘，還要強忍「有恨無人省」的痛苦，陳匪石《宋詞舉》便直指詞中的「恨」字是「實有恨事」[30]，《古今詞話》亦云：「坡以讒言謫居黃州，鬱鬱不得志，凡賦詩綴詞，必寫其所懷」[31]，而此恨此懷即是「致君堯舜上」的壯懷浩志無法實現之憾，以及「烏臺詩案」的飽受新黨小人摧殘迫害之恨。[32]

第二首則是藉詠「楊花」來發抒作者憐春惜春的深情，並融入自己宦海浮沉的感慨和對於時事的悵惘無奈。[33]花之為物，大多以其姿態韶美或香氣宜人而得到人們的欣賞，楊花，雖無艷麗的色澤、撲鼻的香氣，卻因其色淡似雪、輕盈如羽、纏綿如絲、非花非葉的特質，吸引騷人墨客駐足頌詠，而成傳統詩詞中獨特的審美意象。出現於暮春的楊花，往往被當作美好春光即將消逝的象徵，如：「三月盡是頭白日，與春老別更依依。憑鶯為向楊花道，絆惹春風莫放歸」（白居易〈柳絮〉），透顯出惜春傷春之情；漫天紛飛的楊花，更常用以表達離別時擾亂不寧的離人心緒，如：「楊花撩亂撲流水，愁殺人行知不知」（朱放〈送魏校書〉）；無根無蒂、飄忽無定的楊花，亦成為詩人自傷身世際遇、寄託哀愁的信物，如：「柳花無賴苦多暇，蛺蝶有情長自忙。千里宦游成底事，每年風景是他鄉」（吳融〈靈寶縣西側津〉）。才情高妙的蘇軾，其〈水龍吟〉雖是和章楶（質夫）詞韻之作，[34]卻能綜合前人的意象表現，並且以一種創新的寫法來書寫楊

30 陳匪石：《宋詞舉》（南京市：江蘇古籍出版社，2002 年），頁 125。

31 〔宋〕楊湜：《古今詞話》，唐圭璋編：《詞話叢編》冊一（臺北市：新文豐出版公司，1988 年），頁 30。

32 陳新雄：《東坡詞選析》（臺北市：五南圖書出版公司，2000 年），頁 156。

33 陶文鵬：《一蓑烟雨任平生：蘇軾卷》（鄭州市：河南文藝出版社，2003 年），頁 355-356。

34 〔宋〕章楶〈楊花〉詞：「燕忙鶯懶花殘，正隄上、柳花飄墜。輕飛點畫青林，誰

花，達到王國維所稱「和韻而似原唱」、「最工」[35]的卓越境界：他詠物而不滯於物，避開前人與章楶的「實」寫楊花狀態形貌，而從「虛」處著筆，充分發揮其想像力與感受力，將楊花人格化，先是把楊花的吹離枝頭、飄墜路旁，比擬作「拋家傍路，思量卻是，無情有思」的淒苦「少婦」；再從少婦著眼，寫其因相思而「縈損柔腸，困酣嬌眼」[36]的痛苦神態，因懷人而夢尋情郎、卻被鶯啼驚擾的無奈心緒，明寫思婦，卻暗寫楊花，物態與人情，巧妙地聯繫在一起；最後，楊花飛盡，也帶走了大好春光，楊花落水化為浮萍，細看又似思婦的淚水。全篇突破傳統的實筆，而能馳騁想像，令花人合一，藉抒寫楊花飄零的種種儀態和變化，表達了作者惜春傷春的悵惘之情；又將花柳儀態幻化為思婦情態，使楊花成為有血有肉的藝術形象，蘊含了離人相思的幽怨情韻；其實，從蘇軾〈與章質夫〉信中對此詞「不以示人」[37]的叮嚀，再聯繫到蘇軾當時死裏逃生的遭遇與新法苦民、

道全無才思。閒趁遊絲，靜臨深院，日長門閉。傍珠簾散漫，垂垂欲下，依前被，風扶起。　　蘭帳玉人睡覺，怪春衣、雪沾瓊綴。繡床旋滿，香毬無數，才圓卻碎。時見蜂兒，仰粘輕粉，魚吹池水。望章臺路杳，金鞍遊蕩，有盈盈淚。」見唐圭璋編：《全宋詞》（北京市：中華書局，1998 年），頁 213。

35 王國維：「東坡〈水龍吟〉詠楊花，和韻而似原唱；章質夫詞，原唱而似和韻。才之不可強也如是。」又：「詠物之詞，自以東坡〈水龍吟〉為最工。」見氏著：《人間詞話》，唐圭璋編：《詞話叢編》冊五（臺北市：新文豐出版公司，1988 年），頁 4247-4248。

36 胡雲翼認為：「柔腸」形容楊柳枝，「嬌眼」形容嫩葉。（參氏著：《宋詞選》，上海市：上海古籍出版社，1982 年，頁 85）劉若愚卻認為：把注意力由楊花轉向楊柳，似將有損於意象的上下一致性，因此，把這兩種意象都歸諸楊花比較好。亦即，「縈損柔腸」乃指以包圍著柔曲毫毛的花子比作被纏綿愁思所包圍的少婦的心，「困酣嬌眼」則是將楊花上閃爍的亮光，比作欲睡的輕柔目光。（參氏著：《北宋六大詞家》，臺北市：幼獅文化事業公司，1986 年，頁 144）若從全詞前後意象的一致性著眼，劉說較為可取。

37 〔宋〕蘇軾〈與章質夫三首〉其一：「〈柳花〉詞妙絕，使來者何以措詞。本不敢繼作，又思公正柳花飛時出巡按，坐想四子，閉門愁斷，故寫其意，次韻一首寄去，

不可為的時事，我們還可以推知作者最終的目的是「以物寓意」，將自我精神隱伏在其中，於是，由楊花飄零沉浮而觸發的惜春之悵惘、離人之幽思，便與蘇軾一己難以言說的人生漂泊無定之感，不露痕跡地融合為一了。

這種「寓意於物」的寫法，其情、景（物）之間是一種「移情入景（物）」的密合關係，亦即陳望道所謂的「象徵的感情移入」[38]，他還指出這種象徵之景（物）具有「刺激」與「暗示」兩種特性：

> 凡是好的象徵的外形必富於兩種的特性：一為刺激性，一為暗示性。因為要有暗示性或暗示力，故愈是精神的，神秘的，朦朧的，愈高妙；太明白，卻無趣。而因要有刺激性刺激力的緣故，也就愈是具象的，直觀的東西，愈適宜；如需要抽象的推理或繁瑣的說明時，便總是次等的。[39]

就〈卜算子〉一詞言，蘇軾把「幽人」（即作者自己）的情感移到「孤鴻」上去，使物（景）我合一，情與景（物）化，而作為象徵景物的「孤鴻」，在象徵的手段上，能引起人們「驚」、「恨」等強烈的心理感受，而呈顯陳匪石所稱「通首空中傳恨，一氣呵成」[40]的藝術形象，頗具刺激性；至於「孤」、「幽」、「寂寞」的鴻雁（即作者的

亦告不以示人也。」（卷五十五，頁 1638）

38 陳望道說：「美的感情移入有兩種。一為自然的感情移入，一為象徵的感情移入」，其中「凡對於人類以外的形體及運動，移入情趣或感情的，都是象徵的感情移入」。見氏著：《美學概論》，《陳望道文集》第二卷（上海市：上海人民出版社，1989 年），頁 68-69。

39 陳望道：《美學概論》，《陳望道文集》第二卷（上海市：上海人民出版社，1989 年），頁 66。

40 陳匪石：《宋詞舉》，頁 125。

化身）身影，在「缺月」、「漏斷」、「人靜」、「沙洲冷」等淒清背景的烘托下，更顯「語意高妙，似非喫煙火食人語」[41]，有「吞吐含蓄之妙」[42]，亦即富有暗示力，可見得「孤鴻」這個景物的象徵手段是成功的。就〈水龍吟〉一詞言，細膩而生動地寫活了楊花「墜」、「飛」、「聚」、「起」、「散」、「逝」的全過程，具體地刻劃出思婦（同時也暗示著作者的心靈）「愁－思－恨－苦」的情感波瀾，是「愈出愈奇」[43]、具有刺激性的象徵手法。而楊花的暗示性，則從起句「似花還似非花」便可看出：先言其「似花」，但它卻色淡無香、形體碎小、隱身枝頭，無法引起人們的注意與愛憐；緊接著又從反面言其「非花」，但它卻名為「楊花」，且與百花共同開落，一起裝飾春天、又送走春色；這種既肯定又否定的語氣，在開篇就造成懸念，為整首詞籠罩上一層朦朧的面紗，啟人深思。本來詠物詞就須「別有寄托，不可直賦」[44]、充滿暗示性，此詞在物（楊花）與我（蘇軾）之間，還加入思婦的形象，使得物、人、我三者形成一種「不即不離」[45]的關係，更具暗示寓託的效果：蘇軾通過楊花特殊的本體物態展開想像，移入章楶家姬因他遠出巡按而起的別情，再注入作者歷經政治打擊後壓抑灰冷又激情不已的一己心象，因而展現出豐富的寄託意涵，沈謙稱此詞：「幽怨纏綿，直是言情，非復賦物」[46]，就是針對其善於

---

41 〔宋〕黃庭堅：〈跋東坡樂府〉，見氏著：《宋黃文節公全集・正集》，收於劉琳、李勇先、王蓉貴校點：《黃庭堅全集》卷二十五（成都市：四川大學出版社，2001年），頁660。

42 陳匪石：《宋詞舉》，頁125。

43 〔宋〕張炎：《詞源》，卷下〈雜論〉，唐圭璋編：《詞話叢編》冊一（臺北市：新文豐出版公司，1988年），頁265。

44 吳梅：《詞學通論》（臺北市：臺灣商務印書館，1965年），頁48。

45 〔清〕劉熙載：《藝概・詞曲概》，唐圭璋編：《詞話叢編》冊四（臺北市：新文豐出版公司，1988年），頁3704。

46 〔清〕沈謙：《填詞雜說》，唐圭璋編：《詞話叢編》冊一（臺北市：新文豐出版公

移情於景的藝術技巧而發的讚賞。

然而，天性樂觀的蘇軾，儘管在仕途上深受打擊，仍能以超然淡泊的人生態度面對眼前的困境，排遣生活的苦悶，其〈南鄉子〉一詞，又巧妙地以景致的明暗變化來展示這種由苦悶而致超脫的心境轉變：

> 晚景落瓊杯。照眼雲山翠作堆。認得岷峨春雪浪，初來。萬頃蒲萄漲淥醅。　　春雨暗陽臺。亂灑高樓溼粉顋。一陣東風來捲地，吹迴。落照江天一半開。(〈南鄉子・黃州臨皋亭作〉，頁 288)

黃州位於今湖北省，氣候惡劣，是貧瘠落後的窮鄉僻壤，生活的艱困使得初貶黃州、「多難畏人」(〈與陳朝請二首〉其二，卷 57，頁 1709)、「百想灰滅」(〈與蔡景繁十四首〉其二，卷 55，頁 1661）的蘇軾，身心更見疲憊沉重，他在給老友章惇的回信中說道：

> 黃州僻陋多雨，氣象昏昏也。魚稻薪炭頗賤，甚與窮者相宜。然軾平生未嘗作活計，子厚所知之。俸入所得，隨手輒盡。而子由有七女，債負山積，賤累皆在渠處，未知何日到此。見寓僧舍，布衣蔬食，隨僧一餐，差為簡便，以此畏其到也。窮達得喪，粗了其理，但祿廩相絕，恐年載間，遂有饑寒之憂，不能不少念。(〈與章子厚參政書二首〉其一，卷 49，頁 1412)

由於生活捉襟見肘，有「饑寒之憂」，他必須親自耕種以養家活

司，1988 年)，頁 631。

口，不僅「先後患過腹瀉、臂疾、中暑、水疫、瘡癤、紅眼睛等病症。少則幾日多則一月半載；輕則閉門休養，重則臥床不起」[47]，還因「風毒攻右目」，「幾至失明」(〈與蔡景繁十四首〉其二，卷 55，頁 1661)；更因烏臺詩案、死裏逃生的陰影籠罩心頭，遂時懷驚悸、「杜門不出」(〈與章子厚參政書二首〉其一，卷 49，頁 1411)、「平生親識，亦斷往還」(〈與參寥子二十一首〉其二，卷 61，頁 1859)，以致「積憂薰心，驚齒髮之先變；抱恨刻骨，傷皮肉之僅存」(〈乞常州居住表〉，卷 23，頁 657)。在面臨上述生活的窘迫、疾病的困擾、精神的痛楚等三重困境下，究將如何排遣心中的驚懼苦楚？他在〈答李端叔書〉中說：「得罪以來，深自閉塞，扁舟草履，放浪山水間，與樵漁雜處，往往為醉人所推罵。輒自喜漸不為人識」(卷 49，頁 1432)，可知獨放山水之間，是他的自遣之道，而此一題為「黃州臨皋亭作」之詞即為其藉由自然美景以消憂的證明。詞的上片實寫了臨皋亭清麗之景，也顯現了作者對此地的喜愛之情：作者將亭邊長江對岸的西山美景縮小、聚焦在酒杯之中，將成堆的「翠」綠山色映照得更加清麗，蘇軾在其他文章中亦多次提及此地美景：

> 白雲左繞，清江右洄，重門洞開，林巒岔入。(〈書臨皋亭〉，卷 71，頁 2278)
>
> 寓居去江干無十步，風濤煙雨，曉夕百變，江南諸山，在几席上，此幸未始有也。(〈與司馬溫公五首〉其三，卷 50，頁 1442)
>
> 所居對岸武昌，山水佳絕。(〈答秦太虛七首〉其四，卷 52，頁 1536)

47 饒學剛：〈東坡居黃州考〉，《黃岡師專學報》(1994 年 2 月)，頁 13。

> 所居臨大江，望武昌諸山咫尺，時復葉舟縱遊其間，風雨雪月，陰晴早暮，態狀千萬，恨無一語略寫其彷彿耳。(〈與上官彝三首〉其三，卷 57，頁 1713)

由此不僅可知他對臨臯亭的賞愛有加，還可見出此地變化萬千的山水美景，足以使其忘形於其中，在時而憑几眺望、時而乘舟來往的縱遊之樂中，其精神冥然與自然融合，心中的憂愁也逐漸獲得消解。然而，由於亭旁的長江水是由四川家鄉「岷峨春雪」融化而來的，又不免讓作者在欣喜之中因聯想到家鄉而透顯出一些思鄉之愁緒了。雖然作者嘗云：「臨臯亭下不數十步，便是大江，其半是峨眉雪水，吾飲食沐浴皆取焉，何必歸鄉哉」(〈與范子豐八首〉其八，卷 50，頁 1453)，但由詞中「認得」、「岷峨」、「萬頃」、「蒲萄」、「涤醅」等對浩蕩清澈江水的形容與熟悉，還是在亮麗的景致描寫中流露出深藏於作者內心的家鄉之思。正因如此，過片「春雨暗陽台」二句，才進一步以暮春晚雨亂灑的暗景，暗示了作者此時逐漸加深的思鄉之情以及貶放之苦；但生性曠達的蘇軾，總能憑其「消解苦難的人格偉力」[48]，以平常心面對人世的無窮煩惱，以「廓然無一物」的胸襟，欣賞生活周遭「山川草木蟲魚」[49]等自然之美，從而在困頓中尋回生命的喜悅，結尾「一陣東風來捲地」三句，即以雨過天晴後江天平分「落照」的明朗畫面象徵其已擺脫苦悶、能「隨緣自娛」的開朗心境。全詞通過景致的明暗變化來抒寫其情感高低起伏的轉變軌跡，跌宕有

---

48 鄭騫：〈漫談蘇辛詞異同〉，王大鵬選編：《臺灣中國文學史論文選》(長春市：東北師範大學出版社，1994 年)，頁 490。

49 〔宋〕蘇軾〈與子明兄一首〉：「吾兄弟俱老矣，當以時自娛。世事萬端，皆不足介意。所謂自娛者，亦非世俗之樂，但胸中廓然無一物，即天壤之內，山川草木蟲魚之類，皆是供吾家樂事也。」(卷 60，頁 1832)

致，景與情密合無間，在不落言詮中營造出含蓄動人的藝術效果。

三　人物互動，情景相融

劉熙載《藝概・詞曲概》曾云：「詞或前景後情，或前情後景，或情景齊到，相間相融各有其妙」[50]，指出寫景與抒情同篇並陳的幾種結構程式，及其所具情景相融的妙處；吳衡照《蓮子居詞話》亦云：「言情之詞，必藉景色映托，迺具深宛流美之致」[51]，也指陳了寫景與抒情兼具結構的藝術美感所在，即景物的描寫可以適切地映襯作者的情意，在具象的寫景與抽象的抒情相互映照之中，展現出虛實流動的藝術美感。蘇軾的寫景之詞，正有不少此等寫景與抒情能相間相融的佳作。同時，陶文鵬還指出：「在東坡詞許多情景交融的藝術意境中，經常活躍著詞人的自我形象和各種各樣的人物形象」[52]，鄭文焯也稱蘇詞：「妙能寫景中人」[53]，可知蘇軾情景相融的寫景詞中，還善於以刻畫人物互動來含蓄表情，從而更生動鮮活地展現出兼具景色美、人情美的藝術美感。

以黃州詞為例，其寫景詞中活躍著作者與徐大受、朱康叔、閭丘公顯等友人互動的形象，在情景相融的描寫中表現了與友人深厚的情誼。寫蘇軾與徐大受之友情者如：

---

50 〔清〕劉熙載：《藝概・詞曲概》，唐圭璋編：《詞話叢編》冊四（臺北市：新文豐出版公司，1988 年），頁 3699。

51 〔清〕吳衡照：《蓮子居詞話》，唐圭璋編：《詞話叢編》冊三（臺北市：新文豐出版公司，1988 年），頁 2423。

52 陶文鵬：〈論東坡詞寫景造境的藝術〉，《蘇軾詩詞藝術論》（上海市：上海古籍出版社，2001 年），頁 159。

53 〔清〕鄭文焯：《大鶴山人詞話》，唐圭璋編：《詞話叢編》冊五（臺北市：新文豐出版公司，1988 年），頁 4325。

覆塊青青麥未蘇。江南雲葉暗隨車。臨皐煙景世間無。　雨脚半收檐斷線，雪牀初下瓦跳珠。歸來冰顆亂黏鬚。(〈浣溪沙・十二月二日，雨後微雪，太守徐君猷攜酒見過，坐上作《浣溪沙》三首。明日酒醒，雪大作，又作二首〉其一，頁339)[54]

醉夢醺醺曉未蘇。門前轣轆使君車。扶頭一盞怎生無。　廢圃寒蔬挑翠羽，小槽春酒凍真珠。清香細細嚼梅鬚。(其二，頁341)

雪裏餐氈例姓蘇。使君載酒為回車。天寒酒色轉頭無。　薦士已聞飛鶚表，報恩應不用蛇珠。醉中還許攬桓鬚。(其三，頁343)

半夜銀山上積蘇。朝來九陌帶隨車。濤江煙渚一時無。　空腹有詩衣有結，溼薪如桂米如珠。凍吟誰伴撚髭鬚。(其四，頁344)

萬頃風濤不記蘇。雪晴江上麥千車。但令人飽我愁無。　翠袖倚風縈柳絮，絳脣得酒爛櫻珠。尊前呵手鑷霜鬚。(其五，頁346)

這五首組詞藉蘇軾與黃州太守間互動的描寫，以及周遭美景的烘托，巧妙地透顯出二人幽默、開朗、愛民的形象與彼此美好的情誼。黃州太守徐大受，字君猷，東海人，是進士出身，個性通達。當蘇軾以謫臣身份來到黃州時，不僅生活清貧，一切的言行活動還必須受當

54 此五首詞的編年，傅幹《注坡詞》編在元豐五年壬戌，然別無旁證，難以令人信服；而朱本、龍本等皆編在元豐四年辛酉，薛瑞生更詳考蘇軾詩文，謂仍以編辛酉為宜，以其能依事實立論，頗可採信，詳參氏著：《東坡詞編年箋證》，頁295-296。

地的首長監管，[55]很幸運地，蘇軾遭遇的知州徐君猷，對他十分敬重，一如蘇軾〈與徐得之十四首〉其一所說的：「始謫黃州，舉目無親。君猷一見，相待如骨肉，此意豈可忘哉」（卷 57，頁 1721），使他減少許多貶謫失意之感，也因而在黃州期間，寫了不少與君猷有關的詩、詞、文，[56]兩人是感情十分親睦的知己，此〈浣溪沙〉五首即為兩人友誼親如「骨肉」的實證與紀錄。由詞題可知，五首乃分兩天寫就，前三首作於第一天，採「前景後情」的結構，以臨皐「世間」所無的冬日美景，映托出蘇軾與太守（徐君猷）美好的情誼。第一首

55 〔宋〕葉夢得：「子瞻在黃州……，復與數客飲江上，夜歸。江面際天，風露浩然，有當其意，乃作歌辭，所謂『夜闌風靜縠紋平，小舟從此逝，江海寄餘生』者，與客大歌數過而散。翌日喧傳子瞻夜作此辭，挂冠服，江邊拏舟長嘯去矣。郡守徐君猷聞之，驚且懼，以為州失罪人，急命駕往謁，則子瞻鼻鼾如雷，猶未興也。然此語卒傳至京師，雖裕陵（神宗）亦聞而疑之。」可知郡守徐大受負有監管蘇軾之責。見《避暑錄話》卷上，收於王雲五主編：《叢書集成簡編》冊七一七（臺北市：臺灣商務印書館，1966 年），頁 30-31。

56 與徐君猷有關的詩有：〈太守徐君猷、通守孟亨之，皆不飲酒，以詩戲之〉、〈送牛尾狸與使君〉、〈徐使君分新火〉、〈徐君猷挽詞〉、〈張無盡過黃州，徐君猷為守，有四侍人，姓為孫、姜、閻、齊，適張夫人攜其一往婿家，既暮復還，乃閻姬也，最為徐所寵，因書絕句云〉等五首，詞有：〈定風波・重陽括杜牧之詩〉（與客携壺上翠微）、〈定風波・十月九日，孟亨之置酒秋香亭，有雙拒霜獨向君猷而開。坐客喜笑，以為非使君莫可當此花，故作是詞〉（兩兩輕紅半暈腮）、〈少年遊・端午贈黃守徐君猷〉（銀塘朱檻麴塵波）、〈南鄉子・重九涵輝樓呈徐君猷〉（霜降水痕收）、〈醉蓬萊・余謫居黃，三見重九，每歲與太守徐君猷會於棲霞樓。今年公將去，乞郡湖南，念此惘然，故作是詞〉（笑勞生一夢）、〈減字木蘭花・贈徐君猷三侍人一嫵卿〉（嬌多媚煞）、〈減字木蘭花・勝之〉（雙鬟綠墜）、〈減字木蘭花・慶姬〉（天真雅麗）、〈減字木蘭花・贈君猷家姬〉（柔和性氣）、〈減字木蘭花・贈勝之〉（天然宅院）、〈西江月・送建溪雙井茶谷簾泉與勝之。勝之，徐君猷家後房，甚麗，自敘本貴種也〉（龍焙今年絕品）、〈菩薩蠻・贈徐君猷笙妓〉（碧紗微露纖纖玉）、〈好事近・送君猷〉（紅粉莫悲啼）等及本論文所述〈浣溪沙〉五首等十八首，文有：〈與徐得之十四首〉其一、〈遺愛亭記・代巢元修〉、〈祭徐君猷文〉、〈答徐得之二首〉其二等四首。

先以極大的篇幅，依君猷坐車駛來的動線、由遠而近地寫出臨皐美麗的煙景與雨景，其中「蘇」(甦)、「隨」、「跳」等動詞所展現的生命力，正與作者迎接好友携酒來訪的雀躍心情相映成趣；而詞末「歸來冰顆亂黏鬚」，則以作者與太守臉部之特寫，寫出二人性格詼諧的形象，也暗示了兩人「相見」的愉悅情緒。第二、三首仍著墨於蘇軾與好友的互動，從宴會前君猷「載酒為回車」的體貼部屬、蘇軾「廢圃寒蔬挑翠羽」的竭誠待客，到宴席上主客「清香細細嚼梅鬚」的悠閒和樂，皆具現了兩人篤厚的友情；另有蘇軾醉中攬君猷之鬚的舉措（「醉中還許攬桓鬚」)，巧妙地借用了謝安越席攬捋桓伊之鬚的典故，[57]隱喻出自己對太守知遇的感謝之情，在精鍊的文字描寫中，表達了具歷史感與深度感的豐富意蘊。上述藉動作的描寫以塑造人物形象的寫法，不僅避開了呆板、僵化的表現方式，直接呈現了人物的性格、地位、處境，[58]還能結合聲（「轣轆」)、色（「翠」)、味（「清香」）的感官修辭手法，將蘇軾與君猷間真摯而親密的情誼作了更細膩而生動的表達。

後二首作於翌日酒醒後的清晨，亦採用「前景後情」的結構程

57 《晉書》載:「時謝安女婿王國寶專利無檢行，安惡其為人，每抑制之。及孝武末年，嗜酒好內，而會稽王道子昏營尤甚，惟狎昵諂邪，於是國寶讒諛之計稍行於主相之間。而好利險詖之徒，以安功名盛極，而構會之，嫌隙遂成。帝召伊飲讌，安侍坐。帝命伊吹笛。伊神色無迕，即吹為一弄，乃放笛云:『臣於箏分乃不及笛，然自足以韻合歌管，請以箏歌，並請一吹笛人。』……奴既吹笛，伊便撫箏而歌〈怨詩〉曰:『為君既不易，為臣良獨難。忠信事不顯，乃有見疑患。周旦佐文武，金縢功不刊。推心輔王政，二叔反流言。』聲節慷慨，俯仰可觀。安泣下沾衿，乃越席而就之，捋其鬚曰:『使君於此不凡！』帝甚有愧色。」謝安忠心事主反遭疑患，一如東坡的烏臺遭遇；而桓伊對謝安心跡的了解，一如君猷對東坡的知遇。見〔唐〕房喬:〈桓伊傳〉,《晉書》卷八十一（臺北市：鼎文書局，1979年)，頁 2118-2119。

58 鄭明俐:《現代散文構成論》(臺北市：大安出版社，1989 年)，頁 155。

式，以「雪大作」的豐年瑞兆之美景，映托出蘇軾與君猷共有的期盼來年豐收、關心民瘼之深情。第四首上片先以由高而低的視角構築出「山上」、「九陌」、「濤江」皆積雪深厚的立體空間，而「一時無」否定句式的運用，更強調了雪勢盛大的審美效果，由於瑞雪為豐年之兆，雪勢愈大，則來年愈可能豐收，此處寫雪大作之景，適足以與兩人「但令人飽我愁無」的政治理想相互輝映；儘管蘇軾目前是「溼薪如桂米如珠」[59]的貧困處境，君猷在蘇州的薄田亦被「萬頃風濤」蕩盡，[60]但蘇軾仍能如董京般「空腹衣結」仍「逍遙吟詠」[61]、撚鬚「凍吟」，君猷亦能不計個人得失，與蘇軾在宴飲中悠然地「呵手鑷霜鬚」，這些「愁無」舉動的描寫，避免了直抒胸臆法的直接、露骨的缺點，能更含蓄而具體地流露出二位身為地方父母官痌瘝在抱、親民愛民的儒者襟懷。又由五首詞之末句皆押「鬚」字，可以觀出作者謀篇上多結於人物描寫的用心與作意。

---

59 《戰國策》:「蘇秦之楚，三日，乃得見乎王。談卒，辭而行。楚王曰:『寡人聞先生若聞古人，今先生乃不遠千里而臨寡人，曾弗肯留，願聞其說。』對曰:『楚國之食貴於玉，薪貴於桂，謁者難得見如鬼，王難得見如天帝。今令臣食玉炊桂，因鬼見帝。』王曰:『先生就舍，寡人聞命矣。』」見〔漢〕高誘注、〔宋〕姚宏補:〈楚策三〉,《戰國策》卷十六（臺北市：世界書局，1967 年），頁 298。

60 詞中有「萬頃風濤不記蘇」句，是指君猷見眼前瑞雪，只為人民明年將得以飽食而喜，而己今年在蘇州的薄田被風濤蕩盡，卻不放在心上。傅幹注本:「舊注云:『公有薄田在蘇，今歲為風濤蕩盡。』」龍榆生箋本謂:「『墨跡』，先生自注:『公田在蘇州，今年風潮蕩盡。』」（龍榆生:《東坡樂府箋》，臺北市：華正書局，1980 年，頁 130）而薛瑞生:「依傅注，則『公』謂東坡；依墨跡，則『公』謂徐君猷。當從墨跡，因東坡時尚未在蘇買田。」所言甚是。見氏著:《東坡詞編年箋證》，頁 302。

61 《晉書》載:「董京字威輦，不知何郡人也。初與隴西計吏俱至洛陽，被髮而行，逍遙吟詠，常宿白社中。時乞於市，得殘碎繒絮，結以自覆，全帛佳綿則不肯受。或見推排罵辱，曾無怒色。」見〔唐〕房喬:〈董京傳〉,《晉書》卷九十四，頁 2427。

君猷與蘇軾的友誼，還「建築在共同的政治理想上」[62]，除了上述〈浣溪沙〉第四、五首之外，還有〈少年遊〉一首，亦是藉妙寫兩人互動、情景相融的謀篇，來展現二人志同道合的政治願望：

> 銀塘朱檻麴塵波。圓綠卷新荷。蘭條薦浴，菖花釀酒，天氣尚清和。　好將沉醉酬佳節，十分酒、一分歌。獄草煙深，訟庭人悄，無吝宴遊過。(〈少年游・端午贈黃守徐君猷〉，頁329）

本詞依然採取「前景後情」的結構，上片全為寫景：銀亮的池塘、朱紅的欄杆、淡黃的池水以及翠綠的荷葉、清新的荷花，是黃州端午艷麗晴和的「自然之景」；人們以蘭葉沐浴、喝著菖蒲花所釀之酒，是黃州端午和樂昇平的「民俗時景」。下片則藉兩人共飲醉歌的動作以抒情：君猷與蘇軾皆「沉醉」在此佳節的氣氛中，表現出兩人親密的情誼；而其所以能盡情飲酒高歌的原因就在於「獄草煙深，訟庭人悄」，此二句巧妙地歌頌了君猷的治州有方，[63]也表露了一己的愛民之情。饒學剛稱此詞：「上片結處『天氣尚清和』，收而未盡，為下片留出餘地，正好是下片起句『好將沉醉酬佳節』的過片句，由詠景而轉向寫人，起了承遞作用。景情融合，天衣無縫」[64]，正具體指出其由景而人而達情景相融的寫景藝術。

另有〈江神子〉一詞，妙寫蘇軾與朱康叔的相互思念，在情景相

62 唐玲玲：《東坡樂府研究》(成都市：巴蜀書社，1992年)，頁109。

63 〔宋〕蘇軾〈遺愛亭記・代巢元修〉：「東海徐公君猷，以朝散郎為黃州，未嘗怒也，而民不犯；未嘗察也，而吏不欺；終日無事，嘯詠而已」(卷12，頁400)，亦可印證君猷的善施政德。

64 葉嘉瑩主編：《蘇軾詞新釋輯評》(北京市：中國書店，2007年)，頁616。

融的描寫中表現了對友人深刻的懷念與友誼：

> 黃昏猶是雨纖纖。曉開簾。欲平檐。江闊天低、無處認青帘。孤坐凍吟誰伴我？揩病目，撚衰髯。　　使君留客醉厭厭。水晶鹽。為誰甜？手把梅花、東望憶陶潛。雪似故人人似雪，雖可愛，有人嫌。(〈江神子・公舊序云：「大雪，有懷朱康叔使君，亦知使君之念我也，作《江神子》以寄之」〉，頁 347）

朱壽昌字康叔，此時知守鄂州，蘇軾在〈與朱鄂州書〉中曾云：「居今之世，而有古循吏之風者，非公而誰」(卷 49，頁 1417)，對康叔之官品極為推崇。然此詞並非從其政績著筆，而完全環繞著「思念友人」此一主旨設墨。上片藉作者居處大雪之景以襯托出蘇軾病中思友的情懷：開頭五句寫出由昨夜小雨而至今晨越來越大的雪勢，而這急速的天氣變化（昨夜「雨纖纖」→今晨積雪厚到「欲平檐」→雪漸大到「江闊天低」→雪勢猛烈到「無處認青帘」)，是為了映托出蘇軾越來越不安的心境變化；然而，這份不安的心情，作者並不直接道出，而是藉由一己思念康叔的動作來暗示：「孤坐凍吟」、「揩病目」、「撚衰髯」等動作具體而含蓄地透顯了他病中孤寂、無人作伴的不安心緒。下片則由對面著筆，想像康叔思念自己的情形：「使君」康叔此時可能正在宴客，他「手把梅花」憶著位於東方黃州的「陶潛」（借指蘇軾）故人；蘇軾此處表面上寫「使君之念我」，其實是自己強烈地懷念著使君康叔，這樣從對方書寫的表述方式，有更含蓄、新奇之感。全詞仍為「前景後情」的寫作程式，而蘇軾藉自己與友人彼此思念對方的互動描寫來寫情，在表現深刻的思友之情上，達到極佳的表情效果。

此外，還有寫蘇軾與閭丘公顯之友情者，如：

> 小舟橫截春江，臥看翠壁紅樓起。雲間笑語，使君高會，佳人半醉。危柱哀弦，艷歌餘響，繞雲縈水。念故人老大，風流未減，獨回首、煙波裏。
>
> 推枕惘然不見，但空江、月明千里。五湖聞道，扁舟歸去，仍携西子。雲夢南州，武昌東岸，昔遊應記。料多情病裏，端來見我，也參差是。（〈水龍吟・公舊序云：「閭丘大夫孝終公顯，嘗守黃州，作棲霞樓，為郡中勝絕。元豐五年，余謫居於黃。正月十七日，夢扁舟渡江，中流回望，樓中歌樂雜作，舟中人言：『公顯方會客也。』覺而異之，乃作此詞。公顯時已致仕，在蘇州」〉，頁 349）

詞中以美景烘托朋友美好的情誼，在情景相融的描寫中表現了作者的懷友之情；其中又以蘇軾與友人閭丘公顯彼此思念對方的互動來表情，別具含蓄的韻致。閭丘孝終，字公顯，辭官居姑蘇時，蘇軾每過必留連之，兩人交情甚篤。此詞不同於前述的寫作模式，而以極為特殊的「景情相間」結構：景（夢中美景）→情（蘇軾因思念公顯之風流而迷惘）→景（現實空靈之景）→情（公顯歸隱後、夢中訪蘇軾之企盼），來抒發作者對公顯濃郁的思念之情。開頭二句先以夢中虛景起筆，江邊美麗的翠壁紅樓是公顯守黃時所作；作者由此棲霞樓美景帶入其下八句夢中公顯之風流形象：「使君」公顯在此高會宴客，笑語、佳人、哀弦、豔歌等盛況之勾畫，具現出公顯的風流與神采，也流露出作者對故人的嚮往之情；到了「獨回首、煙波裏」，才點出原來這只是作者的夢境，回到現實中的蘇軾，難免「惘然」、若有所失，此番淒涼心境，作者還以眼前所見「空江、明月千里」的空明淒清之景加以陪襯。「五湖聞道」以下，以范蠡的典故詠友人歸隱之高風亮節，又「以反筆寫出，說老友不會忘記他，以虛筆抒寫離情，詞情婉麗，筆調曲折深切，……充分表現了蘇軾真誠的情誼」[65]。陶文鵬曾指出這種情語和景語交織穿插的寫法，能「使景生情、情生景，相摩相蕩，相間相融。層遞表現，波瀾疊出」[66]，而本詞即交錯著虛幻的夢景、現實的淒景、蘇軾思念公顯風流的迷惘之情、蘇軾對公顯能在夢中訪己的企盼之情，在情語（人物互動描寫）、景語交織穿插的安排中，不僅呈顯出景色與人情之雙美，也在景與情的相摩相蕩、相間相融中，曲折而深切地表現出作者對公顯的嚮往與思念。

四　以景喻理，景情理諧

馮煦曾說歐陽脩的寫景詞是：「疏雋開子瞻」[67]，意謂歐詞的疏雋影響了蘇詞的寫景風格；葉嘉瑩更進一步指出：蘇軾在一些游賞山水的令詞中，意境風格與歐詞相近，皆表現一種疏放的氣勢，但歐之內容大多只是以寫景抒情為主，而極少寫及哲理或直抒懷抱之句，蘇詞卻於寫景抒情之外，更直言哲理或直寫襟懷，具有一種「哲理之妙悟式的發自內在襟懷方面的曠放」，[68]可知在寫景中言理，為蘇詞突破前人之處。由於其貴「理」的藝術創作主張，[69]再加上蘇軾天生曠達的

---

65 唐玲玲：《東坡樂府研究》（成都市：巴蜀書社，1992 年），頁 114。

66 陶文鵬：〈論東坡詞寫景造境的藝術〉，《蘇軾詩詞藝術論》（上海市：上海古籍出版社，2001 年），頁 157。

67 〔清〕馮煦：《蒿庵論詞》，唐圭璋編：《詞話叢編》冊四（臺北市：新文豐出版公司，1988 年），頁 3585。

68 葉嘉瑩：《唐宋詞名家論稿》（北京市：北京大學出版社，2008 年），頁 108。

69 蘇軾主張文藝創作貴在「得常理」，評文與可畫時曾說：「余嘗論畫，以為人禽宮室器用皆有常形，至於山石竹木，水波煙雲，雖無常形，而有常理。……世之工人，或能曲盡其形，而至於其理，非高人逸才不能辨。與可之於竹石枯木，真可謂得其理者矣」（〈淨因院畫記〉），而〈書吳道子畫後〉中也提出「出新意於法度之中，寄妙理於豪放之外」的美學主張，他以這種貴「理」的審美觀念指導山水文學創作，

性情氣質與後天所受宋代文化精神的浸潤，尤其是佛道思想的影響，[70]他往往能在詞體中，藉由眼前景物的反省，引出抒情和議論，將景、情、理融於一爐，[71]創造出帶有深刻意蘊的、妙悟哲理的山水意境。吳帆在〈出新意於法度之中，寄妙理於豪放之外〉一文中更直指這種「以景喻理」的方式，是「情景交融的昇華」[72]，對於蘇詞這種寫景的藝術特色極為稱道。

以黃州作為例，這類「以景喻理」、景情理諧的詞作，在取景上呈現出兩種不同的特色，也分別從兩種面向引出其人生哲理的思維。其一是以寧靜、自由、幽美之景，譬喻其人生理境，從「放手」的一面表現他對主體之自適自主的思考。寧靜之景如：

> 莫聽穿林打葉聲。何妨吟嘯且徐行。竹杖芒鞋輕勝馬。誰怕？一蓑烟雨任平生。　料峭春風吹酒醒。微冷。山頭斜照却相

就銳意提煉主體的山水觀悟，特別強調景物內容的哲理美，從而創作出數目可觀的哲理與形象和諧統一的文學作品。

70 自「烏臺詩案」後，佛老思想取代了儒家思想，成為蘇軾政治逆境中的主要處世哲學。例如他甫出獄門即作詩云：「平生文字為吾累，此去聲名不厭低。塞上縱歸他日馬，城東不鬬少年雞。休官彭澤貧無酒，隱几維摩病有妻。堪笑睢陽老從事，為余投檄向江西」(〈十二月二十八日，蒙恩責授檢校水部員外郎黃州團練副使，復用前韻二首〉其二)，以維摩詰自喻，期以佛法解除煩惱；居黃期間，遂以「歸誠佛僧」為其「自新之方」，「間一二日輒往（安國寺）焚香默坐，深自省察」，「五年於此」(〈黃州安國寺記〉)。又如，他傾心於道家的養生之術，趁「謫居無事」之時，至黃州天慶觀道堂養鍊「四十九日」(〈答秦太虛七首〉其四)，使心境閒適超脫。又，張利華對蘇軾黃州曠達詞風形成原因的分析，亦頗有可參之處，詳參氏著：〈論蘇軾黃州詞的主導風格〉，《臨沂師範學院學報》第 30 卷第 4 期（2008 年 8 月），頁 101。

71 陶文鵬：〈論東坡哲理詞〉，《蘇軾詩詞藝術論》(上海市：上海古籍出版社，2001 年)，頁 171。

72 吳帆：〈出新意於法度之中，寄妙理於豪放之外〉，儋州市政府、蘇軾學會合編《全國第八次蘇軾研討會論文集》(成都市：四川大學出版社，1996 年)，頁 164。

迎。回首向來蕭灑處。歸去。也無風雨也無晴。(〈定風波・公舊序云:「三月七日,沙湖道中遇雨。雨具先去,同行皆狼狽,余獨不覺。已而遂晴,故作此詞」〉,頁 356)

日人吉川幸次郎說:「蘇軾遊的過程,也就是歸的過程,回歸自我的本真,得到自我」,[73]〈定風波〉所展現的即為其回歸自我過程中對待挫折的能捨、無懼、隨遇而安之超脫心態,以及其最終回歸的自我世界(即心靈安頓的所在)的面貌,是一處無風無雨無晴、一片寧靜自適的精神主體境界。他用變換視點的辦法擺脫對名利、悲哀的執著,真正做到忘我、捨了,從「遊」中得到人生的樂趣。「穿林打葉」的風和雨,不僅是現實中的風景,也意味著蘇軾在仕途上遭受的風風雨雨與無情打擊,究應如何面對風雨、進而超脫生命的現實面於塵外?詞中作者以「莫聽」、「誰怕」與「任平生」等不屈從流俗、隨緣自適的態度處之,一如其所云:「惟盡絕欲念,為萬金之良藥」(〈答范純夫十一首〉其十,卷 50,頁 1456),惟有放下俗世之一切慾念,悠遊於得失、是非、榮辱等物之外,懷抱「人生悲樂,過眼如夢幻,不足追,惟以時自娛為上策」(〈與王慶源十三首〉其十一,卷 59,頁 1815)的想法,盡情享受「無常主」的「江山風月」(〈與范子豐八首〉其八,卷 50,頁 1453),方能達致其精神主體「生來未嘗有此適」(〈與王慶源十三首〉其五,卷 59,頁 1813)的自在與超脫。這種「放手」的意義和難度,並不亞於抗爭和進取,但天性曠達的蘇軾,卻能在「同行皆狼狽」的風雨困境中,展現不同於眾人的、「吟嘯徐行」的閒適形象,「輕」與「一蓑煙雨」除了隱含其目前無

73 〔日〕吉川幸次郎:〈關於蘇軾〉,章培恒譯《中國詩史》(合肥市:安徽文藝出版社,1986 年),頁 269。

官一身輕、意欲退隱江湖的意味，[74]更透顯其面對生命壓力時能毅然放下、超拔俗世名利的人生智慧。「歸去，也無風雨也無晴」，不僅是眼前之景，也是對其「遊」之後的理想歸宿的描繪，那是一處無雨無晴、逍遙自適的心靈世界。全詞以風雨過後寧靜之景，暗喻其人生理境，再穿插其不畏風雨、輕視名利之人生思維，以及一己徐行雨中之閒情描繪，景、理、情三者達致極其和諧之境，鄭文焯稱此詞：「此足徵是翁坦蕩之懷，任天而動」[75]，明白指出了蘇軾在詞中所呈顯的主體自在的超曠意境。自由之景如：

> 夜飲東坡醒復醉，歸來髣髴三更。家童鼻息已雷鳴。敲門都不應，倚杖聽江聲。　　長恨此身非我有，何時忘却營營。夜闌風靜縠紋平。小舟從此逝，江海寄餘生。（〈臨江仙·夜歸臨皐〉，頁 467）

上片以自己「雪堂夜飲，醉歸臨皐」[76]後，不得其門而入，遂轉而「倚杖聽江聲」的作為，寫出作者隨遇而安、隨緣自適之情；同時，他在「夜闌風靜」、佇聽「江聲」之時，內心所萌生的是對「個體生命的價值」[77]的反思：「長恨此身非我有，何時忘卻營營」，反用了《莊子》的「吾身非吾有」、「至人無已」[78]的語意，認為主體的失落

74 陳新雄：《東坡詞選析》（臺北市：五南圖書出版公司，2000 年），頁 115。

75 〔清〕鄭文焯：《大鶴山人詞話》，唐圭璋編：《詞話叢編》冊五（臺北市：新文豐出版公司，1988 年），頁 4323。

76 〔宋〕葉夢得：《避暑錄話》卷上，王雲五主編：《叢書集成簡編》冊七一七（臺北市：臺灣商務印書館，1966 年），頁 30。

77 王水照：〈蘇軾的人生思考和文化性格〉，《文學遺產》第 5 期（1989 年 9 月），頁 91。

78 分別見〔清〕王先謙：《莊子集解》（《新編諸子集成》冊四，臺北市：世界書局，

乃因拘於外物、奔逐營營所致，且對主體失落悲哀的同時，也包含了重新尋找自我的熱忱，因此，唯有擺脫追名逐利、蠅營狗苟，才能找回失落的自我，主宰自已的命運；如此在肯定自身是唯一實在的存有後，遂藉眼前自由之景揭示了自己所追求的人生理境：「小舟從此逝。江海寄餘生」，以逝水的流動代表其內在靈視中擬逍遙自在的衝動，[79]因此，流水的歸宿——廣闊自由的「江海」，即成為其所欲達致的、主體完全自適自主的人生歸趨之象徵。龍榆生稱此詞：「真氣流行，空靈自在」[80]，其原因就在於本詞的情、理、景能融和無間，且能巧妙地融理入景，從而有機地創造出渾然一體、流行自在的藝術境界。幽美之景如：

> 夢中了了醉中醒。只淵明。是前生。走遍人間、依舊却躬耕。昨夜東坡春雨足，烏鵲喜，報新晴。　　雪堂西畔暗泉鳴。北山傾。小溪橫。南望亭丘、孤秀聳曾城。都是斜川當日境，吾老矣，寄餘齡。(〈江神子〉，頁 353)

上片以作者躬耕「東坡」的實際行動與豐收在望，不僅抒發了其追慕陶淵明的恬淡之情，也透顯了此時的人生態度與哲理思維：陶潛〈飲酒〉詩云：「此中有真意，欲辨已忘言」，而蘇軾則在體會了生活中恬淡的「真意」後，還超越了世俗名利的執著，心懷「吾生本無待，俯仰了此世」(〈遷居〉，卷 40，頁 2196) 的想法；因此，下片以雪堂、暗泉、小溪、山丘等類似淵明隱居地——斜川的幽美景致，標

1983 年)，卷一〈逍遙遊〉、卷六〈知北遊〉，頁 3、139。

79 孫康宜、李奭學譯：《詞與文類研究》(北京市：北京大學出版社，2004 年)，頁 152。

80 龍榆生：《龍榆生詞學論文集》(上海市：上海古籍出版社，2009 年)，頁 285。

誌出自己「了此生」之理想隱居場所，最後再以「吾老矣，寄餘齡」的直抒胸臆，表明堅持恬淡生活的決心。此詞在寫作程式上，異於上述二詞之將人生理境（景）置於詞末，而是將其（景）安置於全篇之中間，造成了強調此一「陶潛式的人生歸宿」的突出效果；同時，詞之開頭與結尾的情、理兼述，也有前後呼應的加強作用。總之，全詞在以景喻人生歸宿，以及景、情、理諧等方面，都有極佳的呈現。

正因為蘇軾能夠學習陶潛，從「放手」的一面看待人生的不如意，超越了名利的執著，進而找回了失落的自我，呈顯出主體的自由性，因此，可以從初至黃州時的「杜門念咎」(〈與參寥子二十一首〉其二，卷 61，頁 1859)、「不惟人嫌，私亦自鄙」(〈與蔡景繁十四首〉其八，卷 55，頁 1663)、「親舊擯疎，我亦自憎」(〈祭陳君式文〉，卷 63，頁 1947）的低沉苦悶，一變而為「浮幻變化，念念異觀，閒居靜照，想已超然」(〈與陳大夫八首〉其三，卷 56，頁 1698）的灑脫曠達。然而，此時蘇軾的內心，仍未喪失其「追求」的、入世進取的一面，我們可由其寫景詞所呈現的另一種特色看出，即是以奇特、壯闊之景，觸發其爭取主體主動性及選擇性的積極思想、廣闊胸襟及浩然正氣。奇特之景如：

> 山下蘭芽短浸溪。松間沙路淨無泥。蕭蕭暮雨子規啼。　誰道人生無再少？門前流水尚能西。休將白髮唱黃雞。(〈浣溪沙・游蘄水清泉寺。寺臨蘭溪，溪水西流〉，頁 358)

此詞記述了作者與龐安時同游湖北清泉寺的所見所感所思。[81]開

---

81 〔宋〕蘇軾〈書清泉寺詞〉:「黃州東南三十里，為沙湖，亦曰螺師店。予將買田其間，因往相田。得疾，聞麻橋人龐安時善醫而聾，遂往求療。安時雖聾，而穎悟過人，以紙畫字，不盡數字，輒了人深意。余戲之云:『余以手為口，君以眼為耳。

頭三句，蘇軾藉景表達其情感的變化：「山下」二句透露的是初見清泉寺清淨無塵美景的悠閒心情，而蕭瑟的「暮雨」與淒切的「子規」啼聲，則隱隱流瀉出作者流放黃州的淒苦哀怨之情。但是，眼前蘭溪水向西流的奇觀讓他精神一振，思想情感從而產了轉折性的變化，他重新思索人生的價值與態度：「誰道人生無再少」、「休將白髮唱黃雞」，原本東流的河水竟然都可以向西流去，那麼，人類的青春也應可以重現，只要常懷積極樂觀的人生態度，「對把握不定的前途仍然保持希望和追求」[82]，不要像白居易那樣，只因生了白髮就唱出感傷老大的「黃雞」之歌，[83]就能老當益壯、青春長在。此詞前半的景與情雖呈現出由揚而抑的表現，但可貴的是，接下來作者能將此低沉抑鬱的景與情，藉著眼前的奇特之景而將之昇華到人生哲理的高度，從主體的積極主動性來化解這份流放黃州的悲感，無論是以奇景喻樂觀哲理的手法，或是景、情、理的由跌宕轉折而達致調和，都有極佳的藝術展現。壯闊之景如：

> 大江東去，浪淘盡、千古風流人物。故壘西邊，人道是、三國周郎赤壁。亂石穿空，驚濤拍岸，捲起千堆雪。江山如畫，一時多少豪傑。　　遙想公瑾當年，小喬初嫁了，雄姿英發。羽扇綸巾，談笑間、強虜灰飛煙滅。故國神遊，多情應笑我，早

皆一時異人也。』疾愈，與之同游清泉寺。寺在蘄水郭門外二里許。有王逸少洗筆泉，水極甘，下臨蘭溪，溪水西流。余作歌云：『山下蘭……』是日極飲而歸。」（卷 68，頁 2164）

82 王水照：〈蘇軾的人生思考和文化性格〉，《文學遺產》第 5 期（1989 年 9 月），頁 90。

83 〔唐〕白居易〈醉歌示妓人商玲瓏〉：「罷胡琴，掩秦瑟，玲瓏再拜歌初畢。誰道使君不解歌，聽唱黃鷄與白日。黃鷄催曉丑時鳴，白日催年酉時沒。腰間紅綬繫未穩，鏡裏朱顏看已失。玲瓏玲瓏奈老何，使君歌了汝更歌。」

生華髮。人生如夢，一尊還酹江月。(〈念奴嬌・赤壁懷古〉，頁 398)

作者從形、聲、色三方面極寫赤壁長江水與岸的雄奇壯闊景致：「亂石穿空」，從形的角度寫出赤壁磯（一名赤鼻磯）頭之既險又高；「驚濤拍岸」，則從聲的角度極言江水沖激之猛烈撼人；「捲起千堆雪」，乃從色的角度誇飾浪花騰空之雪白亮眼。[84]如此壯闊奇險的赤壁山水，使蘇軾心靈深處感到強烈的「震顫」[85]，一如沈德潛所說：

> 江山與詩人相為對待者也。江山不遇詩人，則巉巖瀹淪，天地縱與以壯觀，終莫能昭著於天下古今人之心目。詩人不遇江山，雖有靈秀之心，俊偉之筆，而孑然獨處，寂無見聞，何由激發心胸，一吐其堆阜灝瀚之氣？惟兩相待兩相遇，斯人心之奇際乎宇內之奇，而文辭之奇得以流傳於簡墨。[86]

宏偉壯麗的江山與詩人的心靈相融相盪，激發了蘇軾的「心胸」，從而將氣象開闊的赤壁納入胸中；再從時間的向度，輔以千古豪傑——周瑜「雄姿英發」的風流形象，以「俊偉之筆」寫出一己對功成名就的企盼。然而，在回顧歷史、追慕歷史人物的同時，難免亦會興起物是人非的感嘆，「故國神遊」三句即由追憶歷史而回返現實，「多情」的蘇軾卻遭遇「無情」的政治打擊，至今功業無成，未老先衰。所

---

84 葉嘉瑩主編：《蘇軾詞新釋輯評》（北京市：中國書店，2007 年），頁 735。

85 蔡英俊指出，在浩瀚的天宇中，「還有什麼能比得上自然景物那樣能帶給人心靈深處的震顫呢？」見氏著：《比興物色與情景交融》（臺北市：大安出版社，1986 年），頁 173。

86 〔清〕沈德潛：〈芳莊詩序〉，《歸愚文鈔餘集》卷一（哈佛燕京圖書館微捲，2007 年，據清乾隆 1736-1795 刊本縮製），頁 1。

幸，天生具有高度心靈洞察力的蘇軾，不會任憑自己陷溺在消沉的情緒中，他將此深沉的感慨化解、提昇至詞末「人間如夢，一尊還酹江月」的哲理思維，正如其〈赤壁賦〉所云：「且夫天地之間，物各有主。茍非吾之所有，雖一毫而莫取。惟江上之清風，與山間之明月。耳得之而為聲，目遇之而成色。取之無禁，用之不竭。是造物者之無盡藏也」（卷 1，頁 6），以大自然中無窮存在的江月之景，來象徵人類短暫生命的永恆歸宿；其實，每個人對於短暫的人生，都可以有繼續苦悶感傷（如白居易）或積極求得超脫兩種不同的選擇，而蘇軾在壯麗山川與英偉人物的催化下，選擇了從主體的積極面「化悲憤為曠達，融無窮於須臾」[87]的人生態度，展現了曠放磊落、直窺生命奧秘的襟懷與哲思。全詞將寫景、抒情、議論巧妙地交織在一起，營造出高度統一的意境，無怪乎胡仔稱此詞：「詞意高妙，真古今絕唱」[88]，陶文鵬亦云：「此詞磅礴的氣概、宏大的時空意識以及超曠的精神境界，可謂前無古人，並足以雄視百代」[89]，皆對其造境的藝術給予最高的評價。壯闊之景又如：

> 落日繡簾捲，亭下水連空。知君為我，新作窗戶溼青紅。長記平山堂上，敧枕江南烟雨，杳杳沒孤鴻。認得醉翁語，山色有無中。　一千頃，都鏡淨，倒碧峰。忽然浪起，掀舞一葉白頭翁。堪笑蘭臺公子，未解莊生天籟，剛道有雌雄。一點浩然氣，千里快哉風。（〈水調歌頭・快哉亭作〉，頁 483）

87 朱靖華語，收於葉嘉瑩主編：《蘇軾詞新釋輯評》（北京市：中國書店，2007 年），頁 736。

88 〔宋〕胡仔：《苕溪漁隱叢話前集》卷五十九，吳文治主編：《宋詩話全編》（南京市：鳳凰出版社，2006 年），頁 3935。

89 陶文鵬：〈論東坡詞寫景造境的藝術〉，《蘇軾詩詞藝術論》（上海市：上海古籍出版社，2001 年），頁 156。

詞中「杳杳沒孤鴻」雖隱現了蘇軾目前孤苦的處境，「堪笑蘭臺公子」三句，亦流露了他遭貶受辱的「不遇」之感；[90]但蘇軾面對好友夢得特意為己新造的快哉亭時，不禁被眼前美麗的夕照、水天相連的開闊景色，以及正與風浪抗爭的「白頭翁」，激發出其內在「堆阜灝瀚」的「浩然」正氣。此時的蘇軾，雖然失意於官場，卻不為命運所主宰，能以其「根於性生」[91]的忠愛正氣，積極面對現實的人生、世界，其詩云：「浩然天地間，惟我獨也正」(〈過大庾嶺〉，卷 38，頁 2057)，其文云：「僕文章雖不逮馮衍，而慨慷大節乃不愧此翁」(〈題和王鞏六詩後〉，卷 68，頁 2132)，皆可見出其頗以正氣大節自負；在九死一生、驚魂甫定、初寓居定惠院時，其念茲在茲的卻是黎民百姓所受的重賦苦難：「昨夜南山雨，西溪不可渡。溪邊布穀兒，勸我脫破袴。不辭脫袴溪水寒，水中照見催租瘢」(〈五禽言五首〉其二，卷 20，頁 1046)，在黃州貶所為生活躬耕奔忙時，仍深深同情江上長年漂泊、生活如獺狙的漁民，從而為他們發出「人間行路難，踏地出賦租」(〈魚蠻子〉，卷 21，頁 1125)的憤怒之聲，這都是蘇軾忠君愛民的具體實踐；有鑑於此，宋孝宗(趙昚)乃將蘇軾文學的非凡成就，歸功於其胸臆之浩然正氣與立朝大節，〈蘇軾文集序〉云：

> 成一代之文章，必能立天下之大節。立天下之大節，非其氣足以高天下者，未之能焉。孔子曰：「臨大節而不可奪，君子人

90 蘇轍〈黃州快哉亭記〉在引述宋玉〈風賦〉之後，云：「夫風無雌雄之異，而人有遇不遇之變。楚王之所以為樂，與庶人之所以為憂，此則人之變也，而風何與焉！」蘇軾此詞借用其弟的議論，以否定宋玉的大王乘雄風、庶人只能乘雌風的說法，來表現自己遭貶黃州的不遇之感。

91 〔清〕陳廷焯：「東坡心地光明磊落，忠愛根於性生，故詞極超曠，而意極和平。」見氏著：《白雨齋詞話》卷六，唐圭璋編：《詞話叢編》冊四(臺北市：新文豐出版公司，1988 年)，頁 3925。

> 歟？」孟子曰：「我善養吾浩然之氣，以直養而無害，則塞乎天地之間。」蓋存之於身，謂之氣，見之於事，謂之節。節也，氣也，合而言之，道也。以是成文，剛而無餒，故能參天地之化，關盛衰之運。不然，則雕蟲篆刻童子之事耳，烏足與論一代之文章哉！故贈太師謚文忠蘇軾，忠言讜論，立朝大節，一時廷臣無出其右，負其豪氣，志在行其所學，放浪嶺海，文不少衰，力幹造化，元氣淋漓，窮理盡性，貫通天人，山川風雲，草木華實，千彙萬狀，可喜可愕，有感於中，一寓之於文，雄視百代，自作一家，渾涵光芒，至是而大成矣。……乃作贊曰：猗嗟若人，冠冕百代。忠言讜論，不顧身害。凜凜大節，見於立朝。放浪嶺海，侶於漁樵。歲晚歸來，其文益偉。(〈附錄〉，頁 2385)

由於胸中這股「忠言讜論，不顧身害」的浩然正氣，使得他在新舊黨爭中既不附於荊（王安石），也不隨於溫（司馬光），對於個人仕宦的遭遇，採取的是一種無可無不可的隨緣態度，蘇軾〈靈壁張氏園亭記〉云：

> 古之君子，不必仕，不必不仕。必仕則忘其身，必不仕則忘其君。(卷 11，頁 369)

因其能不計個人政治的利害得失，故而即使遭貶，也能藉出遊以解憂，達到主體的逍遙自適；更由於其胸中懷抱的是「澄清天下之志」[92]

---

92 張珊珊：〈看似相反實相成・論蘇軾對李清照的影響〉，鄧喬彬等主編：《詞學》第十八輯（上海市：華東師範大學出版社，2007 年），頁 65。

的正氣，故而雖遭「烏臺詩案」如此嚴重的政治打擊，仍不改其忠君愛民的赤忱，以及主宰生命的堅持，因而在詞尾云：「一點浩然氣，千里快哉風」，藉風景審美融和對宋玉言風有雄、雌之別的否定，透顯出此種只要有浩然正氣就能乘此快風、主宰自己生命選擇權的哲理思維。

五　結語

本文嘗試從蘇軾生命中的轉捩點——黃州時期的詞作為例，由物我關係探討其詞寫景與抒懷的藝術類型及其特徵，以及作者藉景物所投射的內在靈視，從別於傳統的、天人關係的視角來體察蘇軾詞的藝術表現。本論文以蘇軾黃州所作、通篇或一半篇幅描寫景物之約四十五首詞作為探索文獻，在分析、歸納之後，選擇十七首較具代表性的詞作，進行論述，獲得下列觀點：

一、蘇軾黃州作之寫景詞，若從物我關係上言其藝術特徵，可歸納為三大類型：其一，寫景為主，情寓景中；其二，人物互動，情景相融；其三，以景喻理，景情理諧；同時，據此考察不同的類型在取景、表情達意上不同的內涵與藝術效果。

二、第一種類型——寫景為主，情寓景中。主要以刻畫景物的形象為主，不直接敘事或抒情，因此，作者的情感完全寄寓其中，並不明說。此類型所取景物多為具象徵性或暗示性者，而所表之情懷則多為難以明說的身世之感或個人心緒，如：〈卜算子〉（缺月卦疏桐）、〈水龍吟〉（似花還似非花）分別選取極具象徵意義的鴻雁、楊花，結合周遭淒清畫面的描繪，以寄託蘇軾貶謫黃州「不敢直言的苦衷」；而〈南鄉子〉（晚景落瓊杯）則藉所居臨臯亭景致的明暗變化，來暗示其流放黃州後由苦悶而致超脫的心境轉變情形。此類型的

「景」與「情」關係結為一體，密合無間，能夠在不落言詮中營造出含蓄蘊藉的動人效果。

三、第二種類型——人物互動，情景相融。其結構程式，或前景後情，或情景相間，且景物的描寫，能適切地映托出作者的情感；同時，還以刻畫人物互動的方式表情，呈顯出景色美、人情美的藝術美感。此類型所取景物多為日常生活小景，而所表之情多為藉刻畫友人與作者間互動以寫友情，或兼及兩人共同之政治理想（愛民之情），如：〈浣溪沙〉（覆塊青青麥未蘇）五首組詞、〈少年游〉（銀塘朱檻麴塵波）妙寫蘇軾與黃州太守宴席中幽默、開朗、愛民的形象，搭配了臨皋冬日之煙景、豐年瑞兆之雪景、黃州端午晴和昇平的自然與民俗之景的書寫，在「前景後情」的安排中，表現出蘇軾與太守的親密情誼與共同理想；〈江神子〉（黃昏猶是雨纖纖）具寫作者與朱康叔之互相思念，配合其居處越來越大的雪勢描寫，在「前景後情」的安排中，表現出蘇軾病中孤寂、思念康叔的不安心緒；〈水龍吟〉（小舟橫截春江）妙寫閭丘公顯之風流騷雅以及作者自己因思公顯而迷惘的形象，結合了夢中虛景與現實之景，作「虛景→情→實景→情」的情景相間安排，曲折地展現出作者對公顯的深切思念與嚮往。此類型的「景」與「情」為相映相融的關係，「景」對於「情」有烘托、加強、深化的藝術效果。

四、第三種類型——以景喻理，景情理諧。藉由眼前景物的反省，引出抒情和議論，將景、情、理融於一爐。此類型所取景物與所抒情懷呈現出兩種特色：其一是以寧靜、自由、幽美之景譬喻人生理境，引發其由「放棄」世俗名利的面向展開對主體自適自主的思考，往往還融入作者「閒適」的形象以表己悠閒之情，從而達致景情理諧之境，如：〈定風波〉（莫聽穿林打葉聲）、〈臨江仙〉（夜飲東坡醒復醉）、〈江神子〉（夢中了了醉中醒）等；其二是以奇特、壯闊之景觸發其由「追求」的面向爭取主體主動性及選擇性的積極思維、廣闊胸襟及浩然正氣，同時，詞中往往藉此思維將貶放黃州的低沉心情化解、提昇至哲理的高度，表現出景情理調和後的統一之境，如〈浣溪沙〉（山下蘭芽短浸溪）、〈念奴嬌〉（大江東去）、〈水調歌頭〉（落日繡簾捲）等。此類型的「景」為引發其哲理思維、化解愁情的催化劑，因此，與「情」、「理」間多呈現出因果之關係。

五、第一種寓情於景的寫法，雖非蘇詞首創，蘇軾卻能在繼承前人的景物意象表現中又有新創，並能靈活運用象徵、擬人等手法，更委婉曲折地表達其難以言說之情。第二種情景相融的寫法，亦為傳統作品中常見的手法，但蘇詞卻能突破傳統，以鮮活的人物互動描寫來表情，達到更具體、含蓄的藝術效果。至於第三種以景喻理的手法，則為寫景藝術上的一大開創；蘇軾繼承歐陽脩寫景的疏放風格，而另有開拓：他不只寫景抒情而已，還直言哲理或直寫襟懷，且能將其超曠之天性與自然界幽靜出塵、超曠奇絕之景物融會，不僅避免了直接說理的枯燥乏味，還使詞作在物我交融中更添妙悟哲理的曠放風格。由上述三種寫景藝術類型的析論中，我們具體見出蘇詞在寫景與抒懷藝術上超越傳統的佳妙表現。

參考文獻

于大成　〈東坡詩詞中的自我表現〉　《古典文學研索》　臺北市　木鐸出版社　1984年

木　齋　《宋詞體演變史》　北京市　中華書局　2008年

王水照、朱　剛　《蘇軾評傳》　南京市　南京大學出版社　2004年

王水照　〈蘇軾的人生思考和文化性格〉　《文學遺產》第5期（1989年9月）　頁87-96

王先謙　《莊子集解》　《新編諸子集成》冊四　臺北市　世界書局　1983年

王啟鵬　〈超然：蘇東坡思想的精髓〉　中共諸城市委員會等編《中國第十屆蘇軾研討會論文集》　濟南市　齊魯書社　1999年　頁114-124

王國維　《人間詞話》　唐圭璋編《詞話叢編》冊五　臺北市　新文豐出版公司　1988年

石聲淮、唐玲玲　《東坡樂府編年箋注》　臺北市　華正書局　1993年

艾茂莉、王斌　〈論東坡詞中的「孤鴻」意象——以《卜算子・黃州定惠院寓居作》為例〉　《西昌學院學報》第21卷第1期（2009年3月）　頁56-59

吳　梅　《詞學通論》　臺北市　臺灣商務印書館　1965年

吳衡照　《蓮子居詞話》　《詞話叢編》冊三　臺北市　新文豐出版公司　1988年

李亮偉　〈論蘇軾山水詞〉　《寧波大學學報》第21卷第2期

（2008 年 3 月） 頁 37-43
沈祥龍 《論詞隨筆》 《詞話叢編》冊五 臺北市 新文豐出版公司 1988 年
沈德潛 〈芳莊詩序〉 《歸愚文鈔餘集》 哈佛燕京圖書館微捲據清乾隆 1736-1795 刊本縮製 2007 年
沈 謙 《填詞雜說》 《詞話叢編》冊一 臺北市 新文豐出版公司 1988 年
周 健 〈寫景與狀物類抒情散文異同鑒析〉 《大連教育學院學報》第 25 卷第 2 期（2009 年 6 月） 頁 62-64
尚永亮、張 娟 〈孤鴻情結：觀照蘇軾其人其詞的一個新視點〉 中國人民大學中文系主辦《中國蘇軾研究（第二輯）》 北京市 學苑出版社 2005 年 頁 352-369
房 喬 《晉書》 臺北市 鼎文書局 1979 年
胡 仔 《苕溪漁隱叢話前集》 吳文治主編《宋詩話全編》 南京市 鳳凰出版社 2006 年
胡雲翼 《宋詞選》 上海市 上海古籍出版社 1982 年
唐圭璋編 《全宋詞》 北京市 中華書局 1998 年
唐玲玲 《東坡樂府研究》 成都市 巴蜀書社 1992 年
孫康宜著、李奭學譯 《詞與文類研究》 北京市 北京大學出版社 2004 年
高誘注，姚宏補 《戰國策》 臺北市 世界書局 1967 年
張利華 〈論蘇軾黃州詞的主導風格〉 《臨沂師範學院學報》第 30 卷第 4 期（2008 年 8 月） 頁 101-104
張 炎 《詞源》 《詞話叢編》冊一 臺北市 新文豐出版公司 1988 年
清聖祖敕編 《全唐詩》 臺北市 明倫出版社 1971 年

脫脫等　《宋史》　臺北市　鼎文書局　1978 年
陶文鵬　〈論東坡哲理詞〉　《蘇軾詩詞藝術論》　上海市　上海古籍出版社　2001 年　頁 170-189
陶文鵬　〈論東坡詞寫景造境的藝術〉　《蘇軾詩詞藝術論》　上海市　上海古籍出版社　2001 年　頁 147-169
陶文鵬　《一蓑烟雨任平生：蘇軾卷》　鄭州市　河南文藝出版社　2003 年
陳廷焯　《白雨齋詞話》　唐圭璋編　《詞話叢編》冊四　臺北市　新文豐出版公司　1988 年
陳匪石　《宋詞舉》　南京市　江蘇古籍出版社　2002 年
陳望道　《美學概論》　《陳望道文集》　上海市　上海人民出版社　1989 年
陳新雄　《東坡詞選析》　臺北市　五南圖書出版公司　2000 年
黃庭堅著，劉琳、李勇先、王蓉貴校點　《黃庭堅全集》　成都市　四川大學出版社　2001 年
馮　煦　《蒿庵論詞》　唐圭璋編《詞話叢編》冊四　臺北市　新文豐出版公司　1988 年
黃蓼園　《蓼園詞選》　尹志騰點校《清人選評詞集三種》　濟南市　齊魯書社　1988 年
楊　湜　《古今詞話》　《詞話叢編》冊一　臺北市　新文豐出版公司　1988 年
葉嘉瑩　〈論詠物詞之發展及王沂孫之詠物詞〉　繆鉞、葉嘉瑩《靈谿詞說》　臺北市　國文天地雜誌社　1987 年　頁 529-561
葉嘉瑩　《唐宋詞名家論稿》　北京市　北京大學出版社　2008 年
葉嘉瑩主編　《蘇軾詞新釋輯評》　北京市　中國書店　2007 年
葉夢得　《避暑錄話》　王雲五主編《叢書集成簡編》冊七一七　臺

北市　臺灣商務印書館　1966 年
鄒同慶、王宗堂校注　《蘇軾詞編年校注》　北京市　中華書局　2002 年
趙　翼　《甌北詩話》　《清詩話續編》　臺北市　廣文書局　1991 年
劉昭明　〈蘇軾詠雁詞之人格典範與文藝創意〉　《文與哲》第 12 期（2008 年 6 月）　頁 299-366
劉若愚　《北宋六大詞家》　臺北市　幼獅文化事業公司　1986 年
劉熙載　《藝概．詞曲概》　《詞話叢編》冊四　臺北市　新文豐出版公司　1988 年
蔡英俊　〈東坡謫居黃州後的心境〉　《鵝湖》2 卷 4 期（1976 年 10 月）　頁 50-52
蔡英俊　《比興物色與情景交融》　臺北市　大安出版社　1986 年
鄭　騫　〈漫談蘇辛詞異同〉　王大鵬選編《臺灣中國文學史論文選》　長春　東北師範大學出版社　1994 年
鄭文焯　《大鶴山人詞話》　唐圭璋編《詞話叢編》冊五　臺北市　新文豐出版公司　1988 年
鄧喬彬　《唐宋詞美學》　濟南市　齊魯書社　1993 年
龍榆生　《龍榆生詞學論文集》　上海市　上海古籍出版社　2009 年
龍榆生　《東坡樂府箋》　臺北市　華正書局　1980 年
薛瑞生　《東坡詞編年箋證》　西安市　三秦出版社　1998 年
蘇軾著，孔凡禮點校　《蘇軾文集》　北京市　中華書局　1996 年
蘇軾著，王文誥輯注、孔凡禮點校　《蘇軾詩集》　北京市　中華書局　1999 年
蘇軾著，曾棗莊、馬德富點校　《欒城集》　上海市　上海古籍出版

社　1987 年
顧　隨　《顧隨文集 · 東坡詞說》　上海市　上海古籍出版社　1986 年
〔日〕吉川幸次郎著，章培恒譯　〈關於蘇軾〉　《中國詩史》　合肥市　安徽文藝出版社　1986 年

李白詩平面空間景象探析

黃麗容
淡水真理大學語文學科專任副教授

摘要

李白詩篇情意來自真實心聲。其詩依主觀意念情感，按著內在需求，來選擇其觀覽傾向，即使是非刻意變形的詩篇景象題材，仍可窺見詩人自我形象。在李白詩平面空間之地理景象或位置，展現詩情氛圍，也反映詩人視點審美之選擇與藝術表現。

詩歌平面空間景象描寫方式，一則因視覺關注方向，可達到詩歌表情達意之效果；二則是平面景象可為位置命名指稱，亦可結合空間方位詞，形塑出平面視覺想像，及清晰了詩歌情境。

李白（西元 701-762 年）擅運用紀實實景為詩歌題材，摹寫理想境遇與苦悶寄託。此類詩歌摹寫法，是以心託物，將主觀感情色彩，塗抹在客體上，詩篇中的平面景象，摹寫人生的失序與空虛，也使詩作曠澗空間與詩情達到交融之效。平面遼遠空間景象可產生視覺類比，寄寓詩歌的深層意蘊。本文從李白詩中南北廣角等空間景象書寫，探究詩人境遇與詩歌情意，並且進行綜合檢視，以突顯平視空間景象研究之新趨向與感發聯想，藉解析平面空間景象與詩人心志的繫連關係，探究其在助長詩歌倦情力量的開拓性與價值。

關鍵詞：李白詩、平面空間景象、二度空間、空間書寫、三度空間

一　前言

李白擅取實景寄寓情思，[1]並且以心託物。[2]其一生漫遊南北各地，在出三峽之後，曾到湖北、江陵，接著南遊洞庭湖，登蒼梧山，除了城市和山脈，李白喜歡沿著江河遊歷，曾「來到長江與漢水匯合處的江夏（今湖北漢口）」，又順長江東下，上廬山，下金陵（今江蘇南京），直到東南沿海的吳郡和會稽郡（今江蘇蘇州和浙江紹興一帶）。」[3]這些豐富的遊歷經驗，造就李白獨特觀照景物形象的方式。詩人「是語言的藝術家，透過詩，他們傳遞了用眼、用心、用生命所建構的美感經驗。」[4]可知詩人運用視覺觀察能力來自於廣泛汲取和學習。

劉勰的《文心雕龍・物色第四十六》對於作品之「形」似，論述其美感效益：

> 自近代以來，文貴形似，窺情風景之上，鑽貌草木之中。吟詠所發，志惟深遠；體物為妙，功在密附。故巧言切狀，如印之

1　按葛曉音認為「李白的登覽、紀遊山水詩可分兩類。一類是按照傳統的表現方法如實描寫山水，……如《安陸白兆山桃花岩寄劉侍御綰》描寫他隱居讀書的桃花岩，……《涇溪南藍山下有落星潭》形容此潭『藍岑聳天壁，突兀如鯨額。奔蹙橫澄潭，勢吞落星石』的奇絕；……這些登覽山水之作，筆力雄健橫壯，雖也不乏幻想和誇張，但大抵以紀實為主。」參見葛曉音著：《山水田園詩派研究》（瀋陽市：遼寧大學出版社，1993 年），頁 302。

2　丁成泉：《中國山水詩史》（臺北市：文津出版社，1995 年），頁 98。

3　王運熙、李寶均：《李白》，（臺北市：萬卷樓圖書有限公司，1993 年），頁 13-14。

4　李清筠著：《時空情境中的自我影像》，（臺北市：文津出版社有限公司，2000 年），頁 213。

印泥，不加雕削，而曲寫毫芥。[5]

此可知紀遊詩之景象取資實景，即指作品中貼切地摹寫景象之姿態和形貌。在魏晉時期，詩人已運用「形似」的描寫法，例如潘岳、陸機、張協。鍾嶸《詩品》評論張協的詩具形似之特色，列張協詩為上品：

其源出於王粲。文體華淨，少病累。又巧構形似之言，雄於潘岳，靡於太仲。風流調達，實曠代之高手。[6]

藉著景象形似，詩人感物與緣情，反映觀者與外在景象間的遇合互動。

本文首先以李白詩歌平面空間景象為主要研究材料，呈現平面空間景象在詩歌情意與形式上的豐富面貌。其次，本文亦取李白詩歌部分立體空間景象作為輔助研究材料，以突顯其詩歌平面空間景象情意之獨特與開拓性。因李白詩歌立體空間景象書寫，已於另文探究，故本文研究範圍以李白詩歌平面空間景象書寫為主要研究語料。本文有關平面空間景象與立體空間景象之定義與區別：平面空間，又稱二度空間；二維空間；二度空間度。平面空間是由線串連組成的視覺景象，平面空間景象的範圍包含具長度與寬度特徵之景物，例如：湖面、河流、江海、平原、湘水、南北原野等。平面空間景象不包含高

5 梁・劉勰著，王更生注譯：《文心雕龍讀本》卷十（臺北市：文史哲出版社，1991年），頁 301-302。

6 按：據王叔岷。引葉長青之語云：「上品謝靈運、中品顏延之、鮑照詩，均云『尚巧似』……所謂『指事造形，窮情寫物。』亦即『形似之言』也。」參見王叔岷：〈晉黃門郎張協詩〉，《鍾嶸詩品箋證稿》（臺北市：中研院中國文哲研究所，1992年），頁 185-187。

度特徵。立體空間，又稱三度空間；三維空間；三度空間度。立體空間景象的範圍包含具長度、寬度與高度特徵之景物，例如：黃山、碧山、君山、高樓等。

平面空間景象書寫是一以視覺表現的情意層次，透過詩人詩歌在平面視覺景象形式之抉擇與限定，分析李白對前途多舛的徬徨苦澀，與失去人生方向的紛倦失落感。平面空間景象之紀實摹寫，可具體地傳達李白隱微細膩情思。「面」在繪畫藝術理論中，是可用來表現作品作者之情緒。「面」的種類以方形面最具客觀感，可「產生一個冷得近乎死亡的結果；根本可以視為死亡的象徵。」[7]依視覺空間感知理論而論，二度空間之比例、形體，容易產生封閉感。[8]從語法觀點中，二度空間面狀摹寫法，有很多方式，例如，面之摹寫順序是由表面至裏面；將平面整體分為上下兩部份，逐次摹寫；將平面體依同一方向原則由前至後，逐次摹寫；將平面整體依左右、東西南北、中心周環，逐次摹寫。這類平面景象描寫方式，一方面是因詩人視覺焦點與方向，達到表情達意之效；另一方面是平面景象有時可以是位置命名，有時可結合方位詞，表達平面景象，達到詩境清晰之效。[9]例如；鏡湖、洞庭湖、茫茫南與北、前後平原等。其中前、後、左、右、東、西、南、北，是方位詞，這方位詞運用在二維空間（面）

---

7 康丁斯基（Kandinsky, 1866-1944）著，吳瑪悧譯：《點線面》（*Punkt und Linie zu Flache*）（臺北市：藝術家出版社，2009 年），頁 103。

8 郭中人：《空間視覺感知》（*Visual Perception of space*）（臺北市：曉園出版社有限公司，2007 年），頁 85。

9 依廖秋忠之研：〈物體部件描寫的順序〉、〈空間方位詞和方位參考點〉，《廖秋忠文集》（北京市：北京語言學院出版社，1992 年），頁 139、149、164-166、174。另參見加斯東・巴舍拉：（Gaston Bachelard, 1884-1962）著，龔卓軍、王靜慧譯：《空間詩學》（*La poetique de l'espace*）（臺北市：張老師文化事業股份有限公司，2010 年），頁 120、124、125、144、313、317、318、320、321、322、323、332。

中，皆可指示方向。[10]語法方位詞，可表現靜態位置，也可表示點、線、面、體概念。[11]

從物理學相對論言之，觀察者對「面」之觀點，是「一個事件在發生的世界」的區間，[12]李白詩以平面空間景象，摹寫脆弱、迷惘、茫然，從物理學相對論之觀點，羅素說：「我們天性習慣用畫面來解讀世界。」、「我們對於物質的理解——即便只是抽象而概略的理解，原則上已足夠說明這點知識按什麼法則促使我們發揮知覺與感受。」[13]平面空間物象之解讀，是來自觀察者感官知覺與情緒感受。

由美學角度言之，金健人「……空間感，……是以現實的空間感為基礎的。」[14]在中國詩歌素材中，空間景象與情感、哲理是融合無間。[15]李白詩篇藉平面空間景象抒發對前途茫然，和思緒失序之情意。以下分別說明之。

二　前途多舛、無處安頓

李白描摹仕宦前途之情志，主要包含無人重用之苦悶；朝廷權奸勾結成勢；性格耿直，無法融入朝廷政治模式等。此類作品，是以情

---

10 齊滬揚：《現代漢語空間問題研究》（上海市：學林出版社，1998 年），頁 3、9、10。

11 齊滬揚：《現代漢語空間問題研究》（上海市：學林出版社，1998 年），頁 10。

12 羅素（Bertrand Russell, 1872-1970 年）著，薛絢譯，郭中一審閱：《相對論 ABC》（*ABC of Relativity by Bertrand Russell*）（臺北市：臺灣商務印書館股份有限公司，2009 年），頁 153。

13 羅素（Bertrand Russell, 1872-1970 年）著，薛絢譯，郭中一審閱：《相對論 ABC》（*ABC of Relativity by Bertrand Russell*）（臺北市：臺灣商務印書館股份有限公司，2009 年），頁 156、158。

14 金健人：《小說結構美學》（臺北市：木鐸出版社，1988 年），頁 80。

15 黃永武：《中國詩學設計篇》（臺北市：巨流圖書公司，1999 年），頁 43。

意為主，空間景象為輔。現實世界之平面形貌，雖非太白創塑之空間景象，李白選擇自然實際景象，為了摹寫出主觀感情色彩，以及自身生命體驗和酸甜。在觀覽天地四方景致時，選擇空間景象，表現自我。[16]此是以心託物，李白藉平面景象，託諭內心情志和及苦悶。[17]李白以紀實方式選取詩歌素材，呈現其主觀情感及自我表現。

試以詩篇分析之：

> 刬卻君山好，平鋪湘水流。巴陵無限酒，醉殺洞庭秋。(〈陪侍郎叔遊洞庭醉後三首之三〉)

「平鋪湘水流」,「湘水」指洞庭湖，詹鍈引朱諫注云：「言洞庭去巴陵中隔君山，不見湖面之闊，苦得刬去君山，使湘水平鋪，自巴陵以至洞庭中無所碍，湛然而一碧也」。且巴陵酒多而價廉，吾將買酒於巴陵而取醉於洞庭也。[18]李白因見洞庭湖闊之美，興起鏟除君山，使阻攔湘水之物消除，讓浩浩蕩蕩的湘水可以毫無阻礙地平穩奔流，又據《李詩直解》云：「此詠湖景而欲醉酒以為樂也。言洞庭之廣闊無際，獨君山砥柱其中，今鏟去君山，則水面平鋪，而湖水益流也。」[19]於詹鍈和朱諫注解中，即舊稱「平鋪湘水流」是托喻李白仕途之前景未得順遂發展，是因為朝廷未能重視人才，使其功業無成。若能除去

---

16 葉嘉瑩：《迦陵說詩講稿》(臺北市：桂冠圖書股份有限公司，2000 年)，頁 97。

17 按：據葉嘉瑩之研究，詩人「運用形象的特點常常是『以心託物』，這反映了詩人重現心靈勝於重視物質。葉嘉瑩：《迦陵說詩講稿》(臺北市：桂冠圖書股份有限公司，2000 年)，頁 74。

18 詹鍈主編：《李白全集校注彙釋集評》冊六，第十八卷(天津市：百花文藝出版社，1996 年)，頁 2891。

19 詹鍈主編：《李白全集校注彙釋集評》冊六，第十八卷(天津市：百花文藝出版社，1996 年)，頁 2892。

君山，使湘水無阻礙地平穩奔流，就如同除去朝廷之不公平制度，使有志之士有平坦道路可走。李白胸懷救社稷、濟蒼生之抱負，但遭遇二明主，前後兩遷逐，後因遇赦仍未獲任用，李白懷著滿腹憤怨與不平心情，而有了欲鏟坎坷障礙，欲除世間不平之想法，目的是使有志之士前途坦蕩，有發揮的機會，得以在仕途上展現一己之能力。表面上，詩篇之「君山好」、「湘水流」、「無限酒」，描摹洞庭湖景象，把該地景空間寫得很美好，若鏟了君山，使湘水平鋪奔流，那種快樂，如同把巴陵之水皆變成巴陵美酒，實際上，李白卻不可能鏟除君山，湘水前面永遠有阻礙，無法平穩奔流，故巴陵美酒也不可得了，恰似李白仕宦之途，因明主不願任用，李白濟世志向無從發展，功業未成，這積憤不平的心情，因見洞庭湖水受阻，湧上心頭，只有鏟去君山，似除去人生阻礙，這滿腹憤懣，才得宣洩。太白運用「平鋪湘水流」平面空間景象，喻託一己期待仕途功業得以平穩發展，現實人生中，太白無法實現這個人生夢想，故藉洞庭湖平面流勢，抒發一生潦倒悲憤之情。「平鋪」指洞庭湖水平鋪開而暢快地流淌。平面湖水向水平面遠方流去，從繪畫「形」與文學之關係而言，康丁斯基說：「（面的本性）遠方，是走向遠方的運動。往這方向，人們就遠離他習慣的環境。他從因襲的，使其運動僵化的障礙裏解放出來。」[20]「面」是由線組成，「一群積極、向上力爭的張力堆積在冷性的基面（寬形積面），這些張力就會變得愈戲劇性或愈少戲劇性，因為障礙有一股特殊的力量。這種超出邊界的障礙有時會給人一種苦痛，無法忍受的感覺。」[21]由「形」象和情意之關係來看，李白運用「平面」

20 康丁斯基（Kandinsky, 1866-1944 年）著，吳瑪悧譯：《點線面》（*Punkt und Linie zu Flache*）（臺北市：藝術家出版社，2009 年），頁 109。

21 康丁斯基（Kandinsky, 1866-1944）著，吳瑪悧譯：《點線面》（*Punkt und Linie zu Flache*）（臺北市：藝術家出版社，2009 年），頁 103。

景象、「洞庭湖」方所，來喻託自己苦悶心情與前途障礙重重，欲力爭上游卻屢次挫敗之壓力，就在這平面之向遠方推展之張力，帶出詩人之苦澀和仕宦之途多舛。

然而值得注意的是：首先，李白描述之洞庭湖平面景象，皆為正面美好的，「君山好」、「平鋪湘水流」，先陳敘君山，次言洞庭湖，呈現李白關注洞庭湖之平鋪流向之關鍵是在君山。其次，李白於此詩作所描述的空間景象，在物理學上，「山」為三維空間，是一立體空間景象，「洞庭湖」是二維空間，是平面空間景象，這是一先高維度，再中維度之摹寫空間法，從人類視覺感知而論，先高而低，是一高一低之景象並置，呈現對稱之空間感，在空間景象安排上，「君山」與「洞庭湖」是相對稱之兩景象，從詩篇意涵而論，「君山」或可託喻朝廷不公平之對待，「洞庭湖」可託喻為太白仕宦之路。換言之，李白乃是以遊覽洞庭湖，紀遊觀覽該湖面空間景致，藉著三維空間景象和二維空間景象之對立並置，來託喻李白意圖從政之幻滅，這個人性挫折，變成一股無法排解之壓力，故在下聯，李白運用幻想，將巴陵水變形成巴陵美酒，這神奇奇幻之紀述，彷彿是太白掙脫現實痛苦之精神昇華，在神遊和虛幻中，得到安頓茫然內心之處所。換言之，詩篇前端紀實，李白取資現實地景情況，將洞庭湖平面空間作大肆鋪陳，君山是好的，洞庭湖平面流勢亦是順暢的，筆墨重點，即是即使君山好，但若阻礙了洞庭湖平舖暢流，也應加以鏟除，其中交代了君山和洞庭湖間關係，也交代了自己仕宦前途挫折與這平面空間景象之精神聯繫。如此看來，洞庭湖之平面景象的確可視為一太白託喻一己仕途受創傷之意涵。此是一以二維空間景象喻己情志之作。

試舉詩例析論之：

倚劍登高台。悠悠送春目。蒼榛蔽層丘；瓊草隱深谷。鳳鳥鳴

西海，欲集無珍木。鷽斯得所居，蒿下盈萬族。晉風日已頹。窮途方慟哭。(〈古風其五十四〉)

「蒿下盈萬族」，乃指鴉烏鳥得群居，在蒿草下聚滿了牠們萬族。詩篇「鷽斯」是鴉烏；小鳥，喻小人。[22]萬族指眾多，遍布群居在蒿草中。「萬」字，表示數量龐大，呂叔湘《現化漢語八百詞》云：「表示數大，可作謂語、賓語、定語。」[23]《實用現代漢語語法》認為「萬」屬於整數的稱數數詞。[24]數詞一般不接受其他詞題之修飾，可當名詞用，也可用作稱代性質。[25]故「萬族」稱代一整體，表示數量龐大之一群族群。並非真指一萬個小人。在詩篇中段，李白運用「鳳凰」與「鷽斯」對比，鳳鳥一隻無梧桐樹可棲，鴉烏卻整群占據蒿草。李白以整群鷽斯聚滿遍地蒿草，託喻小人結黨引類至於萬族，占據朝廷中高位。「盈萬族」是以數詞稱代數量龐大小人，聚滿了整個朝廷高位，呈現一整體空間景象。齊瀘揚《現代漢語空間問題研究》云：「『面』：把物體所占有的空間範圍看成是一個表面。」[26]正因為「盈滿族」表現之龐大平面空間景象之想像力，即使全詩筆墨不脫離

22 按：詹鍈引《爾雅》卷一〇《釋鳥》：「鷽斯，鵯鶋。」郭璞注：「鴉烏也。小而多群，腹下白，江東亦呼為鵯烏」朱諫注：「鷽斯，小鳥，喻小人。」，「萬族」朱諫注：「萬族，喻眾多也。」參見詹鍈主編：《李白全集校注彙釋集評》冊一，第二卷（天津市：百花文藝出版社，1996年），頁241-242。

23 呂叔湘主編：《現代漢語八百詞》（北京市：北京商務印書館出版，2010年），頁546。

24 劉月華、潘文娛、故韡著，鄧守信策劃：《實用現代漢語語法》，(*Modern Chinese Grammar*)（臺北市：師大書苑有限公司，2009年），頁63-64。

25 蔡宗陽：《國文文法》（臺北市：萬卷樓圖書股份有限公司，2008年），頁128。另參見黃六平：《漢語文言語法綱要》（臺北市：華正書局有限公司，2000年），頁90-91。

26 齊瀘揚：《現代漢語空間問題研究》（上海市：學林出版社，1998年），頁7。

文人仕途志向之主調，始終圍繞著賢者無路可走閒置在野，小人群聚志得意滿，呼朋引類，占滿朝廷高位。太白取用平面空間景象，託喻朝廷小人勾結成勢占據高位，賢者君子閒斥在野，前途茫茫。

再取詩篇論析：

> 茫茫南與北，道直事難諧。榆莢錢生樹，楊花玉糝街。塵縈游子面；蝶弄美人釵。卻憶青山上，雲門掩竹齋。(〈春感〉)[27]

「茫茫南與北」，乃指李白遊春時，道路上所見北方皆很遼闊廣遠之景。這是本詩首聯，可視為全詩序曲，展現的主要是一幅由南方與北方周環迴繞視野之平面空間景象。李白由此點出遊春之際，所見所感的，是一片南北縱橫之空間面感，這樣平面空間感知，康丁斯基說：「(平面) 與這兩邊有關的，還有一種特殊感覺，我們從它特徵的描述上來說明。這個感覺，帶有一種『文學的』味道。」[28]一般物質的表面，是由兩條水平線和兩條直線圍成的，在本詩中「南與北」，反映一個表面的前方與後方，兩條水平線是上和下，兩條垂直線是左右。[29]平面之「上」，給人鬆弛、輕鬆、解放、自由的想像。自由之「上」給人一種輕易的運動印象，張力比較容易展現。[30]平面之「下」，給人密集、沈重、束縛。「上升」愈來愈困難，運動的自由不

---

27 瞿蛻園校注：《李白集校注》卷三十（臺北市：里仁書局印行，1980 年），頁 1721。

28 康丁斯基（Kandinsky, 1866-1944）著，吳瑪悧譯：《點線面》(*Punkt und Linie zu Flache*)（臺北市：藝術家出版社，2009 年），頁 108。

29 康丁斯基（Kandinsky, 1866-1944）著，吳瑪悧譯：《點線面》(*Punkt und Linie zu Flache*)（臺北市：藝術家出版社，2009 年），頁 104-105。

30 康丁斯基（Kandinsky, 1866-1944）著，吳瑪悧譯：《點線面》(*Punkt und Linie zu Flache*)（臺北市：藝術家出版社，2009 年），頁 105。

斷被限制，阻礙力達到最高點。[31]本詩首聯之次句「道直事難諧」點出了李白仕途挫折之原因，性格耿直富有才能的李白，想在朝廷上一展長才，恐怕產生人事和諧之困境，這正是賢者閑置在野，四處漫遊干謁的原因。詩篇頸聯中間「塵縈遊子面，蝶弄美人釵」其間蘊涵的，不只是遊子漫遊四方灰塵迴旋在臉上，與美人頭飾金釵指弄蝶飛，流露遊子與美人截然不同之境遇，並且就此想像，有志者徒具才能，即便欲報效國家，若不能適應及學習朝廷政治手段，也不具圓融性格與為人處世之態度，那麼賢者前途只有兩種風景：其一為「茫茫南與北」；其二為「卻憶青山上，雲門掩竹齋」。這兩種人生風景，太白期許自己不必選擇面對。然而首聯「茫茫南與北，道直事難諧」之空間景象，似乎已道出目前人生處境。友人蘇頲出為益州大都督府長史，告別平凡人生活，直上青雲，找到發揮長才的位置，只剩太白在春季遊覽時，心情惶惶不安，對前途發展沒有任何把握和方向，春遊美景，在太白眼中，只見到無邊南北遼遠空間，這功業無成之壓力，也如同南北空間般，向外擴散，成為沒有盡頭的空與困。這平面空間廣闊，形成強烈的空蕩和無依無靠。遊子春遊的疲累與飄浮無定，表面上，似乎是自由、輕鬆、解放，真實面裏，卻是一種沈重的、一波又一波的干謁無用的挫折襲捲而來。這股尋求任用之勇氣，漸漸枯萎。這也是不遇境遇之太白，心情茫然的寫照。

試看詩篇分析之：

> 仙女下，董雙成。漢殿夜涼吹玉笙。曲終卻從仙官去，萬戶千門惟月明。河漢女，玉練顏。雲軿往往在人間。九霄有路去無

31 康丁斯基（Kandinsky, 1866-1944）著，吳瑪悧譯：《點線面》（*Punkt und Linie zu Flache*）（臺北市：藝術家出版社，2009 年），頁 105。

跡，嫋嫋香風生佩環。(〈桂殿秋〉)[32]

「萬戶千門惟月明」，指仙人長生不老，曾在漢殿人間來往，縱看地表，千戶萬戶居民群居處，「惟月明」指人間千萬戶居民群居，比不上天上明月光潔明亮。李白以萬戶千門之居民住處與天上明月相較，託言天上明月永恆存在，而萬戶千門之居民只是短暫存有。「萬戶千門」是一群居民居住空間景象，此運用數詞「萬」和「千」，加上名詞「戶」和「門」，形成一個數量龐大整體整數，也是整數之稱數數詞。具有稱代性質。稱代一整體，表示數量龐大的人群族群。[33]此也託喻一整體平面空間景象，除了引起千萬居民聚集居住之平面城市空間外，還因「惟月明」，進而更以比較並置手法，突顯平面空間景象之言外之意。人類與明月相較，明月千古永恆存在，人類生命在歷史軌跡中不斷轉瞬消失、改換世代。乃至於以李白個人立場是：仕宦之追求與仙人成仙之追尋，前後兩者相較，也透露出孰者為千古之業的意蘊。這份求仙之思，在屢次干謁求用失敗之際，日益加深。此與首聯「仙女下，董雙成。漢殿夜涼吹玉笙。」引發的仙人仙界自由永恆之樂，前後彼此呼應對照，更令這份求仙之思增生。此外，也可進一步聯想，甚至引發「萬戶千門」正如同「漢殿」般，今又何在呢？這看似遼遠繁榮的「萬戶千門」之平面空間景象，在歷史軌跡中，亦是轉瞬改換朝代的風貌，這也與賢者求仕宦之濟世抱負相同，不過是數

32 瞿蛻園等校注：《李白集校注》卷三十（臺北市：里仁書局印行，1980 年），頁 1728。另參見詹鍈主編：《李白全集校注彙釋集評》冊八（天津市：百花文藝出版社，1996 年），頁 4485-4487。

33 蔡宗陽：《國文文法》（臺北市：萬卷樓圖書股份有限公司，2008 年），頁 128。另見黃六平：《漢語文言語法綱要》（臺北市：華正書局有限公司，2000 年），頁 90。另參見劉月華、潘文娛、故韡著，鄧守信策劃：《實用現代漢語語法》(*Modern Chinese Grammar*)（臺北市：師大書苑有限公司，2009 年），頁 63-64。

十年的功業。或許曾為不遇境遇感傷的太白，在眼看理想落空、前景茫茫之情景下，思考欲以求仙作為人生新方向。

三　思緒失落、紛雜倦情

為前途、人生方向，抒發思緒困頓倦雜失序的詩作，乃是呈現李白遭遷謫放逐、漫遊干謁等心思情志。詩歌呈現心思情志，在詩歌創作中有兩種模式，一為詩緣情，一為詩言志。[34]「情」是內在情感，「志」是內蘊思想。「志」的內容包括情。情內蘊的感性的情緒波動，未經理性制約，而「志」正是情的理性制約，可收束情之朦朧。[35]詩歌之「志」可由作者取外在物象寄託之，或由讀者依詩篇物象旁通之。不論是詩人寄託或讀者旁通，詩篇之志與物象密切結合，才為理想的物景景象，在《文鏡秘府論》即以作品情志與物景景象貼切密合為要，論述二者關係：

> 夫作文章，但多立意。令左穿右穴，苦心竭智，必須忘身，不可拘束。思若不來，即須放情卻寬之，令境生。然後以境照之，思則便來，來即作文。如其境思不來，不可作也。[36]

「境」即指物境、景物和空間景象。詩歌之情志需取外界空間景象，獲得理想的表現。詩人觀覽天地萬物，自然會將符應內心情志之空間

---

34 鄭毓瑜：〈詩歌創作過程的兩種模式——「詩緣情」與「詩言志」〉，《中外文學》11卷9期（1983年），頁4-19。

35 林淑貞：《中國詠物詩「託物言志」析論》（臺北市：萬卷樓圖書有限公司，2002年），頁39-40。

36 《文鏡秘府論．南卷．論文意》（臺北市：河洛圖書出版公司，1976年），頁177-190。

景象攝入心眼中，然後再經融鑄鍛煉後，形神合一地盡現在詩篇裏。天地萬物能成為一特殊空間景象，往往因其形象特徵，與其他形物不同，故易引發某方面的感興。這也是詩人常藉景象表達情志，為使「讀者一見物象即知情志」，[37]詩篇空間景象與情志相稱，使人在想像過程中由空間景象視覺感知，達成情思湧現之效。此也正是王國維《人間詞話》所說的一切景語，皆情語也。空間景象在作品中訴諸視覺的，「是物象的體積、顏色和形態，最容易產生真切的形象感，並且具有明確空間性。」[38]黃永武教授《中國詩學》:「中國詩裏的情，往往高度複雜而縱橫鈎貫於時空之中，藉著自然時空的推移而忽隱忽現。人與自然時空是那樣奇妙地融合無間，情感與哲理，不喜歡脫離時空景象，去作純粹的摹情說理，每每遭過時空實象的交互映射予以形象化。」[39]空間景象和詩歌情意密切融合，當讀者和詩篇中景象接觸後，空間景象即使引發讀者意識活動，使讀者了解詩人空間景象之寄託，或由空間景象旁通之，這意識活動即是心與空間景象相感的活動，葉嘉瑩教授將心物相感活動分為三層次:「第一個層次是感知。……我看到了。……第二個層次是感動。……引起讀者感情的一種感動。……第三層次是感發。感發是在感知感動之後……引發出一種聯想。」[40]其中已明確指出，詩篇空間景象是以仕宦前途與情志困頓為詩旨標目之作，時藉空間景象抒己懷抱，時藉此引發讀者感動與聯想。

---

37 黃景進:《意境論的形成——唐代意境論研究》(臺北市:台灣學生書局有限公司，2004年)，頁132。

38 李清筠:《時空情境中的自我影像》(臺北市:文津出版社有限公司，2000 年)，頁222。

39 黃永武:〈詩的時空設計〉,《中國詩學設計篇》(臺北市:巨流圖書公司，1999 年)，頁43。

40 葉嘉瑩:《迦陵說詩講稿》(臺北市:桂冠圖書股份有限公司，2000年)，198-200。

試看李白詩篇例子：

> 浮陽滅霽景，萬物生秋容。登樓送遠目；伏檻觀群峰。原野曠超緬；關河紛錯重。清暉映竹日；翠色明雲松。蹈海寄遐想；還山迷舊蹤。徒然迫晚暮；未果諧心胸。結桂空佇立；折麻恨莫從。思君達永夜，長樂聞疏鐘。(〈夕霽杜陵登樓寄韋繇〉)

「原野曠超緬」。寫出詩人見原野廣闊空曠遼遠之景，以及對於避世隱居或仕宦仍猶豫不決的心情。「曠超緬」摹寫詩人眼前原野廣闊遙遠之平面空間景象。這是一個無邊際之廣角景致，將觀察者的視角帶至全面性的平原地景景觀。這是視覺平面空間感知，運用二度空間之開闊空間面感，引發讀者聯想，產生視覺類比，如同讀者也看到了李白眼中開闊平面景象。其次，李白眼中平原廣遠，是在「伏檻」的姿態下觀覽，「伏檻」指李白伏在欄杆上的姿勢。此寫出詩人觀景時心情，「伏」是身體前傾，面向下，亦具藏匿、潛藏的意涵。例如《韓非子・用人》云：「故內無伏怨之亂，外無馬服之患。」以伏怨表示潛藏的怨恨。這是一帶有憂慮、沒有活力的身體姿勢。詩篇中間又提「關河紛錯重」一具方向性廣角空間景象，順著關河流勢全景，李白看到關河紛雜錯重的流勢情狀。「紛錯重」摹寫關河紛繁錯雜貌。詩篇中間此聯「原野曠超緬；關河紛錯重」呈現一幅李白身體前傾，望著無邊際之廣闊遙遠的平原，以及紛繁錯雜流勢的關河。首先，此反映了兩種視覺上景象：一則無邊際之曠遠平面，一則紛亂無序的河流流勢。其次，此呈現了視覺上空間結構景象：兩個空間景象表現出無序不諧調的平面空間結構，也反映觀景者內心雜亂和失序。第三，此呈現詩篇情意上的類比，詩人藉著廣闊原野空間，託喻詩人前途茫茫失去方向，憂慮功業未成，懷抱壯志，不甘心放棄，但沒有找到可供發揮的目標，這廣闊無際之原野，正如迷惘前景，是空曠而失焦的。

從物理學觀點論之，空間是由人類「經驗感知」得來，人類「視覺」和「觸覺」均有感知效用，此指出人類知道空間之變化，是由於人類有著對應的肌肉感覺。物理學家朋加萊：「……對空間之究竟擁有幾個維度，……說實在的，這裏當我們經驗之對象的倒不是空間，而是我們身體跟臨近物體之間的關係。」[41]物理學家朋加萊認為人類感知空間維度之能力，是來自於人類共同擁有的感官知覺。空間理論之建立，是源自人類共通的身體跟物體之間的感覺。這是人人共有的感官知覺。其中視覺和觸覺是主要的空間經驗感知來源。物理學家海森堡提到物理科學中「用來描述自然定律的關係可以用普通語言來表示。……，因為我們在日常生活和詩詞中也有相類似的使用。」[42]當詩歌採用廣闊之平面視覺空間景象，正藉著人類共同之視覺及觸覺之肌肉感覺，與人類共通之身體姿勢與物象之間的感覺經驗，帶出詩篇中的空間維度。這二度平面空間景象，是太白心眼中所見所感，藉平面原野空間和錯雜關河流勢，興發出其失去人生目標，與仕隱抉擇迷惘紛雜的情思。

試看以下詩篇例子：

> 淮南望江南，千里碧山對。我行倦過之，半落青天外。宗英佐雄郡，水陸相控帶。長川豁中流，千里瀉吳會。君心亦如此，

41 法・朋加萊（Jules Henri Poincare, 1854-1912）著，盧兆麟譯：《科學與假說》（*La Science et l'Hypothese*）（臺北市：協志工業叢書出版股份有限公司，1970 年），頁 76。

42 物理學家韋納爾・卡爾・海森堡（Werner Karl Heisenberg 1901-1976 年）著，周東川、石資民、黃銘欽合譯：《物理與哲學》（*Physics & Philosophy: The revolution in modern science*）（臺北市：協志工業叢書出版股份有限公司，1992 年），頁 114、118-119。

包納無小大。搖筆起風霜，推誠結仁愛。訟庭垂桃李；賓館羅軒蓋。何意蒼梧雲，飄然忽相會？才將聖不偶，命與時俱背。獨立山海間，空老聖明代。知音不易得，撫劍增感慨。當結九萬期，中途莫先退。(〈贈從弟宣州長史昭〉)

「淮南望江南」，指從淮南眺望江南。王琦云：「唐時淮南道、江南道，皆古揚州之境。中隔一江，江之北為淮南，江之南為江南。」[43] 從淮水之南望長江之南，李白一眼望去，一江之隔，江之南北均有山。[44]由北至南，千里遙遠，太白雖已行經此處，看見尚有一半行程在青天之外，感嘆力已盡，行已倦。見宗族之英雄李昭輔佐宣州有成，宣州控制著水陸之利，長江從中貫通，直流至吳地。古淮水，今稱淮河，源出河南，東經安徽江蘇入洪澤湖。在洪澤湖以下，淮河入長江。從地景景觀言之，李白從梁園經淮南赴宣城時，記述在淮南處，遠望由北至南的之空間景觀，千里遙遠，一片遼闊之景象。就語法方向系統，方向系統與形狀系統沒有必然的關連。但語法對方向的表示與對形狀的表示都由方位詞擔任。[45]「東西南北」屬於單音節的方位詞。[46]在詩篇中之「南」與「北」，皆為方位，[47]在詩歌首聯「淮

43 唐・李白撰，〔清〕王琦輯註：《李太白集註》卷十二，清乾隆戊寅午聚錦堂原刻本，(臺北市：新興書局，1968 年)，頁 216-217。

44 詹鍈主編：《李白全集校注彙釋集評》卷十一（天津市：百花文藝出版社，1996 年)，頁 1780-1781。

45 齊瀘揚：《現代漢語空間問題研究》(上海市：學林出版社，1998 年)，頁 20-21。

46 詳見儲澤祥：《現代漢語方所系統研究》(武漢市：華中師範大學出版社，2003 年)，頁 7。

47 蔡宗陽：《國文文法》(臺北市：萬卷樓圖書股份有限公司，2008 年)，頁 88-90。另參見黃六平：《漢語文言語法綱要》(臺北市：華正書局有限公司，2000 年)，頁 93-94。劉月華、潘文娛、故韡著，鄧守信策劃：《實用現代漢語語法》(臺北市：師大書苑有限公司，2009 年)，頁 23-26。

南望江北」這標示由北至南的二度空間視覺感知，在詩篇次聯「我行倦過之，半落青天外。」以「倦」字點出了太白內心思緒，既且疲乏，力氣耗竭。面對空曠遼遠平面景象，除了困乏疲倦之外，別無欣賞美景之念，與後數聯論及宗族之英雄李昭之良好政績語氣形成強烈對比。但由整體來看，詩人正是要以視覺上一片遼遠空闊之空間景象，與李昭治績良善之地區景象，作一對比，反映太白對己功業無成之茫然失落，和宗族之英雄李昭治績成果交互投射，展現太白漫遊至此，心中對一已理想落空與內心有感四處干謁無成之失落心情。因此，詩篇首聯二度平面空間景象，與後聯之詩篇情思雖然分開鋪寫，卻殊途同歸，構成一個和諧的景情整體。其實此詩篇與前一首所舉〈夕霽杜陵樓寄韋繇〉之「原野曠超緬；關河紛錯重」近似，景是曠闊遼遠之平面空間，情思乃是極度茫然不安，人生失去重心的憂與倦。而摹寫之空間景象亦均為廣角縱橫之空間感知，可看出太白對空間感知之興發和聯想關係。李白運用物象的廣闊遼遠之面感，[48]表現的是思緒失序，人生行至此仍功業無成，聘望徒勞，一種無可奈何的悲哀。「我行倦過之」乃是直洩其情，尤其是「倦」之類極端緒低落的字眼，是豪放浪漫主義的太白詩中少有的。正因為太白漫遊干謁之心，急切而一再失落，因此知宗族之英雄李昭得以發展長才，太白為李昭高興之餘，也寫出一已對仕宦生涯之倦怠感嘆。詩中「淮南望江南」與「我行倦過之」正是「寫氣圖貌，既隨物以宛轉，屬采附聲，亦與心而徘徊」之結果。[49]

---

48 康丁斯基（Kandinsky, 1866-1944）著，吳瑪悧譯：《點線面》，（*Punkt und Linie zu Flache*）（臺北市：藝術家出版社，2009 年），頁 103-105。

49 梁・劉勰著，王更生注譯：《文心雕龍讀本》，卷十，〈物色第四十六〉（臺北市：文史哲出版社，1991 年），頁 302-303。

四　結語

王國維《人間詞話》言一切景語，皆情語也。儘管李白遊覽遼闊景致，記述實景，卻在空間景象上浸染了濃厚的情思感慨，令讀者既見空間景象，又體悟到太白對不遇境遇之倦乏與無助感。太白藉平面遼遠之空間景象抒發情意，使空間的曠闊與詩情交融，這遼闊南北廣角空間景象，形成失焦、無助、無目標的人生失序感，也助長了詩中倦情的力量。這亦是「詩人感物，聯類不窮」[50]儘管千里遼闊，太白仍興發「我行倦過之」感嘆。李白藉平面寬濶空間景象，表露了徬徨，也透顯其失序茫然的人生困境，藉人文與自然平面空間景象，抒解其前途未明與思緒倦雜的吶喊。

50 梁・劉勰著，王更生注譯：《文心雕龍讀本》，卷十，〈物色第四十六〉（臺北市：文史哲出版社，1991 年），頁 302。

參考文獻（古籍以時代排序；現代論著以姓氏筆劃排序；外文作者以名字首字母排序）

梁・劉勰著，王更生注譯　《文心雕龍讀本》　臺北市　文史哲出版社　1991 年
唐・李白撰，詹鍈主編　《李白全集校注彙釋集評》天津市　百花文藝出版社　1996 年
唐・李白撰，瞿蛻園校注　《李白集校注》卷三十　臺北市　里仁書局印行　1980 年
唐・李白撰，清・王琦輯註　《李太白集註》卷十二　清乾隆戊寅午聚錦堂原刻本　臺北市　新興書局　1968 年
丁成泉　《中國山水詩史》　臺北市　文津出版社　1995 年
王運熙、李寶均　《李白》　臺北市　萬卷樓圖書有限公司　1993 年
王叔岷　《鍾嶸詩品箋證稿》　臺北市　中研院中國文哲研究所　1992 年
《文鏡秘府論・南卷・論文意》　臺北市　河洛圖書出版公司　1976 年
李清筠　《時空情境中的自我影像》　臺北市　文津出版社有限公司　2000 年
金健人　《小說結構美學》　臺北市　木鐸出版社　1988 年
呂叔湘主編　《現代漢語八百詞》　北京市　北京商務印書館出版　2010 年
林淑貞　《中國詠物詩「託物言志」析論》　臺北市　萬卷樓圖書有限公司　2002 年

黃景進　《意境論的形成——唐代意境論研究》　臺北市　台灣學生書局有限公司　2004 年

黃永武　《中國詩學設計篇》　臺北市　巨流圖書公司　1999 年

黃六平　《漢語文言語法綱要》　臺北市　華正書局有限公司　2000 年

郭中人　《空間視覺感知》（*Visual Perception of space*）　臺北市　曉園出版社有限公司　2007 年

葉嘉瑩　《迦陵說詩講稿》　臺北市　桂冠圖書股份有限公司　2000 年

詹鍈主編　《李白全集校注彙釋集評》　天津市　百花文藝出版社　1996 年

葛曉音　《山水田園詩派研究》　瀋陽市　遼寧大學出版社　1993 年

廖秋忠　《廖秋忠文集》　北京市　北京語言學院出版社　1992 年

劉月華、潘文娛、故韡著，鄧守信策劃　《實用現代漢語語法》（*Modern Chinese Grammar*）　臺北市　師大書苑有限公司　2009 年

蔡宗陽　《國文文法》　臺北市　萬卷樓圖書股份有限公司　2008 年

鄭毓瑜　〈詩歌創作過程的兩種模式——「詩緣情」與「詩言志」〉《中外文學》11 卷 9 期　1983 年

儲澤祥　《現代漢語方所系統研究》武漢市　華中師範大學出版社　2003 年

羅　素（Bertrand Russell, 1872-1970）著，薛絢譯，郭中一審閱　《相對論 ABC》（*ABC of Relativity by Bertrand Russell*）　臺北市　臺灣商務印書館股份有限公司　2009 年

加斯東．巴舍拉（Gaston Bachelard, 1884-1962）著，龔卓軍、王靜慧譯　《空間詩學》（*La poetique de l'espace*）　臺北市　張老師文化事業股份有限公司　2010 年

康丁斯基（Kandinsky, 1866-1944）著，吳瑪悧譯　《點線面》（*Punkt und Linie zu Flache*）　臺北市　藝術家出版社　2009 年

法．朋加萊（Jules Henri Poincare, 1854-1912）著，盧兆麟譯　《科學與假說》（*La Science et l'Hypothese*）　臺北市　協志工業叢書出版股份有限公司　1970 年

韋納爾．卡爾．海森堡（Werner Karl Heisenberg, 1901-1976）著，周東川、石資民、黃銘欽合譯　《物理與哲學》（*Physics & Philosophy:The revolution in modern science*）　臺北市　協志工業叢書出版股份有限公司　1992 年

附錄

第二屆語文教育暨第八屆辭章章法學學術研討會

歡迎各界蒞臨指導！！

一、會議時間：中華民國 102 年 10 月 26 日（星期六）

二、會議地點：臺北市大安區和平東路一段 129 號

國立臺灣師範大學綜合大樓 508 會議室、509 國際會議廳

三、辦理單位：

（一）主辦：國立臺灣師範大學國文學系

國科會「符合 15 歲國際評量規範之閱讀素養學習與評量計畫」團隊

中國語文學會

中華民國章法學會

（二）協辦：中華文化教育學會

中小學語文學術研究會

文藻外語大學應用華語文系

中國語文月刊社

國文天地雜誌社

四、會議主題：

（一）PISA 與閱讀素養研究

（二）章法學與辭章學研究

（三）章法學與中西語言學

（四）辭章學與國語文教學

（五）辭章學與華語文教學

五、會議議程：

<table>
<tr><th>時間</th><th>地點</th><th colspan="4">10 月 26 日（星期六）</th></tr>
<tr><td>08:30
-09:20</td><td>師大綜合
大樓國際
會議廳</td><td colspan="4">報　到</td></tr>
<tr><td>場次</td><td>地點</td><td>主持人</td><td>主講人</td><td>論文題目</td><td>特約討論</td></tr>
<tr><td rowspan="2">09:20
-10:00</td><td rowspan="2">國際會議
廳</td><td rowspan="2">鍾宗憲
臺灣師大國
文系主任</td><td></td><td colspan="2">開幕式</td></tr>
<tr><td>陳滿銘
中華章法學會
理事長</td><td colspan="2">專題演講：大陸學界對臺灣章法學體系建構的評價——以發表於學報或研討會者為範圍</td></tr>
<tr><td>10:00
-10: 20</td><td></td><td colspan="4">茶　敘</td></tr>
<tr><td rowspan="7">第一場
10:20
-12:00</td><td rowspan="4">甲場
國際會議
廳</td><td rowspan="4">王偉勇
成功大學
文學院
院長</td><td>林怡岑
臺灣師大國文
系博士生</td><td>談「功能原則」在國語文教學中的應用</td><td>仇小屏
成功大學中文系
副教授</td></tr>
<tr><td>謝玉玲
海洋大學共同
教育中心副教
授</td><td>元代前期記遊散文探析——以王惲作品為考察重心</td><td>王偉勇
成功大學文學
院院長</td></tr>
<tr><td>仇小屏
成功大學中文
系副教授</td><td>〈論科技論文常見的幾種寫作模式——由篇章邏輯切入〉</td><td>謝奇懿
文藻外語大學應
華系主任</td></tr>
<tr><td>竺靜華
臺大華語學程
助理教授</td><td>不可能的任務？——淺談以中文教華語的詞彙教學設計</td><td>蒲基維
中原大學兼任助
理教授</td></tr>
<tr><td rowspan="3">乙場
508 會議
室</td><td rowspan="3">傅武光
臺灣師大
國文系
兼任教授</td><td>吳瑾瑋
臺灣師大國文
系副教授</td><td>從語用學觀點分析小說溝通衝突的張力呈現：以〈兒子的大玩偶〉為例</td><td>許學仁
東華大學中
文系教授</td></tr>
<tr><td>張玟珊
成功大學中文
所碩士生</td><td>以篇章結構探討康雍乾時期〈安平晚渡〉詩——並作為寫作或閱讀寫景文章參考</td><td>傅武光
臺灣師大國文系
兼任教授</td></tr>
<tr><td>劉楚荊
臺灣師大國文
系博士生</td><td>張孝祥清曠詞修辭美學</td><td>黃文吉
彰化師大國文系
教授</td></tr>
</table>

			謝明輝 亞洲大學通識中心專案助理教授	論字典取名學與章法學之供應關係	陳佳君 國北教大語創系副教授
12:00 -13:20		午　　　　餐			
第二場 13:20 -15:00	甲場 國際會議廳	莊雅州 元智大學中語系客座教授	戴維揚 中原大學應外系講座教授	現當代三音節新詞語的典範轉移	季旭昇 文化大學中文系教授
			劉崇義 臺北市建國中學退休教師	試說審美意象的張力在國中範文裏的運用	黃淑貞 慈濟大學東語系副教授
			胡其德 健行科技大學教授	意象的疊印與並置：中西意象詩的一個比較研究	戴維揚 中原大學應外系講座教授
			黃淑貞 慈濟大學東語系副教授	《全宋詞》簾垂「隔中有透」視覺意象探析	胡其德 健行科技大學教授
	乙場 508會議室	邱燮友 東吳大學中文系兼任教授	謝奇懿 文藻外語大學應華系主任	大學中文應用科系閱讀能力之檢定與結果分析：以文藻外語大學應用華語文系為考察對象	余崇生 北市教大中語系副教授
			黃俊翔 臺灣師大夜教碩班碩士生	由《文心雕龍》六觀淺析蘇轍〈六國論〉	林淑雲 臺灣師大國文系副教授
			陳佳君 國北教大語創系副教授	意象對應的辭章表現──以情理景事意象四題為例	謝奇懿 文藻外語大學應華系主任
			林淑雲 臺灣師大國文系副教授	漢恩自淺胡自深，人生樂在相知心──王安石〈明妃曲〉與歐陽脩〈明妃曲和王介甫作〉、〈再和明妃曲〉之互文性分析	邱燮友 東吳大學中文系兼任教授
			蒲基維 中原大學兼任助理教授	跨領域學習的作文教學	余崇生 北市教大中語系副教授

時間	場地	主持人	主講人	論文題目	特約討論人
15:00 -15:20		茶　　　敘			
第三場 15:20 -17:00	甲場 國際會議廳	賴明德 中原大學應華系兼任教授	張春榮 國北教大語創系教授	西洋電影的口語藝術	蔡宗陽 臺灣師大國文系兼任教授
			蔡宗陽 臺灣師大國文系兼任教授	《詩經》倒裝的三觀	陳滿銘 臺灣師大國文系退休教授
			魏伶容 臺灣師大國文教碩班碩士生	《文心雕龍》文術論在閱讀教學的運用	張春榮 國北教大語創系教授
			林煜真 基隆市立中山高中國文教師	探索生命的符碼——名字在國文教學上的應用	賴明德 中原大學應華系兼任教授
	乙場 508 會議室	孫劍秋 國北教大語創系教授	黃靖棻 海洋大學海洋所碩士生	以海洋書寫原住民災難——王家祥《倒風內海》中的海洋戰事	林礽乾 臺灣師大退休教授
			楊曉菁 北市教大中語系博士生	古典文學教學的新視野——以「寫作手法」進行閱讀教學	孫劍秋 國北教大語創系教授
			顏智英 海洋大學共同教育中心副教授	論蘇軾詞中的寫景與抒懷——以黃州作為考察對象	陳弘治 臺灣師大退休教授
			黃麗容 真理大學語文學科助理教授	迴繞四方與茫然失序——李白詩平視空間景象探析	顏智英 海洋大學共同教育中心副教授
17:00 -17:20	國際會議廳	孫劍秋 國北教大語創系教授	陳滿銘 中華章法學會理事長	閉　幕　式	

※ 主持人 3 分鐘，主講人宣讀論文 12 分鐘，特約討論人 7 分鐘，其餘時間為綜合討論。

文學研究叢書·辭章修辭叢刊 0812A04

章法論叢・第八輯

主　　編　中華章法學會
責任編輯　邱詩倫

發 行 人　陳滿銘
總 經 理　梁錦興
總 編 輯　陳滿銘
副總編輯　張晏瑞
編 輯 所　萬卷樓圖書股份有限公司
排　　版　浩瀚電腦排版股份有限公司
印　　刷　百通科技股份有限公司
封面設計　斐類設計工作室

發　　行　萬卷樓圖書股份有限公司
臺北市羅斯福路二段 41 號 6 樓之 3
電話 (02)23216565
傳真 (02)23218698
電郵 SERVICE@WANJUAN.COM.TW
大陸經銷　廈門外圖臺灣書店有限公司
電郵 JKB188@188.COM

ISBN 978-957-739-884-0
2014 年 10 月初版
定價：新臺幣 600 元

如何購買本書：
1. 劃撥購書，請透過以下郵政劃撥帳號：
帳號：15624015
戶名：萬卷樓圖書股份有限公司
2. 轉帳購書，請透過以下帳戶
合作金庫銀行 古亭分行
戶名：萬卷樓圖書股份有限公司
帳號：0877717092596
3. 網路購書，請透過萬卷樓網站
網址 WWW.WANJUAN.COM.TW
大量購書，請直接聯繫我們，將有專人為您服務。客服：(02)23216565 分機 10

如有缺頁、破損或裝訂錯誤，請寄回更換

國家圖書館出版品預行編目資料

章法論叢・第八輯 / 中華章法學會主編.
-- 初版. -- 臺北市 : 萬卷樓, 2014.10
面 ;　公分. -- (文學研究叢書・辭章修辭叢刊)
ISBN 978-957-739-884-0(平裝)
1.漢語 2.作文 3.文集
802.707　　103017998